Reijo Mäki

Der vierte Musketier

Reijo Mäki

Der vierte Musketier

Aus dem Finnischen
von
Bernd Lüecke

Typographische
Werkstatt
& Verlag
Stegemann

Die Übersetzung dieses Werkes wurde
freundlicherweise gefördert durch
das Informationszentrum für finnische
Literatur (FILI).

Die Herausgabe dieses Werkes
wurde freundlicherweise unterstützt durch die
Deutsch-Finnische Gesellschaft e. V.

Impressum

Titel der finnischen Originalausgabe: Enkelit kanssasi

Satz: Typographische Werkstatt & Verlag Stegemann
Druck: Clausen & Bosse, Leck
ISBN 3-937193-00-6

Für die Stammgäste
des Wanha Portti, des Olkku und
der Neuen Apotheke

Der Mann erwachte wie ein Hund, in dessen Traum sich ein seltsamer Geruch eingeschlichen hat.

Er stand in einem undurchdringlichen Dunkel, in einer Lautlosigkeit, die wie ein dicker Armeemantel auf ihm lastete.

Der Mann stand unbeweglich da und hielt die Luft an.

Seine Augen waren die eines Blinden. Seine Ohren die eines Tauben. Kein Licht, kein Laut. Nur erdrückende Dunkelheit.

Der Mann hörte das unruhige Rauschen seines Blutes. Er schloss die Augen und öffnete sie wieder, versuchte sich davon zu überzeugen, dass es irgendeine rationale Erklärung für diesen Zustand gab.

Einige unendlich lange Augenblicke, dann stieg aus den tiefsten Winkeln des Bewusstseins klammheimlich ein Gedanke auf. Der Gedanke an den eigenen Tod.

Der Mann versuchte, den Gedanken beiseite zu schieben, doch dieser schien ihn einfach nicht loszulassen. Wie der Schwimmer einer Angel, der nicht unter der Wasseroberfläche bleiben will.

Der Mann schloss die Augen. Unter den Augenlidern, in seinen vor Angst erstarrten Pupillen, tanzten gelbliche Punkte einen düsteren Reigen.

Und der Gedanke ließ ihn nicht in Ruhe.

Vielleicht gab es doch etwas nach dem Leben. Vielleicht wartete dort diese lautlose Dunkelheit, diese Düsternis lautloser Stille, dieser unbewegliche Zustand, in dem die Gedanken ins Unendliche schweifen, in die Ewigkeiten ...

Die Panik war nicht mehr unter Kontrolle zu halten. Wie eine Flut stieg die Angst in dem Mann auf. Brennende, zermürbende

Fragen strömten aus seinem Unterbewusstsein hervor. Weshalb? Wie? Warum gerade ich? Ich habe doch immer gedacht, dass ich unsterblich bin ...

Was war geschehen?

An etwas konnte sich der Mann jedoch erinnern.

Er erinnerte sich an den langen Abend des Wartens. An die gespannte Atmosphäre und die wackere Zecherei in angenehmer, vertrauter Runde. Er erinnerte sich an die Momente bebender Siegesfreude und an das tiefe Raunen zum Schluss. Daran, dass die falsche Flagge am Siegesmast wehte. An das Leiserwerden der Stimmen. An die Flüche. An die mit einem Beigeschmack von zähem Kleister behaftete Enttäuschung.

Dann folgte eine Serie von unklaren, grobkörnigen Bildern. Bartresen, Gesichter, zu laute Musik, belanglose Gesprächsfetzen, zum Bestellen erhobene Finger, schrille Make-ups im künstlichen Licht der Nacht, Lichtreflexe im Spiegelglas der Bierreklamen, diskrete Taxifahrer, freundliche Türsteher, weniger freundliche Türsteher, Straßen, Terrassen, Türen, Türen, Türen und Treppenstufen ...

Am Ende war nur noch diese Dunkelheit. Mehr nicht.

Die Angst in seinem Inneren lähmte den Mann. Plötzlich war ihm kalt.

Da. Er streckte die Hand aus, etwas stieß gegen die Finger.

In dieser unendlichen, lautlosen Dunkelheit gab es doch noch etwas ...

Und die Zeit blieb für eine Sekunde stehen.

Der Mann bekam etwas zu fassen, etwas Hartes. Er bog es.

Die Tür öffnete sich knarrend und fahles Licht drang herein. Der Mann bekam weiche Knie von dem Gefühl unendlicher Erleichterung, als er vom Klosett in den Korridor trat.

Er fand am Türrahmen Halt und besah sich im Korridorspiegel. Jussi Vares' verschwitztes, rot glühendes Gesicht. Feuchte Augen, in denen immer noch die existenzielle Angst des Menschen wohnte. Augen, die den Tod gesehen hatten.

Im selben Augenblick klingelte es aufdringlich an der Tür.

Erster Teil

I

Im Treppenflur standen zwei Männer. Polizei.

»Kriminalkommissar Kerkko Pielinen«, sagte der größere der beiden zu Vares, als er ihm die Hand reichte. »Und das ist Kriminalhauptmeister Laaksonen. Wir sind hier, um ein wenig mit Ihnen zu plaudern.«

Vares schluckte tief, sein Magen machte einen überraschenden Überschlag. Er führte die Männer ins Wohnzimmer. Sie nahmen auf dem Sofa Platz. Vares ließ sich in einen Sessel fallen, der vor dem Fenster stand. Er spürte, dass die Kopfschmerzen stärker wurden. Was war geschehen? Was war los, um Himmels willen?

»Nur einige Fragen – wenn ich Ihnen keine Umstände mache. Wo und in wessen Gesellschaft haben Sie die folgenden Abende verbracht: Sonntag, Montag und Dienstag?« In Pielinens Blick lag nicht eine Spur von Mitgefühl, als er Vares' vom Kater gezeichnete Gestalt betrachtete.

»Sie scheinen keine Eishockeyfreunde zu sein«, versuchte Vares das Gespräch aufzulockern. »Ganz Finnland ist in Trauer.«

»Wir interessieren uns nicht für Eishockey, sondern nur dafür, wo Sie sich aufgehalten haben.«

»Worum geht's? Sagen Sie schon, was passiert ist.«

Pielinen starrte Vares mit kalten, berechnenden Augen an.

»Ihr Kompagnon Mikko Berg ist tot. Ermordet.«

Kerkko Pielinen und sein schweigsamer Kollege verhörten Vares zwanzig Minuten lang. Jussi Vares saß in angespannter Haltung vornüber gebeugt in seinem Sessel und versuchte eine gute Miene zu machen. Schwere Gedanken jagten durch seinen belasteten Gehirnkasten.

Jetzt war es Mittwoch.

Das bedeutete, dass seit Sonntagabend drei Nächte vergangen waren. Wo war er gewesen und was war geschehen? Die Nächte waren wie ausgelöscht, ebenso der größte Teil der Tage. So sehr sich Vares auch bemühte, in seinen nebelhaften Erinnerungen zu graben, er fand nur einzelne Gestalten, undefinierbare Orte und Ereignisfetzen, so verzerrt wie durch das Glas einer Alvar-Aalto-Vase.

Als Pielinen ging, reichte er Vares nicht mehr die Hand.

»Wir werden auf die Sache zurückkommen, wenn Sie wieder in etwas besserer Verfassung sind. Spätestens morgen.«

»Wie ... wie wurde Mikko umgebracht?« stammelte Vares die Frage hervor, die ihm pausenlos im Kopf herumgeschwirrt war.

Pielinen schüttelte den Kopf.

»Aus ermittlungstaktischen Gründen kann ich Personen, die in den Fall verwickelt sind, keine Auskunft darüber erteilen. Auch nicht über den Zeitpunkt.«

In den Fall verwickelt. Die Worte stießen Vares übel auf.

Auf der Schwelle drehte sich Pielinen noch einmal langsam um, ganz wie Detective Columbo, dem im letzten Augenblick immer noch etwas in den Sinn kam.

»Ach, was ich noch sagen wollte ... Sie sollten sich im Moment lieber nicht über Rufweite hinaus vom Turm der Domkirche entfernen.«

Vom großen, hellen Fenster des Wohnzimmers aus sah man auf den im Frühlingsgrün erwachenden Vartiovuori-Park; eine Aussicht, der die Immobilienmakler im Laufe der Jahrzehnte schon viele einträgliche Werbesprüche gewidmet hatten.

Es war noch früh am Morgen. Die schräg einfallenden Sonnenstrahlen vergoldeten das Astwerk der alten Linden.

In Jussi Vares' Augen war die Welt jedoch im Moment nur

hässlich. Die Schritte der Polizisten hallten immer noch in seinen Ohren nach.

Kerkko Pielinen. Genau so einer, der als Kind zum Eierklauen in den Fichten herumklettert und die Drosseln des Nachbargehölzes Ping-Pong-Bälle ausbrüten lässt. In der Armee die Sorte von Ausbilder, die gleich nach dem Essen die Kompanie zum Laufen antreibt, bis die Kotze übers Hemd läuft. In der Rechtswissenschaftlichen Abteilung der Typ, der für bessere Noten den Profs die Zehenzwischenräume leckt.

Pielinen und der gemütliche Kriminalkommissar Hautavainio, Vares' alter Bekannter von der Polizei, hatten wirklich gar nichts miteinander gemein. Und wie das Schicksal so wollte, war Hautavainio gerade in Rente gegangen. Mal wieder Pech gehabt, Jussi.

Vares erhob sich steif und ging vorsichtig wie ein Winterangler, der sich auf dünnes Frühjahrseis wagt, in die Küche. Auf dem Spültisch hatten sich Gläser und Teller angesammelt. Auf der Essbar standen leere Bierflaschen und eine halbvolle Flasche *Old Bushmills* ohne Verschluss, und auf dem Herd eine Weißweinflasche, deren Korken man mit Gewalt zu entfernen versucht hatte. Am Boden der Flasche dümpelten noch die Korkenkrümel herum.

Vares öffnete den Kühlschrank. Dort fand sich sogar mehr als nur Licht. Eine Margarineschachtel, eine von der letzten Ostseekreuzfahrt mitgebrachte Literdose *Faxe* und eine ungeöffnete Packung Salami.

Im untersten Fach des Kühlschranks lag ein toter Vogel.

Vares schloss die Augen. Eine Welle von Übelkeit spülte in ihm hoch. Er öffnete die Augen wieder, aber der Vogel war und blieb im Kühlschrank. Es war ein schwarzgraues und großes Exemplar, die Beine waren angewinkelt, die Augen glasig. Der Schnabel war ein wenig geöffnet.

Vares nahm das Geschöpf mit zwei Fingern und ließ es in den Müllsack fallen, der sich unter dem Spültisch befand. Im Antiquariat von Pastor Alanen würde sich sicher ein Vogelbestimmungsbuch finden, doch in dieser Situation war Ornithologie wirklich das Letzte, was ihn interessierte.

Vares hatte über wichtigere Dinge nachzudenken.

Er wischte sich die Schweißperlen aus der Stirn und warf erneut einen Blick auf den Liter *Faxe*. Kleine, kalte Tropfen glänzten auf dem Dosenblech. Er spürte schon fast den Geschmack im Mund.

Vares schluckte und schloss langsam, aber entschlossen die Kühlschranktür. Dann ließ er laues Kranwasser in ein Bierglas laufen, auf dem zu lesen war: *Stockholm I Beer Festival* 1992. Aus dem Wasser ließ sich der Gruß reicher Schweinezüchter an ihre Vettern in der Stadt herausschmecken.

Vares ging mit dem Glas zum Sessel zurück und ließ sich in die Kissen fallen. Er starrte mit leeren Augen ins Nichts.

Mikko – ermordet?

2

Die letzten drei Jahre waren für Vares eine gute Zeit gewesen, eine Zeit des ständigen Aufstiegs. Während die Rezession das Land in die Knie gezwungen hatte, war es Vares gelungen, seinem Leben eine völlig neue Richtung zu geben. Die muffigen Zweizimmer-Mietwohnungen, der alte Schrottkafer, das Aufsetzen von Testamenten und die nächtlichen Schnüffeljobs gehörten der Vergangenheit an. Plötzlich hatte er all das, was er in den euphorischen Jahren der wirtschaftlichen Hochkonjunktur hatte entbehren müssen und was er halb verächtlich, halb missgünstig vom Nebengleis aus hatte verfolgen dürfen.

Und wie so viele Menschen anfällig für die Verlockungen des Konsums und alles Glänzende sind, hatte auch Vares sein neues Leben zu schätzen gelernt.

Anzüge für dreitausend. Die wichtigsten Kreditkarten in der Brieftasche. Ein brandneuer, größerer Leasing-Mazda in der Garage.

Auf dem Bankkonto mehr als nur der ständig bis zum äußersten Limit ausgeschöpfte Überziehungskredit. Ein Aufstieg auf der sozialen Werteskala. Edlere Schnäpse. Noch edlere Frauen. Sogar Schulterklopfer. In diese Bahnen war sein Leben in den letzten drei Jahren gelenkt worden.

Und dennoch hatte Jussi Vares die ganze Zeit über irgendwo in seinem Unterbewusstsein gespürt, dass er eines Morgens aus diesem Traum erwachen würde. Und umso wahrscheinlicher war es, dass dieser Morgen jetzt gekommen war. An diesem elenden Mittwoch. Nach einer dreitägigen, schnapsvernebelten Umnachtung und einer todesangstgelblichen Düsternis.

Vares nahm noch einen Schluck Wasser. Der Geschmack brachte ihm den Vogel in den Sinn, den er im Kühlschrank gefunden hatte. War es vielleicht doch eine Krähe? Nein, Färbung und Größe stimmten nicht. Es musste eine Dohle sein. Aber wie um Himmels willen war sie in den *Miele* hineingeflattert? Doch war das nicht eigentlich ganz egal?

Vares hatte seit ewigen Zeiten, wohl seit zwei Jahren, keine dreitägige Sumpftour mehr unternommen. Er hatte diese chemischen Abtrennungen vom Alltag schon gar nicht mehr vermisst. Aber aus alter Erinnerung wusste er noch, was ihn jetzt erwartete. Während der folgenden drei Tage würde alles in einer von der normalen Tagesordnung deutlich abweichenden Reihenfolge eintreten. Alle Dinge, die sonst eine wichtige Rolle im Leben spielen, schrumpfen zu unbedeutenden Rosinen zusammen. Der aufs Trockene stiefelnde Schluckspecht kringelt sich um sein kleines und zerbrechliches, die ganze Welt fürchtendes Ich. Alles, was ihn umgibt, scheint jetzt nichtig zu sein. Nichts kann ihn weniger interessieren als die Erhöhung der Kommunalabgabe um fünf Penni oder der Beschluss, auf dem Grundstück der Turkuer Domkirche eine Parkgarage zu bauen.

Draußen am Hang wiegte sich in einer leichten Brise das Geäst der Linden. Ende der siebziger Jahre war man hier an dieser Stelle gegen den intensiven Wohnungsbau in Turku zu Felde gezogen. Studenten und andere engagierte Menschen hatten sich zusammengetan, um die alten Bäume am Hügel des Vartiovuori-Parks gegen die Invasion der frei finanzierten Wohnungen zu verteidigen. Aberdutzende von jungen Menschen hatten damals in Schlafsäcken unter den Bäumen übernachtet, um gegen das Projekt zu protestieren.

Vares erinnerte sich, dass er selbst mit dabei gewesen war – wenn auch nicht ganz uneigennützig. Es war nämlich Tradition gewesen, am Hang tüchtig Rotwein zu kippen, und irgendjemand hatte auch immer eine Gitarre dabei gehabt. Eine romantisierende Aufruhrstimmung hatte, zusammen mit den aus den Rucksäcken hervorgeholten Getränken, mit dazu beigetragen, dass spätestens im Morgengrauen die für eine gute Sache eintretenden Studentinnen ihren männlichen Gesinnungsgenossen bereitwillig einen Spaltbreit ihre Schlafsäcke öffneten. Dabei war es ganz angenehm gewesen, auch mal mit harten Instrumenten für die weichen Werte einzutreten. Vares fiel ein, wie er über diese Erinnerungen gelächelt hatte, als sein Kompagnon, Mikko Berg, vor etwa einem Jahr vorschlug, dass *REPO Office Oy* dem zweiten Teilhaber der Firma, also Vares, an besagtem Hang, zu dessen Füßen auch das repräsentative Palais des Zigarettenmoguls Rettig lag, eine Dienstwohnung einrichten könnte.

So änderten sich die Zeiten.

Mikko Berg …

Jussi Vares schluckte angestrengt.

Diplombetriebswirt Mikko Eero Berg. Geschäftsführender Direktor von *REPO Office Oy*, derselben Gesellschaft, in der Jussi Valteri Vares Vorstandsvorsitzender war. Mikko Berg, ein Mann, der eine Vision gehabt hatte und eine tragende Geschäftsidee …

Die Idee war mehr als drei Jahre zuvor entstanden. Das gute Vaterland, das unter der Last der Rezession ächzte, hatte den beiden kompetenten und vorwärtsstrebenden Männern eine fantastische Marktlücke geboten. Vares und Berg hatten ein Unternehmen gegründet, das sich auf eine verschärfte und konsequente Schuldeneintreibung konzentrierte. *REPO Office Oy* versprach seinen Kunden über den gewöhnlich anfallenden Papierkrieg hinaus auch ein aktives Eingreifen – die Suche nach untergetauchten Schuldnern, das Aufspüren unbezahlter Waren und deren Rückführung an den rechtmäßigen Besitzer – mit allen zur Verfügung stehenden Mitteln.

Mikko hatte zwei Jahre lang in den Staaten Erfahrungen im Inkasso-Bereich gesammelt. Er wusste, was das Wort REPOSSESSION alles beinhalten konnte. Sie hatten eine Woche lang intensiv über Mikkos Vorschlag nachgedacht und ihn schließlich in die Tat umgesetzt.

Das Geschäft war sofort wie ein Wirbelsturm angelaufen. An verzweifelten Lieferanten, unbezahlten Waren und unehrlichen Schuldnern hatte es Anfang der neunziger Jahre in Turku nicht gemangelt. Jussi Vares hatte sich in diesem Bereich sofort wie zu Hause gefühlt. Nicht ein einziges Mal während der ganzen Existenzzeit des Unternehmens hatte er sich nach seiner schäbigen Rechtsanwaltskanzlei, in die Welt der trockenen Eheverträge und untreuen Ehepartner, zurückgesehnt. Endlich hatte er das Gefühl gehabt, die Zügel fest im Griff zu haben.

Ziemlich bald war *REPO Office Oy* vom Industriegebiet Itäharju an die flussabgewandte Seite des Vartiovuori-Parks umgezogen, in ein renoviertes Holzhaus an der Sirkkalankatu, in dem noch einige Jahre zuvor das Büro des Turkuer Eishockey- und Fußballvereins *TPS* untergebracht gewesen war. Das Geschäft kam in Gang, das Tempo nahm zu, aber Mikko Berg und Jussi Vares hatten über ihren verlässlichen und geschickten Bürovorsteher hinaus kein weiteres Personal eingestellt. Das wachsende Arbeitspensum wurde auf clevere und flexible Weise durch Subunternehmer bewältigt. Diplombetriebswirt Mikko Berg wusste, wie man Risiken ausschaltete. Er war äußerst begabt darin, es war ihm angeboren.

Jussi dachte einmal mehr darüber nach, dass er und Mikko völlig verschiedene Menschen waren. Zu Bergs Leben gehörten Golf, Rotarier und die bessere Gesellschaft. Vares dagegen amüsierte sich in den Viertelkneipen, die in der Nähe seiner neuen Wohnung lagen – im *Olkku* und in der *Neuen Apotheke*. Statt für Golf hatte er sich in zunehmendem Maße für Eishockey zu interessieren begonnen. Ihre Freizeit verbrachten er und Mikko fast nie zusammen. In ihren Freizeitbeschäftigungen und ihren Bekanntenkreisen gab es keinen einzigen Berührungspunkt.

Vares musste zugeben, dass sie nicht einmal gute Freunde gewesen waren, sondern nur Kompagnons, die aneinander vor allem die Berufserfahrung schätzten und die die Vorteile genossen, die sich durch die vereinte Kompetenz dem Unternehmen und ihnen persönlich bot.

Jussi Vares beherrschte die durch über ein Jahrzehnt Erfahrung erworbene Kunst, Menschen hinterherzuschnüffeln und Waren aufzuspüren. Und Mikko Berg, ein ausgebildeter Betriebswirt, war ein knochenharter Geschäftsmann, der überall in der Stadt Beziehungen hatte, die Angelegenheiten der Firma streng unter Kontrolle hielt und mit der Zeit immer schneller das Geld aus der Mühle herausholte.

Es war Jussi Vares immer bewusst gewesen, dass zu seinen eigenen Charakterschwächen eine Art von Unbeständigkeit und eine ungehemmte Risikobereitschaft gehörten, die sich zu einer allzu sorglosen Lebenseinstellung vereinten. Er hatte sich immer schon so einen abgebrühten Typen wie Mikko Berg als Partner gewünscht. Als Kompagnon für Jussi Vares eignete sich ein Mann, der stets für ein Spielchen bereit war, jedoch immer auf Sicherheit setzte, dabei jegliches Risiko vermied und wie ein trainierter Mi nenhund Gefahren witterte.

Vares erhob sich steif von seinem Stuhl, stellte das Glas Wasser auf die Fensterbank und schritt unsicher wie ein gebrochener Mann mit hängenden Schultern den Parkettboden auf und ab.

Diplombetriebswirt Mikko Eero Berg. Geboren 1956 in der Entbindungsanstalt *Heideken*, wie es sich für einen waschechten Turkuer gehört. Taufeintrag im Kirchenbuch der Domkirchengemeinde zu Turku. 1974 in der Abiprüfung viermal die Bestnote. Ein Jahr später Wehrdienst in der Flakkompanie und Besuch der Reserveoffiziersschule. Vier Jahre Studium an der Wirtschaftsuniversität, also in Mindestzeit. Zwei Jahre Businesspraxis bei seinem Aufenthalt in Houston, Texas.

Ein vorsichtiger Mann, der noch nie übers Ohr gehauen worden war.

Und jetzt war er für immer fortgegangen. Ermordet. Wie, zum Teufel?!

3

Schließlich, nach einer undefinierbaren Zeitspanne, zwang sich Jussi Vares, mit seinen Gedanken zu dem Sonntagabend zurückzuschweifen, der in vielerlei Hinsicht so schicksalhaft gewesen war.

Finnland – Kanada, das Weltmeisterschaftsfinale, hatte um neun Uhr abends begonnen. Schon Stunden zuvor hatten sich die ersten Gäste im *Olkku* eingefunden. Es herrschte eine fiebrige, abwartende Stimmung, sowohl in der Schankstube als auch in dem bis zum Bersten gefüllten Hinterraum, wo sich die Stammkundschaft des Ladens verbarrikadiert hatte. Um sieben Uhr, als Vares erschien, war ein großer Teil der Gäste bereits in Hochstimmung gewesen.

Vares erinnerte sich, wie er sich am Tresen der nur einen Steinwurf entfernten *Neuen Apotheke* auf das große Ereignis eingestimmt hatte. Zusammen mit seinem alten Kumpel Pastor Alanen hatte er das hauseigene Ale gezischt.

Alanen war ein ehemaliger, aus dem Amt entlassener Pfarrer, der in der Nähe der Itäinenkatu ein Antiquariat betrieb, das auf in Folie eingeschweißte Bildmagazine spezialisiert war. Alanen war immer der festen Meinung gewesen, dass es lächerlich sei, Eishockey zu gucken. Die einzige Disziplin, die für ihn als wirklicher Sport galt, war Billard. Nicht einmal für einen Abend mit Gratis-Getränken wäre der Pastor dazu zu bewegen gewesen, sich in das Gedränge des *Olkku* zu mischen. So hatte sich Vares gegen zehn vor sieben allein auf den Weg dorthin gemacht.

Vares erinnerte sich, wie er an einem Tisch im Hinterraum des

Olkku gesessen hatte. Auch Macce, Tohe, Eepee, Jabi, Pena und Paakkola waren dort gewesen. Vares kamen die quälenden Momente des ersten Drittels in den Sinn, die schmerzlichen Minuten des zweiten Drittels und der ekstatische Jubelausbruch, als Finnland im letzten Drittel 1 : 0 in Führung ging. Beim Tor von Keskinen schien sich das Dach des Hauses um mindestens zehn Zentimeter in die Lüfte zu heben. Um diese Zeit hatte der Lange Juuso, der Wirt des *Olkku,* mit Sicherheit schon den Sekt hinterm Tresen bereitgestellt und auf den entscheidenden Pfiff und die darauf folgende Siegesfeier gewartet.

Als Kanada den Ausgleich erzielte, hatte sich Vares einen doppelten Goldbrand mit Cola genehmigt. Er erinnerte sich an die bittere, ungläubige Stille, die sich beim Ausgleichstreffer im Lokal ausgebreitet hatte.

Während der Verlängerung war Vares unruhig wie eine verlorene Seele im Schankraum umhergewandelt. Sich an den Tisch zu setzen, war für ihn unmöglich gewesen. Und noch einmal hatte er sich mir nichts, dir nichts ein Bier und ein kleines Glas Goldi-Cola reingezogen. Die Nerven waren angespannt gewesen wie Drahtseile und verlangten nach etwas Betäubung.

Dann die Strafstöße.

Unglaube. Enttäuschung. Neu aufkeimende Hoffnung und ein letzter Strohhalm, aber auch dieser zu dünn. Zuerst war es Luc Robitaille gelungen. Dann Mika Nieminen: mit einem leichten Schlag, Wrist-Shot – und drüber!

Irgendwie konnte sich Vares noch an die Endzeitstimmung erinnern, die nach Ende des Spiels geherrscht hatte. Zuerst Totenstille, dann war die geduckte Menge aus dem Kneipenrestaurant herausgeströmt. Erstickte Flüche. Von bitteren Tränen verlaufene Mascara. So dunkel wartete die Nacht.

Zu Vares' letzten Erinnerungen an jene Nacht gehörte, dass er mit Macce und Tohe im Taxi gesessen hatte. Unterwegs ins Nirgendwo, einfach fort, um noch mit einigen letzten Bieren den Kummer zu ertränken. Dann, zwischendurch, wieder absolute Schwärze, eine undurchdringliche Dunkelheit.

Schließlich noch ein einzelnes, undeutliches Bild, nur eine verschwommene Erinnerung. Er saß im Taxi neben dem Fahrer, und die Rückbank war leer. Die Jungs waren ausgestiegen – aus irgendeinem Grunde –, er selbst hatte beschlossen weiterzufahren. Wohin, wusste er nicht mehr.

Jussi Vares saß wie ein geschlagener Mann in seiner stillen Wohnung, allein mit seinen erdrückenden Gedanken. Er schüttelte den Kopf und versuchte, die Ereignisse jener Nacht wieder in sein Bewusstsein zurückzuholen. Die Bilder hüpften und kreisten umher wie in einem schlecht gedrehten Film; sie wollten ihn nicht in Ruhe lassen. Traum und Wirklichkeit wurden zu einer Suppe verrührt, die kochend heiß und viel zu stark gewürzt war.

Eine Sache jedoch kristallisierte sich in seinem Bewusstsein immer mehr als Wahrheit heraus. Jussi Vares begriff, dass er noch nie in seinem Leben so bis zum Hals in der Scheiße gesteckt hatte wie jetzt.

Kriminalkommissar Kerkko Pielinens kalter Blick und die Anspielung, dass die Motive und Täter eines Gewaltverbrechens in der Regel im engsten Umfeld des Opfers zu finden seien, ließen Vares nicht ruhen. Sein Herz pochte wieder ganz seltsam, als würde es von Zeit zu Zeit ein paar Schläge auslassen. Nicht gerade ein ermutigendes Gefühl. Waren es etwa Herzrhythmusstörungen?

Vares wurde durch einen neuen Gedanken wachgerüttelt. Ob KooPee wohl zu Hause war?

KooPee Aaltonen war ein junger Arzt, der im selben Treppenflur wohnte und ebenso wie Vares das *Olkku* zu seinem Wohnzimmer erkoren hatte. Mit ein wenig Glück konnte man von ihm sogar etwas zur Beruhigung bekommen. Vares zwang sich auf die Beine und stapfte zum Telefon. Die Lichtanzeige des Anrufbeantworters blinkte wie eine Signallampe bei Seenot.

Aus irgendeinem Grund war das Abhören der Nachrichten, die sich in drei Tagen angesammelt hatten, nicht das Wichtigste, was ihn gerade beschäftigte. Er wählte die Nummer von KooPee aus dem Gedächtnis.

Nach dem fünften Tuten legte Vares den Hörer auf. Er setzte

sich und versuchte, sich eine Weile zu sammeln. Jetzt war also wohl oder übel der Anrufbeantworter dran. Es blieb keine andere Alternative, als den braunen Knopf zu drücken und sich all die Scheiße reinzuziehen, die man sich in den letzten Tagen zu seinem Schaden hatte einfallen lassen.

Netta Vaarala hatte drei Mal angerufen.

Netta war eine zweiundzwanzigjährige Theologiestudentin an der *Åbo Akademie*. Zu ihren Hobbys gehörten im Sommer Inline-Skating und im Winter Jazz-Ballett. Netta verdiente sich in einem Lokal namens *Surutoin,* das in der Kaskenkatu lag, gelegentlich etwas als Oben-Ohne-Bedienung dazu.

Sie kannten sich seit drei Monaten und Vares begann der ganzen Geschichte schon überdrüssig zu werden. Ein Altersunterschied von vierzehn Jahren war nicht allein ein statistisches Faktum, sondern man wurde auch bei praktischen Angelegenheiten und Überlegungen immer wieder damit konfrontiert. Es war völlig vergebens, darum herumzureden. Die Wahrheit war, dass es zwischen ihnen schon seit längerem nicht mehr so gut klappte.

Netta Vaaralas Nachrichten:

»Hallo Jussi, ich bin's. Ich werde bis Mitternacht im *Surutoin* sein. Ruf mich mal an, ja ...«

»Hey Alter, es ist jetzt zehn Uhr morgens und du hast es immer noch nicht für nötig gehalten, mich anzurufen, oder was? Melde dich sofort. Die Nummer ist immer noch die alte!«

»Ey, du Wichsfrosch. Da es dich anscheinend nicht interessiert, brauchst du auch nicht mehr anzurufen. Schluss. Aus. Peng!«

Vares hustete und korrigierte seine Haltung. Als Nächstes war auf dem Anrufbeantworter die Stimme von Pastor Alanen zu hören:

»Verdammt traurig, wie das Match ausgegangen ist. Halt die Ohren steif und nimm's nicht allzu tragisch.«

Dann hörte Vares ein paar kurze Grüße von Niilo Koiranen, dem Bürovorsteher von *REPO Office Oy.*

Und dann kam noch die letzte Mitteilung:

»Pentti Arppe hier, hallo! Ich wollte fragen, was mit diesen Fällen ist, die noch offen sind. Ich krieg keine Verbindung zu Mikkos Handy. Also bis später dann.«

Pentti Arppe, regionaler Gebietsleiter eines Finanzierungsinstituts, war einer der größten Kunden von *REPO Office Oy*. Arppes Sorgen interessierten Vares im Moment ebenso wenig wie die Vorzugsangebote eines Telefonverkäufers, der einem *Das Beste* andrehen wollte. In diesem Zustand war er wirklich nicht in der Lage, Arppe anzurufen und ihm zu erklären, warum Mikkos Telefon kein Lebenszeichen mehr von sich gab. Er würde sicher auch anderweitig davon erfahren.

Jussi Vares ging in die Küche, nahm eine Pappschachtel aus dem Arzneikorb und warf zwei *Alka-Seltzer* in ein Glas Wasser. Beim Betrachten der sprudelnden Bläschen lauschte er mit angehaltenem Atem seinem Herzen. Alle Ehre dieser stark geschundenen Pumpe. Tapferes Teil. Schlägt auch weiterhin munter drauflos, trotz allem, was passiert ist.

Das war aber auch die einzige erfreuliche Nachricht an diesem verfluchten Tag. Die gelblich eingefärbte Düsternis war – dieses Mal noch – nur Traum und Fantasie gewesen.

4

Kurz vor zwölf fiel die Post auf den Boden des Korridors. Jussi Vares ging widerwillig den Briefstapel durch. Die Briefumschläge der Versicherung, der Bank, des Steuerberatungsbüros, eines Zeitschriftenvertriebs und eines Helsinkier Direktmarketingunternehmens öffnete er vorerst nicht.

Vares bekam erneut einen trockenen Mund. Er ging in die Küche und ließ sich Leitungswasser in ein Glas einlaufen. Schließlich fasste er mit widerstrebenden Gefühlen einen Entschluss. Der Gedanke an etwas Essbares war ungefähr so verlockend wie der Anblick der sterblichen Hülle des gefiederten Freundes, den er am Morgen im Kühlschrank gefunden hatte. Aber Vares wusste, dass er eine ordentliche und kräftigende Mahlzeit zu sich nehmen musste, wenn er den ersten Schritt vom Affen zum Menschen vollziehen wollte, unabhängig davon, wonach ihm der Sinn stand.

Vares seufzte tief und ging zur Toilette, um die unvermeidliche Körperpflege durchzuführen. Er putzte sich die Zähne und begann sich zu rasieren. Das Spiegelbild verriet, dass sich der Menschwerdungsprozess bei ihm noch im frühen Anfangsstadium befand. Aus dem fleckigen Spiegel starrten ihm die unverständigen Augen eines Australopithecus aus den Grassavannen Afrikas entgegen. Morgen würde man vielleicht schon eine gewisse Ähnlichkeit mit einer dem Neandertaler ähnelnden, späteren menschlichen Entwicklungsstufe feststellen können.

Vares zog sich neue Boxer-Shorts an. Es war höchste Zeit. Er hängte seine siffige Jeans über den Kleiderständer und zog sich seine baumwollene Trainingshose über. Das zweite Wohnzimmer, das *Olkku,* lag nur fünfzig Meter von der Haustür entfernt.

Auf dem Weg nach unten fasste Vares einen weiteren Entschluss. Er würde vorerst so tun, als ob er noch gar nichts von Mikko Bergs Schicksal wüsste. Er hatte jetzt wirklich keine Lust, mit der Stammmannschaft des *Olkku* das Ganze durchzukauen. Noch war nicht der richtige Zeitpunkt dafür. Sollte es sich schon herumgesprochen haben, sähe die Sache anders aus.

Aber die Gemüter der Leute im *Olkku* würden sich wohl auch kaum deswegen besonders erhitzen. Soweit Vares wusste, hatte Berg kaum jemals in den Laden reingeschaut. Er hatte einmal erwähnt, dass er »dessen Atmosphäre« nicht mochte. Bier, Eishockey, Kartenspiel, Kombi-Wette, Billard und die Musik von *Vilperin Perikunta* und anderen Turkuer Lokalbands. Das alles entsprach eben einfach nicht dem kultivierten Geschmack des Betriebswirts und Geschäftsführers Mikko Berg.

Jussi Vares betrat mit angelegten Ohren das Lokal. Seija warf ihm von der Tür zur Küche einen bedeutungsvollen Blick zu. Vares blieb am Tresen stehen und war eine Weile unentschlossen. Die Bierflaschenreihen in der Kühlvitrine zwinkerten ihm zu wie die Mädchen in den Fenstern des Vergnügungsboulevards von Amsterdam.

»Na, ein Großes oder Kleines?« fragte Seija abschätzend.

»Ein Großes. Ein großes Glas Milch ...« Die Worte schienen in Vares' Stimmbändern stecken zu bleiben.

»Ist das ein Tag.« Seija schien wirklich gut drauf zu sein. »Vares kommt rein und bestellt eine Milch ...«

»Wehe, wenn sie nicht richtig kalt ist!« sagte Vares drohend. »Und 'ne Portion Bockwurst. Mit Püree!«

Seija verschwand durch die Pendeltür in die Küche. Vares füllte sich am Buffet ein paar Salatblätter und eine Tomatenscheibe auf den Teller und verzog sich in den Hinterraum.

Am Ecktisch, unter den von der Decke hängenden Spielerhemden und der Flagge vom *TPS*, saßen vier Typen und spielten Karten. Der Lange Juuso, der schlaksige Wirt des *Olkku,* erhob seinen Blick und sah den Neuankömmling an:

»Meine Güte. Du siehst ja aus wie der Tod auf Urlaub. Durchweg grau. Ton in Ton abgestimmt. Und so fröhlich wie ein Nachrichtensprecher im Schwarzweißfernseher.«

»Ein bisschen mehr Respekt und Ergebenheit dem zahlenden Kunden gegenüber!« brummte Vares mürrisch und ging zum Nebentisch.

»Ist ja wohl genug Ergebenheit, wenn man hier bis früh morgens mit dem Hochdruckreiniger die Spuren hunderter Besoffener wegputzt, wie neulich Sonntagnacht.« Juuso legte die Stirn in Falten und checkte die Karten durch.

»Bitte nicht über diese verfluchte Nacht sprechen«, bat Jabi mit fast flehender Stimme.

»Was ist denn das hier für'n Gasthof. Hat die Restaurantschule besucht, der Herr Wirt, und behandelt die Gäste, wie's ihm gerade gefällt«, tat Tohe verwundert und machte Vares auf dem Seitensofa Platz.

»Komische Sache. Hat den Studiengang Bautechnik absolviert, der Herr Ingenieur, und findet nicht einmal die Tür nach draußen«, brummte Juuso in Tohes Richtung, schmiss die letzte Karte auf den Tisch und nahm die Punkte mit nach Hause.

»Tohe, eine Tatsache darfst du nie vergessen. Nicht nur, dass Juuso die Restaurantschule besucht hat, er ist sogar der Primus in seinem Kurs gewesen«, warf Taxi-Jussi ein, der heute einen freien Tag zu haben schien, da er begeistert einen tiefen Schluck aus seinem Glas nahm. »Aber zu unserem Unglück war's auf der Restaurantschule in Riihimäki, wo das Personal für die Zugbistros der Staatsbahnen ausgebildet wird.«

Vares schaufelte lustlos seinen Salatteller leer. Nachdem er seine Gabel abgelegt hatte, fragte er Tohe vorsichtig, was in der Nacht von Sonntag auf Montag später noch alles passiert war.

»Wir sind mit dem Taxi zur *Old Bank* gefahren …«

»Ein paar hundert Meter! Mit dem Taxi?«

»Ja. Dort wolltest du Macce und mir unbedingt noch 'ne doppelte Goldi-Cola ausgeben auf den Kummer. Und hast, soweit ich mich erinnere, auch selbst eine bestellt …«

»Daran werde ich keinen Augenblick zweifeln. Und was dann?«

»Dann wollten wir noch ins *Casanova* gehen. Und wieder klickte das Taxometer. Vor der Tür des *Nova* hast du dir's dann anders überlegt und uns stehen lassen. Bist einfach abgehauen, um nach neuen Abenteuern Ausschau zu halten. Zurück blieb nur blauer Dunst.«

»No further questions.« Vares hielt es für das Beste, sich auf seinen Bockwurstteller zu konzentrieren, den Seija gerade vor ihm abstellte.

Vares schaffte von der großen Portion nur etwa die Hälfte. Fingernagelgroße Schweißtropfen glänzten auf seiner glühenden Stirn. Die Verdauungsmaschinerie schien das Angebot abzulehnen. Die Mahlzeit hatte sich wie ein schwer verdaulicher Klumpen irgendwo zwischen Nabel und Rückgrat angesammelt.

»Na also, da kommt ja schon das nächste Holzauge, um uns den Tag zu retten«, gab Taxi-Jussi unter schwerem Stöhnen von sich.

Aus dem Schankraum trat ein älteres, schmales Kerlchen in einem abgewetzten, braunen Anzug den Hinterraum. Sein zerfurchtes Gesicht zierte eine ausgeprägte Hakennase, und sein welliges Haar war von dicken, grauen Strähnen durchzogen.

»Na, Jungs. Kein Grund zur Trauer. Ist doch 'ne ganz unbedeutende Angelegenheit, dieses Eishockey. Das letzte Mal, als es Strafstöße gegeben hat, ist uns ganz Karelien verloren gegangen!«

»Und Wiborg!« fügte Taxi-Jussi hinzu.

»Immer zu Diensten.« Wiborgs letzter Gigolo salutierte, machte an der Türöffnung eine elegante Kehrtwendung und ging zum Tresen, um sich einen Fernet-Mint auf Eis zu bestellen.

Vares holte aus dem Vorraum des Lokals die *Turkuer Nachrichten* vom Montag, Dienstag und Mittwoch. Die Montagsausgabe legte er erst einmal beiseite. Er hatte absolut keine Lust, die Kommentare über das traurige Spiel vom Sonntagabend zu lesen.

Kriminalkommissar Pielinen hatte wissen wollen, was Vares vor allem in der Zeit von Montagmorgen bis Dienstagabend gemacht hatte. Vares nahm also gleich die Zeitung vom Vortag. Er blätterte sie schnell mit feuchten Händen durch, entdeckte aber keine einzige Meldung, die irgendwie mit Mikko Bergs Schicksal zusammenhing.

Dennoch war es ihm gelungen, sich einiges von dem in sein Gedächtnis zurückzurufen, was er im Verlauf des Dienstags getan hatte. Er erinnerte sich, wie er am späten Vormittag auf dem Sofa in seinem Wohnzimmer aufgewacht war. Instinktiv hatte er sich ins Schlafzimmer begeben, dort aber weder geladenen noch ungeladenen Besuch angetroffen. Nach kurzem Suchen hatte er auch seine Brieftasche samt Kreditkarten auf dem Boden neben dem Korridortisch gefunden. Vares erinnerte sich, wie er sich, dadurch erleichtert und erfreut, schnell einige Flaschen Bier reingezogen und sich den frühen Nachmittag auch noch mit einigen mutigeren Schluck Whisky versüßt hatte. Ein gutes Anfangstempo für eine neue Rutschpartie.

Und alles andere, an was er sich erinnern konnte, war das,

was ihm vom Morgen noch im Gedächtnis geblieben war – die unendlichen Sekunden des Wartens in der lautlosen, erstickenden Dunkelheit, mit Beklemmung in der Brust und Todesangst im Nacken.

Die gesuchte Meldung fand sich in den *Turkuer Nachrichten* vom Morgen. Es war ein dreispaltiger Bericht im Innenteil der Zeitung. Ein Hundebesitzer hatte beim Gassi-Gehen am frühen Dienstagmorgen im Stadtteil Uittamo die Leiche eines vierzigjährigen Turkuer Geschäftsmannes gefunden, in der Nähe eines oberhalb der Meeresenge Pitkäsalmi auf Strandfelsen angelegten Terrassenrestaurants.

Vares richtete seinen Blick auf die Karten kloppende Gruppe am Ecktisch, ließ ihn zu Taxi-Jussi schweifen, der neben dem Kamin stirnrunzelnd Wettkupons ausfüllte, und blickte kurz noch einmal zu Tohe hinüber, der die letzte Doppelseite der *Handelszeitung* vor sich aufgeschlagen hatte.

Vares gähnte laut und begann langsam die Zeitungsmeldung zu lesen, Wort für Wort.

Der Mann war in derselben Nacht, offensichtlich kurz nach Mitternacht, ermordet worden. Mehrere Male fiel in dem Bericht das Wort »kaltblütig«. Aus ermittlungstaktischen Gründen wollte die Polizei der Presse gegenüber noch keine Angaben über den Hergang der Tat machen und auch nicht über den Namen des Opfers. Von der Turkuer Polizeibehörde war der Zeitung einsilbig mitgeteilt worden, dass man ausreichend Männer mit der Aufklärung der Bluttat betraut habe und dass man hoffe, schon in absehbarer Zeit konkrete Ergebnisse vorlegen zu können.

Vares faltete die Zeitung zusammen, schritt geradewegs zum Tresen und tänzelte dort eine Zeit lang unentschlossen herum. Seija tat so, als wüsste sie nicht, welch bitteren inneren Kampf er ausfocht.

»Ein Bier«, seufzte Vares leise. »Ein eiskaltes, bitte!«

»Ach, ein Bier nur! Egal, welche Marke?« fragte Seija, ohne eine Miene zu verziehen.

»Ey, mach hier nicht auf superwitzig«, bat Vares.

Vares setzte sich noch eine Weile vor seine halb verzehrte Bockwurstportion. Das kalte Bier lief ihm die Kehle hinab wie Birkensaft.

An der Türöffnung zum Hinterraum tauchte ein vertrauter Schatten auf. Wiborgs letzter Gigolo kam mit einem grünlichen Getränk in der Hand auf ihn zu.

»Habt ihr Freizeitbeschäftigungen! So junge Männer. Als ich in eurem Alter war, habe ich keine Karten gekloppt, wenn der Frühling blühte. Da hab ich mich mit den Mädels getroffen – im Monrepos-Park ...«

»Hey, Wiborger Jung. Wie schaffst du es nur, diese Tolle an der Stirn zu behalten, als ob sie dort angenagelt wäre. Mit Doppelklebeband, oder was?« knurrte Taxi-Jussi.

»Das ist ein Rezept von den Jungs aus Karelien. Zur Hälfte Spucke, zur Hälfte Sperma, dann hält's.« Wiborgs letzter Gigolo machte auf der Hacke kehrt und bestellte sich einen neuen Fernet-Mint auf Eis.

Die Stammgäste im Hinterraum warfen sich bedeutungsvolle Blicke zu.

»Das war 'ne ehrliche Antwort auf eine direkte Frage«, sagte Jussi Vares, kippte sich den letzen Schluck Bier hinter die Binde und huschte, als ob er vor etwas auf der Flucht sei, durch die Tür auf die heiße Straße hinaus.

5

Auf dem Anrufbeantworter war nur eine einzige neue Nachricht. Sie war von Pastor Alanen. Der Kamerad erkundigte sich besorgt nach Vares' Befinden. Vares war unentschlossen. Einerseits wollte er jetzt überhaupt niemanden sehen, wollte nur er selbst sein, vorsichtig atmen, sich möglichst wenig bewegen und sich von der Zeit die Fetzen seines Lebens langsam wieder zusammenflicken lassen. Andererseits wusste er, dass er in dieser Welt keinen treueren Freund hatte, als diesen guten alten, aus dem Amt entlassenen Geistlichen und Antiquariatshändler.

Wenn er den Pastor anrufen würde, könnte er reden, ohne einem anderen in die Augen schauen zu müssen. Wenn es jemanden gab, der ihn verstand und die helfenden Worte finden würde, dann war es der Pastor. Wurden Pfarrer nicht gerade dafür ausgebildet, mit schönen Phrasen den leidenden Menschen wenigstens eine kleine Entschädigung für ihre Kirchensteuer zu geben?

Vares holte sich ein Glas Wasser und wählte die Nummer des Antiquariats in der Sirkkalankatu. Der Pastor nahm nach dem dritten Tuten ab, war freudig überrascht und bat Vares, einen Augenblick zu warten. An der Verkaufstheke würde gerade ein Kauf getätigt.

Nach einer Minute kam der Pastor wieder an den Hörer zurück.

»Also, ich habe Anfang der Woche oft versucht, dich zu erreichen ... Wie geht's dir denn?« fragte Johannes Alanen.

»Ehrlich gesagt bin ich ganz im Arsch. Tiefer könnte ich eigentlich gar nicht in der Scheiße sitzen.«

»Was ist denn los? Schütte deinem persönlichen Hirten nur dein Herz aus. Das ist ein neuer Service von mir – die Telefonbeichte. Kostet nur ein Ortsgespräch plus ein Bier. Special price, only for you ...«

Vares holte tief Luft, schloss die Augen, fasste den Hörer fester und begann zu erzählen ...

Eine halbe Stunde dauerten Vares' Erklärungen. Pastor Johannes Alanen verkaufte, mit dem Hörer am Ohr, vier Herrenmagazine, einen ziemlich gut erhaltenen Steppenwolf und einen kompletten Jahrgang Jerry-Cotton-Hefte vom Ende der siebziger Jahre. Nebenbei tat er sein Bestes, den an der Strippe hängenden Kameraden zu trösten, in dessen Leben sich im Moment kein einziger Lichtblick zu zeigen schien.

»Beschissene Lage, Jussi«, musste der Pastor zugeben. »Aber mach dir nicht zu viel Stress mit diesem spitzzüngigen, jungen Kommissar. Immerhin leben wir in einem Rechtsstaat. Bei uns wird doch kein Unschuldiger aufgehängt.«

»Das wird mich sicher einmal trösten, nach Jahren an Mittsommer, wenn es mir schließlich und endlich gelungen sein wird, aus den in der Küche des Kakola-Knasts geklauten Servietten eine ausreichend stabile Halsschlinge für mich zu drehen«, lachte Vares freudlos.

»Übrigens, noch eine andere Sache. Ein seltsamer Zufall eigentlich. Berg ist am Samstag hier gewesen. Ist kurz vor Ladenschluss hereingekommen und hat bei mir ein Video fürs Wochenende ausgeliehen.«

»Aber Mikko war doch gar kein Stammkunde bei dir«, wunderte sich Vares.

»Nee, wirklich nicht. Letzten Freitag ist er zum ersten Mal über die Schwelle des Ladens getreten. Und der ist mit Sicherheit der am nächsten von eurem Büro gelegene in diesem Bereich.«

»Was hat er ausgeliehen?«

»Einen Porno. Soweit ich mich erinnere, einen aus der härteren Abteilung. Einen deutschen. Er traf die Wahl in einer Minute. Ein schneller Entschluss. Der normale Kunde schaut in der Regel erst einmal das ganze Sortiment durch.«

»Seltsam«, murmelte Vares. »Klingt irgendwie gar nicht nach Mikko.«

»Er schien es eilig gehabt zu haben. Und an der Tür fragte er noch ein paar Mal, wann der Laden am Montag aufmacht. Hat sich offenbar Sorgen um die Rückgabe gemacht.«

»Irgendetwas ist da faul. Vielleicht hatte für Mikko der Countdown schon begonnen. Der Mikko Berg, den ich kannte, ist mit Sicherheit nicht in die Pornovideothek eines Antiquariats gegangen, wenn er dicke Eier hatte«, sagte Vares.

»Aber genau der Mikko Berg war es. Ich kenne doch das Gesicht des Typen.«

»Okay. Das bezweifle ich auch gar nicht ...«

»Aber ist sonst noch was?« fragte der Pastor. »Kann ich dir irgendwie helfen?«

»Höchstens bei der Datenverarbeitung. Sind wir uns in den letzten paar Tagen irgendwo begegnet?«

»Nur ein Mal. Das war wohl am Montag, irgendwann gegen Abend. Du tauchtest wie aus dem Nichts am Tresen der *Apotheke* auf.«

»Moment mal. An irgend so etwas kann ich mich ganz dunkel erinnern ...«

»Ganz stockbesoffen scheinst du nicht gewesen zu sein. Aber bei einigen von uns verblasst die Erinnerung nun mal schneller. Zumindest bei dir. Das hab ich auch schon früher des Öfteren bemerkt.«

»Ja. Du weißt ja. Und ich gebe zu, was den Anfang der Woche betrifft, ist die Kreidetafel wie mit dem nassen Schwamm ausgewischt. Nichts Geschriebenes mehr. Tabula rasa. Filmriss.«

»Bist dann gar nicht lange geblieben, am Montag. Kaum eine Stunde. Hast ein paar Whisky zum Bier getrunken und dann ein Taxi bestellt. Es sah so aus, als ob du irgendetwas Dringendes zu erledigen hättest.«

»Bin ich in Begleitung gewesen?«

»Njet. Aber von irgendeiner Verabredung hast du geredet.«

»Hab ich das?«

»Ja, das hast du ...«

»Danke, Johannes. Lass uns Schluss machen. Es ist vielleicht besser, wenn ich eine Zeit lang nur für mich selbst philosophiere.«

»Ja, das tut manchmal gut. Aber ruf mich sofort an, wenn dir danach ist.«

»Mit Sicherheit. Gutes Geschäft dann ...«

»Ach, eine Sache noch. Ich habe in der Schlange im Supermarkt Nipa gesehen. Koiranen macht sich total Sorgen um dich. Ich sollte dich bitten, wenn ich dich zufällig treffe, dass du bei ihm anrufst.«

»Okay. Ich klingele ihn mal an. Versprochen. Also, wir werden schon durchkommen, Johannes.«

»Solche Arschlöcher wie wir kommen doch immer durch. Hau dir das in den Schädel, Jussi!«

Nipa – Niilo Koiranen – war seines Zeichens Bürovorsteher von *REPO Office Oy*. Neben den beiden Firmeninhabern war er der einzige Mitarbeiter des Unternehmens, der ein festes Gehalt bezog.

Vares hatte schon seit langem erkannt, dass Nipa zu den tragenden Kräften der Firma gehörte. Er war die stets präsente Seele des Unternehmens: Niilo »Nipa« Koiranen war ein geborener Schnüffler. Auf dieselbe Weise, wie jemand zum Soldaten geboren ist, ein anderer eine Begabung für den Beruf des Buchhalters hat oder sich zum Pflegebereich hingezogen fühlt, war Nipa zum Schnüffeln und Wühlen geschaffen. Im zaristischen Russland wäre er sicher in den Reihen der Ochrana gelandet, in der DDR hätte er seinen Platz in den Gehaltslisten der Stasi gefunden und im alten Westen wäre er höchstwahrscheinlich einer der Männer von Pinkerton geworden.

Nipas Ambitionen in Richtung Polizeischule zum Ende der sechziger Jahre waren an einigen bedauerlichen Jugendsünden gescheitert. Vares vermutete, dass er insgeheim deswegen noch immer verbittert war.

Nipa hatte die Arbeitspläne der Firma und das damit verbundene Anwerben freier Mitarbeiter unter Kontrolle. Er überwachte die Einsatzpläne, ließ eine angemessene Extra-Summe auszahlen, wenn etwas nicht so lief, wie es sollte, und schaffte es auch noch, innerhalb seiner gleitenden Arbeitszeit an normalen Schnüffelaufträgen teilzunehmen. Dürr wie ein Windhund, vornübergebeugter Gang, 52 Jahre alt – Niilo Koiranen war für ein auf Zwangsvollstreckung und Inkasso spezialisiertes Unternehmen *der* Mann.

»Nipa. Reden wir nicht drum herum. Du bist von jetzt an stellvertretender Geschäftsführer von *REPO Office Oy*«, begann Vares das Telefongespräch und kam damit gleich zur Sache. »Du wirst den Protokollauszug über den Entschluss des Vorstands nachträglich erhalten. Sobald ich wieder dazu in der Lage bin, mich über den Vartiovuori-Hügel zu schleppen, werde ich dir die Prokura samt Kontovollmacht ausstellen.«

»Danke auch, Vares ...« Wie es seinem Naturell entsprach, war aus der Stimme von Niilo Koiranen keine Spur von Überraschung herauszuhören. »Wer hat ihn denn umgebracht?«

»Das weiß ich wirklich nicht. Aber wir dürfen uns jetzt nicht unterkriegen lassen. Versuch du den Laden aufrecht zu erhalten und lass uns weitermachen wie bisher. Ich muss jetzt ein wenig vorausdenken. Und auch zurückblicken.«

»Sind sie schon bei dir gewesen? Die Zinnknöpfe, meine ich?«

»Gleich am Morgen. Ich bin wohl der Hauptverdächtige.« Vares versuchte zu lachen. Es war kein besonders geglückter Versuch.

»Hier sind sie auch gewesen. Hatte wirklich einen wölfischen Blick – dieser Kommissar«, gab Nipa zu.

»Na dann, viel mehr gibt's dann wohl nicht. Hau rein. Ich versuche weiter über die Sache nachzudenken. Wir kommen möglichst bald darauf zurück ...«

»Ach übrigens, das Fräulein Vaarala war hier und hat sich nach dir erkundigt ...«

»Ich werde versuchen, sie zu erreichen, wenn ich's schaffe. Auf Wiederhören, Nipa.«

Vares legte den Hörer auf und wollte sich schon erheben, als ihm noch etwas in den Sinn kam.

Anneliisa Eloranta.

Gegen Anneliisa war an sich gar nichts einzuwenden, eher im Gegenteil. Mindestens neun von zehn Männern hielten Anneliisa für eine außerordentlich attraktive, wenn nicht sogar begehrenswerte Frau.

Anneliisa war etwa 36 Jahre alt und hatte einen geschmeidigen Körper. Ihr makelloses Madonnengesicht wurde von einem umwerfend dicken, rötlich braunen Lockenschopf eingerahmt.

Anneliisa betrieb in der Turkuer Innenstadt eine esoterische Buchhandlung namens *Dolce Vita*, die auf alle möglichen Arten von Grenzwissenschaften spezialisiert war, von der Homöopathie bis zur Edelsteintherapie. Vares hatte allerdings den Verdacht, dass der Laden für sie ein reines Hobby war. Ihre eigentliche Aufgabe war es, die Gattin des Betriebswirts und Geschäftsführers Mikko Berg zu spielen. Das heißt, eine kulturell interessierte und gesellschaftsfähige attraktive Frau zu sein, die fünf Sprachen beherrschte und bei jeder Feier die schönste Blume war.

Die Kulisse stimmte, aber Vares glaubte schon seit langem erkannt zu haben, dass jeder der beiden Ehepartner sein eigenes Leben führte.

Das Arrangement schien jedoch für beide Beteiligten eine passende Lösung zu sein.

Vares war im Moment in einer Seelenverfassung, in der es fast über seine Kräfte ging, die Frau seines ehemaligen Kompagnons anzurufen. Er war sich aber bewusst, dass er sich dieser Pflicht nicht entziehen konnte.

Vares suchte die Nummer aus dem Telefonbuch heraus und wählte. Der telefonische Anrufbeantworter der esoterischen Buchhandlung *Dolce Vita* teilte mit, dass das Geschäft für den Rest der Woche geschlossen sei. Was wirklich kein Wunder war.

Als Nächstes wählte Vares Bergs Privatnummer.

Wieder der Anrufbeantworter. Aber diesmal war auf dem Band nicht die aufgesetzt harmonisch klingende Begrüßung zu hören, die Mikko und Anneliisa gemeinsam aufgesprochen hatten, sondern nur Anneliisa, die mitteilte, dass sie im Augenblick nicht anzutreffen sei, und darum bat, eine Nachricht zu hinterlassen.

In der Leitung war ein langer Pfeifton zu hören. Vares räusperte sich und sprach kurz:

»Hallo Anneliisa, hier ist Jussi Vares. Das ist ja unglaublich und unfassbar … aber erst einmal mein Beileid. Versuch jetzt, die Fassung zu bewahren. Mach's gut, wir hören voneinander.«

Vares legte den Hörer auf, seufzte tief und ging zum Kühlschrank. Im Gemüsefach fand er eine Tomate. Er wog die Frucht wie ein Pitcher beim Baseball eine Weile in der Hand und biss schließlich hinein. Die rote Tomatenhaut fühlte sich leblos und plastikartig an. Vares biss wutentbrannt die Zähne zusammen. Das wässrige, zähe Fruchtfleisch ergoss sich über sein Hemd.

»Verdammte Scheiße!«

Jussi Vares war schon unterwegs ins Badezimmer, um die Vorderseite seines Hemdes auszuwaschen, als sein Blick aus irgendeinem Grund auf seine Jeans fiel, die über dem Kleiderständer hing. Er bemerkte, dass die Hose an den Knien mit Schmutz verschmiert und grasgrün war. Vielleicht könnte man sie auch gleich in die Maschine werfen.

Vares nahm die *Levis* und durchsuchte erst einmal die Taschen.

In der rechten Seitentasche fand er ein bereits aus der Schutzfolie befreites Kondom. Ein einfaches Standardmodell, ohne die neuzeitlichen Höcker und Zähne, ohne Noppen, Nippel, Erdbeergeschmack oder knallige Farben. Das bewährte Grundmodell der Marke *Sultan*.

Vares hob das Gummi vorsichtig mit zwei Fingern an. Es war ausgerollt wie ein Geschenkpaket, aber ohne Grüße.

Vares dachte angestrengt nach. Er versuchte irgendeinen seidendünnen Verbindungsfaden zu finden zwischen den schmutzigen Flecken an den Knien der Jeans und dem Gegenstand, den er in der Hand hielt. Gerade als ein Gedanke aus den tiefsten Winkeln des Bewusstseins an die Oberfläche zu dringen versuchte, drehte sich der Schlüssel im Schloss der Wohnungstür und die Tür sprang auf.

Hinter der Schwelle stand Kriminalkommissar Kerkko Pielinen. Links und rechts von ihm warteten zwei Männer mit ausdrucksloser Miene.

»Hausdurchsuchung. Wir sind mit dem Generalschlüssel des Hausmeisters hereingekommen ...« Der Kommissar fing mitten in seiner Ankündigung an zu stocken. Er musste die Augen zusammenkneifen, als ob er sich noch einmal vergewissern wollte, was er gesehen hatte.

Jussi Vares schob automatisch seine rechte Hand mit dem schrumpligen Kondom hinter seinen Rücken. Dann wischte er mechanisch mit der linken Hand das über seinen Hemdeinsatz laufende Tomatenfleisch ab.

»Nur hereinspaziert, meine Herren …« brachte Vares heraus.

»Danke«, sagte der Kriminalkommissar. »Lassen Sie sich auf keinen Fall bei der Sache stören, mit der Sie gerade beschäftigt sind …«

6

»Korrigieren Sie mich ruhig, wenn ich mich irre, aber sind wir uns nicht am frühen Morgen schon einmal begegnet?« Vares tat schnell einen Schritt zur Seite und steckte seine Hand durch die offene Tür ins Badezimmer. Das schrumplige Kondom wollte sich nicht von den Fingern lösen. Er wedelte mit der Hand, bis das Gummi ins Klobecken platschte.

»Ganz richtig«, bestätigte Kriminalkommissar Pielinen. »Und auch da war uns die Überraschung wohl gelungen.«

Die Polizisten gingen wortlos hinter Vares her. Pielinen ließ sich auf dem Sofa nieder. Seine Assistenten blieben in der Wohnzimmertür stehen. Die Männer stellten ihre dicken Arbeitskoffer auf den Boden und begannen sich umzuschauen wie zwei in einen Fuchsbau eingedrungene Jagdhunde.

»Ich würde den Herren ja gern einen späten Lunch servieren, aber zufällig habe ich gerade mit meinem zweiwöchigen Fasten begonnen. Im Moment habe ich wohl nicht mehr anzubieten als Klistierspritzen und Meeralgenextrakt …« Vares breitete entschuldigend die Hände aus. »Natürlich können Sie auch ein anderes Mal vorbeikommen, zum Beispiel Anfang Juni. Ich koche nämlich ausgezeichnet Spaghetti. Bringen Sie doch einfach den Wein und die Soße mit.«

Kriminalkommissar Pielinen rieb sich mit ausdruckslosem Gesicht den Nasenrücken. Er schaute Vares von oben bis unten an.

»Vares. Mit Ihrem ständigen Geschwätz werden Sie überhaupt nichts erreichen. Ihre Lage ist in Wirklichkeit viel bedenklicher, als Sie glauben.«

»Das bezweifle ich nicht. Sonst würden die Steuerzahler wohl nicht ständig hoch bezahlte Beamte in meine Bude schicken.«

»Vares. Noch einmal. Dieses leere Gewäsch zieht bei uns nicht. Wir sind schon mit ganz anderen Typen fertig geworden. Und auch den härtesten von ihnen ist mit der Zeit das Lachen vergangen!«

»Mit der Zeit nehm ich es eigentlich gar nicht so genau. Aber allmählich würde ich doch gern wissen, weshalb Sie ganz ohne Vorwarnung mit dem Schlüssel des Hausmeisters in meine Bude eindringen. Sie hätten mich zum Beispiel gerade in einem romantischen Augenblick ertappen können – mit einer jungen Frau oder auch nur mit mir selbst …«

»Sie sind ja wirklich vorsichtig. Schützen Sie sich auch vor sich selbst mit einem Gummi?« Kommissar Pielinen verzog den Mund zu einem schiefen Grinsen.

»Wir leben in ziemlich verseuchten Zeiten …«

»Zur Sache jetzt. Sie können sich den Grund unseres Besuches sicher denken. Und ich kann Ihnen auch verraten, dass diese beiden Herren hier Kriminalhauptmeister Autere und Lehtimaja sind. Sie werden in Ihrer Wohnung eine kleine, aber gründliche Hausdurchsuchung durchführen.«

»Tun Sie sich keinen Zwang an. Aber hätten Sie mich nicht wenigstens etwas früher von der Sache unterrichten können? Ist mir total peinlich, ich hab in den letzten Tagen sehr viel um die Ohren gehabt und so gut wie gar nicht aufgeräumt.«

»Macht nichts. Die Jungs werden schon aufräumen. Sie werden die losen Gewebefetzen, Haarsträhnen, Schuppenteilchen und die Erdkrümel an der Schwelle der Wohnungstür schon einsammeln. Und mit ein wenig Glück auch die Blutrückstände beseitigen. Die beiden arbeiten sehr gründlich.« Kriminalkommissar Pielinen sprach langsam und mit Nachdruck – und legte eine Spur von Schärfe in seine Stimme.

»Prima Sache. Machen diese Jungs abends noch 'n Job als Türsteher oder könnte man sie öfter mal zum Aufräumen bestellen? An verlässlichen Profis herrscht heutzutage Mangel. Ich bin nämlich Junggeselle und der Bodenwischer scheint mir nicht so richtig in der Hand zu liegen …«

»Ziehen Sie sich ein wenig passendere Sachen an. Wir beide machen gleich einen kleinen Ausflug über den Vartiovuori-Hügel, zu Ihrer Firma. Die Jungs lassen wir hier in Ruhe allein herumwuseln.« Kriminalkommissar Pielinen fuchtelte mit der Hand, als sei er etwas ungeduldig.

»Sie haben's ja ziemlich eilig ...«

»Jetzt murren Sie hier mal nicht so rum. Außerdem werden Ihnen ein paar Lungenzüge frische Luft sicher gut tun. Lüften Sie eigentlich Ihre Bude nie?«

Während des Aufstiegs auf dem zur Bühne des Sommertheaters führenden Weg des in voller Frühlingsblüte stehenden Parkhügels schoss klebriger Schweiß aus Vares' Poren. Sein Herz flatterte wie ein Schmetterling. Vares schob es darauf, dass er außer Übung war. Seit dem letzten Mal, als er einen ernst zu nehmenden, mehrere Tage andauernden Rausch gehabt hatte, war schon einige Zeit verstrichen. Der Körper schien sich auf eine derartige Bestrafung nicht mehr ohne Mucksen einlassen zu wollen.

»Ich kenne zufällig ganz gut deinen ehemaligen Kollegen, den Kommissar Hautavainio«, keuchte Vares, als sie endlich den Scheitelpunkt des Hügels erreichten. Er hatte beschlossen, zum Du überzugehen.

»Na und, was ist mit ihm?« Pielinen schritt rhythmisch wie eine Maschine voran.

»Ich dachte nur, dass du mal bei ihm anklingeln könntest. Er lebt dort auf Hirvensalo auf seinem Altenteil und beschäftigt sich damit, seine Apfelbaumschößlinge vor Feldhasen und Maulwürfen zu schützen. Sein Herz will nicht mehr so richtig. Du könntest ihn zum Beispiel mal ein wenig über mich ausfragen. Hautavainio wird sicher gern Auskunft geben. Er kann vielleicht ein paar Hintergrundinformationen liefern, die für den Fortgang der Ermittlungen nützlich sein könnten.« Vares wischte sich mit dem Handrücken über die Stirn.

»Ich ziehe meine Schlüsse lieber aus selbst recherchierten, harten Fakten. Und ich glaube auch nicht, dass Hautavainio irgendwelche Informationen zu dem Fall aus erster Hand hat.«

»Ich wollte nur ein wenig weiterhelfen, um den Herren einige Wege zu ersparen. Und gleichzeitig unseren bankrotten Staat vor unnötigen Ausgaben bewahren.«

»Überlassen Sie es lieber qualifizierteren Männern, über diese Angelegenheiten nachzudenken«, sagte Pielinen gereizt.

Vor dem frisch gestrichenen Holzhaus, in dem *REPO Office Oy* seine Geschäftsräume hatte, fiel Vares ein am Straßenrand geparkter, dunkelblauer, großer Pontiac mit getönten Scheiben auf. Er vermutete im Vorübergehen, dass es Nipa und seinen Gehilfen wohl endlich gelungen war, das Fortbewegungsmittel des Geschäftsführers Talaranta aufzuspüren. Auch der Geländewagen und ein paar Motorjachten dieses Kerls konnten mit etwas Glück schon gefunden worden sein – falls sie nicht gleich nach Estland verschoben worden waren. Aber das Finanzierungsinstitut würde mit diesem dreihunderttausend Finnmark teuren Ami-Schlitten sicher schon zufrieden sein.

Niilo »Nipa« Koiranen saß in seinem kleinen Arbeitszimmer, das voll von Mappen und Ordnern war. Koiranen war lang und dünn und hatte eine krumme Haltung. Sein Gesicht war zerfurcht, und obwohl er so mager war, hingen seine Wangen schlaff herab wie bei einem alten, traurigen Rüden die Lefzen. Zwischen Nipas Fingern qualmte an diesem Tag die schon wer weiß wievielte *North State*, sodass es im Zimmer wie in einem Biogastank roch. Sein klarer, scharf beobachtender Blick wanderte vom Kriminalkommissar zu Vares und wieder zurück zu dem Polizisten.

»Koiranen. Wenn Sie nichts Weltbewegendes zu tun haben, dann gehen wir doch einfach in das Zimmer Ihres verstorbenen Geschäftsführers. Zu einer kleinen Besprechung.« Pielinen zeigte mit dem Daumen in den Raum hinein.

Nipa drückte seinen Zigarettenstummel in dem überfüllten Aschenbecher aus, der mindestens die Größe einer Mercedes-Radkappe hatte. Er blickte noch einmal schnell zu Vares hinüber, erhob sich träge und streckte seinen langen Körper gerade.

Vares setzte sich hinter den großen, bogenförmigen Schreibtisch von Mikko Berg und brachte den Stuhl in eine angenehmere Sitzposition. Kriminalkommissar Pielinen ließ sich in dem Designersessel nieder, der neben dem von Alvar Aalto entworfenen Serviertisch stand. Nipa machte es sich in dem etwas abseits stehenden Sofa bequem, das, wie Vares sich erinnerte, knapp zwanzigtausend gekostet hatte. Mikko Berg hatte immer einen anspruchsvollen Geschmack gehabt. Vares hatte sich mehrmals mit hochgezogenen Augenbrauen über die Anschaffungen seines Kompagnons gewundert, sich aber schließlich mit dessen Feststellung zufrieden gegeben, dass man in das Arbeitszimmer eines Geschäftsführers unbedingt investieren müsse.

Es stellte seiner Meinung nach eine Botschaft dar.

»Jaha, meine Herren.« Kriminalkommissar Pielinens Blick schweifte von der auf dem Aktenregal stehenden, einen halben Meter hohen Glasskulptur über die an der hinteren Wand hängenden abstrakten Grafikblätter zum Türpfosten, wo das als Ausstellungsstück angeschaffte, aus wertvollem Leder hergestellte antike Golfbag stand. »Ihrer Firma scheint es in der letzten Zeit ganz gut zu gehen, oder?«

»Kein Grund zur Klage.« Vares hob die Schultern an.

Nipa saß auf dem Sofa und nickte. Er fuhr schon automatisch mit der Hand zu der in seiner Brusttasche verborgenen Zigarettenschachtel, als er sich daran erinnerte, dass er sich im Zimmer des Geschäftsführers befand. Mikko Berg hatte das Rauchen immer verabscheut. Er hielt es für ein Laster der Unterprivilegierten, die sich nicht selbst im Griff hatten.

»Wie gut?«

»Wie gut wird es einer Inkassofirma in diesen Zeiten wohl gehen? Inmitten der schlimmsten Rezession, die das Land je erlebt hat …« lachte Vares. »Zeitweise gut, zeitweise unverschämt gut. Es fällt mehr Arbeit an, als man bewältigen kann.«

»Gut zu hören. Darf ich einige Zahlen erfahren? Wenn's den Herrschaften recht ist.«

Nipa ging in sein Zimmer, um einige Mappen zu holen. Vares

nutzte die Zeit, um den Tischkalender zu überfliegen. In dem Kalender standen für das Ende der vergangenen Woche ganz gewöhnliche, die Aktivitäten der Firma betreffende Vermerke. Sie waren in Mikkos vertrauter, pedantischer Handschrift geschrieben.

Für den Beginn der laufenden Woche waren nur ein paar Termine eingetragen. Autoinspektion am Dienstag und ein Kundengespräch mit dem stellvertretenden Direktor eines Helsinkier Finanzierungsinstituts im Restaurant *Suomalainen Pohja* am Mittwoch.

Vares blickte auf seine Armbanduhr. Der besagte Herr saß vermutlich gerade ungeduldig an seinem Restauranttisch – wenn er nicht bereits von dem grausigen Schicksal seines Verhandlungspartners erfahren hatte.

Kriminalkommissar Pielinen vertiefte sich in die Aktenunterlagen und Computerausdrucke. Er runzelte die Stirn, nickte und räusperte sich einige Male nachdenklich.

»Das letzte Geschäftsjahr lief Ende Januar ab. Vor rund drei Wochen haben wir die Bücher abgeschlossen«, erklärte Nipa vom Sofa aus. »Es war die beste Bilanz, die die Firma bisher gehabt hat. Auch die Schulden sind praktisch abbezahlt. Alles in allem handelt es sich ja nicht gerade um eine kapitalintensive Branche. Aber die Dinge ordnen sich allmählich: der Eigenfinanzierungsgrad, die Rentabilität ...«

»Alles ist also bestens in Schuss, außer dem Geschäftsführer der Firma.« Kriminalkommissar Pielinen klappte mit einem lauten Knall die Aktenmappe zu und ließ seinen Blick langsam von einem Mann zum anderen schweifen.

»Würde mir jetzt bitte jeder von Ihnen mit eigenen Worten sagen, wie es zu diesem Trauerspiel kommen konnte? Weshalb wird der Geschäftsführer eines erfolgreichen Unternehmens, ein renommierter Mann in der Stadt, Rotarier, Golfer und Ersatzkommodore eines Segelklubs, also ein Musterbürger, der seinesgleichen sucht, inmitten von Bierflaschenscherben und Kondomverpackungsfetzen neben einem Tanzpavillon im Gebüsch aufgefunden, durch einen Nackenschuss getötet?«

Erschossen also. Jetzt war es raus …

Vares holte tief Luft. Er war sich sicher, dass Pielinen diese Information nicht unbeabsichtigt preisgegeben hatte. Wenn es überhaupt eine Information gewesen war. Natürlich konnte es auch ein kleiner Bluff sein.

»Wenn Sie vielleicht beginnen würden, Bürovorsteher Koiranen.«

»Ich bin wirklich ebenso verblüfft wie jeder andere auch. Wie ich dem Herrn Kommissar doch bereits am Morgen zu verstehen gegeben habe …«

»Wie würden Sie die Beziehung zwischen Berg und diesem Herrn Vares hier beschreiben?«

»Auf diese Frage kann ich insoweit selbst antworten, dass wir beide überzeugte, ja sogar eingefleischte Heteros sind, und zwar von der schlimmsten Sorte«, mischte sich Vares ins Gespräch ein. Der Stil des Kommissars begann ihn mit jedem Augenblick mehr auf den Magen zu schlagen.

»Ich brauche wohl nicht zu erwähnen, wie sehr mir diese Klugscheißerei auf den Geist geht«, sagte Pielinen, ohne in Vares' Richtung zu schauen. »Na los, Koiranen. Ich hab Ihnen doch gerade eine Frage gestellt.«

»Was soll ich dazu sagen?« Nipa Koiranen hob seine hängenden Schultern. »Meines Erachtens sind die beiden immer gut miteinander ausgekommen. Beide haben ihre Arbeit gemacht, und ich konnte mich in aller Ruhe um meinen eigenen Bereich kümmern. Es ist eigentlich nie etwas Besonderes zwischen ihnen vorgefallen, nicht mehr als das, was normalerweise zwischen Männern üblich ist. So eine vertrauliche Frotzelei.«

»Berg hatte also nichts daran auszusetzen gehabt, dass sich der zweite Gesellschafter drei Tage lang im halb bewusstlosen Zustand in der Stadt herumgetrieben hat?« Pielinen warf Vares einen vielsagenden Blick zu und schaute fragend zu Nipa herüber. »Wirklich ein Zeichen von ungewöhnlicher Toleranz …«

»Moment mal!« Vares nahm auf seinem Stuhl Haltung an. »Das war eine ganz seltene Ausnahme. Und es hatte seine Gründe. Ein extrem traumatisches Erlebnis, das etwas mit Eishockey zu tun hat. Aber Koiranen wird bestätigen, dass solche Eskapaden in der letzten Zeit gar nicht mehr auf meinem Programm gestanden haben ...«

Nipa nickte zustimmend.

»Also ein außergewöhnlicher Zufall. Wie soll's auch anders sein.«

Kriminalkommissar Pielinen betrachtete seine Nagelhaut.

»Genau.«

»Umso außergewöhnlicher an dem Fall ist, dass zur selben Zeit Ihr Geschäftsführer, gelinde gesagt, auf außergewöhnliche Weise das Zeitliche segnet ...« Pielinen ließ seinen Verdacht in der Luft hängen.

»So ist es. Der Fall ist seltsam verwickelt. Aber sorry.« Vares breitete die Hände aus.« Wir zwei sind ganz unschuldig an diesem Umstand.«

»Ja, wie immer. Aber jetzt sind Sie an der Reihe, Mister Unschuldig.« Pielinen richtete seinen Blick auf Vares und betonte ganz unangenehm das Wort »unschuldig«. »Als unschuldiger Steuerzahler haben Sie vielleicht Ihre eigene Theorie für die Ursache dieses Trauerspiels?«

»Nein. Hab ich nicht. Das Ganze ist für mich ein völliges Mysterium.« Vares breitete wieder die Hände aus.

»Versuchen Sie wenigstens eine zu finden. Strengen Sie Ihr Gedächtnis an. Wenn Sie wirklich unschuldig sind, haben Sie sich doch sicher zum wiederholten Male einige Fragen durch den Kopf gehen lassen, nicht wahr? Immer wieder und wieder. So wie auch ich es tun würde, wenn ich unschuldig und unwissend wäre. Und kein einziges Alibi vorweisen könnte.« Pielinen schaute Vares unverwandt mit scharfem, ungläubigem Blick an. »Wer könnte denn Jussi Vares' Meinung nach der Mörder seines guten Freundes und Kompagnons Mikko Berg sein? Nennen Sie mir einige Alternativen.«

»Im Tanzpavillon in Uittamo wird im Sommer häufig Nachmittagstanz für Rentner veranstaltet. Würde sich vielleicht lohnen, mal die örtlichen Abo-Listen der großen Klatschillustrierten zu durchforsten ...« sagte Vares nachdenklich. Ein Gefühl des Überdrusses kam mit gefährlicher Geschwindigkeit in ihm hoch.

»Du hältst dich wohl für einen ganz harten Knochen, was?« Pielinen duzte Vares jetzt zum ersten Mal, wahrscheinlich unbeabsichtigt, weil er gereizt war.

»Nein. Dieses Verhör erscheint mir einfach überflüssig. Woher soll ich denn wissen, was Mikko in seinen letzten Stunden getan hat? Ich hab schon genug damit zu tun, zu klären, was mir selbst in den letzten paar Tagen widerfahren ist«, sagte Vares ungeduldig.

»Machen Sie sich darüber keine unnötigen Gedanken, Herr Vares.« Pielinen erhob sich langsam. »Ich nehme an, dass die Turkuer Kriminalpolizei das für Sie erledigen wird. Auf ein baldiges Wiedersehen – meine Herren!«

Der Kriminalkommissar entfernte sich mit ausholenden Schritten in Richtung Eingangstür. Nipa stellte sich sofort auf seine schmächtigen Füße und ging in Richtung Flur. Noch bevor er die Schwelle übertreten hatte, hing ihm schon eine *North State* im Mundwinkel. Vares machte eine halbe Drehung mit dem Stuhl und stand ebenfalls auf. Er folgte der im Flur zurückgebliebenen Rauchspur, die direkt in das enge Zimmer des Bürovorstehers führte.

»Der Sheriff scheint mich aus irgendeinem Grunde für den Hauptverdächtigen zu halten.« Vares blieb mit gequälter Miene am Türpfosten stehen.

»Ja. Er scheint dich wirklich nicht gerade zu mögen«, stimmte Koiranen zu. »Aber auch mich hat er ganz schön schief angesehen.«

»Dafür bekommt er ja auch seine Alterszulage. Muss man verstehen ... ach, und der Ami-Schlitten von Talaranta scheint gefunden worden zu sein?«

»Ja, der ist dann doch gefunden worden. Und wir nehmen an, dass auch die Millionenjacht irgendwo in einem Bootsschuppen an der Küste wieder aufgetaucht ist. Ich hab's noch nicht geschafft, dem Hinweis nachzugehen.«

»Nun, das ist ja nicht das, was uns im Moment den größten Kummer bereitet.« Vares rümpfte die Nase, als er bemerkte, dass Nipa die Finger nach einer neuen *North State* ausstreckte. »Wie es mit der Firma weitergehen soll, werden wir besprechen, wenn die Zeiten besser sind und auch ich wieder in besserer Verfassung bin. Sobald die Meldung von Mikkos Tod publik wird, werden die Geschäfte sicher ziemlich durcheinander geraten. Man würde vielleicht besser damit fahren, wenn man eine Auszeit nähme.«

»So wird es wohl sein. Aber ich kümmere mich weiterhin um die Aufträge, die noch nicht erledigt sind, und dann sehen wir mal weiter ...«

»Okay ...« Vares biss sich mit abwesendem Blick auf die Unterlippe. »Ich werd' wohl abhauen. Nach Hause kann ich jetzt nicht gehen. Dort schnüffeln die Lakaien dieses Kommissars in den Ecken herum. Ich lasse die Jungs lieber allein mit ihren Probentütchen. Wie wär's mit'm Bierchen in der *Apotheke*, Nipa?«

»Ich hab wahnsinnig viel zu tun. Lieber ein anderes Mal. Ich muss noch den Transport für die Gabelstapler dieser Maschinenfabrik aus Halikko organisieren.« Nipa Koiranen warf einen Blick über die Papiere, die auf seinem Schreibtisch vor ihm ausgebreitet waren.

»Na gut.« Vares wollte schon zur Tür hinausgehen. »Eine Frage noch. Wie wirkte Mikko, als du ihn das letzte Mal gesehen hast?

»Es war am Samstagnachmittag. Er kam ganz verschwitzt zur Tür herein. Als ob er ein Stück zu Fuß gegangen sei. Zumindest hatte er seinen Volvo nicht vorn auf seinem Stammparkplatz geparkt. Dann ist er direkt in sein Zimmer gegangen. Den Geräuschen nach zu urteilen, hantierte er dort mit irgendetwas herum. Es hat geklirrt und geklappert. Vielleicht fünf Minuten lang. Und dann ist er wieder raus. Ich habe aus dem Fenster gesehen, wie er losging. Ist links die Straße runtergelaufen. In Richtung Kaskenkatu ...« Niilo »Nipa« Koiranen legte eine kleine, nachdenkliche

Pause ein. »Ich kann mich wirklich nicht erinnern, ihn schon einmal so aufgewühlt gesehen zu haben …«

7

Pastor Alanen war gerade dabei, eine betagte Frauensperson zu bedienen, die Heimatliteratur über die Landgemeinden am Nordufer des Ladoga-Sees suchte. Der Pastor schrieb geduldig in ein Rechenheft die Fehlliste der Bücher, deren Namen die Frau mit ihrer dünnen Stimme aus dem Gedächtnis herunterleierte.

Vares lungerte zwischen den Regalen des Antiquariats herum, überflog die abgegriffenen Buchrücken und zog hin und wieder ein Werk heraus, um das Cover zu begutachten.

Nachdem die alte Dame gegangen war, begann der Pastor, die Tagesausbeute der Tauschmagazine zu sortieren. Die *Jallu-*, *Kalle-* und *Ratto*-Hefte und all die anderen Schmuddelpornos landeten in wenigen Minuten routiniert in den für sie vorgesehenen Fächern. Nebenbei zeigte er Vares das Pornovideoregal, aus dem sich Mikko Berg am letzten Samstag seines Lebens die deutsche Leihkassette herausgesucht hatte.

»Die Kassette wirst du wohl als Verlust verbuchen müssen. Wenn du nicht unbedingt mit den Behörden in Mikkos Nachlass herumwühlen willst«, stellte Vares fest.

»Ja. Also, dieser Herr Berg versprach, sie gleich am Montag wieder zurückzubringen. Und er war richtig aufgedreht.«

»Er wirkte also irgendwie seltsam?« versicherte sich Vares.

»Ich erinnere mich nur noch, dass er es eilig hatte und ganz hektisch wirkte. Irgendwie nervös. Zweifellos.«

Mikko Berg versuchte doch immer und überall das Bild eines ausgeglichenen und beherrschten Mannes abzugeben, der sich in jeder Situation unter Kontrolle hat. Das war sein Markenzeichen. Letzten Samstag jedoch hatte er zuerst bei *REPO Office Oy* und dann hier im Antiquariat ordentlich Wind gemacht. Hatte er vor irgendetwas Angst gehabt? Hatte er gespürt, dass sein Countdown angelaufen war?

»Und wie geht's sonst?« fragte der Pastor. »Wie fühlt sich der Mann?«

»Ganz gut. Finnland verliert beim Finale der Eishockey-Weltmeisterschaft durch Penaltys, ich selbst habe einen immensen, bis in die Knochen zu spürenden Kater, mein Kompagnon ist ermordet worden – und ich scheine auch noch der Hauptverdächtige zu sein. Hat wirklich prima angefangen, der Frühling, danke der Nachfrage. Der einzige Trost an der Geschichte ist, dass das alles nicht in Russland passiert.«

»Übrigens, dazu fällt mir der ein: Ein berühmter russischer Regisseur dreht mit seinem Team einen monumentalen Kriegsfilm. ›Wird so ein Film nicht furchtbar teuer, bei den vielen Statisten?‹, fragt ein Assistent. ›Kein Problem‹, meint der Regisseur, ›bei den letzten Szenen filmen wir mit scharfer Munition.‹«

»Hast du den in der *Apotheke* aufgeschnappt?«

»Genau dort. Ruuhio, der Redakteur, hat ihn erzählt.«

»Apropos *Apotheke*. Kommst du mit auf ein Bier? Irgendwas zum Abspannen braucht man jetzt. Verdammt.«

»Das passt mir gut. Es ist ja schon sechs Uhr durch. Ich mach für heute den Laden dicht.« Der Pastor hob den Daumen und zwinkerte vielsagend.

Als die beiden Männer in die *Apotheke* traten, schenkte Otto gerade J. Kolvi, dem Probemitglied in der Bühnengenossenschaft, das hausgebraute Ale ein. Kolvi begrüßte Vares und den Pastor und drückte Letzterem einen Hunderter in die Hand, mit der Bemerkung, dass man Ehrenschulden immer sofort am Zahltag begleichen sollte. Der Pastor war derselben Meinung.

Es war früh am Abend und in der *Apotheke* war noch nicht viel los. Die übliche Kundschaft schlug auf ihren angestammten Hockern die Zeit tot. Ein in der Nase kitzelnder Malzgeruch stieg von der im Keller gelegenen hauseigenen Brauerei auf. Die Stimmung wurde nicht einmal durch Musikgedudel getrübt. Otto und seine Jungs hatten versprochen, dass niemals eine Musikbox durch die Tür des Lokals getragen werden sollte – von Karaoke, dem *Herpes genitalis* der Kneipenkultur, natürlich ganz zu schweigen.

Am Tresen sah Vares direkt vor Redakteur Ruuhio eine Portion Pferdewurst mit dicken Salzgurkenscheiben stehen, und zum ersten Mal an diesem Tag bekam er Hunger. Er teilte Tapsa mit, dass zwanzig Zentimeter genau die richtig Menge für ihn sei, mit reichlich Salzgurken und Sauerkraut dazu. Dann bat er Otto um ein großes »Kellerbier«. Der Pastor gab mit einem Kopfnicken zu verstehen, dass er auch eins wollte.

Vorm Tresen war noch genug Platz. In einiger Entfernung tranken sich drei jüngere Doktoranden der Wirtschaftsuniversität, auch sie Stammkunden, einen fröhlichen Vorabendrausch an. Am anderen Ende der Theke schaute Kurzprosaist Luusalmi, den buschigen Schnurrbart voller Guinness-Schaum, hinter seinem *Abendblatt* hervor und begrüßte die Neuankömmlinge.

»Na, wie isses, Luusalmi? Schon seit ein paar Wochen nicht mehr gesehen. Wie stehn die Dinge?« fragte der Pastor.

»Nicht unbedingt zum Besten. Der Verleger hat mir gestern seinen endgültigen Standpunkt dargelegt, dass die Welt wohl noch nicht reif genug sei, um meine neueste Novellensammlung entgegenzunehmen.« Luusalmis Schnurrbart schien fast traurig herunterzuhängen.

»Hast du gerade etwas anderes in der Mache?«

»Im *City-Magazin* dürfte nächste Woche 'ne Kolumne von mir abgedruckt sein, aber nur, wenn's durchgeht.«

»Aha. Zu welchem Thema?«

»Die zehn praktischsten Bumsklos der Stadt, samt Begründung in einer Rangordnung aufgelistet ...«

»Klingt interessant.«

»Ja, man muss nur fest daran glauben, dass die Literatur noch nicht tot ist.« Luusalmi lächelte säuerlich.

»Wenn man sich die junge Generation anschaut, so will man bald schon gar nicht mehr daran glauben«, murmelte der Pastor betrübt. »Die kommen doch ganz dreist in meinen Laden und beschweren sich darüber, dass die Pornostorys in der *Jallu* viel zu lang seien. Mehr als eine halbe Seite wolle doch niemand lesen.«

»Es gibt auch Ausnahmen«, sagte Luusalmi. »Ist gerade eben einer gegangen, kurz bevor ihr gekommen seid, so ein fixes Bürschchen. Schwarz und bleich wie Lord Byron. Dort drüben hat er ein paar Bier lang gesessen und in aller Ruhe estnische Lyrik gelesen – in Originalsprache.«

»Auf sein Wohl. In solchen Jungs liegt die Zukunft unseres Landes.« Der Pastor erhob in einem stolzen Bogen sein Glas und löschte seinen Durst.

»Übrigens – um beim Thema Dichtung zu bleiben. Kennt ihr schon den? Sagt der Dichter zum Verleger: ›In diese Verse habe ich mein ganzes Feuer gelegt.‹ Darauf der Verleger: ›Umgekehrt wäre es wahrscheinlich besser gewesen.‹«

Vares nickte zustimmend über Luusalmis Einwurf und stürzte beim Zuprosten einen kräftigen Schluck in seine Kehle. Das Bier war sämig, angemessen hopfenbitter und gerade richtig warm. Vares seufzte in Gedanken. Er wusste, dass alles allmählich wieder in geregelten Bahnen lief. Die folgende Nacht würde dann doch noch nicht das katerschmerzerfüllte Fegefeuer sein. Das Elend würde sich mal wieder um einen Tag verschieben.

Das lautstarke Gespräch der Doktoranden von der Wirtschaftsuniversität, in dem diverse Skandalgeschichten aus dem Hochschulleben angesprochen wurden, veranlasste einen eher zufällig hereingeschneiten, offenbar streitsüchtigen Gast, der sich gerade das Glas füllen ließ, Vares anzurempeln.

»Issas hier nur für Studenten reserviert, häh! Was biss'n du für einer? Doktor, oder was?«

»Nein. Ich hab noch nicht einmal das erste Examen abgeschlossen«, antwortete Vares. »Aber es fehlt nicht viel und ich bin laktose-intolerant.«

»Scheiße. Alle möglichen Schöngeister und Doktoranden lümmeln sich hier rum. Iss'n anständiger Arbeiter denn heut gar nix mehr wert? Und was bissu für einer?« Der Mann stierte in Pastor Alanens Richtung.

»Pfarrer.«

»Na, jetzt reicht's aber!«

Otto, der Wirt, kam herbei, räusperte sich und teilte dem Fremden mit, dass der Hahn für diesen Abend abgedreht sei. Der Mann lief wild fluchend durch die Tür auf die Straße hinaus. Im selben Augenblick kam Tapsa herbei und stellte den Teller vor Vares ab.

Vares verdrückte seine Wurstportion wie ein hungriger Wolf. Nachdem er den Teller geleert und auch dem zweiten Bierglas auf den Grund geschaut hatte, hielt er für einen Augenblick inne, um seine Gefühlslage zu sondieren. Er stellte fest, dass das neue Leben wie ein erfrischender Monsun in einer trockenen Savanne über das gequälte Wesen hinwegzufegen begann. Und da er schon einmal dabei war, traf er einen schnellen Entschluss:

»Otto, zwei Costa Rica.«

Otto nickte, füllte starken schwarzen Kaffee in zwei Becher und goss die Portionen Goldi dazu. Der Pastor lehnte das Angebot nicht ab und schlürfte sichtlich zufrieden an dem vor ihm abgestellten Trinkgefäß.

»Johannes, du kennst dich doch ziemlich gut mit Frauen aus«, begann Vares vorsichtig. »Was hältst du eigentlich von Netta? Also, was glaubst du, wie wir zwei miteinander zurechtkommen ...?«

»Du fragst mich nach meiner Meinung über Netta Vaarala«, fuhr der Pastor auf. »Über diese Pastorin in spe, die dreizehn Jahre jünger ist als du und im *Surutoin* mit bloßen Fuchsschnauzen das Bier ausschenkt!«

»Ich hätte lieber nicht fragen sollen«, tat Vares mit einer Handbewegung ab. »Vergiss es.«

Die Männer saßen eine Zeit lang still nebeneinander und grübelten vor sich hin. Schließlich öffnete der Pastor den Mund und kam auf das Thema zurück.

»Ich halte Netta Vaarala für eine verwöhnte Gans. Ihre Eltern haben sie in ihren ersten fünfzehn Jahren total verhätschelt. Und dann – mit einem Mal – sprießen ihr so außergewöhnlich scharfe Titten, dass ihr alle möglichen Kater schnurrend nachschleichen.

Wer in einer solchen Situation nicht verdorben wird, muss einen starken Charakter haben. Und Fräulein Vaaralas Charaktereigenschaften stufe ich beileibe nicht hoch ein.«

»Verflixt! Ich lasse mich auch immer mit den falschen Frauen ein. Immer. Der Mann hier wird nie schlau«, stellte Vares mit einem tiefen Seufzer fest.

»Welche Art von Frauen sind es denn, nach denen du dich in deinem tiefsten Innern sehnst? Hast du jemals versucht, dir darüber klar zu werden?«

»Meinst du, dass ich meine Ansprüche mal auflisten sollte?«

»Ja, zum Beispiel. Vielleicht wäre das gar nicht so schlecht.«

Vares probierte einen kleinen Schluck von dem Costa Rica, ließ sich von dem Goldbrand- und Kaffeearoma eine Weile seine Geschmacksnerven verwöhnen und nahm einen kräftigen Schluck Bier hinterher. Er starrte in Gedanken versunken auf die schmucken Etiketten der Flaschen, die an der Hinterwand des Tresens aufgestellt waren.

»Okay. Mit einer vorläufigen Liste kann ich bereits dienen«, räusperte sich Vares.

»Ich bin ganz Ohr ...«

»Alter achtunddreißig. Ungefähr ein Meter siebzig groß. Feuerrotes Haar. Spitze Nase. Eine etwas rauchige Stimme – so eine, bei der man eine Gänsehaut kriegt. Temperamentvoller Charakter. Einen Hang zum Speziellen, jedoch immer bereit, dem Herrchen zu gehorchen. Augenfarbe grün. Brille darf sein, muss aber nicht. Gebräunte Schenkel, die bei starker Beanspruchung leicht blaue Flecken bekommen. Hat eine Vorliebe für Stöckelschuhe, trägt aber niemals Strumpfhosen. Hält Greenpeace für einen neuen Blauschimmelkäse. Glaubt weder an Horoskope noch an Waschmittelwerbungen. Beißt nicht hinein, weil sie weiß, dass es verdammt wehtut. Mag die Farbe Blau, Suomi-Rock, Kommissar Palmu, kauzige Schauspieler, *Camel*-Werbungen (raucht aber selbst nicht), Eishockeyspieler (außer Luc Robitaille), französische Automarken, deutschen Wein und finnische Pizza. Hält mehr von mir als von Roger Moore oder Tom Jones. Isst viel, nimmt aber nie zu. Lügt mich niemals an. Und ertappt mich nicht beim Lügen.« Vares holte tief Luft. »Noch mehr?«

»Genug, genug.« Der Pastor schüttelte den Kopf. »War das 'ne Liste, mein lieber Mann.«

»Was glaubst du? Ob mir heute noch so eine begegnet?« fragte Vares.

»Wenn nicht heute, dann an einem anderen Abend. Ganz bestimmt, Jussi!« versicherte der Pastor.

Die beiden Männer schwiegen eine Zeit lang.

Die Pause kam Vares gelegen. Ein Teil der Anziehungskraft der finnischen Lebensart ist, dass man mit seinem Kumpel auch schweigend nebeneinander sitzen kann – wenn man das Bedürfnis dazu hat. Man ist hier nicht ständig dieser akustischen Umweltverschmutzung ausgesetzt, die man woanders Smalltalk nennt.

In Vares' Gedanken mischte sich die Erinnerung an die Jeans, die an den Knien mit Erde verschmutzt war, und an das ausgerollte Kondom. Und gleichzeitig leuchtete wie ein Blitz in einer dunklen Herbstnacht eine Verknüpfung von Gedanken auf.

»Du, Johannes, warte hier eine halbe Stunde auf mich.« Vares stand mit nachdenklicher, konzentrierter Miene vom Barhocker auf.

»Was ist?« Der Pastor hob die Augenbrauen an. »Was um Himmels willen hast du dir jetzt wieder ausgedacht?«

»Ich weiß es noch nicht«, sagte Jussi Vares und ging durch die Tür hinaus auf die Straße.

8

Zur gleichen Zeit lag ein Mann in einem kleinen Zimmer zwischen zerknautschten Laken auf dem Rücken. Ein schon vertraut gewordener Gnubbel in der Matratze drückte gegen sein Schulterblatt wie ein Fichtenzapfen, der bei einem Zeltausflug unterm Schlafsack liegen geblieben ist. Der Mann starrte mit weit geöffneten Augen an die Decke und ließ seine Gedanken weit fortschweifen, in die Kindheit.

Ein flaches Zelt, die Zeltbahn an der Öffnung zur Seite gerollt. Ein billiger, dünner Schlafsack, in den sich wie ein Einbrecher die Kälte schleicht. Umgeben von den Geräuschen der Nacht: die Stimmen der Vögel, das Schaben der Äste, das Säuseln des Windes, das Rascheln eines Nagers im Schilf.

Eine kurze Erinnerung an einen Moment des Glücks, wie ein einsamer Schimmer, der im Dunkel der Jahre verblasst. Vater. Eine gekrümmte Gestalt am Lagerfeuer, die unter der an einen Ast gehängten Öllampe mit lauter Stimme aus einem Buch liest. Vater. Wie er in einem der seltenen Momente ein Gefühl von Sicherheit vermittelt und wenigstens für einen Augenblick den Panzer seiner Autorität und Strenge abgelegt hat.

Der Mann drehte sich auf seiner Matratze um und rief sich das Buch ins Gedächtnis zurück. Im Schein des erlöschenden Lagerfeuers, in der großen Hand des Vaters, die zu einem Klassiker gewordene Erzählung eines alten französischen Schriftstellers. Dumas' grandioseste und schönste Geschichte. Eben die, durch die er sich selbst als einsamer und empfindsamer Junge viele Male durchgekämpft hatte. Es war seine eigene Geschichte, ein Buch, in dem er selbst lebte und atmete.

Der Mann schloss die Augen und versuchte, sich zwanzig Jahre zurückzuversetzen. Er hörte die Stimme des Vaters in seinen Ohren. Er sah ein zerlesenes Buch, das von kräftigen, klobigen Fingern gehalten wurde. Aber das Gesicht des Vaters blieb im Dunkeln verborgen, irgendwo in dem Bereich, der zwischen dem Schein des Feuers und dem Lichtkreis der Öllampe lag. So war es immer.

Ein Fichtenzapfen unterm Rücken.

Die Gedanken des Mannes schweiften in die Gegenwart. Sein Gehirn zauberte ein neues Bild hervor.

Ein Haufen zu Boden gefallener Zapfen in einer Felsvertiefung am Meeresufer. Ein auf den Knien hockender Mann, der gleichzeitig weint und lacht. Der Mann wimmert und krümmt sich am Boden wie ein junger Hund, der eine Bestrafung fürchtet. Sein feiner Anzug ist beschmutzt, er stinkt nach Urin. Der Mann schöpft

Zapfen in seinen Schoß, reicht sie nach oben, die Hände zitternd wie Espenlaub. Der Mann hat sein ganzes Leben lang Handel getrieben und glaubt auch jetzt noch, dass er sich sein Leben erkaufen kann. Der Haufen zu Boden gefallener Zapfen als Sinnbild für die Menge von Geld, die der Mann zu zahlen bereit ist, um zu organisieren, zu erledigen, zu managen, zu bürgen (der Mann stolpert über seine Worte) – und mit Sicherheit, wenn es sein muss sofort, wann auch immer, egal in welcher Währung, ganz bestimmt, hundertprozentig, im Namen Gottes, neiiin, neiiiiin, nicht, Gna …

BANG, BANG-BANG.

Drei Schüsse. So ist es normalerweise gut.

Der in dem düsteren Raum auf dem zerknautschten Sofa liegende Mann wusste von dem Zapfenschaufler kaum mehr als den Namen: Mikko Berg. Und dass er Betriebswirt war, ein knallharter Geschäftsmann. Aber auch das Gold und Geld des größten Finanzmanns verwandeln sich in durchweichte Zapfen, wenn er vom großen schwarzen Loch aufgesogen wird und auf neuen und unbekannten Märkten landet. Das ist die endgültige Devaluation.

Das Erschießen des Zapfenschauflers hatte den Mann ganz kalt gelassen. Was verständlich war. Er, der den Abzug gedrückt hatte, war in allem, was Mikko Berg betraf, ein Außenstehender. Die Sache ließ ihn vollkommen gleichgültig. Es war nur ein Arbeitsauftrag.

Der Mann drehte sich in dem düsteren Zimmer noch einmal auf seiner Matratze herum. Es war wieder einmal eine dieser Nächte, in denen sich der Schlaf erst bei Morgendämmerung seiner erbarmte. Er ließ seine Gedanken wieder zurückschweifen, in die Kindheit, zu dem Zelt, zu dem Lagerfeuer. Vaters betont akzentuierter Leserhythmus klang wieder in seinen Ohren, aber es wollte ihm nicht gelingen, sich auf die Worte und die Handlung zu konzentrieren. Der kleine Junge wälzt sich und versucht, in seinem billigen Schlafsack die Lage zu wechseln, doch der Zapfen drückt die ganze Zeit ganz unangenehm. Aber ist es überhaupt ein Fichtenzapfen?

Genauso gut hätte der Zapfen auch von einer Kiefer stammen können.

9

Während er die Kaskenkatu hinaufging, dachte Vares angestrengt nach.

Die Hose, die an den Knien mit Erde und Gras verschmiert war, und das Kondom, das er in der Tasche gefunden hatte, konnten vielleicht ein Hinweis auf die »Karottenparzelle« sein. Oder auch nicht. Auf jeden Fall war er jetzt dorthin unterwegs.

Der Name »Karottenparzelle« reichte in Vares' Studentenzeit zurück. Er bezog sich auf einen Schlupfwinkel, der sich in einer von dichtem Gebüsch geschützten Senke auf der dem Fluss zugewandten Hangseite des Samppalinna-Parks befand und dessen weiches Gras in den vergangenen Jahren in so manchen Sommernächten einen sanften Schutzhafen »für zwei Herzen« geboten hatte.

Unter den männlichen Studenten hatte sich der Ehrgeiz entwickelt, in der »Karottenparzelle« in einem möglichst frühen Stadium des Frühlings »einzupflocken«. Derjenige aus der Gruppe, der als Erster diesen Akt vollzogen hatte, war berechtigt, den ganzen Sommer über einen kleinen Marienkäfer-Anstecker zu tragen und genoss darüber hinaus die stillschweigende Hochachtung der anderen Kommilitonen, die in das Geheimnis eingeweiht waren. Vares erinnerte sich daran, dass er zumindest in den Sommern 1978 und 1979 mit Stolz diese Trophäe getragen hatte.

Je höher Jussi Vares den Pfad hinanstieg, der zu dem oben auf dem Samppalinna-Hügel gelegenen Park führte, desto sicherer war er sich, dass er ein oder zwei Nächte zuvor diesen Weg mit einer weiblichen Person entlangspaziert war. Unsinnig an der Sache war natürlich, dass seine Wohnung nur einen Steinwurf entfernt auf der gegenüberliegen Seite der Kaskenkatu lag. Aber verschlungen sind die Pfade der Liebe. Und in Vares' Erfahrungswelt war es nicht ausgeschlossen, dass sich ein Paar als Zufluchtsort statt der leichteren und bequemeren Alternative ein Versteck im Schoße der Natur suchte. Um dem Spiel noch einen zusätzlichen Reiz zu geben.

In den alten, bereits ausschlagenden Bäumen auf den Terrassen des weiter unten gelegenen Freiluftrestaurants zwitscherten die Vögel in frühlingshaftem Eifer. Vom Hafen her wehte ein milder Wind. Der Boden roch nach Erde und aufkeimendem Leben. Ein sich auf halber Höhe eines Baumstammes festklammerndes Eichhörnchen blickte den einsamen Wanderer erstaunt aus seinen ovalen Augen an.

Nachdem Vares den Scheitelpunkt des Hügels erreicht hatte, ging er wieder ein Stück hinab, bis er auf einen in Richtung Flussufer verlaufenden, fast unsichtbaren Pfad stieß. Er folgte dem Pfad einige Dutzend Meter und bog dann zur Seite, zu einer jungfräulich anmutenden Grasfläche ab.

Vares ging noch ein paar Meter weiter, kam an einem ausgebrochenen Felsbrocken vorbei und ging um einen dichten Busch herum. Dort war sie, die »Karottenparzelle«. Eine flache, kesselförmige Senke etwas oberhalb der Hälfte des Hangs.

Direkt neben dem Busch lag ein plattenförmiger Felsstein. Vares setzte sich darauf nieder, seufzte tief, atmete bedächtig die den Hang aufsteigenden Düfte ein und gab sich der friedlichen Stimmung des Verstecks hin.

Tief unter ihm strömte schwerfällig das trübe Wasser des Aurajoki. Die Wimpel auf dem Stadthaus versuchten in dem kraftlosen Luftstrom am Leben zu bleiben. Auf dem Deck eines am Ufer liegenden neuen Restaurantschiffs hämmerten die Zimmerleute. An der Rasenböschung am gegenüberliegenden Ufer lag ein sternhagelvoller, mit einem Anzug bekleideter Mann, der von einer wohlgenährten Silbermöwe eifersüchtig bewacht wurde.

Vares ließ seinen Blick immer wieder über die »Karottenparzelle« schweifen. Er konzentrierte sich wie beim Meditieren, versuchte, aus seinem Gedächtnis etwas herauszuquetschen, irgendetwas, was mit diesem Ort hätte zusammenhängen können. In seinen Gedanken stiegen Erinnerungen an Ereignisse auf, die schon

Jahre zurücklagen, an Zeiten, in denen die Sommer voller Sonnenschein gewesen waren, der Wein viel fröhlicher in den Kopf gestiegen war und die anschließende Katerstimmung noch kein von Niedergeschlagenheit geprägtes Fegefeuer, sondern nur eine kurze Übergangsphase bedeutet hatte, in der man voller Erwartung neuen Abenteuern entgegensah.

Das sprießende Gras war an vielen Stellen niedergedrückt. Einige Büschel waren herausgezogen. An einem Ende der Mulde sah man ein tiefes, schmales Loch, das vermutlich – wie sich Vares in seiner Fantasie vorstellte – durch Stöckelschuhe verursacht worden war. Alle Zeichen deuteten darauf hin, dass in diesem Frühling auf der Parzelle das »Einpflocken« bereits nach allen Regeln der Kunst vollzogen worden war. Doch so sehr er auch sein Gedächtnis anstrengte, es begegnete ihm nur Leere – oder vielmehr die vertraute gelbliche, undurchdringliche Düsternis.

Und selbst der Duft, das sanfte Säuseln des Windes, das niedergedrückte Gras, das Flusspanorama, das sich vor ihm auftat, konnten nicht die leiseste Erinnerung an das Gesicht, den Namen, den Körper oder das Outfit der Frau in ihm wachrufen – es gab nichts, woran er sich festhalten konnte.

Vares saß sicher zehn Minuten lang in Gedanken versunken auf seinem Platz, unter sich hörte er die Geräusche der Stadt. Schließlich erhob er sich steif und schüttelte die Beine aus, enttäuscht darüber, dass der Ausflug vor Ort keinen weiteren Aufschluss über die verlorenen, im Nebel des Vergessens versunkenen Nächte gegeben hatte.

Vares war schon einen Schritt zurück in Richtung des Pfades gegangen, als er zusammenzuckte und wieder stehen blieb. Hinter dem plattenartigen Steinsitz sah er etwas schimmern, was er bisher nicht bemerkt hatte.

Eine kunststoffbeschichtete Karte.

Vares trat näher, reckte sich hinunter und hob die Karte auf. Es war ein Leihausweis der Turkuer Stadtbibliothek.

Mit angehaltenem Atem drehte Vares die Karte herum: Elina Siikarla. Die Unterschrift in säuberlicher, femininer Handschrift.

Elina. Elina. Elina.

Vares schloss die Augen. Doch, doch. Irgendwie kam ihm der Name bekannt vor. Mit jeder Sekunde wurde dieses Gefühl stärker und schon bald glaubte er sich ganz dunkel an etwas zu erinnern, das mit diesem Namen in Zusammenhang stand. Aber noch immer wollte kein Bild vor seinem geistigen Auge aufsteigen, kein Gesicht, keine Haarfarbe, nichts.

Auf jeden Fall begann sich für Jussi Vares zu bestätigen, dass eine Frau namens Elina Siikarla mit ihm zusammen hierher spaziert war, Hand in Hand, eher wohl in betrunkenem Zustand, voller Spannung und Erwartung. Vielleicht hatte sie etwas aus ihrer Handtasche hervorgekramt, zum Beispiel das Kondom, das er in seiner Hosentasche gefunden hatte, und dabei war im Dunkeln der Büchereiausweis hinter den Stein gefallen. Und dann waren sie nach einer Weile leicht beschämt und enttäuscht wieder von dannen gezogen, vielleicht sogar zu verschiedenen Zeiten. Auf jeden Fall war das Kondom nicht benutzt worden.

Trotz der Erinnerung an den peinlichen Vorfall war Vares zufrieden mit dem Fund. Jetzt hatte er wenigstens einen Anhaltspunkt, von dem aus er die verschwundenen Augenblicke aufrollen konnte – jetzt hatte er einen möglichen Zeugen.

Vares steckte den Büchereiausweis in die Brusttasche seiner Jacke und stapfte weiter den Hügel hinan. Trotz der Steigung kam ihm jeder Schritt jetzt irgendwie leichter vor.

In der *Apotheke* hatte ein Teil der Kundschaft gewechselt und insgesamt waren mehr Gäste hinzugekommen.

Vares begrüßte Untsu und Muumi, die neben der Tür standen und ihr erstes Bier des Abends schlürften.

»Wie läuft's?«

»'n gewisses Gefühl von Sicherheit hat sich bereits eingestellt, wie bei einem künstlichen Hasen am Start eines Hunderennens. Man weiß, dass man nicht verlieren kann«, antwortete Untsu und zwinkerte Vares verschmitzt zu.

»Wie ist's mit dem Wettspiel in der letzten Zeit gelaufen?«

»Bin beim Trabrennen gerade mal auf meine Kosten gekommen. Aber in der gestrigen Kombi-Wette hatte ich drei Richtige auf Unentschieden. Siebenhundertfünfzig Mark.«

»Congratulations, man.«

Auch der Pastor hatte sich während Vares' Abwesenheit eine Portion Wurst bestellt. Es war die erst seit kurzem angebotene hellere, mit Knoblauch gewürzte Alternative zur traditionellen Pferdewurst – von den Stammgästen scherzhaft als Shetlandpony-Portion bezeichnet.

»Na, hat sich der Ausflug gelohnt?« fragte der Pastor mit halbvollem Mund.

»Hat sich sehr gelohnt.«

»Gut.« Der Pastor schnitt sich noch eine dicke Scheibe von der Wurst ab und verzichtete auf weitere Fragen.

Vares nahm zur Abwechslung ein Guinness. Das sämige Getränk kitzelte seine Geschmacksnerven so zärtlich wie der beste Balsam. Die sprunghaften, stacheldrahtartigen Hirnstromimpulse, die ihn den ganzen langen Tag über gequält hatten, verringerten sich allmählich.

Es schlich sich eine samtige Ruhe und Harmonie in seine Seele ein. Jussi Vares wusste aber, dass es sich nur um eine chemische Reaktion handelte, eine vorübergehende Sinnestäuschung. Nach dem dritten und vierten Bier bereitete ihm die Sache jedoch keinerlei Gewissensbisse mehr.

Eine halbe Stunde verging damit, dass Vares Bekannte begrüßte und das Treiben der ständig zunehmenden Kundschaft verfolgte. Es war Mittwochabend und die Leute, die bereits drei Tage lang an ihrem Arbeitsplatz ausgeharrt hatten, versuchten aktiv zu vergessen, dass noch zwei weitere Arbeitstage zu überstehen waren.

Jussi Vares blickte nebenbei auf seine Armbanduhr und wandte sich verstohlen dem Pastor zu:

»Hör mal, Johannes, hast du Lust, mal kurz ins *Surutoin* reinzuschauen?«

»Nee, wirklich nicht.« Der Pastor blickte Vares mit schmalen Augen an. »Sind wir etwa mal wieder in dem Stadium ...«

»Wieso? In welchem Stadium?«

»In dem Stadium, in dem die Gehirnfunktionen von den Eiern gesteuert werden. Am Augenweiß lässt sich bereits erkennen, wenn ein Mann einen Testosteronschub bekommt.«

»Also kommst du nicht mit?«

Der Pastor schüttelte den Kopf.

»Klar, auch ich könnte noch einige Zeit hier sitzen. Aber vielleicht sollte ich wenigstens mal eben Guten Tag sagen. Der Anrufbeantworter ist voll von Nettas Nachrichten«, versuchte Vares sich zu rechtfertigen.

»Verstanden. Brauchst mir nichts zu erklären, guter Mann. Aber um auf das Gespräch von vorhin zurückzukommen, so würde ich an deiner Stelle doch lieber versuchen, die mit den feuerroten Haaren und der spitzen Nase zu finden ...«

Vares trank langsam und nachdenklich an seinem Guinness. Unter den Nachdenk-Bieren stand das Guinness an oberster Stelle. Hatten sich die Iren nicht schon viele nette Verse und teuflische Bomben bei diesem Getränk ausgedacht?

Vares war sich selbst nicht darüber im Klaren, weshalb er ausgerechnet jetzt Netta sehen musste. Er verwahrte sich ausdrücklich gegen die Erklärung, die der Pastor dafür parat gehabt hatte. Es ging hierbei doch nicht nur um Sex. Wirklich nicht. Der Pastor konnte in seinen Kommentaren bisweilen so unerhört spitzzüngig sein.

Jussi Vares wusste, dass sein Kamerad während seiner früheren Amtszeit gerade wegen seiner unbeherrschten Zunge in Schwierigkeiten geraten war – und zum Teil natürlich auch wegen seiner Vorliebe für Schnaps. Seine Amtszeit bei der Staatskirche, die so vielversprechend begonnen hatte, war Anfang der achtziger Jahre ausgesprochen traurig zu Ende gegangen.

Johannes Alanen hatte eines Sonntagmorgens seinen hämmernden Kater mit Bier und Messwein auszukurieren versucht, um sich vor dem Gottesdienst wenigstens einigermaßen in Auftrittsform zu bringen. Und wie es so häufig in diesem Metier der Fall ist, hatte eine kleine Unregelmäßigkeit in der Vergasereinstellung einen vollständigen Austausch der Kolbenserie bewirkt.

Der Beginn der Liturgie hatte noch unter einem ganz günstigen Stern gestanden. Die kirchliche Zeremonie war, aus alter Erinnerung, bis zur Predigt noch einigermaßen erträglich verlaufen. Dann war die böse Prophezeiung Fleisch geworden. Pastor Johannes Alanen hatte die wohl flammendste Brandrede gehalten, die die Mauern der Kirche jemals vernommen hatten. Er hatte die acht Witwen, die zum Gottesdienst erschienen waren, als Ehebrecherinnen, scheinheiliges Sündenpack, doppelzüngige Heuchlerinnen, knauserige Betglucken, Götzendienerinnen und Speichelleckerinnen des Goldenen Kalbs beschimpft ...

Zum Abschluss seines verbalen Ergusses hatte der Pastor ein wenig zu schwungvoll die Kanzel verlassen und bei seinem Abgang das Wichtigste, nämlich den Telemark-Aufsprung, vergessen.

Ein paar Tage später war an Johannes' Bett im Krankenhaus eine Amtsperson des Domkapitels erschienen und hatte das Gespräch mit der anteilnehmenden Frage begonnen, wie lange es wohl dauern würde, bis der gebrochene Mittelfußknochen wieder in Ordnung sei. Dann hatte der Sendbote des Domkapitels Alanen einen vom Bischof unterschriebenen Entlassungsbescheid überreicht, noch einen schönen Sommer und Gottes Segen gewünscht und sich wieder entfernt.

Vares wurde aus seinen Gedanken gerissen, als die drei bereits vom Sehen her bekannten Doktoranden von der Wirtschaftsuniversität zur Tür hereinkamen und sich zum Tresen drängelten. Die erröteten Fassaden der drei Burschen deuteten eindeutig darauf hin, dass sie in der Zwischenzeit das Angebot eines nahe gelegenen Saufschuppens in Anspruch genommen hatten.

Die jungen Männer disputierten schon lange nicht mehr über die Doktorarbeit eines Kollegen zum Thema Marketingstrategien im internationalen Dienstleistungsbereich. Den übrigen Thekenstehern konnte nicht entgehen, dass es jetzt um die Frage ging, worauf man als Nächstes anstoßen sollte:

»Na, auf den besten Freund des finnischen Mannes.«

»Und das wäre?«

»Der finnische Wald!«

»Na gut, aber Baum für Baum!«

Die Doktoranden bestellten sich eine neue Runde.

Vares hatte beschlossen, den jungen Herren von der Wirtschaftsuniversität Platz zu machen. Er stand von seinem Hocker auf und schlug dem Pastor auf die Schulter.

»Ich geh jetzt.«

»Viel Glück auf deinen Wegen. Die Engel sollen mit dir sein, Jussi Vares.«

10

Der Club *Surutoin* befand sich im benachbarten Gebäude einer leerstehenden Bankfiliale in unmittelbarer Nähe der Kreuzung Kaskenkatu – Sirkkalankatu. *REPO Office Oy* und das Antiquariat des Pastors lagen nur einen Steinwurf weit von hier entfernt.

In der Eingangstür stieß Vares auf ein Männchen mit blondem Haarkranz, Antti Raasi, Besitzer des Etablissements und Arbeitgeber von Netta.

»Hallo Antti, ist Netta schon da?«

»Ist in der Ankleide. Ihre Schicht beginnt in einer halben Stunde.«

»Ich sag ihr mal eben Guten Tag. Halt die Ohren steif!«

»Ja, wir sehn uns ...«

Im Erdgeschoss des Clubs gab es eine große, verwinkelte Bar, die in rötlichen Tönen gehalten und dezent abgedunkelt war. Vom Entree aus führte eine Treppe ins Obergeschoss, wo sich eine kleinere Bar samt Show-Bühne befand. An einigen Abenden in der Woche standen hier zum Preis von vierzig Finnmark pro Kunde erotisch eingefärbte Darbietungen von zeitgenössischem estnischem Volkstanz auf dem Programm.

Für Privatshows wurde individuell ab Hundert aufwärts abkassiert.

Netta Vaarala arbeitete nicht im Obergeschoss. Zu ihrem Arbeitsbild gehörte es, spärlich ausgestattet mit kurzem Lederröckchen und hochhackigen Schuhen im Erdgeschoss zu bedienen.

Im Obergeschoss befand sich links vom Treppenaufgang der Ankleideraum des Personals. Vares klopfte an und trat ein.

Stud. theol. Netta Vaarala, 1,75 Meter groß, schlank, blond, 23 Jahre alt, vom Aussehen vielleicht etwas jünger, kniete vor einem Spiegeltisch. Der kurze Arbeitsdress bedeckte kaum ihre Schenkel, nur ein Handtuch war über ihre nackten Schultern geworfen.

»Hallo, lange nicht gesehen.« Vares setzte sich auf einen knarrenden Hocker, der an der Tür stand.

»Was willst du denn hier?« Netta machte keine Anstalten, sich umzudrehen. Ihr Blick durch den Spiegel sah nicht besonders herzlich aus.

»Ich wollte meiner kleinen Miezekatze Guten Tag sagen.«

»Ach, Miezekatze«, tat Netta genervt ab. »Schon seit einer Woche nichts mehr gehört und gesehen von dem Kater. Und jetzt taucht er plötzlich auf wie ein Geist aus der Flasche. Genauer gesagt, aus der Schnapsflasche.«

»Es gab da Dringendes zu erledigen.« Vares breitete entschuldigend die Hände aus. »Ich kann dir das erklären ...«

»Ich jedenfalls erwarte keine Erklärungen von dir. Du bist wirklich im falschen Jahrhundert zurückgeblieben, wenn du glaubst, du könntest eine Frau heutzutage noch so behandeln.«

»Es ist da wirklich so einiges passiert. Ganz tragische Geschichten ...«

»Das Tragischste an der ganzen Sache ist, dass ich mich damals in dich verguckt habe. Ich hätte meinen Kommilitoninnen an der Akademie glauben sollen. Sie sagten, dass Junggesellen in deinem Alter nur noch zweite Wahl sind, ohne Ausnahme. Dass sie wie verrückt dem Schnaps, dem Selbstmitleid oder etwas anderem anhängen. Bei dir scheint alles drei der Fall zu sein.«

Netta hatte Gift in der Stimme. Sie war so erhitzt, dass ihr Körper sich aufrichtete. Dabei rutschte ihr das Handtuch halb von der Schulter. Im Spiegel bekam Vares das zu sehen, was er auch sonst schon zur Genüge kannte. Antti Raasi hatte Netta Vaarala nicht auf Grundlage psychologischer Tests oder ausgezeichneter Zeugnisse ausgewählt. Es gab zwei viel wesentlichere Kriterien, die bei der Einstellung der Studentin den Ausschlag gegeben hatten.

Frau Vaaralas Brüste waren von angemessener mittlerer Größe, wiesen eine straffe Rundung auf und überzeugten durch symmetrische Vollkommenheit. Die Spitzen traten wie die verspielten Schnauzen sich im herbstkalten Wasser herumtollender Jungottern hervor.

»Hättest du nur den Warnungen der Mädels geglaubt«, feixte Vares. »Stattdessen hast du mir unter der Decke in die Ohren gehaucht, dass es von ganz anderer Klasse sei, mit mir in die Kiste zu steigen, als mit irgendwelchen zwanzigjährigen Studi-Boys. So, als ob man einen kurzen Hundert-Meter-Lauf mit Dreitausend-Meter-Hürden vergleichen würde …«

»Tja, damals habe ich auch noch nicht gewusst, wie viele und welche Hürden das Geschäft beinhaltet. Jetzt weiß ich's und es reicht mir.«

»Mikko Berg ist erschossen worden.« Vares stockte und versuchte, durch den Spiegel den Blick der Studentin zu erheischen.

Es folgte kurze Stille. Netta Vaarala zuckte zwar nicht zusammen, hob jedoch ein wenig ihre sorgfältig gezupften Augenbrauen.

»Nun, aus dem Staub sind wir gekommen und so weiter …« Netta hob die Schultern an.

»Das scheint dich nicht besonders zu berühren.«

»Eigentlich nicht, ich hab den Mann ja kaum gekannt.« Netta zog einen dicken Strich Kajal um ihre Augen.

»Ich möchte mich hier nicht rechtfertigen, aber du wirst doch wohl verstehen, dass ich in der letzten Zeit das eine oder andere auszustehen und nachzudenken hatte.«

»Vares, bist du hergekommen, um um einen Weiberarsch zu betteln, unter dem Vorwand, hier mitteilen zu wollen, dass aus deinem Kompagnon ein stiller Gesellschafter geworden ist?« Netta drehte ihren tiefroten Lippenstift heraus, ohne einen Blick in Richtung des neben der Tür platzierten Hockers zu werfen.

»Du bist ja prima drauf, Netta. Verdammt prima. Ich bin doch nur vorbeigekommen, um dir zu erzählen, was mir in der letzten Zeit passiert ist.«

»Wie wär's, wenn wir es in Zukunft so halten, Jussi Vares, dass du nicht mehr persönlich hier erscheinst und mir über dein Tun und Treiben Bericht erstattest.« Netta drehte sich mit ernster Miene auf ihrem Stuhl herum. »Mir reicht es, das zu hören, was die *Turkuer Nachrichten* über dich zu berichten haben – falls es dir wirklich aus irgendwelchen unerfindlichen Gründen gelingen sollte, in die Schlagzeilen zu gelangen.«

Über den kleinen Raum senkte sich eine schwere und drückende Stille. Vares ließ seinen Blick von Nettas grimmigem Gesicht zu ihren trotzigen Brüsten und wieder zurück schweifen. Er spürte ein Gefühl von Gereiztheit und Hass in seinem Innern, das sowohl seinen Schwengelschaft als auch seinen Bizeps anschwellen ließ.

Vares holte Luft. Eine solche Herumhackerei, verbunden mit einer ausgedehnten Zecherei, war gefährlich. Manch anderer Bursche war in ähnlichen Situationen schon von einem blau Uniformierten hinter Schloss und Riegel gebracht worden, um sich zu beruhigen und auf die fahlen Morgenstunden zu warten, in denen jede Reue zu spät kam und hoffnungslos vergebens war.

Bevor Vares etwas sagen konnte, öffnete sich die Tür und eine lange, dunkelhaarige Schönheit betrat den Raum. Die Frau trug Sandalen, einen geblümten Wickelrock und eine schwarze Lederjacke.

»Das ist Ellen aus Estland. Sie tritt im Obergeschoss auf.« Netta stellte die beiden einander vor. »Jussi ist ein Ex-Boyfriend von mir. Und ob du's glaubst oder nicht, Ellen, er ist genauso alt wie er aussieht. Wird sich bald im Lokalrundfunk anbieten müssen, um überhaupt noch eine abzubekommen.«

»Grüß dich ...« Die Dunkelhaarige blickte Jussi und Netta mit einem unsicheren Lächeln an. »Ich kann schließen Türe ...«

»Ich grüß dich auch. Nur hereinspaziert, Ellen«, winkte Vares und lächelte Ellen an. »Doch noch zu dem, was du eben gesagt hast, Netta. Natürlich müssen sich all diejenigen über den Äther anpreisen, an deren Vorderfront nicht jeden Abend die Werbung hängt: BITTE SCHÖN, GREIFEN SIE ZU, ZWEI PRO HAUSHALT.«

Jussi Vares stand auf und schritt zur Tür. Das Mädchen aus Estland wich mit etwas verängstigter Miene aus.

»Aber nur nicht die Hoffnung verlieren, Vares. Begib dich ruhig mutig in die Gesellschaft gleichaltriger Damen und lern Foxtrott. Oder nimm einfach eine Hand voll Geld mit und besuch Ellen in ihrem Séparée – Papiertaschentücher gehen auf Kosten des Hauses. Du bekommst auch ohne Sozialversicherungskarte eine Rentnerermäßigung. Ich werde ein gutes Wort für dich einlegen. Aus alter Freundschaft ...« erklärte Netta Vaarala über ihre Schulter hinweg.

»Ich glaube, wenn alle Pastorinnen von diesem Kaliber wären, dann würde sich der Teufel zum ersten Mal in der Geschichte der christlichen Kirche in seiner Stellung richtig bedroht fühlen.« Vares hob betont höflich wie beim Offiziersgruß die Finger an die Schläfe. Er verließ den Raum und schlug mit einem lauten Knall die Tür hinter sich zu.

Beim elektrischen Pokerautomat im Entree blieb Jussi Vares stehen, um seine Gedanken zu sammeln. Tief in seiner Hosentasche klimperten einige Münzen. Er verlor prompt fünf Finnmark und traf gleichzeitig einen Entschluss. Noch war er nicht dazu aufgelegt, zur *Apotheke* zurückzukehren und sich dem belustigten Blick des Pastors auszusetzen. Genauso gut konnte er hier bleiben und einige Ratgeber zu sich nehmen. Daran durfte ihn auch diese schnippische Frau Theologin in spe nicht hindern.

An der Bar im Erdgeschoss hatte sich schon eine ansehnliche Zahl von Gästen eingefunden. Trotz seines Rufs als Tittenclub war das *Surutoin* noch das, was es immer gewesen war: ein lebhafter Treffpunkt für jedermann. Hier verbrachten alle möglichen Schluckspechte aus der näheren Umgebung in schönster Eintracht ihre Abendstunden: von Jugendlichen, die die Juke-Box traktierten, bis hin zu rüstigen Rentnern.

In einer Loge lärmte eine Polterabendgesellschaft herum. Vares ließ sich möglichst weit entfernt von der Gruppe an einem freien Tisch nieder, der an der dem Bartresen gegenüberliegenden Wand stand.

Hinterm Tresen arbeitete Mirja, eine Brünette, die fünf Jahre älter war als Netta und von Antti Raasi sicher deshalb eingestellt worden war, weil man den unterschiedlichen Vorlieben der Gäste gerecht werden musste. Ihr Brustumfang war im Vergleich zu Nettas mindestens doppelt so groß. Mirja war eine sympathische, immer fröhliche Frau. Als sie sah, dass sich Vares an einem Tisch niedergelassen hatte, warf sie ihm eine Kusshand zu.

Vares bestellte sich, ohne weiter darüber nachzudenken, einen Goldi und ein großes Bier. Die Getränke standen im Handumdrehen auf dem Tisch, und Mirja hatte auch noch Zeit, ein paar freundliche Worte mit dem alten Stammgast zu wechseln.

Sie musste jedoch bald wieder zum Tresen eilen, weil drei neugierig um sich schauende, mit Anzügen bekleidete Herren das Lokal betraten.

11

In der Nähe des von Vares in Beschlag genommenen Tisches war eine halbkreisförmige, mit weinrotem Stoff bezogene Loge frei. Die Anzugmänner begaben sich direkt dorthin. Vares nahm, in Gedanken versunken, einen Schluck aus seinem Goldbrandglas und warf einen Seitenblick auf seine neuen Nachbarn. Zwei von den drei Männern kannte er vom Sehen her, den einen sogar ziemlich gut – wie jeder andere Bürger auch, der Zeitung las und sich über das Zeitgeschehen informierte.

Der noch recht jung wirkende, etwa dreißig Jahre alte Bursche mit der auffälligen braunen Nackenmatte war Karl-Erik »Kare« Kaerla, der fünf Minuten jüngere Bruder der berüchtigten Kaerla-Zwillinge.

Die Kaerla-Zwillinge, scherzhaft auch »Die Strahlemänner« genannt, wurden in allen Medien als lebendige Beispiele für eine seltene, fast ausgestorbene Gattung herausgestellt – als Geschäftsleute, die aus der Zeit des wirtschaftlichen Aufschwungs in den achtziger Jahren und der Rezession in den neunziger Jahren als Sieger- und Erfolgstypen hervorgegangen waren.

Die Jungs hatten sich wie Tausende anderer gewinnsüchtiger und optimistischer junger Männer auf ihrem Surfbrett bei Rückenwind mit dem höchsten Wogenkamm hinaufgeschwungen. Aber anders als die überwiegende Mehrheit mussten sie, als die Ebbe kam, nicht im Wattenschlick herumdümpeln.

Medienberichten zufolge waren die Gebrüder Kaerla gerade im richtigen Augenblick von risikoreichen Aktien- und Immobiliengeschäften zu vorsichtigen Anlagegeschäften im Handel mit Zinsinstrumenten übergegangen.

Das zufriedene Lächeln der Jungs und ihre von schweren Einlagen gestützte sonnige Lebenseinstellung waren der breiten Öffentlichkeit aus den verschiedensten Medienveröffentlichungen zur Genüge bekannt. Handelte es sich nun um eine Wohltätigkeitsveranstaltung der Helsinkier Prominenz im Restaurant *Kaivohuone*, um ein auf einen erlesenen Kreis von Golfern begrenztes Einladungsturnier auf der Insel Ruissalo, um die Eröffnung der Skisaison im Wintersportzentrum Ruka oder um die Szene nach einem gewonnenen Prozess im Warteraum des Berufungsgerichts, immer strahlte auf den Seiten der Zeitungen das vergnügte, unbesorgte Lächeln der Brüder Karl-Erik und Per-Olof Kaerla.

Vares hatte schon ziemlich viel über die beiden Brüder gelesen. Und da die Jungs aus derselben Stadt stammten wie er, kam es gelegentlich auch vor, dass er ihnen begegnete. Zum Beispiel hatte sich Per-Olof »Pero« Kaerla, die fünf Minuten ältere Hälfte des Bruderpaares, im Laufe des Winters recht häufig bei Eishockeyspielen in der Turkuer Eissporthalle gezeigt, wo er in seiner üppig ausgestatteten VIP-Loge seine Gäste unterhielt. Er war der Unauffälligere und Zurückhaltendere der beiden und verfolgte in seinen Kleidungsgewohnheiten eine etwas konservativere Linie.

Per-Olof Kaerla legte Wert auf gepflegtes, sorgfältig nach hinten gekämmtes Haar. Eine lange Nackenmatte oder einen Pferdeschwanz, wie es sein jüngerer Bruder bevorzugte, hätte man sich bei ihm überhaupt nicht vorstellen können. Im Gegensatz zu Per-Olof, der eine Vorliebe für dunkle oder graue maßgeschneiderte Zweireiher hatte, neigte Karl-Erik zu fast bohemeartigen Farbzusammenstellungen – freilich ausgewählte Modelle aus den exklusivsten Konfektionen der Haute Couture.

Dasselbe galt auch für die Wahl des Fortbewegungsmittels. Per-Olof war ein Mercedesmann. Karl-Erik fuhr einen feuerroten, schnellen Camaro, der für die Stadtbewohner ein bekannter Anblick auf den Straßen im Zentrum war.

Die Brüder waren immer noch eiserne Junggesellen. Besonders Karl-Erik tummelte sich wie ein Hahn im Korb im Turkuer Nachtleben herum und war ständiger Gast auf allen möglichen Cocktail-Partys. Per-Olof dagegen stellte sich bei seinen Aktivitäten, den Eindruck hatte Vares jedenfalls, vornehmlich in den Dienst der Gesellschaft.

Jussi Vares' Aufmerksamkeit richtete sich darauf, wie Mirja mit ihrem prallen Vorbau zum Nachbartisch wackelte und die Bestellungen der Herrschaften entgegennahm.

Kare Kaerla war selbstverständlich der Gastgeber der Runde und übernahm das Wort. Er bestellte für sich und für den dicklichen Typen mit dem dünnen Haar, der neben ihm saß, einen doppelten Cardhu auf Eis. Dazu durften es noch zwei *Weltenburger* sein.

Der dritte Mann bestellte einen großen Orangensaft. Das solariumgebräunte Gesicht des Mannes wirkte ausdruckslos. Auch durch ein lockeres Jackett der Größe XXL ließen sich die ansehnlichen Maße seiner Schultern nicht verbergen – was wohl auch gar nicht beabsichtigt gewesen war. An den Handgelenken des Mannes hingen schwere Goldarmbänder und um den Hals trug er eine dicke, stilisierte Erkennungsmarke, die aus demselben Metall gefertigt war. Das lange Haar des Mannes war blondiert und ging im Nacken in eine Aufsehen erregende Lockenpracht über.

Der Mann hieß Mauno Elokankare. Er war Bankdrücker, Chauffeur, Caddie, Steward, wandelnde Einkaufstüte und der ureigene Schatten der Kaerla-Brüder.

In der Stadt war bekannt, dass besonders Kare Kaerla, wenn er sich draußen auf den Straßen aufhielt, häufig Elokankare als eine Art Bodyguard bei sich hatte. Vielleicht handelte es sich hier um eine ähnliche Form von Geltungsbedürfnis wie beim Aufheulenlassen des Motors an der Ampel vorm Kaufhaus *Wiklund*.

Aber vielleicht hatten solche im Rampenlicht der Öffentlichkeit stehenden, von Tausenden beneideten Burschen wie die Gebrüder Kaerla ihre eigenen Gründe, sich einen auf Fingerschnipp bereitstehenden Notbizeps zu halten, wenn sie sich in großen Menschenansammlungen bewegten.

Vares spülte die durch seinen Kopf schwirrenden Gedanken herunter, indem er den Rest des Goldbrands in sich hineinkippte, ihn eine Weile wirken ließ und den Gaumen schließlich mit einem kleinen Schluck Bier begnadigte. Er ging wieder dazu über, unauffällig Elokankares verschlossenes Profil zu betrachten und versuchte, sich im Geiste ein Bild von dem Seelenleben dieses Solariumpuddings zu machen.

Mirja entfernte sich vom Tisch, um die Bestellungen zu erfüllen. Der dickliche, wie ein Buchhalter aussehende Typ, der neben Kaerla saß, nickte ihr hinterher und gab mit tiefer Stimme einen Kommentar ab, der für beidseitiges Gelächter sorgte. Das Dickerchen beugte sich noch einmal vor, um Kaerla etwas ins Ohr zu flüstern. Dieser nickte verständnisvoll und sagte schließlich mit einer so tragenden Stimme, dass man es sogar am Nachbartisch verstand:

»Wird sich alles regeln. Keine Sorge, Kauko. Wirklich alles. Die Mädels werden in etwa einer Stunde mit dem Tanz beginnen. Ich bin ein paar Monate nicht hier gewesen, aber die Jungs aus dem Segelklub haben erzählt, dass die Showgirls zur Zeit Spitzenklasse sind. Aus Estland und Schweden. Keine Damenbärtigen, die man von bulgarischen Baumwollfeldern gepflückt und auf der Traktorpritsche abtransportiert hat. Nein, hier nicht.«

Der Gast stellte irgendeine vorsichtige Anschlussfrage.

»Ich werd' mich auch darum kümmern«, versicherte Kaerla mit einem Zwinkern. »Für hundert oder hundertfünfzig kannste dort hinter der Ecke das Mösenfleisch von wer weiß wie nahe betrachten. Rangehn darfste natürlich nicht, aber ich sag bloß: Alles, was dann folgt, ist nur Verhandlungssache ...«

»Bei uns in Ostfinnland ist man wirklich noch nicht so weit«, seufzte der mausgraue Buchhaltertyp.

»Die Entwicklung schreitet fort ...« Kare Kaerla brach seinen Satz ab und richtete seinen Blick starr zur Theke.

Neben Mirja war Netta Vaarala am Tresen erschienen. Sie stützte sich auf die Ellenbogen, um eine vor sich ausgebreitete Liste durchzugehen. Ihr seidig schimmerndes, blondes Haar war zu einem Dutt hochgesteckt. Die abstehenden Brüste wirkten im seichten Licht der Bar, als badeten sie in warmer Milch.

»Mein lieber Scholli«, sagte Kare Kaerla mit begeisterter Stimme. »Ich glaub, ich hab schon entschieden, wer uns im weiteren Verlauf des Abends an diesem Tisch bedient.«

12

»Einen Tequila«, rief Vares mit entschlossener, lauter Stimme Mirja zu, die an ihm vorübereilte.

»Was für einer darf es sein?« Mirja blickte besorgt zu Vares und dann zur benachbarten Loge herüber.

Netta stand mit leicht geneigtem Kopf und einem kecken Lächeln auf den Lippen vor den drei Herren. Immer wenn sie das Standbein wechselte, wippten ihre Brüste mit einer elastischen Bewegung.

»Einen *Sierra,* einen doppelten.« Vares bemerkte mit einem Seitenblick Nettas Lächeln. Er kannte dieses Lächeln nur allzu gut. Auch ihn hatte sie damals auf diese Weise angelächelt.

»Mit wieviel Wasser?«

»Mit wenig. Einen Slammer! Und stell noch 'ne Flasche von dieser mexikanischen Schiffe dazu – ein *Sol.* Man soll ja Stil bewahren – auch wenn einem gar nicht danach zumute ist.«

»Hör mal, Jussi. Du solltest es etwas ruhiger nehmen. Das ist doch gar nicht so, wie's aussieht«, flüsterte Mirja ihm mit ernster Miene zu.

»Keine Angst, Mädel. Ich lass mich doch von so was nicht mehr beeindrucken. Die Sache ist vorbei, finito, kaputt. Ich will hier nur in aller Ruhe einen zischen, zu meinem eigenen Vergnügen. Nichts anderes ...«

Mirja sagte nichts mehr. Sie war sich über die Lage schon im Klaren gewesen, als Netta sich geweigert hatte, an Vares' Tisch zu bedienen. Die Stimmung hatte sich weiter aufgeladen, als Netta mit dem Lackaffen vom Nebentisch immer offenherziger umging.

Schließlich war man dazu übergegangen, jedes Mal, wenn Netta etwas an den Tisch brachte, einen Hunderter Trinkgeld springen zu lassen. Mirja war der Meinung gewesen, dass jetzt Gefahr im Verzug war, aber Netta war nur gerührt gewesen über die ihr entgegengebrachte Aufmerksamkeit, und Mirja hatte sich anhören dürfen, was für ein »total cooler« Typ dieser Großtuer mit dem Pferdeschwanz doch sei.

Vares bekam seinen doppelten Tequila. Mit wenig Wasser. In einem stabilen Glas. Er knallte das Glas auf den Tisch, wie es sich gehörte, und kippte den schaumigen Slammer mit einem Mal hinunter.

Der Aufknall des Glases veranlasste Netta, einen kurzen Blick zur Seite zu werfen, doch sonst schien sie Vares keine Aufmerksamkeit zu schenken. Sie beugte sich vor, um eine vor Kaerla stehende leere Bierflasche abzuräumen, wobei ihre Brüste in eine aufregend schwingende Bewegung gerieten. Der Strahlemann bekam einen Blick zugeworfen, der mit Absicht eineinhalb Sekunden zu lang war.

Netta wandte sich ab und versprach, nach einiger Zeit zurückzukommen, um sich davon zu überzeugen, ob am Tisch noch alles zum Besten stand. Sie entfernte sich anmutig wie ein Mannequin. Die hohen Absätze glitten über den Boden wie ein geschmiertes Kugellager.

Vares probierte das Sol, ein Gesöff, das genauso wässerig war, wie es vom Hersteller zugesichert wurde. Im Moment jedoch schien das Bier einen Nebengeschmack zu haben, der bitterer war als gewöhnlich. Doch konnte es auch von etwas ganz anderem herrühren. Die Wut kochte in seinen Eingeweiden bei gleichmäßig mittlerer Flamme. Es war dieses Sodbrennen, gegen das keine *Renni* der Welt ankam.

Verfluchte Scheiße!

Jussi Vares wusste, dass Netta ihm eigentlich gar nichts mehr bedeutete. Schon seit langer Zeit tat sie das nicht mehr. Dennoch kam ihm diese Situation so vor, als würde man Benzin auf ein schwelendes Mittsommerfeuer gießen.

Vares starrte mit düsterem Blick vor sich hin. Das Gefühl der Verärgerung wurde immer stärker. Er kam sich wie ein verarschter kleiner Junge vor wie ein Vollidiot, der trotz der guten Ratschläge seines Kumpels eigens hierher gekommen war, um sich zu blamieren. Dieser Gedanke machte ihn krank, total krank.

Mit einem Fingerzeichen bestellte er bei Mirja noch einmal dasselbe.

Der graue ostfinnische Mäuserich vom Nebentisch begann auf Hochtouren anzulaufen und wollte schon ins obere Stockwerk gehen, um das Geschehen auf einer intimeren Estrade zu verfolgen. Kare Kaerla rutschte eine Weile nervös auf seinem Stuhl herum, warf schließlich einen langen Blick in Richtung Theke und sagte: »Geh ruhig schon vor, Kauko. Oben sind gerade die Fernimporte dran. Ich werd' wohl mit Mauno noch eine Weile hier bleiben und die Lage peilen.«

»Die Kleine mit den spitzen Titten, was?« Der Typ im grauen Anzug knuffte seinen Gastgeber in die Seite und lachte vielsagend.

»Soweit ich etwas von diesen Dingen verstehe, scheint die Sache ganz gut angelaufen zu sein.« Kare Kaerla zündete sich mit abschätzendem Blick ein Zigarillo an. »Ich könnte sie zum Beispiel nach Ruissalo einladen. Ich pack das Mädel einfach ins Boot, und dann fahren wir zum Mondscheinbaden auf irgendeine Schäre auf dem Airisto-Archipel. Der Rest wird sich dann nach dem alten Schema ganz von selbst ergeben ...«

»Das bezweifle ich nicht«, seufzte das Kerlchen. »Aber jetzt muss der Mann hier ins Obergeschoss steigen ...«

»Viel Vergnügen, Kauko. Und sag Bescheid, wenn dir etwas fehlt.«

Kauko korrigierte den Sitz seiner Krawatte, räusperte sich und ging auf die in den oberen Stock führende Treppe zu.

Verflixt! Jussi krampfte die Finger so fest um die *Sol*-Flasche, dass sich das Etikett gelöst hätte, wenn es nicht auf das Glas aufgedruckt gewesen wäre. »Ich pack sie einfach ins Boot ...« Was für ein Arschloch! Vares wusste aus Erfahrung, dass purer Tequila überall in der Welt als Streittrunk bekannt war. Und ein doppelter Tequila schien die doppelte Wirkung zu haben.

»Hey, ihr zwei!« Vares drehte sich zur Nachbarloge hin und erhob seine Stimme. »Hat einer der Herren vom Nebentisch gerade einen Furz losgelassen oder liegt dort hinterm Sofa eine tote Ratte?«

»Du, Mauno. Wer säuselt denn da so herum?« Kare Kaerla sah verwundert zu Vares herüber und warf seinem Adjutanten einen fragenden Blick zu.

»Ey, du Arzneischrank!« Vares erhob die Stimme und zeigte mit dem Finger auf Elokankare. »Ich hab gerade irgendwo gelesen, dass wenn man zu viel Muscle Booster und Hormone frisst, die Gedärme allmählich verfaulen. Und besonders bakifrån – das ist Schwedisch und bedeutet, dass es gerade hinten, am Abgasrohr, anfängt. Das erklärt wohl auch den Gestank hier ...«

»Was glaubst du eigentlich, wer du bist?« Kare Kaerlas Gesicht verzog sich zu jenem Lächeln, das man schon von vielen Titelbildern und Doppelseiten her kannte. Es war das Lächeln eines Strahlemanns – das breite und selbstsichere Lächeln eines Mannes, der seinen Wert richtig einzuschätzen weiß und von klein auf gewohnt ist, der Gewinner zu sein.

»Ich weiß schon selbst, was für einer ich bin«, lachte Vares. »Diese Frage hat man bisher noch nie den Richtern zur Entscheidung vorlegen müssen. Aber wer magst du wohl sein? War das eine etwas zu voreilige Frage? Gibt es im Berufungsgericht noch zu viele unerledigte Fälle diesbezüglich?«

»Wir sind einander wohl noch nicht vorgestellt worden.« Kaerla legte eine höflich fragende Miene auf, in die sich eine Spur von teuflischem Grinsen mischte. »Ich bin Karl-Erik Kaerla, Geschäftsführer, wohnhaft in Turku, auf der Insel Ruissalo.«

»Und ich bin Tauno Äikää ...« antwortete Vares und streckte seine Glieder aus. »... Organist an der Johanneskirche in Helsinki.«

Mirja brachte mit besorgtem Blick einen doppelten Tequila an den Tisch. Vares dankte mit einem Kopfnicken.

Kaerla blieb einen Augenblick still. Dann schmunzelte er und warf einen verstohlenen Blick in Richtung Theke. Mirja und Netta schienen die Situation zu verfolgen. Mirjas Gesicht war ernst. Nettas Miene zu interpretieren erwies sich als schwieriger.

»War nett, dich kennen zu lernen«, sagte Kaerla. »Aber jetzt nimmst du wohl besser ein Taxi und fährst zurück nach Helsinki. Ich bezahl es auch.«

»Danke für das Angebot, aber das wird sich als schwierig erweisen. Deine Scheine könnten Probleme bereiten. Ob der Taxidriver wohl Asbesthandschuhe hat?« Vares hob fragend die Augenbrauen.

»Was meinst du, Mauno. Haben wir für heute nicht schon genug gelacht?« Kaerla blickte mit erhobenen Brauen zu seinem Bodyguard.

»Ein wenig zu anspruchsvoll für Mauno, die Frage, und dann noch so überraschend gestellt, was?« vermutete Vares. »Ein kleiner Tipp, Mauno. Das nächste Mal, wenn du versuchst, 'ne richtige Arbeit zu bekommen, solltest du bei der Bewerbung etwas genauer sein. Hier ein paar freundschaftliche Hinweise zum Ausfüllen: Lieber nicht in Großbuchstaben und auch nicht auf Schuhkarton, das geht nämlich nicht durchs Faxgerät ...«

Mauno Elokankare holte tief Luft. Sein Brustkorb blähte sich auf, bis er den Umfang eines Heringsfasses hatte. Das kupferfarbene, solariumverbrannte Gesicht des Mannes blieb ausdruckslos, aber ein nervöses Gestikulieren verriet, wie erregt er war. Er strich sich abwechselnd mit beiden Händen durch seine langen Nackenhaare und bewegte dabei den großen Schädel langsam kreisend von einer Seite zur anderen.

»Mauno, schmeiß den Schnorrer raus, bevor er hier die Luft verpestet«, forderte Kare Kaerla mit nervöser Stimme seinen Bodyguard auf. »Kannst ihm auch noch auf angemessene Weise Gute Nacht sagen, wenn du willst – aber bitte nicht hier drinnen.«

Mauno Elokankare nickte mit ernster Miene und begann, sich aus der engen Loge herauszuwinden, was etwas langsam vonstatten ging, da der Abstand zwischen Tisch und Sofa nicht für Männer seiner Größe vorgesehen war.

Jussi begriff trotz seines Rausches sofort, dass sich die Lage verändert hatte. Jetzt war die Unantastbarkeit des Körpers nicht mehr gewährleistet. Sofort kam ihm ein neuer Gedanke. Er schnappte sich den doppelten Tequila, erhob sich halb und schüttete Mauno Elokankare die feurige Brühe in die Augen.

»Verdammte Sauuuuuu ...«, heulte der große Mann auf und plumpste, die schaufelgroßen Hände vorm Gesicht, auf das Sofa zurück.

Jussi Vares setzte, nach Gleichgewicht suchend, zu einer Drehung an, aber seine Koordination schien schon so viel Sand im Getriebe zu haben, dass sein Schwingschlag einen halben Meter an Kare Kaerlas Wange vorbeiging. Im selben Augenblick bemerkte Vares einen dunklen Gegenstand in der Hand seines Gegenübers, und schon drang ein vertrautes Zischen an sein Ohr. Instinktiv versuchte er sein Gesicht mit den Armen zu bedecken. Aber die Reaktionsgeschwindigkeit war hoffnungslos zu langsam. Ein großer Teil des von Kaerla abgefeuerten Tränengases fand seinen Weg durch die Deckung. Vares hatte das Gefühl, als ob man ihm warme Salzsäure in Schlund und Augen geschüttet hätte.

Aus alter Erfahrung wusste Jussi Vares die Lage nur allzu gut einzuschätzen. Jetzt galt es nur noch zu verschwinden. Fort, und zwar verdammt schnell. Er musste zu einem Wasserhahn gelangen, sofort, mit den Füßen in der Hand.

Die folgenden Sekunden blieben Jussi Vares nur ganz undeutlich und mit einem gallenbitteren Nachgeschmack im Gedächtnis zurück. Er erinnerte sich daran, wie er über Stühle gestolpert und gegen Tischkanten gestoßen war, wie er Flüche und Schreie und das Klirren zerspringender Gläser gehört hatte und wie er schließlich hinter eine Ecke gelangt war, ins Entree, einen Griff gefunden und endlich die Tür aufbekommen hatte – vielleicht erst beim dritten Versuch ...

Jussi Vares saß in der linken Kabine der Frauentoilette des *Surutoin.* Er saß leise und mit nervösem Herzklopfen hinter der geschlossenen Pressspantür. Er saß dort für den Fall, dass ihm ein auf Rache sinnender, einhundertzwanzig Kilo schwerer Bankdrücker auf den Fersen war. Jedes Mal, wenn die Tür aufging, hielt Vares den Atem an. Und jedes Mal, wenn er leichte Frauenschritte vernahm, atmete er vor Erleichterung auf.

Vares hatte vielleicht schon eine Viertelstunde in dem Kabäuschen ausgeharrt. Und immer wenn der Toilettenraum leer war, hatte er Wasser aus der Kloschüssel geschöpft und sich wieder und wieder die Augen ausgespült. Ein nicht geringer Teil das Gases war auf seine Mundschleimhäute geraten. Im Rachen verspürte er einen widerwärtigen, beißenden Geschmack. Die Kehle brannte, als ob er mit einer Flasche Tabasco seinen schlimmsten Durst gelöscht hätte. Dennoch wollte Vares nicht auch noch seine Mandeln mit dem Wasser aus der mit einem braunen Rand umgebenen Emailleschüssel spülen. Hier lag immer noch die Grenze.

Die Tür des Toilettenraums ging wieder auf. Seufzend ließ Vares das Schloss der Kabinentür wieder los. Noch einmal musste er warten.

Eine der beiden hereinkommenden Frauen ging in die Nachbarkabine und strullte vergnügt drauflos. Die Freundin schien, fröhlich vor sich hinpfeifend, vor dem Spiegel zu warten. Vares hatte sich schon daran gewöhnt. Eine die Männer immer wieder beschäftigende Frage hatte sich in den letzten zehn Minuten für ihn beantwortet: Wenn zwei Frauen zusammen auf die Toilette gingen, dann hieß das nicht unbedingt, dass sie beide ein dringendes Bedürfnis hatten. Häufig sogar hatten sie es beide nicht.

Die andere Frau kam aus der Toilettenkabine und das obligatorische Geplapper begann. Vares schloss seine brennenden Augen und stöhnte innerlich.

»Du, Elsa. Was für'n Wagen hat der Kerl eigentlich?«

»Weiß nicht. Oder warte mal. Irgend so'n spanischen, glaub ich. Ja, ein Fiesta war's wohl.«

»Was hast du sonst für einen Eindruck von dem Typen? Also, du weißt schon, was ich meine …«

»Seine Firma hat ein Boot in Parainen. Angeblich so'n großes amerikanisches. Aber er hat einen Spitzbauch. Und redet so schrecklich viel. Ist bestimmt 'n Flachwichser …«

»Ganz so beknackt kann der Typ doch nicht sein. Hat 'n Boot zur Verfügung und alles. Aber was hast du mit ihm vor?«

»Muss mal sehen. Er hat schon angedeutet, dass er um vier neben seiner Frau liegen muss. Hat sicher so'n schnelles Ding im Sinn. Also, ich weiß nicht recht …«

»Leih mir mal deinen Kajal.«

»Hier. Was hältst du von dem Lippenstift. Hab ihn als Geburtstagsangebot von *Yves Rocher* bekommen. Richtig warme Farbe, nicht wahr.«

»Ja, aber ich nehm lieber den hier, mit einem Stich ins Lila. Der ist von *Lancôme*. Kostet sicher die Hälfte mehr als solche Versandprodukte. Aber geh'n wir lieber, bevor der eine abhaut ...«

»Du meinst doch wohl nicht den Busfahrer, oder?«

Beschwipstes Kichern.

»Ach, natürlich nicht. Ich kann mir gut vorstellen, was der tut. Pansio – Marktplatz – Pansio – Marktplatz. Hin – und – rück, hin – und – rück, immer dieselbe Tour. Aber lass den Kerl ruhig spendieren, wenn er schon mal so gut drauf ist ...«

Die Tür schlug hinter den Frauen zu und auf der Toilette war es wieder still. Jussi Vares kniete wie zum Gebet neben der Kloschüssel nieder und begann, mit der hohlen Hand Wasser auf seine brennenden Augen zu schöpfen.

Die Tür ging noch einmal auf. Man hörte das etwas unsichere Klacken von Absätzen und ein unterdrücktes Kichern. Jussi Vares verharrte kniend auf dem dreckigen Boden, biss die Zähne zusammen und war wieder mucksmäuschenstill ...

Zweiter Teil

13

Lepakko – »Die Fledermaus« – lehnte am Fenster im Obergeschoss und schaute auf den Hofplatz hinunter. Ukko trippelte gerade zwischen dem Saunagebäude und einem an der Ecke der baufälligen Garage liegenden Holzstoß hin und her und lud sich jedes Mal drei Scheite Brennholz auf. Oft holte er fünf von solchen unwesentlichen Ladungen, bevor er den Saunaofen in Gang brachte.

Bedauernswerter Alter.

Auf einem Tisch im Hof stand ein alter Kassettenrekorder, von dem eine schwarze Verlängerungsschnur wie eine sich über den Rasen schlängelnde Kreuzotter zur Steckdose auf der Veranda führte. Auf der Kassette war irgendetwas Marschmäßiges zu hören, gespielt von einem Blechblasensemble der Polizei.

Ukko hatte heute seinen Polizeitag. Er trug ganz wichtigtuerisch die alte Dienstmütze auf dem Hinterkopf und hatte weiße Lederhandschuhe an. Die Kokarde an der Mütze glänzte, als ob sie direkt aus der Messingschmiede käme. Die Handschuhe dagegen waren so abgenutzt, dass seine gekrümmten Fingerspitzen hindurchschimmerten.

Großväterchen war immer viel besserer Laune, wenn er mit seiner Zeitmaschine in den Dienst als Bulle zurückkehrte. Sonst starrte er immer nur völlig apathisch vor sich hin. Gut, dass er nicht vergaß, aufs Klo zu gehen.

Am schwersten hatte es Lepakko mit dem Alten, wenn dieser sich in Kriegszeiten zurückversetzte, in den Sommer Vierundvierzig, als er ein Hund auf der Karelischen Landenge gewesen war.

Ein Meldehund.

Davon sprach er immer. Von seiner Meldehundzeit. Davon, wie man einem Mann überhaupt solche Befehle erteilen konnte. Tätigkeiten, die niemand ertrug – und die man niemals vergessen würde, es sei denn, durch den Tod.

Lepakko hatte sich erst in den letzten zwei Jahren für die Kriegsgeschichten des Alten zu interessieren begonnen. Er verstand nicht einmal die Hälfte davon, aber immerhin hatte er doch kapiert, dass Ukko auch im Krieg Polizist gewesen war – wie auch nach dem Krieg im Zivilleben.

Einmal hatte Lepakko gefragt, wozu man überhaupt Polizisten im Krieg brauchte, da Töten dann doch gar kein Verbrechen war.

Ukko hatte lange geschwiegen. Erst hatte er es zugegeben: Den Feind zu töten sei kein Verbrechen. Aber dann hatte er lautlos angefangen zu weinen – so heftig, dass seine Schultern bebten. Er hatte sich die Augen gewischt und irgendeine wirre Geschichte über den heißen Sommer Vierundvierzig erzählt, als die Jungs Angst bekommen hatten und ohne Waffen quer durch den Wald gelaufen waren und wie man sie festgenommen hatte und wie diejenigen, die sich vor lauter Angst geweigert hatten, dorthin zurückzukehren, von wo das Grollen zu hören war, am Grabenrand erschossen wurden.

All das hatte auf der Karelischen Landenge stattgefunden, an irgendeiner Landstraße. Das also war damals die Aufgabe der Meldehunde gewesen.

Lepakko schaute vom Obergeschoss des baufälligen, eineinhalbstöckigen Einfamilienhauses über die Weißdornhecke hinweg auf die Straße, die von ähnlichen, auf engen Grundstücken erbauten alten Häusern gesäumt war. Am Straßenrand wartete ein schmerbäuchiger Taxifahrer mit hochrotem Gesicht auf Kundschaft. Er trug eine Schiebermütze, hatte eine Kippe zwischen den Zähnen und lehnte gegen die Motorhaube seines Wagens.

Plötzlich stieg in Lepakko der Gedanke auf, dass man mit der Luftpistole das Taxi gerade erreichen würde. Es wäre lustig, dem

Typen eine Kugel in seinen fetten Arsch zu jagen und zuzusehen, was für einen Springtanz er aufführte. Vermutlich würde er nicht einmal einen Streich dahinter vermuten. Er würde annehmen, dass sein eigener Scheißgeruch eine besonders hitzige Bremse angelockt hätte.

Lepakko schob den prickelnden Gedanken beiseite. Profis treiben keinen Scherz. Sich zum Rächer aufzuschwingen erfordert Vorsicht und Geduld. Nur der Dumme bringt sich selbst in Unannehmlichkeiten.

Lepakko stützte sich mit den Ellenbogen auf das Fensterbrett, reckte den Hals und folgte mit seinem Blick einer Rauchschwalbe, die über den alten, teilweise abgestorbenen Apfelbäumen des Hofes stolze Sturzflüge machte. Die Vögel waren schon seit einigen Tagen damit beschäftigt, das am Giebel der Garage unter einer Firstpfette versteckte Nest vom letzten Sommer auszubessern. Lepakko hatte das Treiben der Tiere mit Interesse verfolgt. Im letzten Sommer hatte er sich zu ihrem »Schutzherrn« erkoren. Wenn es jemand wagte, den Gabelschwänzen etwas anzutun, würde die Rache grausam sein.

Lepakko hatte nie die Typen verstanden, die mit ihren Luftpistolen herumgingen und die Nester wehrloser Vögel beschossen. Waffen, Knaller, Bomben, Klappmesser und Steinbrocken waren für »Arschgesichter« gedacht – also für eine bestimmte Sorte Menschen. Und nicht für unschuldige Wesen, die so schön wie Drachen am blauen Himmel flogen.

Pantse hatte einmal vorgeschlagen – es war im vorvorigen Sommer gewesen –, gemeinsam einen Rundgang über die im näheren Umkreis liegenden Felshügel zu machen, um Wacholderdrosselnester auszunehmen. Da hatte Lepakko ihn ins Gebet genommen. Und danach schien Pantse die ganze Sache vergessen zu haben.

Lepakko wusste, dass Pantse seinem Wort viel zu leicht Glauben schenkte und ihn für den Boss hielt. Und das, obwohl Pantse ein halbes Jahr älter war als er – und zwar schon über siebzehn. Lepakko wusste auch, dass er Pantse ziemlich fest im Griff hatte. Sie bildeten zusammen ein gutes Paar – ein Kraftgespann.

Unten auf dem Hofplatz trottete Ukko jetzt mit einem einzigen Scheit Brennholz im Arm zur Sauna. Plötzlich blieb er mitten auf dem Plattenweg stehen, blinzelte mit seinen schlechten Augen schräg nach oben und bekam einen Schimmer von Lepakko zu sehen. Der faltige Mund des Alten bewegte sich, nach Worten suchend, wie ein nach Zucker schnappendes Pferdemaul. Erst jetzt drang die brüchige Stimme des unter Atembeklemmung leidenden Alten in Lepakkos Ohren:

»Um fünf dann inne Sauna.«

Lepakko winkte zur Antwort und reckte sich, um dem mit kurzen Schritten voranschleichenden Alten nachzuschauen. Ukko sah mit seinen alten und abgenutzten Verkehrspolizistenhandschuhen so traurig-komisch aus, dass Lepakko mal ein Kribbeln im Unterleib, mal ein Gefühl der Beklemmung in der Brust verspürte.

Lepakko konnte nicht leugnen, dass er fast Liebe empfand zu dem alten Knacker. War Ukko doch der einzige Mensch auf der Welt, den er noch hatte. Er hatte niemals Schwierigkeiten mit ihm gehabt, obwohl dieser von Zeit zu Zeit seine Polizeitage und seine Meldehundtage hatte.

Allerdings war das erste Jahr nach Vaters Selbstmord richtig schwierig gewesen.

Ukko hatte es so schwer genommen, dass er für ziemlich lange Zeit in Pflege musste. Das war jetzt schon fast vier Jahre her. Auch Lepakko war damals für einige Zeit in die Obhut der Sozialtanten gekommen. Man hatte festgestellt, dass er noch viel zu jung war, um allein zurechtzukommen ...

Ukko hatte sich dann glücklicherweise wieder erholt. Ein bisschen verrückt war er mitunter immer noch gewesen, aber er konnte immerhin auch außerhalb des Krankenhauses klarkommen. Ein schöner Augenblick war es gewesen, als er schließlich nach Hause entlassen wurde. Ziemlich bald nach seiner Rückkehr durfte Lepakko aus dem Kinderheim zu ihm ziehen. Das wachende Auge der städtischen Fürsorge beschränkte sich nur noch auf eine Haushaltshilfe, die ein paar Mal in der Woche vorbeikam, um nach dem Rechten zu sehen.

Ukkos Füße waren so krank und die Treppe zum Obergeschoss war so steil, dass sich Lepakko auf dem Dachboden seine eigene Welt aufbauen konnte, in der ihn niemand störte. Auch die Haushaltshilfe hatte die Spielregeln verstanden, nachdem es ihr einmal gesagt worden war. Jetzt kam sie überhaupt nicht mehr auf die Idee, hinaufzusteigen, um den Frieden im Obergeschoss zu stören.

Lepakko trat vom Fenster zurück und setzte in die Öffnung ein grünes Mückenschutzgitter, auf das er mit einer Pappschablone verschieden große schwarze Schatten in Fledermausform gemalt hatte. Mücken waren in diesem Jahr noch nicht aufgetaucht, aber das Gitter sah besonders im Abendlicht richtig aufregend aus – und vor allem passte es gut zur Stimmung in der »Butze«.

Der Dachboden war ein langgestreckter Raum mit Dachschräge, der durch eine Zwischenwand in zwei Hälften geteilt war.

Im Winter musste Lepakko weiter hinten wohnen, in einem wärmegedämmten, mit einer Elektroheizung und einem Herdofen ausgestatteten Raum. Zur Winterszeit waren die Ecken des vorderen Raums von grauem Raureif bedeckt und die Bodendielen fühlten sich an den Füßen so kalt an wie Eis.

Lepakko mochte besonders den vorderen Raum, der geräumig war und ein Fenster hatte, das zum Hof rausging. An den Wänden hingen seine Lieblingsposter und die Scheiben zum Scharfschießen. Auf den Postern waren Clint Eastwood und Charles Bronson abgebildet – harte, ausdruckslose Rächer, auf deren Gesichtern der Hass stand, ein Hass, der allen »Arschgesichtern« der Welt den Magen umdrehte.

Und natürlich hing im vorderen Raum auch ein riesengroßes Batman-Poster.

Batman war für Lepakko der große Held – die absolute Nummer Eins. Lepakko wusste, dass er etwas kindisch war, aber er kehrte sich einen Dreck darum.

Für Lepakko war der einzig richtige Batman Michael Keaton. Der Böse, von legitimem Hass Besessene, der Gnadenlose. Ein Mann mit einer Maske, aus deren Sehschlitzen rot glühende, ein wenig kranke Augen hervorfunkelten. Das war der wahre Batman. So wollte Lepakko eines Tages werden. Als solcher wollte er den wirklich »Großen Arschgesichtern« gegenübertreten. Dann, wenn die Stunde der Vergeltung endlich gekommen war.

Im hinteren, auch im Winter bewohnbaren Dachbodenraum hatte Lepakko einen kleinen Campingfernseher und ein altes, zeitweise streikendes Videogerät, das Pantses Bande schon vor langer Zeit aus einem auf der Insel Satava gelegenen Sommerhaus entwendet hatte.

Lepakko guckte vor allem Videos wie *Terminator, Robocop* und ähnlichen Kram. Irgendeine gewöhnliche amerikanische Polizeistory interessierte ihn nicht. Das absolut Beste waren so richtig brutale, ungeschnittene Streifen – solche, die eigentlich illegal waren. Diese stöberten Pantse und die anderen Jungs in einem einschlägigen Antiquariat auf. Zum Tausch dafür boten sie gewöhnlicheren Kram an, den sie hier und dort auf ihren nächtlichen Touren eingesackt hatten.

Im hinteren Raum befanden sich neben der Glotzkiste auch ein paar andere wichtige Dinge.

An der Wand über Lepakkos Winterbett hing ein großes, goldfarbenes Schild, auf dem mit großen, schwarzen Buchstaben geschrieben stand: BAUGESCHÄFT H. SALMIO KG. Es war der einzige Gegenstand, den Ukko aus der Konkursmasse seines Sohnes hatte retten können. Lepakkos Vater war zu dieser Zeit schon nicht mehr zu gebrauchen gewesen. Er hatte drei Wochen lang an Schläuche angeschlossen in der Universitätsklinik Turku gelegen, als Verlängerung der Apparaturen, bis er schließlich von den Schnüren befreit wurde, weil man nichts mehr für ihn tun konnte. Er hatte sich über den Mund durch den Kopf geschossen.

Lepakko hatte das Schild am besten Platz aufgehängt – damit er die Sache niemals vergessen würde ...

Neben dem Schild hing das Bild des Vaters. Er war ganz jung darauf, mit ernster Miene, in Soldatenuniform. Die beiden Winkel am roten Kragenspiegel bedeuteten wohl Unteroffizier oder so. Ukko hatte mit Tränen in den Augen dieses Bild betrachtet und gemurmelt, dass aus dem Sohn eines Meldehundes immerhin ein ehrenhafter Artillerist geworden war, ein Mann, der nicht die Kameraden aus den eigenen Reihen erschießt.

Pantse hatte auch schon einmal Schweißgeräte geklaut.

Er war dann auf dem Dachboden gewesen und hatte die gusseisernen Kochplatten des Herdofens festgeschweißt. Lepakko hatte mit Sorgfalt die rußige Brennkammer gesäubert und ein ordentliches Vorhängeschloss besorgt, mit dem er die Luke verschließen konnte. Jetzt diente der Herdofen als Tresor. Dort bewahrte er das Allerwichtigste auf – sein »Archiv«.

Im »Archiv« fanden sich Lepakkos »Kriegstagebücher«, aber auch vieles andere. Es gab zwei volle Ordner mit Material, das mit dem Fall des Vaters und mit Vaters Firma zusammenhing – Protokolle, Zeitungsausschnitte und wer weiß was noch.

Und dann war da noch die einen Handspann dicke Sammelmappe, in der Lepakko alles Material über »Große Arschgesichter«, »Leck-Mich-Typen« und »Schweine« gesammelt hatte, das ihm in die Hände gekommen war.

Irgendwann einmal wollte Lepakko alles mit Brennspiritus übergießen und zusehen, wie sich die Papiere und der Karton langsam in weiße Asche verwandelten – damit sie ihn endgültig in Ruhe ließen. Aber dieser Tag würde erst dann gekommen sein, wenn er die »Aufgabe« erfüllt hatte.

Das müßige Knattern eines Motorrads schreckte Lepakko aus seinen Gedanken. Er sprang von seiner zerknautschten Tagesdecke auf. Das Geräusch war unverkennbar. Es musste Pantses altersschwaches 125er Leichtkraftrad sein.

Lepakko sprang zum Fenster.

Unter einer Birke im Hof saß Pantse auf dem Sattel seines Motorrads und hatte einen albern aussehenden, eiförmigen Helm auf. Er trug ihn deshalb, weil die *Hells Angels* dieselben benutzten. Irgendjemand hätte ihm natürlich mal sagen können, dass zwischen einer *Harley 1000* und seinem rostigen Witz ein kleiner Unterschied bestand.

Lepakko hob kurz die Faust, um Pantse zu begrüßen. Dieser

zog sich den Helm vom Kopf und grinste wie ein Schaf nach oben. Vor Lepakko legte er allzu leicht seine Rolle als harter Bursche ab, die er in der Gang durchzog, und setzte dann dieses dämliche Lächeln auf. Lepakko hatte sich mit diesem Tatbestand abgefunden.

Die Sache hatte eigentlich schon in der Oberstufe begonnen, als Lepakko versuchte, Pantse in Mathematik und ein wenig auch in Sprachen auf die Sprünge zu helfen. Pantse hatte nicht gerade viele Freunde gehabt und sich dann von morgens bis abends an Lepakko rangehängt. Lepakko war insgeheim sogar ein wenig zufrieden gewesen, als Pantse in die Beobachtungsklasse gesteckt wurde. Pantse war zwar ein richtig guter Freund, aber er war nur in angemessen kleinen Portionen genießbar. So war es nun einmal.

»Na Alter, was knatterst du denn hier herum?« rief Lepakko auf den Hof hinunter.

»Was glaubst du …« Pantse kramte aus seinem Rucksack eine Plastiktüte hervor, in der sich zwei flache, videokassettenförmige Gegenstände zu befinden schienen.

»Hast du da ein paar neue … Knaller?« wollte Lepakko wissen.

»Warte eine Minute, ich komm hoch«, johlte Pantse und strahlte übers ganze Gesicht. »Schreib in der Zwischenzeit das Datum von heute auf – zum Beispiel ins ›Kriegstagebuch‹. Es ist was Größeres passiert als ein Tyrannosaurus. Du wirst sehen, Lepakko, ab heute wird nichts mehr so sein wie bisher!«

14

Jussi Vares war bei Karl-Erik Kaerlas Gaspistolenattacke mit bitteren Tränen davongekommen, obwohl die Augen ganz mit Blut unterlaufen waren. Jetzt saß er mit einer Büchse Obstsaft in der Hand an der Essbar seiner Küche und betrachtete in einem *Tuborg*-Werbespiegel sein fahles Gesicht.

Leblose, schlaff über den Wangen hängende Haut. Trockene, aufgesprungene Lippen. Dunkle Tränensäcke unter den blutunterlaufenen, gepeinigten Augen. Ungekämmtes, fettiges Haar. Bartstoppeln wie ein Kahlschlaggebiet im November. Tiefe, quer verlaufende Furchen auf der Stirn: Cañons voller Kummer und Sorge. Verflucht, wie hässlich ein Mann doch aussehen kann, nach vier oder fünf sinnlos versoffenen Tagen.

Vares nahm einen vorsichtigen Schluck Obstsaft. Sein Magen machte eine reflexartige Ausweichbewegung. Mit geschlossenen Augen und feuchtem Schweiß auf der Stirn gelang es ihm dennoch, das Getränk bei sich zu behalten.

Vares blickte sein Spiegelbild noch einmal verstohlen an, schüttelte traurig den Kopf, schleppte sich ins Wohnzimmer und ließ sich auf das Sofa fallen. Er konnte sich nicht erinnern, schon einmal so ausgesehen zu haben. Es kamen ihm die Kriegsgefangenen in den Sinn, die nach dem Fortsetzungskrieg an der Grenze bei Vainikkala an Finnland zurückgeführt worden waren.

Wieder ohne Vorwarnung kroch eine gärende Unruhe in ihm auf. Vares stellte sich ächzend auf die Beine, gab sich einen Ruck und setzte sich in Bewegung. Im Badezimmerschrank fand er *Aspirin,* Vitamin B und *Alka-Seltzer.* Er löste die Tabletten mit warmem Wasser im Zahnbecher auf und kippte sich die unappetitlich aussehende Mischung ohne weiter darüber nachzudenken in den Schlund. Dann schleppte er sich ins Schlafzimmer, zog die schweren Vorhänge vors Fenster, trat die Telefonleitung aus der Wand und verkroch sich tief unter der Decke, wie eine Wühlmaus, die vor einem Präriebrand in ihre Höhle flieht.

Jede einzelne Zelle in ihm schrie nach Schlaf, Ruhe und Vergessen, aber die am Boden schleifenden, trüben Gedanken und das im Dunkel umherschwebende, leblos fahle Gesicht von Mikko Berg zeigten kein Erbarmen. Erst nach etwa einer Stunde versank er in einen ersten Schlummer. Albträume verfolgten ihn wie eine Horde herumstreunender Hunde.

Am frühen Abend rasierte sich Jussi Vares, nahm eine warme Dusche, raffte sich auf und schlich über den Hügel des Vartiovuori-Parks zum *REPO Office*. Er machte einen weiten Bogen um die Gassi-Gänger und versuchte solche Pfade zu vermeiden, auf denen er Spaziergänger sah. Vares kam sich wie ein Strauchdieb vor. Aber er war nun einmal in einer solchen Gemütsverfassung, dass er keinem anderen Menschen von Angesicht zu Angesicht gegenüberstehen wollte.

Vares atmete erleichtert auf, als sich die Eingangstür zur Firma hinter ihm geschlossen hatte und ihn die Stille der leeren, vertrauten Räume in ihren Schutz nahm.

Er setzte Kaffee auf und blätterte die Zeitungen durch, deren Erscheinungstage wie unbemerkt an ihm vorbeigezogen waren.

Nachdem er eine Tasse Kaffee getrunken hatte, nahm Vares sich selbst beim Schopf und setzte sich mit einem unwohlen Gefühl im Bauch an Mikko Bergs eleganten Schreibtisch. Er zwang sich zum Arbeiten, indem er Mikko Bergs Tischkalender in die Hand nahm und in Gedanken die ersten vier Monate des Jahres durchging.

Der größte Teil der in den Kalender gekritzelten Namen, Termine und Orte hatte auf die eine oder andere Weise mit der Arbeit der Firma zu tun. Im Kalender fanden sich auch Dutzende in Mikko Bergs sauberer Handschrift geschriebene Zeichen und Kürzel, die Vares mit nichts und niemandem in Verbindung bringen konnte. Das war jedoch ganz normal. Ähnlich verhielt es sich auch mit seinem eigenen Kalender. Kalendervermerke waren ja für einen selbst gedacht und nicht für einen Außenstehenden.

Nachdem er eine Stunde so gesessen hatte, stand Vares auf, schüttete den Rest Kaffee samt Bodensatz in seinen Becher, setzte sich mit einem Seufzen wieder auf den frei gewordenen Stuhl seines Kompagnons und dachte über all die Vergeblichkeit seiner Bemühungen nach.

Vares' umhertappende Hand traf auf einen dicken Time-Manager, der in der oberen Schreibtischschublade lag. Vares blätterte etwa zehn Minuten darin herum. Das reichte. Er schloss das Ringbuch mit gelangweilter Miene. Zu Mikkos Natur hatte ein fast zwanghaftes Streben nach Systematik und Organisation gehört. Diese Tatsache spiegelte sich auch in seinem Time-Manager wider. Der Ordner war voll von Detailinformationen, Uhrzeiten, Namen und kurzen Codes. Vares beschloss, das Ringbuch mit nach Hause zu nehmen. Im Moment war er nicht in der richtigen Stimmung, sofort eine so große Aufgabe in Angriff zu nehmen.

Mikko Bergs Telefon war der letzte Schrei unter den Telefonmodellen und es war natürlich auch mit einer langen Reihe Kurzwahlnummern ausgestattet. Vares ging die Namenskürzel durch. Er konnte sie alle zuordnen.

Das bedeutete, dass außer der Privatnummer alle Kurzwahlnummern auf irgendeine Weise mit den Geschäften von *REPO Office Oy* oder mit Mikko Bergs ausgedehnter Tätigkeit in den verschiedensten prominenten Kreisen der Stadt zu tun hatten.

Als Vares das Telefon genauer betrachtete, bemerkte er, dass sich unter einigen der Namensetiketten auch ältere Zettel versteckten. Mikko Berg hatte offenbar dieselbe Angewohnheit gehabt wie Vares selbst. Wenn er aus irgendeinem Grund die Kurzwahl neu programmieren wollte, hatte Mikko, um Zeit und Mühe zu sparen, nur ein neues Namensetikett über das alte geklebt.

Vares nahm ein scharfes, spitzes Federmesser aus der Schublade und brachte drei verdeckte ältere Zettel zum Vorschein. Er richtete die Tischlampe nach unten und beugte sich vor, um seinen Fund zu begutachten. Die erste Buchstabenkombination war TAC, und Vares wusste, dass sich dahinter ein ehemaliger wichtiger Kunde von *REPO Office Oy* verbarg, dessen andauernden Zahlungsschwierigkeiten im letzten Sommer zu einem Abbruch der Geschäftsbeziehungen geführt hatten.

Auf dem folgenden Zettel stand lediglich JJ.

Vares zog die Stirn in Falten. JotJot? JayJay? Er hatte nicht die geringste Ahnung, wer oder was sich hinter dieser Abkürzung versteckte.

Auf dem letzten Speicherplatz, in der unteren rechten Ecke des Kurzwahltastenfeldes, kamen unter einem neueren Namensetikett die Buchstaben MIM zum Vorschein. Kopfschüttelnd stellte Vares das Telefon an seinen Platz zurück. Auch diese Buchstabenkombination löste keinerlei Erinnerung in ihm aus.

Jussi wippte eine Zeit lang nachdenklich auf Mikko Bergs Stuhl herum. Ein neuer Gedanke begann ihn zu beschäftigen.

Er holte das Telefonbuch hervor und suchte die Nummer von Elina Siikarla heraus. Die Frau, deren Büchereiausweis Vares am Samppalinna-Hügel auf der »Karottenparzelle« gefunden hatte, war von Beruf Immobilienberaterin. Am Anrufbeantworter teilte eine klangvolle, etwas raue Frauenstimme mit, dass Elina Siikarla für eine längere Zeit verreist sei. Sie würde in der nächsten Woche wieder zurück sein.

Als er die Mitteilung gehört hatte, atmete Vares erleichtert auf. Er wusste wirklich nicht, was er dieser Frau hätte sagen sollen. Vares legte schnell den Hörer auf und wischte seine feuchten Handflächen an der Jeans ab.

Er ging noch einmal zur Kochecke, trank ein Glas lauwarmes Wasser und stellte die vor sich hin schnaubende Kaffeemaschine ab. Dann ging er mit Mikko Bergs dickem Time-Manager unterm Arm in Richtung Außentür.

An der Tür verharrte er plötzlich. Wie ein Sektkorken stieg eine seltsame Gedankenverknüpfung aus den Tiefen des Unterbewusstseins in ihm auf, gerade hier, auf dem Treppenabsatz der Firma ...

»Mikko! Versteh dies als Warnung eines Freundes. Du spielst ein verteufelt gefährliches Spiel. Nimm den Verstand in die Hand, Junge.«

Wo hatte Vares diese Worte schon einmal gehört? Er konnte sich beim besten Willen nicht daran erinnern. Und wer hatte sie zu Mikko gesagt? Vielleicht war es nur ein Scherz gewesen.

Vares schüttelte den Kopf. Er schloss die Tür hinter sich, überquerte die Fahrbahn und schlug, die Hände in den Taschen, mit gebeugtem Haupte den Weg in Richtung des Vartiovuori-Hügels ein.

»Mikko! Du spielst ein verteufelt gefährliches Spiel ...«

15

Gleich nachdem Pantse auf den Dachboden gestiegen war, nahm er eine Videokassette aus der Plastiktüte heraus. Lepakko betrachtete etwas verwundert das Gesicht des Freundes, das vor Begeisterung fast glühte. Pantse war von Natur aus ein typischer Heißsporn, aber wohl kaum hatte er ihn jemals so erhitzt gesehen wie jetzt.

»Du hast also ein gezocktes Video in deiner Tüte. Irgendeine harte Story, oder was?«

»Die Story ist viel härter, als du dir jemals vorstellen kannst«, versicherte Pantse mit funkelnden Augen. »Darf ich dir bitte schön erklären, was sich technikmäßig dahinter verbirgt?«

»Ich hab zwei funktionierende, für gesund befundene Ohren.« Lepakko pflanzte sich auf seine Metallpritsche.

»Also, die Sache ist so, dass hier eine gewöhnliche Minivideokamera auf ähnliche Weise verwendet wurde, wie's bei der ›Versteckten Kamera‹ der Fall ist. Mit dem Unterschied, dass bei diesem Streifen nicht einmal am Schluss gelacht wird«, begann Pantse.

»Später hat sich dann jemand die Mühe gemacht und die Aufnahme mit Hilfe eines Adapters und zwei Videogeräten auf eine gewöhnliche Videokassette überspielt.« Pantse schwenkte die Kassette in der Hand. »Weißt du, was ein Adapter ist?«

»Nein. Und eigentlich interessiert es mich auch nicht. Mich interessiert jetzt mehr, was auf der Kassette drauf ist.«

»Schmeiß sie ein, beruhige dich und schau, was kommen wird ...« Pantse schleuderte die Kassette mit einer großen Geste auf Lepakkos Schoß.

Lepakko zog die Schultern an, schob das Video ins Kassettenfach, setzte sich wieder auf die Metallpritsche und streckte seine Beine auf dem Stuhlrand aus. Pantse schob sich ein Kaugummi zwischen die Lippen und begann, nervös darauf herumzukauen.

Die Zeit in der Dachkammer schien stehen geblieben zu sein.

Lepakko saß ganz bewegungslos da und starrte zum Bildschirm, auf dem nur noch Schnee zu sehen war. Es waren bereits Minuten vergangen, seitdem das letzte Bild erloschen war. Plötzlich schien Lepakko wie aus einem Traum zu erwachen, erhob sich wortlos von der Metallpritsche und begann, das Video noch einmal an den Anfang zurückzuspulen.

Das alte Videogerät gab ungleichmäßige, rasselnde und knarrende Geräusche von sich, tat aber doch seinen Dienst. Sonst war es im hinteren Raum des Dachbodens still. Pantse saß, die Hände hinterm Kopf verschränkt, mit ausgestreckten Beinen in einem Korbstuhl. Den Helm hatte er auf den Boden gelegt. Er hatte die Angewohnheit, wenn sich die Gelegenheit dazu bot, ihn gegen eine *San-Jose-Sharks*-Schirmmütze auszutauschen.

Das Gesicht des Kumpels drückte Stolz und Zufriedenheit aus.

»'n ziemlich dickes Ding, was? Das Arschgesicht persönlich zieht dort auf dem Band eine Action-Nummer ab, im guten Glauben wie der heilige Peter, ohne überhaupt irgendetwas von der Aufnahme zu wissen. Schwingt da so tiiiierisch cool herum wie der große Arnold. Der ›Große Scheißtyp‹ in eigener Person. Geil, was?« Die Stimme des Jungen bebte vor Begeisterung.

Lepakko blickte verzückt in den Schnee, der über den Bildschirm rieselte. Er hörte kaum die Frage seines Freundes. Sein Kopf war voller aufwühlender, stürmischer Gedanken. Er hatte das Gefühl, als ob ihm flinke Tiefkühleidechsen mit kalten Füßen über seinen Rücken liefen.

»Hey, wach auf! Der Bursche da auf dem Video, das ist doch dieser Typ?! Der, den du immer ›Arschgesicht‹ nennst, nicht wahr?« fragte Pantse begeistert.

»Schhhhhhh«, zischte Lepakko aufgeregt. »Ich möchte das Band noch einmal sehen.«

»Ja, ist mir recht. Der ist so hart, der Streifen, dass man ihn ruhig noch einmal sehen kann. Ich hab doch auch die beiden *Ter-*

minator mindestens drei Mal geguckt. Und die sind nicht einmal wahr.«

Das Gerät spulte zurück, bis das Band mit einem Knacksen stoppte. Lepakko drückte die PLAY-Taste. Das Band begann sich erneut zu drehen.

Zuerst sah man einige Sekunden lang nur Schnee, dann flackerte es ein paar Mal und auf dem Bild war, schräg von oben und ein wenig aus einem schiefen Winkel aufgenommen, ein Arbeitszimmer zu sehen, in dem sich ein großer Schreibtisch, drei Sessel und ein helles Stoffsofa befanden. Auf dem Tisch stand ein Laptop und an der Wand ein Aktenschrank.

»Ey. Was ist das da für eine Flagge an der Tischecke, dieser seltsam aussehende Fetzen?«

»Schhhhhhh!«

Zu Anfang war auf dem Band etwa zwanzig Minuten lang nur ein leeres Zimmer zu sehen. Lepakko spulte bis dahin vor, wo sich die Tür des Raums öffnete. Herein trat ein kleiner, knapp über dreißig Jahre alter, mit einem dunklen Anzug bekleideter Mann, dessen Glatze von einem lockigen Kranz aus langgezüchteten Strähnen umgeben war.

Direkt hinter dem glatzköpfigen Anzugmann traten zwei weitere Herren über die Schwelle. Sie blieben zunächst in einem solchen Winkel am Türpfosten stehen, dass die Kamera nicht mehr von ihnen einfing als die Hände, die dunklen, mit scharfen Bügelfalten versehenen Hosen und die glänzend schwarzen Lederschuhe.

Der Glatzkopf ging um den Schreibtisch herum und blickte verstohlen nach oben, direkt in das Auge der Kamera. Der Blick des Mannes war angespannt. Das nervöse Zucken der Augenlider und ein kurzes Schlucken deuteten darauf hin, dass er entweder unsicher war oder sich aus irgendeinem Grund vor etwas fürchtete.

»Ha. Der Kerl konnte es doch nicht lassen, mal abzuchecken, ob die versteckte Kamera auch lief.« Pantse lachte.

»Mist, dass auf dieser Scheißkassette kein Ton drauf ist«, fuhr Lepakko aufgeregt auf.

»Das ist nicht meine Schuld. Bei der Aufnahme hat sich bestimmt ein Kabel gelöst, oder irgendwas. Schieb die Schuld auf den Dicken da, der die Glatze mit Spielwiese trägt, er ist der Regisseur dieses Stummfilms.«

Das Band spulte vor.

Die beiden Anzugherren, die am Türpfosten stehen geblieben waren, traten jetzt in voller Größe ins Bild und setzten sich auf die vor dem Schreibtisch aufgestellten Stühle. Der Linke von ihnen schlug die Knie übereinander und hustete in seine Faust hinein. Er wirkte ungeduldig und angespannt. Der große, blonde Mann, der neben ihm Platz genommen hatte, wirkte noch viel steifer und sah irgendwie abwesend und unbeteiligt aus.

»Scheiße. Die Jungs wissen gar nicht, dass sie auf dem Bild sind. Die haben ganz vergessen zu lächeln und ihre gefakten Beach-Rolex zu präsentieren!« Pantse quietschte vor Vergnügen und trampelte mit seinen ausgeblichenen Turnschuhen begeistert auf den Boden. »Aber zum Glück haben die beiden noch einigermaßen die Haare und alles in Ordnung.«

Lepakko war ganz still, atmete kaum mehr. Ohne mit der Wimper zu zucken, starrte er in die leblosen, starren Gesichter auf dem Fernsehschirm. Das kribbelnde Gefühl in der Magengegend war dasselbe wie damals, als er klein war und sich das erste Mal getraut hatte, durch ein Loch im Steinsockel in die dunkle, modrig riechende Unterkellerung zu kriechen.

»Guck mal, wie der Glatzen-Heini mit dem Kopf und den Schultern ruckt. Ist gerade eifrig dabei, was zu erklären, und die Jungs im dunklen Anzug hören bloß zu.« Pantse wieherte wie ein Lungenkranker.

Das Gespräch schien anfangs einen recht ruhigen Verlauf zu nehmen. Zwischendurch ergriff der Linke der beiden Fremden das Wort, der Dunkelhaarige. Seine Kommentare waren jedoch kurz. Der mit dem kahlen Schädel zur Kamera sitzende Hausherr, der die Aufnahme eingerichtet hatte, redete immer länger und unterstrich seine Worte mit Handbewegungen.

Der andere der beiden Fremden, der größere Blonde, saß die

ganze Zeit über steif und abwartend da und sagte kein Wort. Er wandte seinen – Lepakkos Meinung nach – irgendwie echsenhaften Blick nicht ein einziges Mal von dem kleineren, auf der anderen Seite des Tisches sitzenden Mann ab.

Plötzlich beugte sich der dunkelhaarige Gast in Angriffsstellung vor und zeigte mit dem Finger über den Tisch. Man konnte deutlich erkennen, wie er mit gespanntem Unterkiefer einzelne nachdrückliche Worte fallen ließ.

»Das ist ja wie bei ›Reich und schön‹. Der dunkle Typ könnte übrigens der leibhaftige Ridge sein, wenn er nicht eben gerade dem Glatzkopf, wie man ganz deutlich sehen konnte, einen finnischen Fluch entgegengeschleudert hätte.«

Der heftige Wortwechsel ging noch längere Zeit weiter. Lepakko war so auf die Filmaufnahme konzentriert, dass seine Füße einzuschlafen begannen.

»Ey, jetzt lächelt der große Blonde zum ersten Mal. Nur ein bisschen.« Pantse zeigte mit dem Finger zum Bildschirm. »Der Glatzkopf hätte es doch begreifen und schon jetzt auf der Hut sein müssen …«

Der dunkelhaarige Gast stand langsam auf. Sein Blick war konzentriert, herausfordernd, hart. Er schien ganz aufmerksam zu verfolgen, was der Hausherr auf der anderen Seite des Tisches sagte.

Das Kamerabild zeigte deutlich die stahlharten Augen, die zusammengebissenen Kiefer und sogar den perfekten Knoten der teuren Seidenkrawatte.

Die Zeit auf dem Video schien für einen Augenblick stehen geblieben zu sein. Es war, als ob man auf etwas wartete. Die Männer starrten einander wortlos an. Auch ein Außenstehender konnte deutlich erahnen, dass die Stimmung sich immer mehr aufzuladen drohte. Im Hintergrund fehlte nur noch eine dunkle, den baldigen Wendepunkt ankündigende Filmmusik.

Der Krawattenträger blickte kurz zu seinem hochgewachsenen Nebenmann. Mit einer unterwürfigen und enttäuschten Geste breitete er die Hände aus und nickte kaum merklich.

Ein kleiner Muskel zuckte am breiten Kinnladen seines großen Kumpanen. Dieser schob seine Hand unter sein Sakko und als er sie wieder hervorzog, kam in seiner groben Faust eine schwärzliche, kurzläufige Waffe zum Vorschein.

»Whow! Eine Magnum! Nicht wahr?«

»Nein, das ist keine Magnum, aber natürlich auch keine Luftpistole«, murmelte Lepakko aus dem Mundwinkel heraus, während er wie gebannt auf den Bildschirm starrte.

Die Situation auf dem Video belebte sich plötzlich wieder. Der Glatzkopf sprang auf und fuchtelte abwehrend mit der Hand herum. Eine Sekunde später wackelte das Bild und schwenkte so zur Seite, dass man schräg links das schmale Fenster sah, in dem ein paar Ordner und eine schwarze Kaffeemaschine standen.

»Jetzt schießt er. Gleich kracht's!« Pantse erhob erneut seine Stimme.

»Nicht unbedingt. Der Glatzkopf hat vielleicht nur den rollenden Bürostuhl zurückgestoßen, als er sich erschrak. Und der Stuhl hat dann genau das Regal getroffen, in dem die Kamera versteckt war«, erklärte Lepakko.

»Dieser verdammte Glatzen-Spielberg. Hat den besten Teil des Films vermasselt. Dafür gäbe es bestimmt keinen Oskar, wenn ich entscheiden dürfte!«

»Ich glaube, wir haben genug gesehen. Da hattest du wirklich mal Recht, Pantse. Was Härteres als das gibt es gar nicht«, stellte Lepakko langsam, fast ehrfürchtig fest.

»Hat's dir wirklich so gefallen? Aber wer war denn dieser Glatzkopf? Und was ist mit ihm geschehen? Was hatte er mit unserem ›Arschgesicht‹ zu besprechen gehabt?«

»Gottverdammt! Weiß ich doch nicht. Ich vermute nur, dass es ihm nicht besonders gut ergangen ist. Aber das ist jetzt nicht der Punkt. Wichtiger ist, dass ich, das heißt, dass wir diesen Krawattenarsch zufällig kennen«, bemerkte Lepakko mit begeisterter Stimme. »Das ist ein so hammerhartes Ding, das scheinst du gar nicht richtig zu kapieren, Pantse.«

»Klar kapier ich das. Wir haben doch viel und oft genug über diesen Typen gesprochen. Aber du glaubst nicht, wie überrascht ich war, als auf dem Video plötzlich so eine Komödie abging. Und erst hab ich nur gedacht, dass jemand dort im Antiquariat auf dem Regal einen Pornostreifen in der Plastikhülle vergessen hätte ...«

Lepakko war eine Weile still und schaute dann seinen Freund mit nachdenklicher Miene an: »Du kriegst es doch sicher hin, die Kassette zu kopieren?«

»Na logo. Das ist doch ganz einfach. Was hast du denn vor?« Pantse legte eine kleine, abwartende Pause ein. »Du hast doch nicht das vor, was ich glaube? Willste etwa diesen Krawattenheini mit dem Film erpressen? Bist du darauf scharf?«

»Wer weiß ...«

»Mensch, verflixt! Das wär 'ne geile Sache. Viel geiler als alles, was wir bisher gemacht haben! Eine richtige Erpressung.«

»Wenn's jemand verdient hat, dann das ›Arschgesicht‹. Und viel mehr noch hätte er verdient. Das weißt du ja.«

Unter der Dachschräge im hinteren Raum des Dachbodens herrschte nachdenkliche Stille. Ein leichter Wind spielte in den Vorhängen, und irgendwo an dem mit Sägemehl gedämmten Außendach hörte man von Zeit zu Zeit ein Knarren: Die Konstruktion des alten Hauses lebte ihr eigenes Leben.

»Was für ein verdammter Zufall. Der Onkel aus Amerika aller Großmütter der Zufälle«, seufzte Lepakko nach einer Weile.

»Tja, aber so ist es gewesen. Genau so wie ich's gerade erzählt habe. Ich bin ins Antiquariat gegangen, um ein bisschen herumzustöbern, so wie ich es oft tue. Hab nur nachgeschaut, ob sich nicht ein Tauschvideo von der härteren Sorte dort fände. Da fiel mir plötzlich diese Hülle ins Auge. Ich schüttelte sie und begriff sofort, dass da 'ne verdammte Kassette drin war. Da hab ich sie einfach in die Brusttasche gesteckt und bin abgezischt. Hab mir gedacht, dass man ja nichts dabei verlieren würde, wenn man mal abcheckt, was drauf ist. Wo ich sie schon umsonst bekommen habe. Und ich hab wirklich geglaubt, dass der

Kerl aus dem Antiquariat aus Versehen ein Verkaufsvideo dringelassen hatte.«

»Ein Verkaufsvideo!« lachte Lepakko. »Da hast du wirklich mehr als Recht! Ein besseres Verkaufsvideo wirst du wohl kaum finden. Aber stell dir vor, Pantse! So werden Schätze gefunden. Nicht durch gezieltes Schnüffeln und Suchen. Sie plumpsen dir einfach in deinen Rucksack hinein.«

»Stell dir vor, wie nett es für die Polizei wäre, sich das mal anzuschauen!« lachte Pantse auf.

»Vergiss das Ganze!« fuhr Lepakko ihn an.

»Hab ich doch nicht ernst gemeint ...«

»Nein, natürlich nicht. Aber du solltest so etwas nicht einmal im Spaß vorschlagen. Die ›Rächer‹ lassen sich in solchen Dingen nie mit den Bullen ein.«

»Ja ja. Glaubste etwa, dass ich ein Freund von denen bin? Ein Spitzel, hä?«

»Erzähl bloß nichts den Jungs aus der Gang davon. Keinem einzigen!«

»Bestimmt nicht, wenn wir's so abmachen«, versprach Pantse und zog eine beleidigte Miene.

»Hand drauf!«

Lepakko streckte seine Hand aus und Pantse schlug mit seiner großen Pranke ein.

»Wir werden einander nie betrügen und niemals unseren Eid brechen«, sagte Lepakko feierlich.

»Wir werden einander nie betrügen und niemals unseren Eid brechen«, wiederholte Pantse mit zitternder Stimme.

In dem Raum herrschte so tiefe Stille, dass es ihnen fast so vorkam, als würde das alte Haus einen Laut von sich geben, um den Eid zu besiegeln. Der Schrei einer Rauchschwalbe drang so laut und deutlich durch das offene Fenster herein, dass es schien, als säße sie auf der Leselampe.

»Pantse. Ich bin dir total dankbar dafür. Vergiss das nie!« sagte Lepakko mit Nachdruck.

16

Im Hauptnachrichtenteil der Zeitung vom nächsten Morgen war nichts über den Mord an Mikko Berg zu lesen. Weiter hinten fand sich eine kurze einspaltige Meldung, in der man lediglich die Angaben der Polizei zitierte und darauf hinwies, dass die Ermittlungsarbeit auf breiter Front fortgesetzt werde.

Zur Mitte des Tages klingelte Vares' Telefon. Am anderen Ende der Leitung war Kriminalkommissar Kerkko Pielinen. Der Kommissar kam gleich zur Sache und fragte, ob Vares wisse, wo Mikko Bergs Terminbuch sei.

Vares teilte ihm mit, dass sich der vermisste Gegenstand sogar in unmittelbarer Sichtweite von ihm befände – der Time-Manager lag halb unter der Morgenzeitung auf dem Sofatisch. Pielinen kündigte an, dass er das Buch abholen werde. So bald wie möglich. Binnen einer halben Stunde. Dann legte er auf.

Vares betrachtete eine Weile den in seiner Hand liegenden Hörer wie eine vergammelte Fleischwurst, fluchte halblaut und ließ ihn auf die Gabel fallen.

Nach einer Viertelstunde klingelte es an der Wohnungstür. Pielinen hatte eine Miene wie ein Kontrolleur von der Gebühreneinzugszentrale. Er trat näher und nahm sofort das Ringbuch, das auf der Tischecke lag.

»Sie haben das also bereits an sich genommen? Da müssen Sie's ja ganz schön eilig gehabt haben.«

»Ausgeliehen. Genauer gesagt.«

»Und zu welchem Zweck?«

»Ich brauche wohl nicht zu erklären, in welche Schwierigkeiten eine Firma geraten kann, wenn der Geschäftsführer mit all seinem Wissen plötzlich ausradiert wird. Da gibt es für die Übriggebliebenen viel zu fragen und zu wühlen. Also, allein das waren meine Motive – als zweiter Teilhaber und Vorstandsvorsitzender der Firma.«

Im Zimmer herrschte Stille. Der Kriminalkommissar wog musternd den Time-Manager in der Hand. Schließlich sagte er ganz langsam, ohne in Vares' Richtung zu schauen: »Vares. Ich wollte Ihnen noch sagen – ganz unabhängig von den Protokollen –, dass ich Ihnen kein bisschen traue.«

»Ich schätze Ihre Aufrichtigkeit. Aber hoffentlich wird eine solche Voreingenommenheit die Ermittlungen nicht beeinflussen.«

»Die können dadurch nicht beeinflusst werden. Bei Mordfällen dieser Art stehen auch sonst die Geschäftsfreunde automatisch an der Spitze der Verdächtigenliste. Guten Tag!«

Nachdem die Tür hinter dem Kommissar ins Schloss gefallen war, blieb Vares unentschlossen stehen: Sollte er jetzt ein entspannendes Schnäpschen trinken oder nicht? Er riss sich jedoch zusammen und richtete seine Aufmerksamkeit auf andere Tätigkeiten, indem er in der Bratpfanne eine Packung Fleisch-Kartoffelbrei-Auflauf erhitzte. Als Beilage gab es Rote Beete, Salzgurken und reichlich Ketchup. Die Portion stillte den Hunger und rief mit einer kleinen Verzögerung ein lähmendes Völlegefühl hervor. Die schlaflos durchwälzte Nacht begann ihren Tribut zu fordern.

Vares weigerte sich jedoch aufzugeben. Er griff zum Telefonhörer und wählte schnell eine Nummer aus dem Gedächtnis. Beim vierten Tuten wollte er schon auflegen, als plötzlich Mikkos Ehefrau, Anneliisa Eloranta, den Hörer abnahm.

Anneliisa Eloranta.

Eine zart gebaute Frau, üppige rötlich-braune Locken, fein gezeichnete Gesichtszüge, große Augen, in denen häufig ein überraschter und verwunderter Blick lag.

Sie trug das Kaffeetablett auf die an der Südseite des Hauses gelegene, von der Nachmittagssonne beschienene Veranda. Vares schenkte beiden ein, und sie tranken einige Schluck Kaffee, ohne ein Wort zu sagen. Dann setzte die Frau das Gespräch fort.

»So wie ich dich kenne, Jussi, wirst du mir nicht glauben. Aber ich habe das alles schon vorher gewusst. Ich wusste es schon, bevor die Polizisten kamen. Als ich sie dort im Vorgarten sah, war mir klar, dass sie wegen Mikko kamen.«

»Wie? Wie konntest du es wissen?«

»Es wäre vergebliche Mühe, solchen Zweiflern wie dir so etwas zu erklären, aber glaube mir, es gibt auf der Welt vieles, was dem menschlichen Auge verborgen bleibt ...«

»Eine Sache, Anneliisa. Ich muss gestehen, dass ich anfangs geglaubt habe, dass deine auf Grenzwissenschaften spezialisierte Buchhandlung nur der Modespleen einer frustrierten Frau ist oder ein Mittel, um sich ein wenig eigenes Haushaltsgeld hinzuzuverdienen. Dann bin ich aber zu der Einsicht gekommen, dass es dir wirklich ernst damit ist. Und ich schätze dich deswegen. Doch muss ich dir sagen, dass unsereins gegen solche Sachen gefeit ist.«

»Das weiß ich, Jussi.« Anneliisa Eloranta lächelte mild. Auf ihren Wangen bildeten sich niedliche Grübchen. »Aber was dich betrifft, muss ich dir noch eines sagen. Darf ich mir die Bemerkung erlauben, dass mit dir etwas nicht ganz in Ordnung ist. Mit den Schwingungen deiner Aura, da stimmt etwas nicht. Nichts für ungut, aber dein Leben ist im Moment so zerrüttet, dass sich der nächste Schlag als schicksalhaft erweisen könnte. Junge, du solltest es etwas easier nehmen.«

»Danke für den Hinweis. Aber das hätte ich mir auch selbst sagen können. Doch nun zu dir, Anneliisa. Wie steht's mit deiner Aura? Wie fühlst du dich – was willst du tun?«

»Du kanntest doch unsere Situation. Ich kann natürlich nicht genauso fühlen wie eine Frau, die ihren Herzallerliebsten verloren hat. Aber natürlich ist man doch erschüttert und entsetzt, wenn ein Mensch aus der nächsten Umgebung stirbt. Und noch dazu auf diese Weise.«

»Eine Sache wollte ich dich schon immer fragen. Was hat euch eigentlich zusammengehalten?«

»Das waren wohl vor allem wirtschaftliche Gründe. Das Haus und alles war auf unser beider Namen eingetragen. Und Mikko war ja immer sehr darauf bedacht, den äußeren Schein von Makellosigkeit und Erfolg zu wahren. Du kennst doch Mikko genauso gut wie ich. Er ist ein scheinheiliger Heuchler. Das in ein Faktum, an dem auch sein Tod nichts ändert.«

»Ihr zwei seid so gänzlich verschiedene Menschen.«

»Aber wir haben uns gegenseitig Raum gelassen, zum Leben und zum Atmen. Keiner von uns hat versucht, den anderen zu verändern. Dadurch war das alles möglich gewesen. Durch nichts anderes. Du verstehst das sicher.«

»Ohne weiteres.«

»Und ich muss zugeben, dass das, was mich am meisten von einer Trennung abhielt, eine Art von Bequemlichkeit war. Ich bin eine Frau von 38 Jahren. Ich habe wirklich keine Lust mehr darauf gehabt, mich auf dem nächtlichen Beziehungsmarkt an glitschigen Kneipentheken und auf glatten Parketts feilzubieten und mir immer wieder das gleiche Geseier anzuhören. Andererseits wollte ich auch nie allein sein. Zusammen mit Mikko war alles irgendwie so unkompliziert und klar. Trotz allem.«

»Und wie sieht's in Zukunft aus, Anneliisa?«

»Was die Kneipentheken angeht, so habe ich wirklich nicht vor, die fröhliche Witwe zu werden. Aber dennoch habe ich nicht aufgegeben. Ich vertraue auf das Schicksal. Ich bin sicher, dass irgendwann einmal ein Mann in mein Leben tritt, mit dem ich diesen Pfad zu Ende gehen kann ...«

»Ich wette, dass sie bald in Zweierreihe vor deiner Haustür stehen«, schmunzelte Vares. »Aber eine Frage muss ich dir noch stellen. Dieselbe, die dir sicher auch die Polizisten gestellt haben ...«

Anneliisa Eloranta schloss die Augen und schüttelte langsam den Kopf.

»Keine Ahnung. Ich weiß wirklich nicht, wer es getan hat und weshalb es geschah.«

»Und deine spirituellen Wesen, haben sie dir nichts eingeflüstert?« fragte Vares mit einem verschmitzten Lächeln um den Mund.

»Nein.« Anneliisa Eloranta lächelte zurück. »Haben sie nicht. Ich bin doch keine Wahrsagerin.«

Sie saßen eine Weile wortlos da und tranken ihren Kaffee. Vares ließ seinen Blick über den Garten schweifen und überlegte, wie er seine nächste Frage formulieren sollte. Vor seinem inneren Auge tauchten einige Begebenheiten auf, die ihm wie lebendig ins Bewusstsein zurückgekehrt waren, als er die Veranda betreten hatte.

Es war in der Neujahrsnacht gewesen, etwa um halb eins. Die letzten Raketen waren am schwarzen Himmel erloschen. Hier im Garten hatten sich viele Menschen versammelt, mit Sektflaschen in den Händen. Es wurde gelacht und gelärmt. Und Mikko Berg stand mit einem Mann, der schüttere blonde Haare hatte, unter einer Fichte.

Vares erinnerte sich, wie er an dem Baum vorbeigekommen war, als er ins Haus gehen wollte, um sich aufzuwärmen. Er war ein wenig angetrunken gewesen, wie alle anderen auch, oder eigentlich hatte er schon ganz schön einen geladen, aber irgendwo im Unterbewusstsein waren die Worte hängen geblieben, die der blonde Mann mit alkoholgeschwängerter Stimme zu Mikko gesagt hatte:

»Mikko! Versteh dies als Warnung eines Freundes. Du spielst ein verteufelt gefährliches Spiel. Nimm den Verstand in die Hand, Junge.«

Vares trank den Kaffee aus und fragte plötzlich ganz nebenbei:

»Du, Anneliisa, wer war noch dieser blonde Mann mit der lauten Stimme, der damals an Neujahr die Festbowle mit einem Liter von diesem harten Zeugs versetzt hat?«

»Ach, du meinst Kimmo Jansson?«

»Ja, genau! Was ist dieser Jansson für ein Mann?«

»Kimmo ist Arzt. Er besitzt ein Gynäkologiezentrum in der Humalistonkatu.«

»Ja, genau. Von irgend so etwas war die Rede. Gehört er zu eurem Bekanntenkreis?«

»Kimmo und Mikko waren seit der Grundschule Klassenkameraden gewesen. Ihre Wege hatten sich getrennt, als der eine an die Wirtschaftsuni und der andere an die medizinische Fakultät ging.«

»Und dann haben die Jungs auch noch in späteren Jahren den Kontakt aufrecht erhalten?«

»Ja, aber es gab da noch mehr zwischen den beiden ehemaligen Lausbuben als nur das Austauschen alter Erinnerungen. Sie hatten wohl auch jede Menge gemeinsamer Geschäfte.«

17

Jussi Vares erwachte vom jämmerlichen Klingeln seines Weckers und sprang mit pochendem Herzen und aufgerissenen Augen auf die Füße.

Er strich sich das schweißfeuchte Stirnhaar aus dem Gesicht und holte tief Luft. Über seine Lippen kam ein ungläubiges, verbittert klingendes Lachen. Er musste sich eingestehen, dass Anneliisa Eloranta Recht gehabt hatte. Er stand kurz vorm Zerfallsprozess. Das Nervensystem war immer noch so durcheinander, dass er sich fast die ganze Nacht über in den Laken gewälzt hatte. Geschlafen hatte er nur in kurzen Abschnitten. Die Schreckensbilder, die durch seinen Kopf gespukt waren, trugen die Handschrift der besten Effektspezialisten Hollywoods. Als ihn das Klingeln des Weckers aufgeweckt hatte, war er gerade durch stinkendes und morastiges Sumpfland gewatet. Auf der Flucht vor den jaulenden Rottweilern, mit denen Kriminalkommissar Kerkko Pielinen hinter ihm her war. Auf dem Rücken hatte Vares seinen alten Schulranzen getragen, in dem Mikko Bergs abgeschlagener Kopf verborgen gewesen war.

Vares erledigte das Zähneputzen und Duschen in vier Minuten. Er schlürfte ein rohes Ei aus und schüttete einen halben Liter Fruchtsaft hinterher. Die Zeit lief ihm davon, aber da es am frühen Samstagmorgen noch ruhig auf den Straßen war, glaubte Vares es zu schaffen, zur verabredeten Zeit in der Humalistonkatu zu sein.

Vares kramte gerade die Autoschlüssel hervor, als das Telefon klingelte. Er fluchte, war zunächst unentschlossen, nahm aber dann doch ab. Es war Pastor Alanen. Der Freund teilte mit, dass er den Laden, wie immer am Samstag, um zwei Uhr dicht machen würde, und schlug vor, im *Wanha Portti* eine Runde Schach zu spielen und ein wenig Bier zu tanken.

»Johannes, hör mal. Ich hab gedacht, dass ich mich bis zur nächsten Woche ohne die einschlägigen Erfrischungsgetränke durchzuschlagen versuche. Du verstehst sicher, dass ich hier gerade das eine oder andere zu tun und zu verdauen habe«, antwortete Vares. »Ich fühl mich zweifellos noch ein wenig wackelig. Die Ausschnitte, die mir in der letzten Nacht gezeigt wurden, schienen nicht gerade von der Filmzensur geschnitten worden zu sein. Und von den übelsten Stellen musste ich mir dann auch noch die Wiederholung ansehen.«

»Ich verstehe. Versuch's zu ertragen, mein Freund. Wie sieht's sonst mit dem Fall Berg aus?«

»Nicht viel Neues. Aber ich muss jetzt Schluss machen. Ich hab um halb elf einen Arzttermin.«

»Wo?«

»Beim Gynäkologen.«

Jussi Vares parkte seinen Mazda auf dem einzigen noch freien Parkplatz auf halber Höhe der Humalistonkatu und ging forschen Schrittes in Richtung des nächsten Häuserviertels. Der Eingang des Arztzentrums für Frauenkrankheiten, *Vega,* war direkt an der Ecke.

Vares sprang in den Aufzug, drückte den Knopf für die zweite Etage und blickte kurz auf seine Uhr. Kimmo Jansson hatte ihm gestern am Telefon mitgeteilt, dass er ab zehn Uhr Samstagsbereitschaft hatte. Vares bemerkte, dass er zehn Minuten zu spät war.

Die Aufzugtüren öffneten sich und gaben den Blick auf einen großen, in hellen Pastellfarben gehaltenen Wartebereich frei, an dessen rechter Wand ein mit einer niedrigen Glasscheibe versehener Empfangstisch stand. In der Luft roch es stark nach Raumspray, mit einem Hauch von Wiesenblumenduft.

Vares trat ein paar Schritte näher und blickte sich verstohlen um. Auf dem langen Wartesofa an der Wand saßen fünf Personen – vier Frauen und ein Mann. Vares war froh, dass er nicht der einzige Vertreter des falschen Geschlechts in diesen Räumen war. Eine der Frauen schien hochschwanger zu sein. Die andere war ein mageres Mädchen, das kaum die Grenze zum Teeny-Alter überschritten hatte. Die dritte starrte ausdruckslos vor sich hin und hielt dem neben ihr sitzenden kleinwüchsigen, wie ein trauriger Tanzkapellensänger aussehenden jungen Mann die Hand. Etwas weiter von den anderen entfernt hatte sich die vierte Patientin niedergelassen, eine etwa dreißigjährige Frau, die Aufsehen erregend grell gekleidet und geschminkt war.

Vares ging zum Empfangstisch, ohne sich um die langen Blicke zu kümmern, die sich auf ihn richteten.

Hinter dem Tisch saß eine pausbäckige, braunäugige Sprechstundenhilfe, an deren rundlichem Vorbau als Blickfang ein Metallschild befestigt war. Auf dem Schild stand in silbernen Buchstaben: Marketta Ansio.

»Hmm. Mein Name ist Vares. Ich wollte zu Doktor Jansson. Allerdings bin ich etwa zehn Minuten zu spät.«

»Das macht wohl nichts.« Die braunen Augen der Sprechstundenhilfe blinzelten vielsagend. »Der Doktor ist nämlich selbst erst vor einer Minute hereingekommen.«

An Doktor Jansson waren alle Symptome einer kräftig durchsoffenen Nacht so gut zu erkennen wie ein Leuchtturmlicht am herbststürmischen Meeresstrand. Um diese Diagnose zu stellen, bedurfte es keiner Approbation.

Jansson saß vorsichtig vorgebeugt in seinem Stuhl, als ob ihn eine böse Fee in eine durchsichtige, wackelige, kurz vor dem Zerspringen stehende Glasvase hineingezaubert hätte. Auf seinem von hellem, dünnem Flaum bedeckten Schädel und seiner hohen Stirn glänzten einige bleiche Schweißtropfen. Die durch dicke Brillengläser blinzelnden Augen schienen vor der Schlechtheit der Welt um Gnade zu flehen. In Jussi Vares' Nase schwebte ein starker Duft von Rasierwasser. Der Duft reichte allerdings nicht aus, um den starken Geruch des nächtlichen Schnapses zu überdecken.

Außerdem bemerkte Vares, dass der Doktor, wenigstens dem Ringfinger nach zu urteilen, Junggeselle war. Diese Vermutung wurde auch durch die Marke des Rasierwassers gestützt, das er benutzte. *Old-Spice*-Männer bekommen nur in den seltensten Ausnahmefällen eine Frau ab.

Jansson stand vom Stuhl auf und goss sich einen Becher Wasser aus einer Kanne ein, die auf dem Fensterbrett stand. Das war bereits der dritte Becher während ihres etwa eine Viertelstunde dauernden Zusammentreffens.

»Ja. Ich und Mikko besitzen ... also, wir besaßen ... zusammen eine auf Immobilienanlagen spezialisierte Kapitalgesellschaft. Dieselbe Gesellschaft besitzt zum Beispiel diese Räumlichkeiten hier, die von *Vega* angemietet sind. Nun ... außerdem gehören uns noch einige andere, etwas schwieriger abzuwickelnde Objekte, unter anderem die Ferienhäuser im Schärengebiet, von denen wir allerdings jede Menge haben. Leider. Die großen Wohnungen in dem Luxuswohnkomplex *Tervatori*, von denen wir vier hatten, sind wir gerade noch rechtzeitig im letzten Monat losgeworden. Das war wirklich eine große Erleichterung. Ziemlich harte Zeiten, die wir hier immer noch durchmachen.«

»Gibt es denn diese gemeinsame Firma schon lange?« Vares schlug die Knie übereinander und nahm auf seinem Stuhl eine bequemere Haltung ein.

»Es gibt sie schon seit über zehn Jahren. Aber eigentlich kamen die Aktivitäten der Firma erst zum Ende des letzten Jahrzehnts so richtig in Gang.« Doktor Jansson nahm sich ein Taschentuch aus einem Päckchen heraus, das auf dem Tisch lag, wischte sich damit über seine hohe Stirn und schnäuzte mit voller Lautstärke hinein.

»Dürfte ich auch ein Glas Wasser haben?« Beim Anblick der erbärmlichen Erscheinung des Doktors wurde Vares' Hals ganz trocken.

»Aber selbstverständlich. Ich war gestern Abend bei einer wichtigen Repräsentationsveranstaltung, wo ich bis in die Nacht hinein den Gastgeber spielen musste. Sie verstehen sicher ...«

Vares stand von seinem Stuhl auf. Während er sich seinen Becher Wasser holte, dachte er über eine Sache nach: Bei der Gründung von *REPO Office Oy* vor drei Jahren hatten Herr Berg und Herr Vares untereinander vereinbart, dass man, was die finanziellen oder andere Verpflichtungen betraf, auf beiden Seiten völlige Offenheit voraussetzte. Es sollte nichts verborgen oder verheimlicht werden. Dessen ungeachtet erfuhr Vares jetzt zum ersten Mal, dass Mikko zur Hälfte an einer risikobehafteten Immobilienanlagegesellschaft beteiligt gewesen war, die Gewinne in Millionenhöhe einfuhr, was für ihn ohne Zweifel nicht besonders angenehm zu hören war.

Drei lange Jahre hatte er Mikko Berg fast täglich gesehen. Sie hatten die Firma gemeinsam geführt. An den Jahresfesten hatte man miteinander angestoßen. Aber wie schlecht kannte er den dahingeschiedenen tüchtigen Geschäftskollegen eigentlich in Wirklichkeit?

Und welche neuen Überraschungen würde die Zukunft noch bringen?

»Wie läuft's eigentlich mit *Vega* im Moment? Zwischen den Privatarztzentren herrscht doch heutzutage harte Konkurrenz, oder nicht?« fragte Vares ganz nebenbei.

»Wir haben das Problem dadurch gelöst, dass wir uns spezialisiert haben. Ich habe hier noch vier jüngere Ärzte, die sich alle auf dem Gebiet auskennen. Und natürlich ist es bei uns ein wenig so wie bei den Zahnärzten – so lange es noch Löcher gibt, so lange gibt's auch Brot.«

Doktor Kimmo Jansson zwinkerte Vares zu, scheiterte jedoch bei dem Versuch, sein Gesicht zu einer Art Lächeln zu verziehen.

»Anneliisa erzählte, dass Sie mit Mikko nicht nur geschäftlich zu tun hatten, sondern auch miteinander befreundet waren?«

»Wir waren Freunde von Kindheit an. Haben zur selben Zeit

als Bengel Unfug getrieben. Das war ein ganz schön harter Schlag für mich.«

»Das kann ich gut verstehen. Aber hat sich Mikko Ihnen nicht in irgendeiner Weise anvertraut? Hat er Ihnen nicht von seinen Sorgen erzählt oder einfach nur Andeutungen darüber gemacht, dass ihm irgendeine Gefahr droht?«

»Klar, wir haben immer über alles gesprochen. Wirklich über alles. Aber niemals über etwas, was in diese Richtung gehen könnte. Das war für mich ein ebenso großer Schock wie für alle anderen auch.«

»Ach, da kommt mir noch eine Frage in den Sinn.« Vares räusperte sich. »Sie erinnern sich vielleicht noch an das letzte Neujahrsfest. Wir waren damals beide bei Mikko eingeladen …«

»Doch, doch. Ich war ja richtig in Stimmung damals, besonders gegen Ende des Abends.«

»Wer ist das nicht gewesen. Ich habe damals einige Worte mitbekommen, die Sie zu Mikko gesagt haben – und das auch noch in ziemlich nachdrücklicher Form. Ich hatte es nur im Vorübergehen aufgeschnappt, hab's schnell wieder vergessen und mich erst im Zusammenhang mit den jüngsten Ereignissen wieder daran erinnert …«

»Ja, und …«

»Soweit ich mich erinnere, sagten Sie etwas wie …« Vares räusperte sich erneut. »Mikko! Versteh dies als Warnung eines Freundes. Du spielst ein verteufelt gefährliches Spiel. Nimm den Verstand in die Hand, Junge.«

»Habe ich das so gesagt?« Möglicherweise sah Jansson in seinem ein paar Nummern zu groß erscheinenden weißen Kittel jetzt etwas blasser aus als zuvor.

»Darüber gibt es keinen Zweifel.« Vares starrte dem auf der Stelle erstarrten Mann fest und ohne mit der Wimper zu zucken in die Augen.

»Total schwierig, sich an so etwas zu erinnern …« lachte Jansson.

»Das ist ja schon bald ein halbes Jahr her. Und wie ich schon sagte, war damals an Neujahr nach Mitternacht doch bestimmt niemand mehr völlig nüchtern.«

»Denken Sie doch noch einmal angestrengt nach«, forderte ihn Vares gnadenlos auf.

»Ja! Jetzt fällt's mir ein.« Der Kehle des Doktors entwich ein erleichtertes Lachen. »Es hing mit der Kombi-Wette zusammen, die ganze Geschichte. Mikko war damals ganz vernarrt in dieses Spiel gewesen, im Herbst, als die Eishockeyliga wieder begann. Er probierte sein Glück dann auch mal mit ganz hohen Einsätzen. So fühlte ich mich verpflichtet, sozusagen als Freund, in die Situation einzugreifen. Ich hab ihn mehrere Male gewarnt, dass er sich die Sache bloß nicht aus den Händen gleiten lassen sollte. Und an Neujahr habe ich ihm, von der Bowle beflügelt, wohl einige ziemlich harte Worte an den Kopf geworfen.«

»Danke. Das war wohl die Erklärung für diesen Zwischenfall.« Vares blickte auf seine Armbanduhr. »Meine Güte! Die Parkzeit läuft gerade ab. Vielen Dank, dass Sie sich für mich Zeit genommen haben.«

»Keine Ursache. Ich habe natürlich Verständnis für Ihre Sorgen. Das ist ja auch wirklich eine entsetzliche Geschichte.«

Vares drückte die knochige, feuchte Hand des Doktors und verließ das Zimmer. Er winkte Marketta vom Empfang mit einem Augenzwinkern zu und bekam sogleich eine Demonstration davon, wie überraschend schnell sich doch Grübchen hervorzaubern lassen.

Nachdem sich die Aufzugtüren geschlossen hatten, wurde Vares ernst. Eine Sache war sicher. Mikko Berg war kein Mann gewesen, der sich für Eishockey interessierte. Und was die Kombi-Wette anging, so wäre Mikko sicher nicht einmal in der Lage gewesen, einen Wettkupon auszufüllen. Mikko hatte immer verächtlich über die Schulter geschaut, wenn sich Vares und Koiranen über die Unrechtmäßigkeit von Quoten und über die Formkurven der Mannschaften in langen Spekulationen verloren.

Das Erinnerungsvermögen des verkaterten Herrn Doktors schien in der Tat ein wenig getrübt zu sein.

18

Maden-Ville stand in einer Ecke des Eisstandes, kratzte auf seiner Säge und sang mit schriller Stimme »Die Eberesche vom Ural«. Die Marktverkäufer, die in der Nähe standen, zogen leidende Mienen. Die Luftherrschaft hatte Ville mit seiner Musik zumindest erobert: Die Tauben waren aufgeflattert und außer Hörweite geflogen.

Jussi Vares saß vor der Kaffeebude *Kisälli* und hatte einen Becher Kaffee vor sich stehen. Mit einem Ausdruck von Missvergnügen betrachtete er hinter seinen dunklen Gläsern die sonnige Aussicht auf den Marktplatz. Die verdrießliche Miene rührte nicht allein von Villes musikalischer Darbietung her. Ärger gab es auch sonst genug.

Nach dem bewölkten und leicht verregneten Frühlingssonntag lag jetzt der Sommer in der Luft. Zuerst konnte man es an der Kleidung der Menschen erkennen, vor allem an der der Frauen. Unter den winterlichen Steppjacken und wattierten Mützen waren einige atemberaubende Seidenschmetterlinge hervorgeschlüpft. Von links und rechts hörte man das Klackern von Stöckelschuhen.

Zu seinem Verdruss bemerkte Vares, dass mit dem Licht und der Wärme auch die bekannten sommerlichen Plagegeister im Straßenbild erschienen waren. Ein Exemplar dieser Art kam gerade mit einem aus Bast geflochtenen Korb in der Hand aus Richtung Yliopistonkatu auf die Kaffeebude zu.

Eine etwa dreißigjährige Frauensperson mit einem kurzen, geblümten Kleid und durchsichtigen, eng anliegenden Nylonkniestrümpfen! In Begleitung der Frau war ein schmächtiger Jüngling, der eine Schirmmütze trug. Die beiden hielten sich in rührender Weise an der Hand. Vares stöhnte schwer. Er musste den Blick von ihnen abwenden.

Jussi Vares und Pastor Alanen hatten sich einmal vor vielen, vielen Jahren zwei Dinge geschworen:

Erstens: Sie würden es nie erleben, dass sich einer von ihnen in der Stadtbibliothek ein *Wie-baue-ich-mein-Eigenheim*-Video für Heimwerker ausleiht.

Zweitens: Man würde dem anderen nie zusammen mit einer Frau begegnen, die hautfarbene, durchsichtige und eng anliegende Kniestrümpfe trägt.

Die Männer gaben zu, dass sie im Laufe ihres Lebens schon so manches Versprechen gebrochen hatten, aber diese beiden hatten sie eingehalten. Was auch nicht besonders schwierig gewesen war.

Vares holte sein *Nokia*-Handy aus der Brusttasche hervor. Die Empfangssekretärin von *Aura-Immobilien Oy* antwortete mit heller Stimme. Sie bedauere, dass Elina Siikarla immer noch dienstlich in der Stadt unterwegs sei. Vares fragte, wann sie möglicherweise zurückkomme. Die Frau antwortete, dass für Siikarla bis drei Uhr eine Wohnungsbesichtigung in der Läntinen Pitkäkatu vermerkt sei.

Vares blickte schnell auf seine Uhr und bat um die genaue Adresse der Wohnung.

Das alte, braune Etagenhaus lag auf etwa halber Höhe der Läntinen Pitkäkatu. Auf dem Schild von *Aura-Immobilien Oy,* das auf dem Gehsteig stand, war angegeben, dass die Besichtigung im vierten Stock sei.

Vares stieg die Treppe hinauf und trat durch die offene Tür in den leeren Korridor. Das einzige Möbelstück im Wohnzimmer war ein flacher Schemel, auf dem ein Stapel DIN-A4-Kopien lag. Vares nahm eines der Blätter und erfuhr, dass es sich um *3 Z + K + DB ohne Balkon* handelte. An Quadratmetern mangelte es nicht und als Kaufpreis wurden fast fünfhunderttausend Finnmark verlangt.

Im benachbarten Zimmer hörte Jussi Vares eine etwas heisere Frauenstimme – dieselbe, die er schon vom Anrufbeantworter her kannte. Die Stimme teilte den gerade anwesenden potenziellen Käuferkandidaten mit, dass es sich um eine ordentliche Wohneigentümergemeinschaft handele und dass die Nachfrage nach den Wohnungen hinter dem Puolala-Hügel überhaupt in der letzten Zeit enorm gestiegen sei. Die Küche sei zwar etwas kleiner, aber da die Zwischenwand nicht tragend sei, würden sich eine Vielzahl von interessanten Möglichkeiten bieten. In mehreren Wohnungen des Hauses seien in den letzten Jahren attraktive und individuelle Lösungen kombinierter Wohn- und Essräume verwirklicht worden.

Als die Frauenstimme verstummte, entstand eine kleine Pause, nach welcher das undeutliche Gemurmel eines Mannes und einer Frau zu hören war. Eine Minute später verließ ein Paar mittleren Alters das Zimmer und ging, mit Prospekten unter dem Arm, über das Wohnzimmer in den Treppenflur hinaus.

Nach einigen Sekunden hörte man das Klackern von Stöckelschuhen. Vares holte tief Luft und spürte ein aufregendes Kribbeln im Rücken. Die Situation hatte in ihrer Außergewöhnlichkeit etwas seltsam Erregendes. Auge in Auge einer Frau gegenüberzustehen, mit der man mehr oder weniger intim gewesen war, sich aber nicht mehr daran zu erinnern, sie je getroffen zu haben. Elina Siikarla erschien in der Türöffnung. Als sie den in der Mitte des Raumes stehenden Mann bemerkte, leuchtete in ihrem Gesicht automatisch ein höfliches und fragendes Lächeln auf. Vares schaute die Frau kurz von Kopf bis Fuß an. Zu seiner Enttäuschung musste er sich eingestehen, dass der Anblick der Frau nicht die geringste Erinnerung in ihm wachrief.

Die Frau war etwa vierzig Jahre alt, vielleicht etwas darunter. Sie hatte üppiges, ins Kupferfarbene spielendes Haar, eine schlanke Figur, eine ziemlich dominierende Nase und Sommersprossen. Ihr kurzes, helles Röckchen entblößte zierliche, gebräunte Beine. Vares blieben auch die kleinen blauen Flecken an der linken Wade nicht verborgen, die sich auf äußerst laszive Weise von der gleichmäßig gebräunten Haut abhoben.

»Guten Tag. Sind Sie gekommen, um sich mich anzuschauen oder diese Wohnung?« Der Mund der Frau verzog sich zu einem koketten Lächeln. Sie schien offenbar auch humorvoll und direkt zu sein.

»Sie«, sagte Jussi Vares und wechselte wie ein Teenager das Standbein.

»Schön. Ist mir recht. Bitte sehr, der Herr ...« Elina Siikarla drehte sich wie ein Model auf dem Absatz herum und blieb schließlich, immer noch das abschätzende Lächeln auf den Lippen, am Türpfosten lehnend stehen.

»Jetzt schauen Sie sich aber mal mich an. Kommt Ihnen dieser Mann hier irgendwie bekannt vor?« fragte Vares mit unsicherer Stimme.

»Sollte er das?« Elina Siikarla hob ehrlich überrascht die Augenbrauen.

»Meines Wissens ja. Haben wir da etwa ein gemeinsames Problem? Löscht bei Ihnen ein Drink die Erinnerung aus?« fragte Vares gerade heraus.

Ohne ein Zeichen von Überraschung zu zeigen, schätzte die Frau den Fragenden neugierig ab.

»Hängt von Inhalt und Menge ab ...« Elina Siikarla spitzte die Lippen, verschmälerte die Augen zu einem katzenartigen Spalt und musterte Jussi erneut von oben bis unten.

Sie schwieg eine Weile, Vares' Ansicht nach viel zu lange. Schließlich verwandelte sich ihre nachdenkliche Miene in ein schelmisches Lächeln und sie sagte:

»Jetzt erinnere ich mich langsam. Natürlich. Das menschliche Gedächtnis ist wirklich seltsam. Natürlich kommen Sie mir bekannt vor ... aber in erster Linie ist es die Stimme. Ich glaube, dass Sie mir neulich abends mal völlig überraschend etwas ins Ohr geflüstert haben.«

»Gut! Das hört sich ganz nach mir an ...« Vares atmete erleichtert auf. »Wir haben uns in der Tat erst vor kurzem getroffen, vor gar nicht langer Zeit. Es war am Montag oder Dienstag! Recht spät am Abend. Nicht wahr?«

»Ist gut möglich. Dann muss es aber am Dienstag gewesen sein ...«

»Dienstag?« Auf Vares' Gesicht machte sich Enttäuschung breit. Mikko Berg war am Samstag verschwunden und laut Zeitungsberichten vermutlich in der Nacht von Montag auf Dienstag ermordet worden. Die Frau konnte ihm bei der Suche nach einem Alibi offenbar nicht behilflich sein.

»Sind Sie da ganz sicher?« wollte Vares wissen.

»Ja. Ich erinnere mich an diesen Abend ganz genau, das heißt ... an den Beginn des Abends. Ein Kunde hatte für die Mädchen unserer Firma einen kleinen Empfang organisiert. Wir hatten für ihn einen großen Deal mit den Wohnungen im *Tervatori*-Komplex abgeschlossen und uns zunächst zu einer Bowle in den Geschäftsräumen des Kunden eingefunden. In der Bowle war ordentlich Sprit drin gewesen, sodass der Rest der Nacht total im Dunkel verborgen ist.«

Vares runzelte die Brauen. *Tervatori*? Sprit in der Bowle?

»Wer war dieser spendable Kunde?«

»Geschäftsgeheimnis«, lachte Elina Siikarla und schüttelte den Kopf.

»Einigen wir uns also darauf, dass ich seinen Namen nenne, abgemacht? Könnte es sich dabei um einen Herrn namens Kimmo Jansson handeln – Herrn Doktor Jansson?«

»Das haben Sie gesagt, nicht ich«, nickte die Frau und spitzte den Mund.

»Sagt Ihnen der Name Mikko Berg etwas?« setzte Vares fort.

»Ist das hier eine Quizshow, oder was? Ja, den Namen habe ich wohl schon gehört. Den Mann kenne ich nicht näher ...«

In dem leeren Apartment war es für eine Weile still. Schließlich setzte Elina Siikarla fort:

»Hmm, wie war noch Ihr Name? Das ist mir natürlich peinlich, aber ich weiß wirklich nicht ...«

»Ich bin Jussi, und Sie sind Elina.«

»Stimmt.« Die Frau hob ihre Augenbrauen und breitete abwartend die Hände aus. »Tja, da stehen wir uns also wieder gegenüber, Jussi. Und ich nehme an, dass Sie mit einem wichtigen Anliegen zu mir gekommen sind. Sie machen jedenfalls so ein Gesicht.«

»Ja, sicher.« Jussi Vares fasste in seine Brusttasche. »Ich bin gekommen, um Ihnen die Büchereikarte zurückzugeben, Elina ...«

Elina Siikarla saß im sanften Gegenlicht der Sonne in der Fensternische des Wohnzimmers und schlenkerte mit den Beinen. Sie sah Jussi Vares mit einem rätselhaften Blick an.

»Tut mir leid, dass ich Ihnen bei Ihrem eigentlichen Anliegen nicht weiterhelfen kann. Wirklich schade, ich scheine wohl die Frau des falschen Abends zu sein. Sorry.« Elina Siikarla lachte leicht auf.

»Sind Sie übrigens verheiratet?« fragte Vares plötzlich.

»Geschieden. Schon seit zehn Jahren. Und Sie?«

»Nein. Ich bin nicht verheiratet. Ich bin es nie gewesen ...«

Vares verfolgte mit seinem Blick, wie Elina Siikarla langsam ein Knie über das andere schlug. Die kleinen blauen Flecken kamen wieder neckisch zum Vorschein.

»Wo wohnen Sie?« Vares richtete seinen Blick wieder in ihre Augen.

»Hier ganz im Zentrum«, antwortete die Frau und wedelte mit der Hand.

»Ehmm ... haben Sie irgendeine Erklärung dafür, weshalb wir damals am Samppalinna-Hügel gelandet sind? Es gab doch auch andere Möglichkeiten. Beide von uns hätten hier im Zentrum eine weiche Matratze anzubieten gehabt.«

»Das lässt sich nicht so leicht erklären, Jussi.« Elina Siikarla schien zu zögern. Es sah so aus, als ob sie sich vor etwas hütete oder unentschlossen war. »Es gibt Menschen, für die eine weiche Matratze und ein bequemes Bett nur zum Schlafen gut sind. Alle anderen Dinge finden woanders statt.«

»Wir sind dann aber wohl doch nicht ...« Vares schluckte schnell »... zur Sache gekommen.«

»Vielleicht ist die Sache dann nicht ganz zu Ende geführt worden«, sagte die Frau ausweichend und senkte den Blick.

In den leerstehenden Raum zog eine abwartende und gespannte Stille ein. Die Staubflocken tanzten in dem sich am Boden spiegelnden Licht wie junge Schmetterlinge.

Jussi Vares holte tief Luft und sah zu, wie die Frau mit einer unterbewusst wirkenden Geste über ihre Knöchel strich und wieder die Position ihrer Beine wechselte. Sie sah ihn mit ihren großen Augen ungeniert an.

»Ein bedauerlicher Rückschlag«, bemerkte Vares mit einem zaghaften Lachen.

»Was?«

»Dieser Blackout. Und dann natürlich, dass wir ganz umsonst zu dem Hang gewandert sind.«

»Mmmmmmm ...« Elina Siikarla nickte langsam. Ihre Augen wichen keinen Deut aus, in ihren Blick schien sich eher noch mehr Mut zu mischen. »Da scheinen wir ganz einer Meinung zu sein.«

Die Stille im Raum wurde immer drückender. Die Frau veränderte auf der harten Fensterbank langsam ihre Sitzposition. Das von draußen hereinströmende Licht ließ ihre Haare eher in rötlichen als in bräunlichen Tönen erstrahlen. Sie rieb die Beine aneinander und spreizte sie wieder. Im Gegenlicht konnte Vares den Ausdruck und die Farbe ihrer Augen nicht erkennen.

»Sie scheinen einen recht ruhigen Tag zu haben.« Vares räusperte sich.

»Stimmt. Ich glaube nicht, dass noch jemand kommt ...«

»Vielleicht könnten wir zusammen einen Kaffee trinken gehen. Oder ...«

»Oder was?«

»Oder Sie könnten für heute Schluss machen.« Vares blickte die Frau fragend an.

Im selben Moment rief eine mürrische, alte Frauenstimme in die Wohnung hinein:

»Also, ist das hier die Wohnungsbesichtigung oder was? Sind die jetzt schon weg? In der Anzeige war doch was ganz anderes angegeben! Hallo! Ist hier jemand?«

»Das war's dann wohl«, lachte Elina Siikarla gezwungen und hüpfte mit erröteten Wangen vom Fensterbrett.

»Meine Nummer steht im Telefonbuch«, flüsterte sie noch, als sie in den Korridor ging.

Ein paar Minuten später stand Jussi Vares schon unten in der heißen Straßenschlucht der Läntinen Pitkäkatu. Er drehte sich noch einmal um und schaute zum vierten Stock hinauf. Dann schüttelte er ungläubig den Kopf und ging zu seinem Wagen. Mit seiner rechten Hand wischte er einige kleine Schweißtropfen von seiner erröteten Stirn.

19

Kurz nach vier betrat Jussi Vares die *Old Bank*. Er begrüßte Jore, der hinter der Theke stand, gab seine Bestellung auf und ließ sich an einem Ecktisch nieder. Dort widmete er sich seinem kleinen Bier und den Zeitungen und gab sich seinen aufwühlenden Gedanken hin. Die Begegnung mit Elina Siikarla hatte einen nachhaltigen Eindruck bei ihm hinterlassen.

Kaum hatte Vares das *Abendblatt* aufgeschlagen, als er wie von einem Instinkt geleitet in Richtung Theke blickte. An einer Ecke der Theke standen Karl-Erik Kaerla und Netta Vaarala.

Im selben Augenblick bemerkte Kaerla auch Vares. Er hob mit einem überraschten Lächeln die Brauen, nahm Netta mit einem leichten Griff am Arm und führte sie in Richtung des Tisches, an dem Vares saß. Vares nahm sichtlich gequält Haltung an und versuchte eine gute Miene zu machen.

»Einen schönen guten Nachmittag«, sagte Kaerla. »So allein und so betrübt ...«

»Das ist ja eine prima Lösung, Kaerla. Hast dir 'ne eigene Seelenpflegerin angelacht, und noch dazu eine Theologin.« Vares nickte in Nettas Richtung. »Jetzt fehlt dir nur noch 'ne eigene Seele.«

»Riskiert immer noch 'ne dicke Lippe, auch wenn er schon längst verloren hat«, lachte Kaerla auf und zwinkerte Netta Vaarala, die ganz reserviert wirkte, schelmisch zu. »Vares, kennst du übrigens das Sprichwort: Auch Loser sind Männer – und sogar schlechte?«

»Es handelt sich nur um einen Wanderpokal. Keine Niederlage, kein Sieg ist endgültig. Vergiss das nie, mein Junge«, philosophierte Vares mit einem kleinen, gezwungenen Grinsen im Mundwinkel.

»Jussi, du bist immer so … so abgeschmackt«, zischte Netta ihn an. »Außerdem ist die Theologie für mich finito. Ich hab beschlossen, aufzuhören und das Fach zu wechseln.«

»Ganz ins Restaurantfach etwa?«

»Nein. Ich geh im Herbst an die *Schwedische Handelshochschule* und studiere Betriebswirtschaft. Das ist viel spannender. In der letzten Zeit bin ich von Kare in die Welt des Business eingeweiht worden.« Netta warf stolz ihren strahlend blonden Pagenkopf zurück.

»Ach was.« Vares wandte seinen Blick Kaerla zu, der ziemlich entspannt, die Hände tief in den Hosentaschen, am Tisch stand. »Und ich hab immer gedacht, dass sich der Herr hier besser mit dem Straf- und Prozessrecht auskennt.«

»Du bist ein völliger Idiot«, fuhr Netta auf.

»Netta, Kleines. Eine Sache bedaure ich allerdings. Es wurmt mich richtig, wenn ich überlege, welch eine Bischöfin die Finnische Kirche an dir verliert. Wirklich schade.«

»Lass uns weiterziehen. Schlechter kann die Gesellschaft wohl nicht mehr werden.« Kaerla zauberte noch einmal ein kleines Lächeln in seine Mundwinkel.

»Gehn wir, Schatz.« Netta ergriff Kaerlas Handgelenk. »Lassen wir diese Scheiße hier doch in ihrer eigenen Brühe kochen. Wir könnten mal bei *Stockmann* vorbeigehen und uns die neue italienische Bademode anschauen …«

Vares trat über die Schwelle des *Olkku* und drehte eine kleine Runde. Der Pastor war noch nicht erschienen. Vares hatte ihn kurz nach fünf aus dem *Old Bank* angerufen und ihm mitgeteilt, dass er ihn einfach nur sehen wolle.

Wiborgs letzter Gigolo hockte am Tresen und hatte sich schon einen kräftigen Vorabendrausch angetrunken. Dieses Mal hatte er einige jüngere Divisionsspieler um sich geschart, von denen einige, wie sich Vares erinnerte, gute Chancen hatten, in die Ligamannschaft des *TPS* aufgenommen zu werden.

Der alte Gigolo war gerade dabei, die Bauanleitung für einen strammen und original karelischen Schnapsdödel zu erklären. Eine feurige Röte war in seine sonst immer recht blassen Wangen gestiegen und seine wässrigen Augen glänzten wie die eines sich berufen fühlenden Volksaufklärers. Vares ließ sich am Tresen nieder und wechselte einige Worte mit dem Langen Juuso. Es ließ sich nicht vermeiden, dass sie das Geschwätz des Gigolos mit anhörten.

Der alte Gigolo schwadronierte mit dröhnender Stimme, dass die Bauarbeiten immer mit drei großen Bieren zu beginnen hatten. Diese bildeten das notwendige Fundament. Als Nächstes musste man zwei starke Schnäpse kippen – Korn war die empfehlenswerteste Alternative, aber *Koskenkorva*-Wodka war auch recht, wenn es knapp wurde. Danach wurde noch ein schnelles Bier und gleich darauf ein spritziger Fernet-Mint getrunken. Letzterer konnte bei Bedarf auch ein Doppelter sein.

Das war das ganze Rezept.

»Zu empfehlen ist es, möglichst bald nach dem Fernet-Mint mit einer Frau zusammenzukommen – und natürlich ohne vorher zu pinkeln«, fügte der alte Gigolo noch hinzu.

»Das mit dem Fernet-Mint wundert mich ein wenig ...« kommentierte jemand.

»Mann, ihr jungen Spunde. Muss ich euch denn wirklich alles von Grund auf erklären.« Der Gigolo schüttelte ungeduldig den Kopf. »Lasst euch eines von mir sagen: Eine Frau ist eine empfindliche und sensible, von Gott geschaffene Kreatur, die sich nicht allein mit der harten Rute zufrieden gibt. Da muss man auch an etwas anderes denken. Dieser Fernet-Mint erfrischt nämlich ganz angenehm den Atem ...«

Im selben Moment betrat der Pastor das Lokal.

Vares und Alanen verzogen sich in den Hinterraum, wo Macce, Taxi-Jussi und Hobo gerade auf der Wettliste lächerlich hohe Quoten zu finden versuchten.

Die beiden Freunde tranken in aller Ruhe ihr Bier. Vares befand sich, ganz in Gedanken versunken, in seiner eigenen Welt. Plötzlich bemerkte er, dass der Pastor ihn beobachtete.

Um die Stimmung aufzulockern, berichtete Vares, dass er tagsüber auf dem Markt die ersten durchsichtigen und eng anliegenden Nylonkniestrümpfe gesehen habe. Der Pastor lachte:

»Wenn nicht irgendetwas Gutes an den Strümpfen dran wäre, würden die Frauen sie ja nicht tragen. So läuft das Gesetz von Angebot und Nachfrage bei allen Geschäften.«

»Wirklich?« zweifelte Vares. »Hast du dafür auch die richtigen Begründungen parat?«

»Aber sicher doch«, nickte der Pastor. »Lass uns mal nachdenken. Na, wenigstens schützen sie vor Vergewaltigungen, das ist ganz klar. Und dann das straffe Ende am oberen Strumpfrand, also das, was das Bein zu einer lustigen harten Wurst zusammenpresst. Vielleicht verhindert es, dass die Kniescheibe auf die Knöchel rutscht. Osteoporose ist heutzutage eine Volkskrankheit. Nun, und dann lassen sich durch die Strümpfe sicher auch unerwünschte Schwangerschaften vermeiden. Natürlich ...«

»Und erwünschte ebenso ...«

Die Gläser waren ausgetrunken. Der Pastor holte für beide Nachschub. Vares blieb trübselig am Tisch sitzen.

»Was ist eigentlich los mit dir, Jussi? Du wirkst ja wie der Tod auf Urlaub«, fragte der Pastor, als er zurückkam.

»Ach nichts, immer dieselbe Geschichte ...« Vares räusperte sich und richtete sich gerade auf. »Ich habe mir das mit Mikkos überraschender Stippvisite in deinem Antiquariat noch mal durch den Kopf gehen lassen. Ich bin mir sicher, dass diese Angelegenheit in dem ganzen Spiel eine wesentliche Rolle einnimmt. Wir können es nur nicht erkennen.«

»Mag sein. Gut möglich. Das haben wir aber doch schon zur Genüge durchgekaut.«

»Hatte Mikko etwas mit dabei gehabt, als er vorbeikam? Eine Aktentasche, einen Reisekoffer, eine Angelrute, ein Schmetterlingsnetz oder eine Reitkappe? Also irgendetwas, was einen Hinweis darauf geben könnte, wohin er unterwegs war?« fragte Vares.

»Das hatte er«, platzte der Pastor mit triumphierender Stimme heraus. »Ich hab mich sofort wieder daran erinnert, als du dich bei mir gemeldet hast. Der Besitzer eines Antiquariats checkt immer sofort ab, was der Kunde bei sich hat. Das hilft, die Möglichkeit einzuschätzen, ob jemand etwas mitgehen lassen könnte …«

»Was war es denn?«

»So eine kleine Plastiktüte. Von der Größe eines Buches. Vielleicht aus einer Buchhandlung …«

»War in der Tüte etwas drin?«

»Ja. Ich weiß allerdings nicht was. Sie war pickepackevoll, als er reinkam. Ich hab zuerst angenommen, dass in der Tüte ein Tauschvideo ist. Ich erinnere mich genau.«

»Gut. Und dann ging er zum Videoregal?«

»Genau. Hat dort 'ne Minute herumgestöbert und kam mit 'ner Pornokassette zurück. Er bezahlte. Und verschwand.«

»Wo hat er die Kassette hingesteckt, die er sich ausgeliehen hatte?«

»Hmm … Moment mal.« Der Pastor zog die Stirn in Falten.

Eine gespannte Stille senkte sich über den Tisch.

»Soweit ich mich erinnere in dieselbe kleine Buchtüte …«

Vares blickte den Pastor lange an. Dieser nickte langsam vor sich hin.

»Genau, Johannes«, sagte Vares langsam. »Mikko steckte die Kassette also in dieselbe kleine Plastiktüte, die so pickepackevoll gewesen war, als er das Geschäft betreten hatte. Ist das nicht merkwürdig, dass plötzlich noch eine Videokassette hineinpasste?«

Der Pastor starrte unverwandt vor sich hin, als ob er versuchte, das Geschehene noch einmal im Geiste an sich vorüberziehen zu lassen.

»Aber genau so war's. Himmelherrgott. Darauf wäre ich gar nicht gekommen …«

»Weißt du, was das bedeutet?« Vares erhob seine Stimme.

»Na, sag an.«

»Mikko Berg ist gar nicht in deinem Laden gewesen, um eine Pornokassette auszuleihen. Er hat dort etwas versteckt.«

20

Abends um halb acht saß Jussi Vares an einem Tisch im Café des Hotels *Hamburger Börs* und ruhte seine Beine aus. Er nahm einen Schluck Bier und kehrte in Gedanken wieder zu den letzten Stunden des Nachmittags zurück.

Alanen und er waren vom *Olkku* aus direkt zum Antiquariat gegangen, um Inventur zu machen. Sie hatten gründlich die Ecke durchsucht, in der sich Mikko Berg bei seinem eiligen Besuch aufgehalten hatte. In den Regalen fand sich nichts, was nicht zum Inventar gehörte – nichts, was Berg während seiner kurzen Visite dort hätte versteckt haben können.

Als Nächstes hatte Vares beschlossen, bei *REPO Office Oy* vorbeizuschauen, um noch einmal Mikkos Papiere durchzuschauen.

Vares hatte in der Firma ganze eineinhalb Stunden verbracht. Er hatte die Tür des Büros erst dann wieder hinter sich verschlossen, nachdem er in einer von Mikko Bergs Mappen eine Quittung gefunden hatte, die ihm zunächst nur seltsam vorgekommen war, dann aber diverse Fragen in ihm aufkeimen ließ.

Die Mappe enthielt in erster Linie Quittungen über Mikkos persönliche Aufwendungen, die bei der Buchführung der Firma als Abzug geltend gemacht werden sollten.

Nur eine einzige der dreißig Quittungen hatte Jussi Vares Anlass geboten, seine Augenbrauen hochzuziehen. Es war eine Quittung über ein paar Dutzend Finnmark für eine Anzeige in der Kontaktecke des *City-Magazins*. Die Quittung war datiert auf Anfang Frühjahr, sie war also vor noch gar nicht langer Zeit ausgestellt worden.

Einer Sache war sich Jussi Vares sicher. *REPO Office Oy* hatte das betreffende Magazin noch nie als Anzeigenträger in Anspruch genommen, vor allem nicht die auf den hinteren Seiten zu findenden »Gemischten Kleinanzeigen«. Weshalb also hatte Mikko Berg, ein Geschäftsführer mittleren Alters, in besagtem Magazin eine Anzeige schalten wollen? Und für wen? Gleich morgen würde er das Anzeigenbüro des Magazins aufsuchen und versuchen, anhand der Quittung mehr über den Inhalt der Anzeige zu erfahren. Der Versuch wäre sicher der Mühe wert.

Im Café war ein Kommen und Gehen. Der größte Teil der Kundschaft bestand aus müßig herumsitzenden jungen Männern, die ursprünglich im südlichen Teil des Mittelmeeres heimisch waren und bereits gegen Mittag an den Tischen erschienen, um die Welt zu verbessern, nachdem sich ihre Ehefrauen und Freundinnen schon längst aufgemacht hatten, um ihr tägliches Brot zu verdienen.

Dieses Mal waren auch zwei mit Jacketts bekleidete Handelsreisende unter den Gästen. Sie saßen an einem neben dem Eingang stehenden Tisch vor ihren Bieren und hatten offensichtlich ihren Spaß.

Der eine der beiden Männer nahm mit seinem *Nokia*-Handy Verbindung zu einer Person auf, deren Name, wie Vares aufschnappte, Krista oder Kristiina war. Nachdem er kurz etwas in das Telefon gesäuselt hatte, blinzelte der Mann seinem Kumpanen zu, wählte mit der Schnellwahltaste eine neue Nummer und teilte der Person am anderen Ende der Leitung mit: »Schatz, ich bleib hier noch in Tampere, um den Deal mit Pettersson abzuschließen. Muss wohl 'n Zimmer im *Ilves* nehmen ... Bussi, Bussi, Schätzchen, und richte Mika-Petteri einen Gute-Nacht-Gruß aus ...«

Vares blickte auf die Uhr. Es war schon eine Minute nach acht. Die Bedienung kam und räumte das Geschirr ab. Auf dem Nebentisch lagen zwei ausländische Zeitungen und ein aufgeschlagenes Buch, das ein Gast vergessen hatte.

»Ähh, haben Sie vielleicht gesehen, wer das hier liegen gelassen hat?« Das Mädchen hielt Vares das Buch vor die Nase.

Jussi Vares schüttelte den Kopf und nahm das Buch in die Hand.

»Säärane mulk ehk sada vakka tangusoola: näljamäng kolmes vaatuses«, sprach Vares den estnischen Titel gebrochen aus. Die Verfasserin schien eine gewisse Lydia Koidula zu sein. Es war ein ziemlich dünner Band, der vielleicht um die fünfzig Seiten umfasste.

»Ich wette, dass es kein Finne war«, grinste Vares.

»Ich leg's hier hinter die Theke. Vielleicht kommt ja jemand und fragt danach«, entschied das Mädchen.

Im selben Augenblick bemerkte Vares in der Türöffnung einen bärtigen, mit Jeans und braunem Blazer bekleideten Mann, der eine abgewetzte Ledertasche in der Hand trug und im Begriff war zu gehen: Redakteur Ruuhio vom *Abendblatt*. Redaktion Turku.

Vares versuchte ihn an seinen Tisch zu winken, aber Ruuhio hatte das Café bereits verlassen. Vares hatte keine Lust, dem Mann hinterherzulaufen, obwohl er noch einige wichtige Fragen an ihn gehabt hätte.

21

Lepakko hockte auf dem Hof und wechselte die Zündkerzen seines Mopeds aus. Die neuen *Bosch*-Kerzen waren aus einem Ersatzteilhandel am Rande der Stadt geklaut. Lepakko trug eine locker sitzende Jeans, eine rote Kapuzenjacke, auf deren Rücken »PROPERTY OF NEW YORK STATE PRISON« zu lesen war, und noch fast neue *Nike*-Turnschuhe, die er vor kurzem im Kaufhaus *Anttila* eingesackt hatte. Sein langes, blondes Haar war zu einem Pferdeschwanz zusammengebunden und seine Finger waren von dem Öl und Fett ganz dunkel geworden. Ein brauner Schmierfleck zog sich von einer Augenbraue über die ganze Stirn.

Die Tür des Hauses knarrte und Ukko kam hinaus auf die Treppe, um ein bisschen Ausschau zu halten. Er wippte eine Weile auf seinen Hacken, blinzelte in die Sonne, schnupperte den Duft des morgentaufeuchten Hofrasens und der Weißdornhecke und lauschte dem Zwitschern der Vögel. Schließlich ließ er sich ächzend auf dem Treppenstein nieder und begann nach gewohnter Art über die Kurzmeldungen in den Morgenzeitungen zu plaudern.

Für einen in weiter Ferne wütenden Krieg, in dem Tausende von Menschen an Kugeln und die Übrigen an Hunger starben, konnte sich Ukko nicht ereifern. Auch nicht für einen Orkan in Amerika oder einen Vulkanausbruch auf Java. Er wusste sicher nicht einmal, was die EU war und wie sie die allgemeine Stimmung in Finnland beeinflusste.

Sicher dachte er auch, dass es immer noch eine DDR gäbe.

Stattdessen aber las Ukko mit Interesse alle kleineren Verbrechensmeldungen: Autodiebstähle, nächtliche Gewaltdelikte an Wurstbuden, Bierbeschaffungstouren in Supermärkten, Schnellabhebungen in Postämtern mit Strumpfhose überm Kopf. Über diese Meldungen konnte er dann wer weiß wie lange spekulieren und nachgrübeln. Als ehemaliger Polizist hatte er den unstillbaren Drang, unendliche Theorien darüber aufzustellen, wie man einer auf Opel-Diebstähle spezialisierten Gruppe junger Bengel auf die Schliche kommen könnte.

Manchmal befürchtete Lepakko schon, dass sich Ukko zu sehr ereifern würde und sein altes Schießeisen, das er damals im Polizeidepot für sich eingelöst hatte, aus dem Schrank holen und noch einmal selbst auf Diebesjagd gehen würde. Nur um seine Erinnerungen ein wenig aufzufrischen.

In der Zeitung vom Morgen war in einem längeren Artikel darüber berichtet worden, dass die Taschendiebstähle vor allem auf dem Abendmarkt und in bestimmten Kneipen der Stadt zugenommen hätten. Ukko hatte seine eigene Theorie darüber, wer die Sündenböcke waren. Hinter all dem steckten die Roten aus dem Arbeiterviertel Nummenmäki und die anderen Spießgesellen der Kommunisten. Dieselben Hunde, die damals im Winterdunkel den sowjetischen Bombern mit der Taschenlampe Zeichen gegeben haben. Durch die Taschendiebstähle beschafften sie sich finnische Ausweise, welche schließlich an die Saboteure der Russen weitergeleitet würden.

Lepakko hatte sich angewöhnt, nur mit halbem Ohr zuzuhören und Ukko in allem Recht zu geben. Auch wenn der Alte manchmal fürchterlich anstrengend war und dabei so bockig sein konnte wie ein trotziges Kleinkind: Lepakko hatte niemals ein böses Wort zu ihm gesagt. War Ukko doch der einzige Mensch auf der Welt, der ihm noch geblieben war. Lepakko wagte es nicht einmal, an den unweigerlich näherrückenden Augenblick zu denken, in dem er ganz auf sich allein gestellt sein würde.

Lepakko überprüfte noch einmal den Halt der Zündkerze. Dann trat er ins Pedal. Gleich beim ersten Kick begann sein Moped zu knattern.

Im selben Augenblick hörte man von der Straße her ein vertrautes scharfes Heulen. Der Schotter knirschte am Torpfosten, als Pantse mit seiner Hundertfünfundzwanziger in den Hof einbog.

Pantse ging zuerst zu Ukko und begrüßte ihn mit Handschlag. Er hatte von Lepakko gelernt, die Reihenfolge der Dinge einzuhalten, und es war noch nie passiert, dass er den alten Knilch links liegen gelassen hatte. Schließlich ging er mit einem zufriedenen Lächeln im Gesicht zu Lepakkos Moped. In seiner Hand baumelte eine *City-Market*-Plastiktüte, in der sich zwei videokassettengroße Gegenstände befanden.

»Kopierauftrag erledigt, Söööör«, grinste Pantse und zwinkerte. Er dämpfte die Stimme, damit Ukko es nicht hören konnte, obwohl gar nicht zu befürchten war, dass dieser sich in ihre Angelegenheiten einmischte.

»Na prima«, seufzte Lepakko auf. »Jetzt müssen wir das Ding nur noch verschicken. Vielleicht wartet ja jemand gerade in diesem Augenblick auf deinen Brief.«

»Du hast den Brief geschrieben?«

»Klar. Ganz sauber und sachlich, mit der Maschine. Wie es sich gehört …«

»Da wird sich dieser Leck-mich-Typ ja richtig in die Hose machen. Garantiert!«

»Yes. Das wird für den Burschen ein verdammt nach Scheiße schmeckendes Überraschungsei sein.«

»Du bist … du bist ja … ziemlich hart.« Pantse schaute Lepakko mit großen Augen an.

»Ich weiß.« Lepakko blies sich die Haare aus der Stirn und zwinkerte.

»Ihr Jungs solltet mal die Augen aufhalten, wenn ihr in der Stadt herumlauft.« Ukko spuckte einen dicken Qualster von der Treppe herab. »Vor allem solltet ihr auf diese jungen Müßiggänger aufpassen. Das sind doch alles Saboteure oder Deserteure, die dort etwas Böses aushecken …«

»Es ist mal wieder so weit mit ihm«, stellte Lepakko mit leiser Stimme fest und wischte sich, den Blick zu Boden gerichtet, mit einer kräftigen Handbewegung den Schmutzfleck von der Stirn.

»Man hört's …« Pantse kramte aus seiner Tasche eine Kaugummipackung hervor, schob sich alle fünf Stück auf einmal zwischen die Backen und begann mit abwesendem Blick sein Kinn zu bewegen. »Ich werde übrigens als Freiwilliger zur Armee gehen. Irgendwohin, wo es hart und brutal ist. Vielleicht zu den Fallschirmtruppen oder zu den Kampftauchern. Genau, Lepakko, das werde ich – der gefürchtete Killerhecht der finnischen Armee!«

»Cool. Aber willste jetzt den Brief sehen. Der ist oben auf dem Dachboden, im Kriegstagebuch …«

22

Der Vormittag war heiß und schwül. Vares fuhr mit seinem Wagen kreuz und quer durch die Stadt und machte seine Erledigungen. Er war gestresst, alles fühlte sich klamm an. Nachdem er an der Hämeenkatu einen Parkplatz bekommen hatte, entschied er sich, zur *Apotheke* hinaufzuwandern. Nur auf ein Bier.

Zu dieser Zeit des Tages waren im Lokal keine weiteren Gäste als Redakteur Ruuhio, der am Tresen stand, und ein dunkelhaariger junger Mann, der etwas abseits an einem Tisch saß. Der Schaum zierte bereits den Schnurrbart des Mannes vom *Abendblatt*.

»Sind die Storys des Tages schon im Kasten?« Vares blickte vielsagend auf seine Uhr. Es war erst Viertel vor zwölf.

»Hab' Abendschicht heute. Bin kurz mal vorbeigekommen, um das Wurstsortiment zu probieren und ein paar Bierchen zu schlürfen.«

»Welche Nachrichten wird uns der heutige Tag denn bringen?« Vares begrüßte Otto und bestellte mit einem Handzeichen ein großes *Aura*.

»Noch liegt nichts Besonderes an. Falls du mir nichts Neues zu erzählen hast.«

»Ich?!«

»Ja. Ich dachte nur, dass du vielleicht irgendetwas Entscheidendes zum Mord an Berg gehört hast. Für eine Aufmacherstory verspreche ich dir, gleich einen Tag nach Erscheinen auf Kosten des *Abendblatts* ein kleines Bier zu spendieren.« Ruuhio zwinkerte Vares vielsagend zu.

»Auf solch einen Scheckheftjournalismus lässt sich unsereins nicht ein.« Vares schüttelte den Kopf.

»Hehre Prinzipien. Übrigens, Vares, wir haben noch gar nicht darüber gesprochen, was das alles für deine Firma zu bedeuten hat. Ist schon entschieden, wie es weitergchen soll?«

»Auch darüber habe ich mir schon den Kopf zerbrochen. Die Sache ist die, dass ich im Grunde ein Spürhund bin, ein Privatschnüffler. Koiranen ist zwar ein guter Mann, aber auch nicht mehr als ein zähes Arbeitstier. Mikko war der einzige richtige Businessman im Bunde. Im letzten Sommer hatten wir ein Kaufangebot für die ganze Chose bekommen, und jetzt wird man wohl auch diese Alternative noch einmal in Erwägung ziehen müssen ...« Vares probierte den ersten Schluck aus seinem mit kühlen Tropfen gesprenkelten Glas.

»Schwierige Entscheidungen.« Ruuhio wischte sich über seinen Schnurrbart und griff erwartungsvoll zur Gabel. Otto kam schon mit dem Wurstteller aus der Küche. »Aber das eingehende Interview müssen wir dann wohl auf ein anderes Mal verschieben?«

»So sieht es aus. Versuch's doch mal mit den anderen, die an der Sache beteiligt sind.«

»Verflucht, aus denen ist kein Wort herauszubekommen. Die Witwe war ziemlich reserviert, obwohl sie gar nicht so aussah, als ob sie von Trauer gebrochen wäre. Dieser junge, neue

Kriminalkommissar vom Morddezernat macht den Eindruck eines oberamtlichen Arschlochs. Der interessanteste Fall war eigentlich die Mutter des Opfers. Es war wirklich nichts aus ihr herauszubekommen, aber selten trifft man so eine fürchterliche Quasselstrippe. Man kann dieser Frau wirklich nicht länger als eine halbe Stunde am Stück zuhören. Krankhafter Rededurchfall, von der schlimmsten Sorte. Puh …«

»Ja, Aino Berg …« sann Vares nach.

»Genau. Diese Eule. Hast du sie mal getroffen?«

»Nein, noch nie. Ich kenne nur ihren Namen.«

»Sie wohnt in einer alten Eigenheimsiedlung hinter Varissuo.«

Vares nickte, schlug in Gedanken versunken die auf der Theke liegende *Handelszeitung* auf und begann sie langsam durchzublättern. Ruuhio schaufelte in schnellem Tempo die Wurst und die Salzgurken in sich hinein. Der dunkelhaarige junge Mann, der etwas abseits saß, knallte das Glas auf den Tisch, stand vom Hocker auf und winkte Otto beim Herausgehen zu.

»Tere tulemast taas«, forderte ihn Otto auf Estnisch zum Wiederkommen auf.

»Ein Stammesverwandter von jenseits der Finnischen Bucht?« fragte Vares.

»Genau. Schaut ab und zu auf ein Bier bei uns rein. Ein angenehmer und ruhiger Zeitgenosse. Aber nicht besonders gesellig. Bleibt meistens für sich allein und liest in irgendeinem Buch … «

Vares blätterte zur nächsten Seite der *Handelszeitung* um. Dann sah er Ruuhio nachdenklich an und fragte:

»Du hast doch sicher noch irgendwo die genaue Adresse dieser alten Dame, oder?«

Als Vares mit einem kleinen Sherryglas in der Hand auf einem mit rosarotem Blumenstoff bezogenen Plüschstuhl in dem den Stil einer Bürgerwohnung nachamenden Wohnzimmer saß, konnte er die Beurteilung von Redakteur Ruohio über die Witwe Aino Berg nur unterschreiben.

Diese mochte vom Alter her um die siebzig sein. Eine dicke Schicht Puder, ein wie die Morgenröte erstrahlendes Rouge, eine ordentliche Schicht Mascara, blutrot geschminkte, aus einem blassen, verwelkten Gesicht auf auffällige Weise hervorstechende Lippen und eine blond gelockte Perücke machten eine Einschätzung ihres wahren Alters fast unmöglich. Am ehesten erinnerte Aino Berg an die erste Probearbeit einer Sommerpraktikantin im Wachsfigurenkabinett.

Nachdem sie Vares' Beileidsbekundungen entgegengenommen hatte, hatte sich Aino Berg hingesetzt und die erste Zigarette angezündet. Dann war über Vares eine wahre Redeflut hereingebrochen. Die Trauer der Frau über den Tod ihres Sohnes schien zur Nebensache zu werden, als der Selbstinszenierungsinstinkt von ihr Besitz ergriff.

Sie schilderte eingehend die einzelnen Phasen im Leben ihres Sohnes, begann mit dem Examen an der Wirtschaftsuniversität, setzte mit der Reserveoffiziersschule fort und endete schließlich mit seinen wirtschaftlichen Meriten und seinen Mitgliedschaften in den besten Gesellschaften und Vereinen der Stadt. Aino Berg vergaß auch nicht, ihren eigenen Anteil als Erzieherin herauszustellen.

Als Nächstes hob sie die besonders vertrauensvolle und warme Beziehung zwischen sich und ihrem Sohn hervor. Sie erklärte, mit den Händen die Luft zerschneidend, dass sie immer die engste Vertraute ihres Sohnes gewesen sei.

Nahtlos ging das Geschwätz auf das Thema Schwiegertochter über, die nach Meinung der Schwiegermutter Mikko gar nicht verdient hatte. Diese »Person« sei eine sonderbare und verdrehte Natur mit seltsamen Freizeitbeschäftigungen und Glaubensvorstellungen. Aino Berg hatte die Frau sofort durchschaut und erkannt, wie diese gleich zu Beginn der Ehe versuchte, eine Mauer zwischen der Mutter und dem Sohn aufzubauen. Wie die alte Dame meinte, hätte Mikko dann ziemlich bald gemerkt, dass er sich geirrt hatte, aber die Kulissen mussten ja nicht zuletzt aus wirtschaftlichen und gesellschaftlichen Gründen aufrecht erhalten werden. Natürlich sei die Frau nicht bereit gewesen, von der Beute abzulassen, die sie sich einmal geschnappt hatte.

Plötzlich bemerkte Jussi Vares, dass er schon rund zwanzig Minuten mit dem Sherryglas in der Hand die verbalen Ergüsse der Frau über sich hatte ergehen lassen müssen, ohne dass sie ihn auch nur ein einziges Mal zu Wort kommen ließ. Er dachte mit Anteilnahme an den verstorbenen Gatten der alten Dame. Hoffentlich war der arme Kerl in einem einigermaßen frühen Stadium von hier weggekommen.

Frau Berg legte eine dreisekündige Pause ein, als sie sich eine neue Zigarette anzündete. Vares korrigierte seine zusammengesackte Haltung und nutzte die Situation aus:

»War Mikkos Ehe Ihrer Meinung nach unglücklich?«

Frau Berg schien geradezu entzückt zu sein über die Frage. Eine unglücklichere Ehe hätte es gar nicht geben können. Nachdem sie sich über das Thema genügend ausgelassen hatte, holte sie tief Luft und erklärte, dass die »Person« sich gewaltig irrte, wenn sie glaubte, Mikko über all die Jahre im Griff gehabt zu haben. Eine Mutter wusste es besser. Viel besser ...

Der Gedanke blieb nur eine Sekunde in der Luft hängen. Die alte Dame war in Fahrt gekommen und kündigte an, dass sie die Sache jetzt ohne weiteres enthüllen könne – da es Mikkos Ruf ja in keiner Weise mehr schadete.

Mikko hatte ein mindestens drei Jahre anhaltendes Verhältnis mit einer gewissen Frau gehabt, die Frau Berg nur mit ihrem Spitznamen Mimmi kannte. Mikko hatte sich schon im Anfangsstadium dieses Verhältnisses seiner Mutter anvertraut, wie es sich für einen ordentlichen Jungen gehörte, und die alte Dame hatte dem Paar bei Bedarf immer gern eine Übernachtungsmöglichkeit zur Verfügung gestellt.

»Den richtigen Namen dieser Frau kennen Sie nicht?« Vares schaute mit erhobenen Brauen in die graue Wolke von Zigarettenqualm, die die Frau umgab. Es fiel ihm auf, dass er auf immer neue Fakten stieß, die in keiner Weise zu dem Bild passen wollten, das er selbst von dem Mann namens Mikko Berg gehabt hatte.

Die alte Dame bestritt, den richtigen Namen der Frau zu kennen, sagte aber, dass sie diese mehrere Male, wenn auch nur kurz, getroffen habe. So wie sie es darstellte, hatte Mimmi dunkle Haare, braune Augen und war eine besonders freundliche und höfliche Person, ganz anders also als »die andere«.

Vares hielt es für klüger, auf die Uhr zu schauen und zu erwähnen, dass er in der Stadt noch verabredet sei. Der Zigarettenrauch hatte schon Tränen in seine Augen getrieben und er war nicht in der Lage, sich auch nur ein Wort mehr anzuhören.

Vares bedankte sich, schüttelte der alten Frau die Hand und verließ erleichtert aufatmend die Wohnung. Auf der Eingangstreppe zog er in seine gepeinigten Lungen tief Sauerstoff ein und eilte über den Vorgarten zu seinem Wagen, der ein Stück von der Pforte entfernt stand.

Er wollte gerade den Schlüssel ins Fahrertürschloss stecken, als ihn eine knarrende Stimme hinter einer lichten Weißdornhecke ansprach:

»Guten Tag. Sie scheinen von der Zeitung zu sein, oder?«

»Wie bitte ...« Vares drehte sich um.

»Ja. Ich meine nur, weil hier in der letzten Zeit wegen des Mordes an dem Nachbarjungen so viele Leute von der Zeitung aufgetaucht sind.«

Hinter der Hecke starrte Vares ein neugieriges Greisengesicht an.

»Ja, ich bin von der Zeitung.«

»Von welcher Zeitung?

»Ähh ... von der *Kriminalpost*. Mein Name ist Ollonquist. Dick Ollonquist.« Vares nickte. Vielleicht hatte der neugierige Nachbar das dringende Bedürfnis, sich einem Vertreter der dritten Macht im Lande anzuvertrauen.

»Ach so. Ich bin Alf Nyström. Sind Sie einer von den Ollonquists aus Närpes? Hat Ihr Vater zufällig bei *Närpes Kraft* Fußball gespielt? Helge oder Harry, oder wie war sein Name?«

»Nein. Wir sind der Familienzweig aus Riihimäki. Vater spielte Handball bei den *Cocks*. Auch sein Name ist Dick. Ich bin Dick Junior …«

»Und? Ist das Interview schon abgeschlossen?«

»Klar doch. Sie haben nicht möglicherweise als direkter Nachbar noch etwas zur Sache beizusteuern? Sie kennen die Bergs doch sicher gut.«

»Fünfunddreißig Jahre habe ich neben dieser Krähe gewohnt. Pfiuuu!« spuckte Alf Nyström verärgert aus. »Und in den letzten siebenundzwanzig Jahren habe ich kein Wort mit ihr geredet. Aber doch, ich kenne diese Leute leider viel zu gut …«

»Die nachbarschaftliche Harmonie lässt also zu wünschen übrig?«

»Das fragen Sie noch? Es ist schon wieder einmal eine Sache vor Gericht gebracht worden. Unsere Gartenfichte soll gefällt werden. Dort drüben, der große, stolze Baum an der Ecke des Grundstücks. Wirft angeblich Schatten auf das Steckrübenbeet dieser alten Hexe. Verflixt und zugenäht!«

»Ärgerlich, solche Meinungsverschiedenheiten.« Vares spielte mit den Schlüsseln in der Hand.

»Der einzige Nutzen dieser Nachbarschaft ist, dass sich ein paar Tage lang keine Drosseln über meine Johannisbeeren hermachen, wenn diese angepinselte Dohle auf dem Hof erscheint. Verdammt!« Nyström lachte auf.

»Hmm, haben Sie den Verstorbenen, also Mikko Berg, irgendwie gekannt?«

»Leider ja. Über Tote sollte man ja nicht schlecht reden, aber als Bengel war er wirklich ein schrecklicher Quälgeist, eine Landplage. Hat seinen Nachbarn wer weiß wie viel Ärger bereitet und Streiche gespielt. Und die Mutter hat ihren kleinen Engel immer nur in Schutz genommen. Man kann von Glück reden, dass sie nie auf mich losgegangen ist, wenn ich mich beschwerte und versuchte, ein bisschen Disziplin einzufordern, verflucht!«

»Vielen Dank für diese kleinen Hinweise. Mein Terminkalender ist ein wenig voll. Ich muss weiter. Machen Sie's gut.« Jussi Vares steckte erneut den Schüssel ins Fahrertürschloss.

»Ach, das wollte ich noch gesagt haben: Der Herr Redakteur sollte nicht sofort in Druck geben, was diese fleischfressende Pflanze ihm erzählt hat. Nur zur Information, die Alte ist wirklich reif für die Klapsmühle.«

Dritter Teil

23

Tiikerpuu kam in zügigem Schritt mit einer *Newsweek* unterm Arm aus der Richtung des Warenhauses *Wiklund* und überquerte die Eerikinkatu. Er blickte zur Seite und ging gleich darauf bei Rot schräg über die Kauppiaskatu. Er fühlte die stechenden Blicke der artig auf Grün wartenden Finnen im Nacken, kümmerte sich aber nicht darum. Ja, er wunderte sich nicht einmal mehr darüber, sondern ließ sie so sein, wie sie waren: folgsam, eben finnisch. Sie glaubten, sich dem Machtspruch fügen zu müssen, der das Überqueren einer Straße verbot, die in beiden Richtungen leer war. Vielleicht waren sie glücklich in ihrem Glauben.

Tiikerpuu trat durch die breite Eingangstür des Hotels *Hamburger Börs* und ging ins Café. Er warf einen schnellen Blick in den großen Ganzkörperspiegel, der sich im Foyer befand. Ein langer und dünner junger Mann, eine dunkle Hose, ein weißes Hemd, an dem der oberste Knopf geöffnet war, eine schwarze Klubjacke und dunkelblaue Schuhe. Dunkles Haar, eine vorwitzige Strähne über der Stirn. Ein auffallend blasses Gesicht (seine Haut wurde nie richtig braun, nicht einmal im Hochsommer). Große, ernste Augen, lange Wimpern. Ein tiefblauer Blick, der die Welt wie staunend mit großen Pupillen betrachtete.

Tiikerpuu trat an die Theke, schenkte sich Kaffee ein und fragte das Mädchen an der Kasse in ziemlich gutem Finnisch nach dem Buch, das er hier tags zuvor hatte liegen lassen. Das Mädchen erinnerte sich sofort, bückte sich, um in der Regalablage der Theke nachzuschauen, und überreichte ihm schließlich mit einem Lächeln den dünnen Band von Lydia Koidula.

Tiikerpuu bedankte sich mit einem Lächeln und ging mit seiner Tasse zu einem der Tische, die direkt am Fenster zum Gehsteig standen. Tiikerpuu mochte die Stammkundschaft des Cafés nicht, all die rauchenden, lärmenden, lauthals lachenden, ständig herumgestikulierenden Menschen. An sich hatte er ja nichts gegen diese Araber, aber er hatte sich einfach nie, auch nicht bei sich zu Hause in Estland, in lärmender Gesellschaft, im Menschengedränge oder unter Schwätzern und ihrer Gefolgschaft wohl gefühlt.

Genauso wenig mochte er die rot aufgedunsenen, angetrunkenen finnischen Kerle, die in den billigen Bierpubs seine Gesellschaft suchten – Dumpfbacken, die einen Esten entweder herablassend behandelten wie einen verwaisten kleinen Cousin oder sich sofort nach schwarzem Schnaps oder der Telefonnummer eines billigen estnischen Flittchens erkundigten.

Tiikerpuu war sein ganzes Leben lang ein Außenseiter gewesen. Und das ganz bewusst, aus eigenem, freien Willen. Er hatte noch nie in seinem Leben einen richtigen Freund gehabt. Tiikerpuu war ein junger Mann von 26 Jahren und er war immer noch unberührt, was ihn eigentlich gar nicht störte.

D'Artagnan Tiikerpuu.

Er konnte sich gut vorstellen, wie der Pfarrer die Augenbrauen hochgezogen hatte, als er ihm bei der Taufe diesen Namen gab. Die Leidenschaft seines Vaters war die klassische französische Literatur gewesen. Seine mausgraue Mutter hatte sicher keinen Einfluss auf die Namenswahl gehabt.

Tiikerpuus einziges wirkliches Interesse galt der Literatur – besonders interessierten ihn die estnischen Lyriker. Gleich nachdem er aus der Sowjetarmee entlassen worden war, hatte er sich an der humanistischen Fakultät der Universität Tartu eingeschrieben. Zur Zeit saß er an seiner Magisterarbeit über die große estnische Dichterin Lydia Koidula. Die Untersuchung war schon seit drei Jahren in Arbeit, aber Tiikerpuu hatte damit überhaupt keine Eile.

Im Gegensatz zu seinen Kommilitonen hatte Tiikerpuu sich nicht um einen Sommerjob als Verpacker in einer Fischkonservenfabrik oder als Kellner auf einer Bierterrasse in der Talliner Altstadt beworben. Er brachte im Sommer für Geld Menschen um. In der Regel einen pro Sommer. Für ein Jahr hatte er dadurch finanziell ausgesorgt.

Eine adäquate Ausbildung für diesen unabhängigen Sommerjob hatte Tiikerpuu in der einstigen Sowjetarmee bekommen. Ein alter Armeekamerad war dann auch der erste Kontakt gewesen. Dieser hatte vor rund drei Jahren in einem Studentencafé in Tartu die Sache zur Sprache gebracht. Tiikerpuu war sofort interessiert gewesen, anfangs allerdings mehr in philosophischer als in finanzieller Hinsicht.

Als der Frühling kam, war Tiikerpuu an einen Verbindungsmann herangetreten, den man jeden Dienstag zur Zeit des Nachmittagskaffees an einem bestimmten Ecktisch im Talliner Nobelrestaurant *Eeslitall* antreffen konnte. Damit hatte alles angefangen, überraschend reibungslos.

Diesen Sommer hatte Tiikerpuu Arbeit in Turku gefunden. Der Job war einfach zu erledigen gewesen, fast routinemäßig. Der Mann, den die Auftraggeber vermutlich einige Tage in irgendeinem Kellerloch gefangen gehalten hatten, wurde ihm halb bewusstlos übergeben. Des Nachts hatte er dann den Mann zu einem an einer Meerenge gelegenen Felsstrand gefahren und ihn hinter einem alten Tanzpavillon erschossen. Die Auftraggeber hatten natürlich dafür gesorgt, dass zur gleichen Zeit genügend Augenzeugen um sie herum versammelt waren, die ihnen später ein Alibi geben könnten. Für alle Fälle.

Letztes Wochenende hatte Tiikerpuu dann den Entschluss gefasst, noch nicht sofort nach Hause, nach Tallinn, zurückzufahren. Irgendwie hatte er die Stadt Turku schätzen gelernt, obwohl es nicht immer ganz einfach war, die Finnen zu verstehen.

Tiikerpuu nahm einen Schluck Kaffee. Aus irgendeinem Grund heftete sich sein Blick auf eine die Straße überquerende, viel zu warm gekleidete alte Frau, deren Spatzenaugen wie um Hilfe suchend von einem der eilig ihr entgegenkommenden Passanten zum anderen streiften.

Sofort hatte Tiikerpuu einen Kloß im Hals. Ein vertrautes Gefühl von Beklemmung stieg in ihm auf, plötzlich und überraschend. Er schloss die Augen und saß still da, bis die buckelige und zusammengefallene Gestalt ganz sicher hinter dem gelb gestrichenen Gebäude der *Åland-Bank* verschwunden war.

Tiikerpuu öffnete mit einem schweren Seufzer die Augen. Im selben Augenblick hörte man aus der Richtung des Kaufhauses *Wiklund* ein undefinierbares Getrommel und Gerassel. Der Lärm nahm zu und an Tiikerpuus Ohren drang ein mehrstimmiger, an Intensität zunehmender und wieder abnehmender Gesang:

»HARE KRISHNA HARE KRISHNA KRISHNA KRISHNA HARE HARE HARE ...«

Der Lärm des sich nähernden Umzugs rüttelte Tiikerpuu auf. Er runzelte nachdenklich die Stirn. Ein träge aussehender weißer Stier zog einen hohen und schmalen Wagen, der in hellen, kindlichen Farben mit orientalischen Symbolen bemalt war. Um den Wagen herum tanzten über ein Dutzend mit flatternden Tuniken bekleidete Männer und Frauen. Ein Teil der Gruppe hatte die Haare völlig kahl geschoren, die anderen hatten kurzes Stoppelhaar. Fast alle hatten einen gelben Farbflecken auf der Nasenspitze. Auf den Gesichtern der Tanzenden lag ein verklärtes, kindliches Lächeln. Und das Lied setzte wie ein Mantra fort.

»KRISHNA KRISHNA HARE HARE HARE RAMA HARE ...«

Die Straße entlang schritt ein dünner, mit einem orangefarbenen Umhang bekleideter Jüngling von etwa zwanzig Jahren, dessen Schädel bis auf ein kleines Stirnbüschel kahlrasiert war. Er verteilte gelbe Traktätchen an das Straßenvolk, das gaffend die Prozession verfolgte. Eines davon geriet auch in Tiikerpuus Hand.

Laut Faltblatt handelte es sich um ein PADAYATRA, eine Prozession, deren Zweck es war, die menschliche Liebe zu Gott zu erwecken. Der Pilgermarsch hatte in Petersburg begonnen, mit dem Ziel, irgendwann in der Zukunft in Barcelona zu enden – wenn Gott es so wollte. Die Marschierenden beabsichtigten, eine

Zeit lang in Turku zu bleiben, um an gute Menschen Informationen über Krishna zu verteilen und empfängliche Seelen dazu aufzufordern, sich den Pilgern anzuschließen.

Tiikerpuu las die Broschüre nicht weiter durch, sondern sprang ganz plötzlich von seinem Stuhl auf. Der gelbe Zettel blieb, von einem Windstoß zum Flattern gebracht, auf dem Tisch liegen, und der dünne, fahlhäutige junge Mann verließ eilig das Lokal, als ob er vor irgendetwas auf der Flucht sei.

24

In schwindelerregender Höhe zischte ein Düsenjäger vorbei. Jussi Vares saß auf einer hölzernen Bank am Flussufer und schaute, den Kopf in den Nacken gelegt, zum Himmel hinauf. Plötzlich hörte er ein wütendes Gekläffe. Er sah über seine Schulter hinweg.

In einiger Entfernung, an der Mauer des Rettig-Palais, knurrte ein kleiner Dackel einen großen Labrador an. Der größere Hund setzte gleichgültig einen dampfenden, faustgroßen Haufen auf den Asphalt.

Vares' Meinung nach war es in all seiner schlichten Herabsetzung eine großartige Leistung. Nur selten gelang es einem Menschen, mit einem einzigen Kommentar einen störrischen Kläffer zum Schweigen zu bringen.

Schließlich richtete sich seine Aufmerksamkeit auf eine nah gelegene Parkbank, auf der eine dreiköpfige Gruppe ganzjährig gebräunter Herren eine improvisierte Versammlung ihres Weinklubs abhielt. Auf der Liste standen heute ein für tauglich befundener starker Rotwein der Marke *Sorbus* und irgendein roter Magenbitter.

Vares stand von seiner Bank auf und lief den Flusslauf entlang in Richtung Aura-Brücke. Während er voranschritt, schweifte er in Gedanken zu den Ereignissen der vergangenen Abend- und Nachtstunden zurück – auch wenn es recht schmerzlich für ihn war.

Tags zuvor, am frühen Abend, hatte er nach einigem Überlegen die Telefonnummer von Elina Siikarla hervorgesucht und sich bei ihr zu Hause eingeladen.

Der Anfang verlief äußerst vielversprechend. Sie bewirtete ihn nach allen Regeln der Kunst und es schien ein angenehmer Abend zu werden. Rotwein, im Hintergrund klassische Musik. Die Schwierigkeiten begannen erst, als sie nach Mitternacht ins Schlafzimmer überwechselten. Die Frau schien irgendwie abwesend zu sein, passiv, ganz entrückt. Es wollte ihr einfach nicht gelingen, sich in die richtige Stimmung zu bringen, obwohl sie es wer weiß wie versuchte.

Die angespannte und gezwungene Atmosphäre hatte auch auf Vares übergegriffen. Die sich im Laufe des Abends aufgestaute Erwartung und Begierde waren wie aus einer umgekippten Flasche gelaufener Wein im Sande versickert. Schließlich waren sie Rücken an Rücken eingeschlafen, beide in ihre eigenen Gedanken versunken.

Am Morgen hatte sich Elina dem noch im Halbschlaf liegenden Gast zugewandt und von sich und ihren Gefühlen zu reden begonnen.

Sie hatte für ihr Problem das prosaische Wort »Abartigkeit« verwendet. Elina Siikarla hatte erzählt, dass ihre Ehe in die Brüche gegangen sei, weil ihr Mann ihre Forderungen am Ende nicht mehr hatte erfüllen und verstehen können. Erst nach kurzem Zögern war sie damit herausgerückt, dass sie nur noch dann Sex genießen, sich erregen und sich ihren Trieben hingeben könne, wenn sie sich in seltsamen, überraschenden, gefährlichen oder sogar pervers anmutenden Situationen befinde.

So sei sie ganz scharf darauf, es direkt neben dem Friedhofszaun im Auto zu tun – während man auf der anderen Seite des Zaunes mit tränenerstickten Stimmen Trauerlieder sang und einen müden Wanderer in den Schoß der Erde bettete.

Gern tat sie es auch auf einem sonnigen Felsen, nur einige Meter von einem stark befahrenen Fahrradweg entfernt.

Ganz aufregend für sie war der Quickie auf der Toilette eines schaukelnden Zuges, besonders dann, wenn sich ein Reisender mit einem dringenden Bedürfnis an der Tür bemerkbar machte.

Aber in der sicheren Atmosphäre der eigenen Wohnung, im vertrauten Bett, wollte es einfach nicht gelingen. Irgendein Schalter in ihr wurde sofort umgelegt. Der Stromkreis war nicht mehr geschlossen.

Elina hatte erzählt, dass Esa, ihr Ex-Mann, verständnisvoll gewesen war und wirklich sein Bestes zu geben versucht hatte – obwohl er tief in seinen Gefühlen getroffen war. Hatte Esa sie doch ziemlich geliebt – auch wenn sie eine so seltsame Kumpanin gewesen war.

Den gemeinsamen Entschluss zu einer Scheidung hatte das Paar getroffen, als seit dem letzten Beischlaf schon über drei Monate vergangen waren. Bei diesem letzten Mal – es war auf der Rückbank des Wagens gewesen, an der Landstraße nach Rauma, kurz hinter Laitila – hatte Esa zwischendrin einen unangenehmen Krampf im Rücken bekommen. Das Missgeschick war noch dadurch gekrönt worden, dass auf dem Rastplatz plötzlich eine ganze Busladung deutscher Rentner erschien, die auf dem Weg zum Nordkap waren.

Vares hatte Elina Zeit gelassen, ihm ihr Herz auszuschütten. Sie hatte ganz ruhig erklärt, dass Vares jetzt am Ball sei. Jetzt würde er die Situation ja kennen und verstehen, wo es lang ging. Jussi könne anrufen. Oder auch nicht.

Vares hatte Elina auf der Schwelle noch einen schnellen Kuss auf die Wange gegeben, hatte versprochen anzurufen und war, ohne sich noch einmal umzuschauen, im Treppenhaus verschwunden. Aber während er so am Flussufer entlangspazierte, war sich Vares gar nicht mehr sicher, ob er überhaupt noch einmal Kontakt zu Elina aufnehmen würde.

Als er die Aura-Brücke überquerte, entwich Vares ein freudloses Lachen. Viel Glück mit den Frauen hatte er in der letzten Zeit ja wirklich nicht gehabt. Das erste romantische Stelldichein mit Elina Siikarla am Samppalinna-Hügel war wegen des Schnapses in die Hose gegangen. Netta Vaarala hatte ihm im Ankleideraum des *Surutoins* eine geradezu peinliche Abfuhr erteilt. Und das jüngste Treffen mit Elina? Einen Anlass, sich in die Brust zu werfen, hatte es wahrhaftig nicht gegeben.

Vares blickte auf seine Uhr. Es war schon so spät, dass das Büro des *City-Magazins* bereits geöffnet hatte. Jetzt würde er erfahren, wozu Mikko die Kontaktanzeigenrubrik der Stadtzeitung in Anspruch genommen hatte.

Genau eine Stunde später betrat Jussi Vares das *Olkku*. Er bestellte bei Seija eine Bockwurst *à la Stroganoff* und verzog sich in den Hinterraum. Dort war es ziemlich ruhig. Eddie und Vaakku von *Vilperin Perikunta* stocherten, noch müde von der nächtlichen Live-Mucke, in ihren Portionen herum. Wiborgs letzter Gigolo war glücklicherweise nicht da und auch die Kartenklopper waren noch nicht aufgetaucht.

Während Vares auf seinen Lunchteller wartete, holte er die Kopie der Rubrik »Persönliches« aus dem *City-Magazin* des letzten Monats hervor. Eine der Kleinanzeigen war mit rotem Filzstift eingekreist:

DU UNGEZOGENER JUNGE – DU WEISST SCHON, WER GEMEINT IST. WARUM HAST DU MICH DER KONSULARISCHEN HILFE ÜBERLASSEN? HAB ES DIR ZUERST ÜBEL GENOMMEN, BIN ABER JETZT BEREIT ZU VERZEIHEN. DAS VERSÖHNUNGSMITTEL KENNST DU JA. MELDE DICH – BEVOR ICH WIRKLICH BÖSE WERDE!

GRUSS »MB 500«

Vares runzelte die Stirn und legte das Blatt auf den Tisch.

Die Quittungen und Codes hatten nicht gelogen. Mikko Berg hatte wirklich Anfang April diese Anzeige im Turkuer *City-Magazin* aufgegeben, am Tag des Annahmeschlusses für die besagte Nummer.

Aus der Anzeige selbst konnte man nicht im Geringsten schlau werden. Für Vares unterschied sich diese Nachricht kaum von den

Dutzenden anderer, mehr oder weniger kurioser Grußbotschaften, die auf derselben Seite abgedruckt waren.

Hinter der Kleinanzeige musste sich ein heimlicher Code verbergen, den nur diejenige Person entschlüsseln konnte, die in die betreffende Sache eingeweiht war. So weit glaubte Vares seinen ehemaligen Kompagnon immerhin zu kennen, dass sich dieser bestimmt nicht über eine besonders unter Jugendlichen beliebte Kontaktanzeigenrubrik ein schnelles erotisches Abenteuer gesucht hätte. Typen wie Mikko hatten andere Mittel.

Vares starrte versunken auf die *TPS*-Flagge, die an der gegenüberliegenden Wand angebracht war. Er musste sich wieder einmal fragen, welches Spiel Mikko wohl hinter seiner makel- und tadellosen Kulisse gespielt hatte. Aber was war das für ein Spiel, das in Geheimsprache verfasste Grüße in der Anzeigenrubrik »Persönliches« eines Stadtmagazins erforderte und einen Einsatz verlangte, der sogar mehr als ein Menschenleben wert war.

»Gruß MB 500«. Damit hatte die Mitteilung geendet.

MB? Das waren die Initialen von Mikko Berg …

Aber was bedeutete die Zahl 500? Handelte es sich möglicherweise um den Preis der im Text erwähnten Versöhnung?

Jussi Vares seufzte schwer, faltete das Papier zusammen und steckte es in seine Brusttasche. Viel klüger als zuvor war er nicht. Er hatte das Gefühl, dass er immer noch im Dunkeln tappte.

Seija brachte Vares seine Portion. Direkt hinter ihr erschienen die drei jüngeren, bereits bekannten Doktoranden der Wirtschaftsuniversität im Hinterraum.

Die Jungs hatten ihre Krawatten schon gelockert und jeder der Herren hatte sich ein großes Bier und einen Fernet aus dem Schankraum mitgebracht. Unter den jungen Männern war schon so eine lautstarke Stimmung aufgekommen, dass Jussi Vares aus seinen Gedanken gerissen wurde und unfreiwillig in die Rolle des Zuhörers geriet.

Er hörte, wie die Herren bestimmte internationale Spitzenhotels analysierten. Der längste der Doktoranden schwor auf das *Raffles-Hotel* in Singapur: Der freundlichste Service in der Welt und der Gin Tonic schon auf dem Tresen, bevor der Gast überhaupt die Schwelle übertrete.

Schließlich begann sich der schmalste der Doktoranden an das absolut elendste Quartier zu erinnern, das er je in seinem Leben gefunden hatte. Es war irgendwann im fortgeschrittenen Teeny-Alter gewesen, auf dem Jazz-Festival in Pori. Der Bursche gestand, dass er gleich am ersten Abend des Festivals im Schwebezustand, also völlig losgelöst vom Körper gewesen sei.

Vares spitzte die Ohren. Das Thema interessierte ihn irgendwie. Auch er war einige Male als Teenager im Sommer zusammen mit seinen Cousins von seiner Heimatgemeinde Merikarvia aus zu diesem Festival gefahren, und jedes Mal in der festen Absicht, seine Unberührtheit zu verlieren. Aber das war schon wieder eine andere Geschichte ...

Der schmächtige Doktorand nahm einen Schluck Bier und setzte seine Geschichte mit ernster Miene fort. Sein erster Festivalabend war dann nicht ganz problemlos verlaufen. Seine Kameraden waren plötzlich verschwunden und die Geldmittel erschöpft gewesen. Dann hatte es noch in Strömen zu regnen begonnen. Und natürlich war der ganze Spaß von einem erlösenden Gedächtnisverlust gekrönt worden.

Am nächsten Morgen war er an einem engen, ganz eigentümlich riechenden Ort aufgewacht. Irgendein haariges Wesen hatte schwer atmend auf ihm gelegen. Er hatte es nicht gewagt, sich zu rühren, da das Wesen schon bei dem kleinsten Ruck zu knurren begann.

Der zukünftige Doktor war nur mit einem verschwitzten, ärmellosen T-Shirt bekleidet gewesen. Die Besitzerin der Hütte, eine siebzig Kilo schwere Dänische Dogge, war ganz vernarrt gewesen in seine linke Achsel. Als der junge Mann aufgewacht war, hatte die Dogge mit fletschenden Zähnen begeistert in seine Achselhöhle gestoßen. Der Speichel floss nur so von den Lefzen des Köters auf das Nackenhaar und das Schulterblatt des hilflosen Opfers.

»Ziemlich üble Lage«, gab der kleinste der Doktoranden mit bebender Stimme zu.

Der Erzähler blieb für eine Weile still, er war sichtlich gerührt über die Anteilnahme. Schließlich stellte er fest, dass es die längsten Minuten seines Lebens gewesen waren.

Die Dogge hatte es gar nicht eilig gehabt und es sich wohl ergehen lassen. Er selbst hatte sich nicht einmal zu husten getraut. Schließlich hatte das haarige Ungetüm den Höhepunkt der Leidenschaft erreicht und sich in eine hintere Ecke seiner Hütte zurückgezogen, um sich zu lecken.

»Sofort weg, ohne Nachspiel?« wunderte sich der lange Doktorand. »Keine Zärtlichkeiten, nicht einmal einen dicken Schlabber-Schmatz für den Partner …«

»Haste darauf eine geraucht?« fragte der andere.

»Nein, ich wusste nicht, ob der Baskerville Nichtraucher war. Ich wollte ihn nicht unnötig provozieren.«

»Tierisches Spiel. Kassiert einfach ohne zu fragen für die Unterkunft ab«, bemerkte der kleine Doktorand und schüttelte mitleidig den Kopf.

»Gab es keine Nachwirkungen? Schrunden? Einen Jütlandschanker in der Achselhöhle? Flöhe?« wollte der andere wissen.

»Nein. Abgesehen von den seelischen Qualen, die ich erleiden musste, bin ich glimpflich davongekommen«, versicherte der dünne Doktorand mit großen und ernsten Augen.

Über den Tisch senkte sich teilnahmsvolle Stille. Schließlich klopfte der lange Doktorand seinem Kameraden tröstend auf die Schulter und ging zum Tresen, um noch eine Runde zu schmeißen.

Die Geschichte rief Vares einige Erinnerungen ins Gedächtnis zurück, Erlebnisse, die etwa zwanzig Jahre zurücklagen. Den Cousins aus Merikarvia war es damals bei diesem Sommerfestival ebenso schlecht ergangen. Das Lustigste war Erkki passiert, der heutzutage wohl immer noch als Junggeselle und Mieter einer Gemeindewohnung irgendwo in der Nähe von Tuorila wohnte.

Soweit sich Vares erinnerte, war es beim Jazzfestival im Sommer 1975 oder 1976 gewesen. Vom Apfelwein beflügelt, war es Erkki geglückt, mit einem Mädel aus Harjavalta in denselben Schlafsack zu schlüpfen. Trotz härtester Bemühungen war es Erkki auch in dieser Nacht nicht gelungen, sich von seiner sich hartnäckig sträubenden Unschuld zu befreien. Ein paar Wochen später musste der Knabe jedoch feststellen, dass er sich als Preis für seinen Schlafsackbesuch die Krätze eingefangen hatte. Damit hatte sich Erkki dann wochenlang ganz groß gefühlt, war jeden Abend von einem Tanzplatz zum anderen gezogen, hatte wichtigtuerisch den Besoffenen markiert – und dabei stechend nach Benzylbenzoat-Liniment gerochen. Er hatte sich ständig und möglichst auffällig gekratzt, mit dem bedeutungsvollen Blick eines welterfahrenen Mannes.

Vares hatte genug davon, im Buch der Erinnerungen zu blättern. Fünf Minuten später trat er aus der Düsternis des *Olkku* in die helle, sonnenbeschienene Hämeenkatu hinaus. Irgendwo heulte eine ohrenbetäubende Sirene. Die Glocke der Domkirche schlug nur ein einziges Mal.

25

Die blauen *Nike*-Schuhe kamen vor dem Wurstimbiss am Rande des Marktplatzes zum Stehen. Lepakko kaufte nur ein Päckchen Kaugummi, grüßte zwei ihm flüchtig bekannte Mädels, die auf der Schule ein paar Klassen unter ihm gewesen waren, überquerte dann die Aurakatu und setzte seinen Weg in Richtung des Haupteingangs des Shopping-Centers *Hansa-Viertel* fort.

Es war schon halb zwölf. Die Wachmänner hatten das Innere der Meile schon vor einiger Zeit leergefegt und die Eingänge geschlossen. Draußen auf dem Gehsteig wimmelte es nur so von Jugendlichen in dieser hellen und warmen Frühlingsnacht. Mädchenpaare mit viel zu dick aufgetragenem Versand-Make-up im Gesicht gingen Arm in Arm oder saßen vor den Schaufenstern herum. Von den Jungs hatten viele einen Rucksack voll Bier dabei, und fast alle trugen ein NHL-Käppi. Die Quietschies waren mehr oder weniger betrunken. Oder wenigstens versuchten sie so auszusehen. Vor der Postbank pöbelten einige völlig hacke durch die Gegend segelnde Skinheads mit Schlabberklamotten bekleidete Hip-Hopper an – und umgekehrt.

Auf dem dreistufigen Treppenaufgang zum *Schwedischen Theater* hatte sich eine Horde schmuddeliger Langhaariger niedergelassen. Der Paviankönig saß auf der obersten Stufe. Er hatte eine schwarz gefärbte, ungewaschene Mähne, ein breites Gesicht, eine flache Stirn und kleine, stechende Augen. Sein kurzer und gedrungener Hals versteckte sich unter einem gelben Kavallerietuch. Unter einer Lederweste verbarg sich ein massiver und breiter Oberkörper, die Arme waren mit den obligatorischen Tätowierungen verziert – blaue, sich windende Würgeschlangen. Die mehrfach umgeschlagene Hose verhüllte kurze, kräftige Beine. Die Stiefel waren metallverstärkt, in einem fiesen Schwarz.

Die Horde des Paviankönigs setzte sich aus fünfzehn- bis zwanzigjährigen Boys und Girlies zusammen. Ungekämmte Haare, ausgeblichene Holzfällerhemden, die Jeans an den Knien kaputt, Sandalen, Turnschuhe, Stiefel, Stirnbänder, billiger Halsschmuck, misslungene Tattoos. Vor der Treppe lag eine große Tüte leerer Bierflaschen herum und eine Weinpulle, die auf die Straße gerollt war. Glotzende Blicke, glasige Pupillen, lähmender Stillstand – unendliche, unbedeutende Minuten auf jener alten, abgetretenen und verschmutzten Treppe.

Lepakko war mit dem Paviankönig »per Hallo«. Er wusste, dass dieser mit Pillen dealte und in gewissen Mengen auch Gras, manchmal sogar Speed verkaufte. Der Paviankönig war eine Art von King in seinem Revier. Er kaufte und verkaufte, hielt seine Herde mit harter Hand unter Kontrolle, spielte bei Bedarf auch den Richter und schlichtete Streitfälle zumindest ebenso gut wie Salomon der Weise.

Der Paviankönig half in Schwierigkeiten geratenen Untertanen und stellte sich allen, die er für würdig hielt, als eine unfehlbare Informationsquelle zur Verfügung. Lepakko wusste, dass ihm die

Pforte zur obersten Stufe des Königlichen Schlosses bei Bedarf immer offen stand.

Lepakko lehnte sich für eine Weile an eine Zaunecke der Straßenterrasse des *Café Opera*. Plötzlich bemerkte er zum ersten Mal an diesem Abend den Wagen, auf den er gewartet hatte. Ein schwarzer Saab 900 kam langsam aus Richtung Fluss die *Aurakatu* entlanggefahren. Als der Wagen das *Hansa-Viertel* erreichte, ging die Geschwindigkeit fast auf Schritttempo herunter.

Die Fenster des Wagens waren verdunkelt, aber Lepakko wusste aus alter Erinnerung, dass das »Arschgesicht« hinterm Steuer saß und das Treiben auf dem Rinnstein verfolgte. Er benutzte immer dieses Allerweltsauto für solche Fahrten, bei denen er sich nicht vom alltäglichen Straßenbild abheben wollte. Immer dann, wenn er auf Suche war.

Mit angespanntem Unterkiefer verfolgte Lepakko die Fahrt des Wagens, bis die roten Lichter an der Kreuzung vor der zum Kunstmuseum hinaufführenden Straße nach links verschwanden.

Er dachte darüber nach, dass das hinterm Steuer sitzende »Arschgesicht« heute Post bekommen hatte. Überraschende, vielleicht etwas unerwünschte Post. Ob er den Brief schon gelesen und den Inhalt des Videos gecheckt hatte? Lepakko versuchte sich vorzustellen, welche Gedanken wohl gerade durch den Schädel des Kerls kreisten. Machte er sich Sorgen, fürchtete er sich? Oder dachte er nur an die sein Handeln steuernde Kompassnadel, die sich hinter seinem Hosenschlitz verbarg?

Lepakko hätte gern durch die verdunkelten Scheiben ins Innere des Wagens geschaut. Er hätte dem Typen gern Auge in Auge gegenübergestanden, um zu sehen, ob sein arrogantes, widerwärtiges Lächeln irgendwie erstarrt war.

Lepakko hatte in seinem »Archiv« neben all dem anderen Material auch ein Bild aufbewahrt, das ihn wie ein Schatten in seinen Gedanken verfolgte. Es war ein vergilbter, vor vier Jahren erschienener Zeitungsartikel. Der Artikel behandelte einen von Vater angestrengten Prozess. Es war Vaters letzter, erfolgloser Versuch gewesen, sein Lebenswerk zu retten – und zugleich auch sich selbst. Es handelte sich um einen Bauauftrag für eine Industriehalle in der benachbarten Stadt Raisio. Es war das größte einzelne Projekt gewesen, das der Vater mit seiner Firma je in Angriff genommen hatte – und gleichzeitig sein schicksalhaftester und letzter Fehler.

Das »Arschgesicht« und seine Kumpanen hatten Vater wie einen Anfänger übers Ohr gehauen. Die Strohfirma, die die Arbeit in Auftrag gegeben hatte, war nach Abschluss des Projekts in den Konkurs getrieben worden, und Vater hatte über die Hälfte der Auftragssumme nicht bekommen. Die Sache wurde vor Gericht gebracht, aber die teuren Anwälte dieser Schurken hatten den Prozess gewonnen, in beiden Instanzen. Das war das Ende der Baufirma des Vaters gewesen. Der Schlusspfiff in Vaters Leben.

Auf dem Bild des vergilbten Zeitungsausschnitts sah man das »Arschgesicht«, wie es auf der Treppe im Gerichtsgebäude stand und mit einem siegesfrohen Lächeln in dic Kamera grinste. Im Hintergrund konnte man einen gebrochenen Mann erkennen, der sich abwandte: Vater.

Vater war vier Tage danach mit Lalü-Lala in die Universitätsklinik Turku gebracht worden. Er war dann nie wieder zurückgekehrt. Weil er es selbst so beschlossen hatte.

Lepakko biss die Zähne zusammen, während er den rot aufleuchtenden Rücklichtern des schwarzen Wagens nachschaute. Das »Arschgesicht« war an Vaters Tod genauso Schuld, als wenn es selbst den Abzug von Ukkos alter Polizei-FN gedrückt hätte.

Die Rücklichter des Saabs bogen in die Yliopistonkatu ein. Im selben Moment schlurfte ein langer und schmächtiger Typ um die Ecke, der in seiner Körperhaltung an einen Wurm erinnerte. Er blickte wie unschlüssig nach rechts und links, spuckte einen grauen Qualster auf den Asphalt und stieg mit etwas unsicheren Schritten zum Paviankönig die Treppe hinauf. Der Schleicher beugte sich hinunter und wisperte dem Boss etwas ins Ohr.

Der Paviankönig änderte kaum seine schlaffe Haltung. Er hörte schweigend dem Typen zu, antwortete mit einigen kurzen Sätzen und winkte gelangweilt mit der Hand ab.

Der Wurm nickte langsam und blieb noch ein Weile auf der Stelle stehen, ganz so, als ob er sich die Mitteilung unter seine verfilzten Haare hämmern müsste. Der Paviankönig wiederholte das Gesagte und winkte erneut mit der Hand ab. Der Schmächtling nickte ein paar Mal wie zur Bestätigung und kehrte auf den Gehsteig zurück.

Er wechselte noch ein paar Worte mit einigen auf den unteren Stufen sitzenden Mitgliedern der Herde des Paviankönigs, latschte auf seltsame, schleppende und zuckende Weise zurück in die Richtung, aus der er gekommen war, und verschwand hinter der Ecke. Niemand schaute ihm hinterher.

Lepakko spuckte sein Kaugummi in einen Abfallkorb und ging von der Umzäunung der Straßenterrasse zur Treppe. Es war Zeit für eine Audienz. Jetzt war er an der Reihe, mit dem Paviankönig ein paar Worte zu wechseln.

Lepakko stieg die Treppe hinauf, begrüßte zwei, drei bekannte Gesichter aus der Herde und setzte sich neben den bürstenhaarigen, kleinen und untersetzten King.

»Lepakko, altes Haus. Was flatterst du denn hier herum?« Die Stimme des Paviankönigs stand in seltsamem Widerspruch zu seiner äußeren Erscheinung. Sie war dünn und klang fast pubertär.

»Man muss ja irgendwie die Zeit totschlagen. Im Fernsehen läuft heute kein guter alter Suomi-Film. Wer war denn diese spiddelige Type dort gerade?«

»Der Wurm. Dieser elende Schnorrer. Und die Quizsendung willste wohl nicht sehen, da du ja eh schon alles weißt.« Der Paviankönig schlenkerte mit der rechten Hand wie ein schwarzer Rapper auf *MTV*.

»Du, um es direkt zu sagen, die Sache ist die, dass es da noch ein paar Fragen zu klären gibt. Erst dann kann ich sagen, dass ich alles weiß. Wie geht's sonst?«

»Hier schwindet die Zeit, als sei sie in den letzten Zügen. Der Hintern tut schon weh vom ständigen Verfolgen des Sekundenzeigers.«

»Was machen die Geschäfte?«

»Ruhige Zeiten. Gibt nicht genug Stoff. Die Kids ziehen sich *ASPIRIN forte* und Bier rein und denken, sie wären schon high. Da ist irgend so'n neuer Typ aufgetaucht, der am Getreidesilo in Kupittaa Pillen an Hip-Hopper verteilt. Es sollen auch wieder Pinguine und Bart Simpsons auf dem Markt sein. Zu einem so günstigen Preis, dass einem schlecht wird. Für 'nen ehrlichen Geschäftsmann wird's da ganz schön eng. Scheiße hin, Scheiße her. Wo treibt sich denn Pantse rum?«

»Na, bestimmt nicht auf einem Harley-Treffen. Ich weiß nicht. Wird schon irgendwo herumlungern. Malträtiert sicher gerade seine qualmende Hundertfünfundzwanziger.«

»Hast du irgendwelche Sorgen und Nöte, Lepakko? Kopfschmerzen, die Tage, Reisekrankheit oder Höhenangst? Du siehst so nachdenklich aus.« Der Paviankönig sah Lepakko prüfend von der Seite an.

»Na, wenn du schon einmal damit angefangen hast. Guck mal dort. Der schwarze Saab, der da um die Ecke kommt ...« Lepakko zeigte auf den Neunhunderter, der sich auf seiner Runde schon wieder dem Haupteingang des *Hansa-Viertels* näherte.

»Klar, den kenn ich. Der Krawattentyp ist schon wieder auf Freundessuche.« Der Paviankönig spie einen zähen Rotzbrocken auf die untere Treppenstufe.

»Was weißt du über ihn?«

»Weshalb dieses Interesse?« Die kleinen, stahlharten Augen des Paviankönigs sahen Lepakko neugierig und abschätzend an.

»Das geht dich nichts an. Sag schon, was du über ihn weißt, du böser Junge«, lächelte Lepakko und blinzelte ihn an.

»Das ist so'n Typ mit verdammt viel Lockstoff. Richtig schwul ist er eigentlich nicht. Also sonst, wenn man ihn sieht, ist er ziemlich oft in Begleitung eines ganz gut aussehenden Kätzchens. Aber etwas scheint ihn zu Beginn des Frühlings immer umzupolen. Wenn der Schnee geschmolzen ist, taucht er hier mit diesem schwarzen Schlitten auf und spricht Typen an. Das alte Lied. Er hätte da 'ne prima Bude für einen jungen Burschen anzubieten, mit allem Drum und Dran. Schnaps, Zigaretten, Videos, geile

Mucke. Manchmal erklärt er sich dann noch bereit, etwas zur Kollekte beizutragen. Na, du weißt schon …«

»Fummeltrinchen, mein Dummeltrinchen!« Lepakko spuckte mit verschlossener Miene an die Wand des Gebäudes.

»Ich hab von den Jungs 'n paar Bemerkungen über den Kerl gehört. Er unterscheidet sich ganz deutlich von den Dauerhyazinthen, also von diesen verschwitzten Schwanzlutschern, die nichts anderes im Sinn haben, als so schnell wie möglich in irgendeinem Busch auf dem Puolala-Hügel an die *Marabou* zu kommen …«

»Also wie denn?«

»Na. Zumindest ist er verdammt vorsichtig und ängstlich. Voll drauf bedacht, sein Gesicht zu wahren. Steigt nie aus seinem verdunkelten Saab aus …«

»Na, du erwartest doch wohl nicht, dass er an der Ampel ohne Hosen Rad schlägt und mit lauter Stimme ruft: ›Hey, schaut mal her, 'n Schwuler!‹«

»Natürlich nicht. Kyntteri ist mal bei ihm eingestiegen und er hat ein bisschen was anderes erzählt. Der Kerl soll so eine total coole Nummer abziehen, nur so auf die kameradschaftliche Tour. Tut so, als sei man mit 'n paar Jungs unterwegs, um wie üblich noch privat weiterzusaufen. Wenn man dann bei ihm in der Wohnung genügend intus hat, schmeißt er Videos ein. Keine Homogeschichten. Nur ganz normale Pornostreifen. Sie und er. Flotter Dreier. Interracial Three-dicks-for-babe. Kennste ja. Wenn man dann richtig besoffen ist, holt er sich selbst einen runter und fordert mit einem ›pliis help yoorself‹ auch die Jungs dazu auf …«

»Dann wird also in bestem Einverständnis 'ne Runde gewichst, oder was?«

»Ja. Und er soll auch nie darüber hinaus etwas tun oder so. Nur wie ein Langläufer, ganz ruhig im Gleichtakt und den Kopf ein wenig nach vorn gebeugt …«

»Und bei der Verteilung des Zasters, ist er da knauserig?«

»Nee, gar nicht. Wenn einer 'ne dicke Brieftasche hat, dann er. Hat sicher schweinemäßig geerbt.«

»Hey, guck mal. Der Saab parkt diesmal dort drüben am Marktplatz«, bemerkte Lepakko und zeigte in Richtung Yliopistonkatu.

Der schwarze Saab stand mit rot aufleuchtenden Bremslichtern an der Bushaltestelle. Das Seitenfenster des Fahrers war heruntergelassen. Neben dem Auto stand ein langer, mit einer lässigen Lederjacke bekleideter Jüngling.

»Yes. Das Verhandeln ist im Gange«, knurrte der Paviankönig.

»Na dann. Mehr gibt's wohl nicht zu sagen.« Lepakko hob seinen Hintern vom harten Treppenstein. »Ich werd' wohl abdüsen. Nach Hause.«

»Prima, dass du vorbeigekommen bist. Kannst mal irgendwann erzählen, weshalb du dich so an diesem Saab-Heini reibst«, zwinkerte der Paviankönig Lepakko zu.

»Ich werde mich hüten. Dir kann man doch nicht trauen«, lachte Lepakko und tätschelte dem King die schwarz gefärbte Mähne.

»Mach das nicht noch mal, sonst krieg ich noch 'n Ständer«, grummelte der Paviankönig.

»Na, mach's gut!«

»Ja. Wir sehen uns – wenn wir nicht an russischem Sprit verrecken ...«

Lepakko lief über die Straße zum Marktplatz, bis er irgendwo im Widerschein der nächtlichen Schatten und Straßenlichter verschwand.

Der Paviankönig fingerte ein Stück Kautabak hinter seinen Lippen hervor und reichte es einem auf der nächstunteren Stufe sitzenden blondierten Girlie. Das Mädchen bedankte sich höflich und schob sich den Priem in den Mund.

26

Bis zum Ende der Woche gelang es Vares zusammen mit Koiranen, die Angelegenheiten und Papiere der Firma einigermaßen wieder in Ordnung zu bringen. In einer Beratung am Freitagmorgen machte Koiranen die Bemerkung, dass die Nachricht die Kunden wohl erreicht hätte. Seit dem Mord an Mikko sei nicht ein einziges Mal wegen eines neuen Auftrags bei ihnen angerufen worden. Niemand wolle das trauernde Haus mit weltlichen Dingen belästigen. Vares dachte eine Weile darüber nach und gab zu, dass er in dieser Situation wohl nicht die erforderliche Energie hätte, die Firma wieder richtig in Schwung zu bringen.

Die Männer beschlossen, den geplanten Jahresurlaub um einen Monat vorzuverlegen. Danach würde man die Dinge aus einem ganz neuen Blickwinkel betrachten müssen. Koiranen zählte die Aufträge auf, die man gerade in Arbeit hatte; es waren nur eine Hand voll. Vares forderte ihn auf, die Kunden in einem kurzen Brief von der gerade vereinbarten Lösung zu unterrichten. Und dann würde man die Vorbereitungen dafür treffen müssen, dass die Firma auf Eis gelegt werden konnte.

Zum Abschluss des Arbeitseinsatzes fragte Vares Koiranen, ob er von Mikkos heimlicher Freundin wüsste, die man nur unter dem Kosenamen Mimmi kannte. Koiranen zündete sich langsam eine *North State* an, nahm einen Zug und schüttelte den Kopf.

Mikko Bergs Beerdigungsfeier wurde an einem sonnigen, vorsommerlichen Nachmittag in der Friedhofskapelle abgehalten.

Eine Augenweide bei dem ansonsten schmucklosen und schlichten Ereignis war die Witwe des Verstorbenen, Anneliisa Eloranta. Sie trug ein eng anliegendes und schmales schwarzes Kostüm, schwarze hochhackige Schuhe und schwarze Seidenstrumpfhosen.

Die Kleidung brachte Anneliisas schlanke Figur auf vorteilhafte Weise zur Geltung. Auf ihrem schönen, von rötlich-braunen

Locken umrahmten Gesicht lag noch eine frühlingshafte Blässe. Vares hatte Anneliisa immer für eine Aufsehen erregende Frau gehalten. Jetzt schien sie voll zur Blüte zu kommen.

Nach der Trauerfeier wechselte Vares einige Worte mit Anneliisa über die kommende Zeit. Sie erklärte ihm, dass sie ihre Buchhandlung in der Hämeenkatu noch eine Woche geschlossen halten wolle. Dann werde sie wieder zur Arbeit zurückkehren. Sie vereinbarten, dass sie sich mit den zukünftigen Besitzverhältnissen von *REPO Office Oy* erst zum Sommerende befassen würden.

Anneliisa nahm die obligatorischen, zu einer Beerdigung gehörenden Beileidsbekundungen mit einem milden und sanften Lächeln entgegen und sprach zu Jussi mit leiser Stimme:

»Jussi, mein Guter, mach dir um mich keine Gedanken. Du weißt doch selbst, dass ich Mikko schon seit Jahren nicht mehr geliebt habe. Und er selbst hat mich vermutlich nie geliebt ...«

Am Samstagnachmittag rief Vares zur Ladenschlusszeit im Antiquariat des Pastors an und teilte seinem Kameraden zufrieden und nicht ohne Stolz mit, dass er schon seit zehn Tagen fast keinen Schluck Alkohol getrunken habe. Der Pastor verstand. Er versprach, innerhalb einer Stunde im *Wanha Portti* zu sein.

Eine mausgraue Frau im schlichten Kleid trat mit einer Lederflickentasche unter dem Arm aus dem Licht der in der Abendsonne flimmernden Hämeenkatu in die Düsternis des *Wanha Portti* hinein. Die Frau ging direkt auf den nächstbesten Tisch zu, an dem Jussi, der Pastor, Beerdigungsunternehmer Moilanen sowie Edu und Loisa saßen.

»Darf ich einen kleinen Augenblick stören?«

»Mich kannst du stören, wann es dir beliebt, Schätzchen«, versprach Edu der unbekannten Frau sofort.

»Sind Sie möglicherweise an Dinosauriern interessiert?« begann die Frau und zog mit einem vorsichtig fragenden Blick einen *Wachturm* aus ihrer Tasche.

»Eher im Gegenteil. Einer hat mich gerade vom Vartiovuori-

Hügel bis hierher verfolgt und dabei entschieden zu viel Interesse gezeigt«, antwortete Vares mit ein wenig stierenden Augen.

Ohne viel Aufhebens verließ die Frau das Lokal und verzichtete darauf, es mit ihrer Lederflickentasche noch an den anderen Tischen zu versuchen.

Das Leben im *Wanha Portti* ging seinen gewohnten Gang. Auf den Bridgetischen klatschten unaufhörlich die Karten. Roope diskutierte, den Finger und die Stimme erhoben, mit zwei schweigenden Männern über die Artillerietaktik in der Abwehrschlacht der Finnen gegen die angreifende Sowjetarmee bei Tali-Ihantala. Wokki und Annamaija waren völlig einer Meinung über den künstlerischen Wert der an den Schornstein der Stromversorgung geschweißten Neonzahlenreihe. Markku Saksa hatte am Pokerautomat durch ein Full House ganze Fünfzig eingestrichen.

»Es gibt doch dieselben Probleme in jedem Job.« Der Pastor stützte sich, die Haare im Gesicht, über den Tisch. »Und auch ein Antiquariat zu führen ist nicht gerade ein Kinderspiel.«

»Knechte wie wir haben zum Glück nicht diese Sorgen. Bei uns gibt's keine saisonbedingten Schwankungen. Leichen werden in dieser Stadt so regelmäßig geliefert wie die Erbsendosen auf dem Fließband unserer Konservenfabrik, sommers wie winters. Die Arbeit nimmt kein Ende. Manchmal darf man mit dem Benz kreuz und quer durch die Stadt brettern wie ein Pizzabote«, brummte Moilanen.

»Da gibt's doch einige Unterschiede«, warf Edu ein. »Als Pizzabote würdest du dich mit solch kalten Lieferungen vor Kundenreklamationen kaum retten können.«

»Billig und tief – mit jahrzehntelanger Erfahrung«, trug Loisa zur allgemeinen Belustigung bei und ließ den Finger kreisen, um eine neue Runde anzuzeigen.

»Apropos. Ein Kritiker behauptete in der Zeitung von heute Morgen ...«, entsann sich Vares, »... dass irgend so ein Tänzer in seiner Produktion ein besonders starkes, die ganze Bühne einnehmendes Gefühl von Gegenwärtigkeit transportiere – oder sowas in der Richtung. Wie ist das denn mit dir Moilanen, hast du das

Gefühl, dass du auf deinen Fahrten mit dem schwarzen Benz nur Vergänglichkeit transportierst?«

Die anderen lachten schallend auf, aber Moilanen gab, wie es seine Art war, keinen Kommentar zu den Einwürfen seiner Kameraden ab. Markku brachte das Bier an den Tisch.

»Puh!« Edu schüttelte den Kopf. »Das wird wieder ganz schön reinhauen, aber für heute scheint es wohl vergebliche Mühe zu sein, das Boot noch zu stoppen. Klar, dass so etwas den Mann aufzehrt. Bei all der Pichelei ist einem ganz entgangen, dass der Hahn schon drei Mal gekräht hat.«

»Was soll uns das beunruhigen«, wunderte sich Vares. »Ein Pastor und ein Leichenwagenfahrer am selben Tisch – den Service gleich dabei, falls was passiert …«

»Wir haben diese Woche übrigens ein Spundbrettmodell im Angebot«, lachte Moilanen los. Das Bier floss ihm auf sein altes, schmutzig-helles Polohemd. »Insoweit zweite Wahl, als dass bereits die Gemeine Kiefernbuschhornblattwespe drin ist. Da kann der Kunde mit den kleinen Krabblern schon Bekanntschaft machen, bevor überhaupt die erste Schaufel Sand auf den Deckel geplumpst ist …«

Schließlich ging das Gespräch auf Frauengeschichten über. Jemand kam auf Mika Waltaris *Sinuhe der Ägypter* zu sprechen und darauf, dass zu den Sondervergütungen der damaligen Bestattungsunternehmer früh entschlafene Jungfrauen gehörten. Moilanen versicherte, dass sich diese Tradition bis heute nicht bewahrt habe. Edu schwieg eine Weile. Schließlich entgegnete er:

»Die gute Seite an diesen Mädels war doch, dass sie still blieben und man von ihnen keins aufs Maul bekam.«

»Biste immer noch mit dieser Alten zusammen, die blaue Augen verteilt?« wunderte sich Loisa.

»Yes! Das heißt, vorläufig.« Edu betrachtete abwesend die Tischplatte.

Vares ließ seinen Blick in Richtung Theke schweifen. Ja, er sah ganz richtig: Der Herr Gynäkologe, Dr. Kimmo Jansson, stand an einer Ecke des Tresens und gab seine Bestellung auf.

Vares winkte Jansson zu, aber genauso hätte er die Statue von Per Brahe im Park der Domkirche begrüßen können. Der mit einem zerknautschten Popeline-Mantel und einer schlabberigen Samthose bekleidete Doktor schien ein wenig über das auf dem Rezept verordnete Maß hinaus an Schnaps eingenommen zu haben.

Markku reichte Jansson ein großes Bier und ein Pinnchen, das mit purem *Koskenkorva* gefüllt war. Der Doktor tat einen unsicheren Schritt zur Seite und bewegte sich dann entschlossen auf ein in der einsamsten Ecke der Kneipe stehendes Sofa zu.

Vares folgte ihm, sagte Hallo und setzte sich ihm gegenüber.

»Ach, du Scheißää«, lachte Kimmo Jansson und stieß auf. »Und ich bin in dem Glauben hierher gekommen, dass man sich hier in Ruhe einen ansaufen kann, ohne dass man Gefahr läuft, einem Bekannten zu begegnen.«

»Sorry. Aber diese Stadt ist nun mal so klein.« Vares klopfte dem Mann auf die Schulter. »Sie scheinen Sorgen zu haben, oder?«

Kimmo Jansson nahm einen Schluck aus seinem *Koskenkorva*-Glas, grinste und kippte eine gewaltige Ladung Bier hinterher. Dann holte er tief Luft und vertraute sich Vares ohne eine weitere Ermunterung an.

Die Ausführungen des betrunkenen Gynäkologen waren sprunghaft und wirr. Gerade so, wie man es von einem Mann in seiner Verfassung erwarten durfte. Aber gewissen Hauptlinien konnte Vares doch einigermaßen folgen.

Es stellte sich heraus, dass die Immobilienanlagegesellschaft von Jansson und Mikko Berg schon lange in echten Schwierigkeiten gesteckt hatte und die Lage im Laufe des Frühlings noch desolater geworden war. Der größte Klotz am Bein waren die Feriengrundstücke in den Schären, deren Wert ins Bodenlose gesunken war. Es gab fast überhaupt keine Nachfrage mehr.

Im März hatte Mikko jedoch überraschenderweise versichert, dass er eine mögliche Lösung für das ganze Problem in Aussicht hätte. Die Begeisterung des Freundes war auch auf Jansson übergesprungen, obwohl Mikko nicht einmal bereit gewesen war, die Details seiner Rettungsaktion preiszugeben. Die Nachricht von Mikkos Tod war wie ein Blitz eingeschlagen. Sie hatte auch die letzten Hoffnungen auf eine Wunderrettung der Gesellschaft zerstreut. Jansson gestand ein, dass er geistig mit allem abgeschlossen habe. Mit schniefender Nase bemerkte er, dass er eben aus diesem Grunde in der letzten Zeit ein wenig tiefer als gewöhnlich ins Glas geschaut habe.

»Sie meinen, dass Mikko, wenn er denn noch lebte, praktisch gerade in einen persönlichen Konkurs schlittern würde?« versicherte sich Vares.

»Ja, so ist es. Er würde jetzt in derselben Patsche stecken wie ich.« Jansson hustete auf.

»Nun ... Ich frage mal ganz direkt.« Vares sah den Mann fest an. »Als ich neulich vorbeigekommen bin, um mich zu erkundigen, was es mit dieser Warnung auf sich hatte, die ich an Neujahr mitgehört habe, da hatten Sie die Wahrheit ein wenig verbogen. Stimmt's? Es hatte doch sicher mit diesen Immobiliengeschäften zu tun, oder?«

»Nein. Damit nicht. Es handelte sich um eine üble Falle, in die Mikko bei seinen Frauengeschichten getappt war ...« antwortete Jansson und breitete die Hände aus.

»Moment.« Vares richtete seinen Zeigefinger auf Jansson. »Lassen Sie mich raten. Spielt dabei eine junge Dame namens Mimmi eine Rolle?«

»Volltreffer. Wer sonst ...«

»Könnten Sie mir mit ein paar Worten auch diese Zusammenhänge erläutern?«

»Na, warum nicht. Was gibt's da noch zu verheimlichen. Sehen Sie, die Sache ist die, dass sich Mikko fast drei Jahre lang heimlich mit Mimmi getroffen hatte. Dann kam die Phase der Gewöhnung. Die geistige Erschlaffung. Mikko verlor das Interesse. Aber Mimmi wollte sich nicht damit abfinden. Sie kündigte an, dass sie alles weitererzählen und Mikko zur Scheidung drängen würde. Und deswegen hatte ich Mikko damals gewarnt, als Sie zufällig gerade zuhörten. Alle unsere gemeinsamen Projekte standen auf Messers Schneide und wir konnten es uns nicht leisten, dass Mikkos Bild in der Öffentlichkeit auch nur einen einzigen Kratzer abbekam. Ganz zu schweigen von einem Streit um die Güterverteilung. Ich sagte ihm, dass wir in Bezug auf Mimmi weichere Mittel einsetzen müssten …«

»Und, was haben Sie getan?«

»Wir haben vereinbart, dass ich ihr eine Gehaltserhöhung von fünftausend zusichere.«

»Jetzt komme ich nicht mehr mit. Wer ist diese Mimmi eigentlich?« Vares' Mund öffnete sich.

»Die Sprechstundenhilfe an unserem Empfangstisch. Ihr richtiger Name ist Marketta Ansio.«

»Aha …« Vares kam das eifrige Lächeln der pausbackigen, dunkelhaarigen Sprechstundenhilfe in den Sinn, hinter dem sich auch eine kleine Portion Boshaftigkeit verborgen haben mochte.

»Hartes Mädel. Ganz schön dreist«, dachte Vares halblaut.

»Vorausschauend, sicher doch …« seufzte der Gynäkologe Kimmo Jansson schwer.

Es herrschte eine Weile Stille am Tisch. Vares ließ nachdenklich seinen Blick umherschweifen. Plötzlich fiel ihm die neu programmierte Schnellwahltaste an Mikko Bergs Telefon ein, auf derem alten Namensetikett immer noch das Kürzel MIM stand.

»Und … wie hart und dreist ist dieses Mädel, also diese Mimmi, denn wirklich?« fragte Vares. »Hat sie möglicherweise etwas damit zu tun?«

»Nein … nein!« winkte Kimmo Jansson müde ab. »Ich kenne das Mädel schon seit sechs Jahren. Sie ist eine eitle und flatterhafte Gans mit Pfeffer im Arsch, aber ich halte meinen Kopf dafür hin, dass sie mit der Sache nichts zu tun hat.«

»Na, wer denn dann?« drängte Vares. »Sagen Sie schon, wer Ihnen in den Sinn kommt. Nur raus mit der Sprache!«

Kimmo Jansson griff zum Weinglas und stürzte es in einem Zug hinunter. Dann stand er leicht schwankend vom Tisch auf.

»Das weiß ich wirklich nicht. Sorry!«

»Sie haben noch die Hälfte von Ihrem Bier übrig.«

»Lasst die Durstigeren trinken. Gute Nacht.« Kimmo Jansson steckte die Hände in die Taschen seines Popeline-Mantels und wankte zur Außentür. Markku hinterm Tresen sah sich die Szene mit einem besorgten Kopfschütteln an. Vares begab sich zur Theke und befand, dass es an der Zeit wäre, die erste Goldi-Cola zu bestellen.

27

Marketta Ansio war eine Frau von vierzig Jahren mit einem runden Gesicht, braunen Haaren und einem üppigen Mund. Ihre Lippen umspielte ein unverschämt selbstsicheres, auf gewisse Weise überhebliches Lächeln, das in Jussi Vares die unterschiedlichsten Gefühle hervorrief. Es war ein Lächeln, das ihn sowohl erregte als auch ärgerte.

Jussi Vares saß mit der Frau in der Kellerbar des Restaurants *Teini*. Ansio hatte ihm in ihrer direkten Art am Telefon mitgeteilt, dass sie die Idee, ein Plauderstündchen abzuhalten, durchaus interessiere, es müsse ihm jedoch ein abendliches Dinner wert sein – in einem Restaurant der gehobenen Klasse, selbstverständlich.

Die Forderung vermittelte einen guten Eindruck vom Charakter der Frau. Genau von so einer Zicke konnte man sich vorstellen, dass sie ihren Ex-Freund erpresste und sich dann, ohne mit der Wimper zu zucken, mit einer Gehaltserhöhung von fünftausend zufrieden gab – als kleine Geste der Versöhnung. Und bei allem würde sie immer noch gut schlafen können.

Während der letzten zweieinhalb Stunden war Vares kaum zu Wort gekommen. Allmählich begann er zu verstehen, weshalb Aino Berg »Mimmi« sofort für eine Seelenverwandte gehalten hatte.

Sie hatten lange und ausgiebig gegessen. Vares hatte für sich die *Teini*-Pfanne ausgesucht; eine solch männergerechte Portion, dass die knochentrockenen Ernährungstherapeuten schon vom Anblick

Verdauungsschwierigkeiten bekommen hätten. Marketta Ansio hatte als Vorspeise Borschtsch-Suppe bestellt, als Hauptgericht Chateaubriand und zum Nachtisch eine riesige Portion Eis. Sie hatte während des Essens geredet und geredet und gegessen und geredet.

Mikko Bergs und Mimmis Verhältnis hatte sich, wie sollte es auch anders sein, bei einer von Kimmo Jansson veranstalteten Weihnachtsfeier im Ärztezentrum für Frauenkrankheiten, *Vega*, angebahnt. Mimmi behauptete, dass die Beziehung zu einem großen Teil auf beiderseitigem Nutzen beruhte: Die Spielregeln waren genau festgelegt und jeder wusste, dass er für seinen Einsatz genau den erwünschten Gegenwert bekommen würde.

Alles in allem wiederholte die Frau das Wort »Nutzen« im Laufe des Abends so häufig, dass es Vares allmählich in den Ohren klingelte.

Wie die Frau behauptete, hatte Mikko Berg jedoch den von ihr aufgesetzten Vertrag auf unverschämte und erniedrigende Weise gebrochen. Und weil Mimmi dieses nicht so einfach hatte schlucken wollen, hatte sie beschlossen, zu einem härteren Spiel überzugehen – und sich notfalls auch mit Gewalt zu nehmen, was ihr zustand.

Vares hatten zum Abschluss des Essens einige spitze Kommentare auf der Zunge gelegen, aber er hatte weise geschwiegen und vorgeschlagen, an die Bar hinüberzuwechseln.

Sobald sie an der Bar angekommen waren, bat Vares Tanja, für sie beide den seit Jahrzehnten bewährten Traditionstrunk des Hauses einzuschenken, einen Gambina auf Eis.

Nach der zweiten Runde Gambina begann Marketta Ansio schon freundschaftlich mit einem Bein an Vares' Knöchel zu reiben, während sie versuchte, die Zusammenhänge zwischen Mikko Berg und Kimmo Jansson zu erhellen. Aus ihrer Sicht war Berg die Lokomotive des Gespanns gewesen, der arme Jansson eher der Kohlenwagen. Kimmo ging in die Richtung, in die Mikkos Hand zeigte, ohne überflüssige Fragen zu stellen. Marketta Ansio wusste bis zu einem gewissen Grad von den geschäftlichen Aktivitäten zwischen den beiden Männern. Ihr Eindruck war, dass die von Berg eingeleiteten Risikogeschäfte das von Jansson gegründete und in den achtziger Jahren noch recht florierende Ärztezentrum in den Ruin getrieben hatten.

Vares bat Marketta Ansio, Jansson mit drei Worten zu beschreiben. Sie zögerte keine zwei Sekunden und platzte heraus: ein Trinker, ein Nichtsnutz und ein Wichser.

Vares ließ als Nächstes zwei Goldi-Cola an den Tisch kommen. Es blieb ihm nicht verborgen, dass die Wangen seiner Dame errötet waren und ihre Augen geradezu leuchteten. Und ihr Knöchel schien sich nicht gerade vor seiner Wade zu schämen. Plötzlich kam Vares dieses Arrangement gar nicht mehr so unangenehm vor. Kribbelten die im Laufe des Abends genossenen Getränke doch schon ganz lustig in seinen Adern. Er wollte nicht die vielen Wochen zählen, in denen er nicht mit einer Frau zusammen gewesen war. Die Situationen, in denen er knapp davor gestanden hatte, nicht eingerechnet …

Nachdem sie mit Vares angestoßen hatte, rückte Mimmi Ansio ein wenig näher an ihn heran, sah ihm gerade in die Augen und fragte mit tiefer Stimme:

»Ist das wieder so eine blöde Männeridee? Oder sind Sie wirklich ein Privatdetektiv?«

»Das bin ich wirklich«, schmunzelte Vares.

»Wissen Sie was? Ich bin mit zwei Feuerwehrmännern und einem Polizeihauptwachtmeister zusammen gewesen, aber ich bin noch nie in meinem Leben, nicht einmal zufällig, einem echten Privatdetektiv begegnet … «

Jussi Vares lag im Bett und drehte sich auf die Seite. Seine Wangen schmiegten sich gegen etwas Weiches. In einer Entfernung von einigen Zentimetern vor der Pupille registrierte er eine gefährlich spitz zulaufende Erhebung. Vares blinzelte ein paar Mal und war sofort wach.

Die Lage war jedoch keinesfalls bedrohlich, sondern eher interessant. Die Erhebung erwies sich als Marketta Ansios linke Brustwarze.

Vares ergriff die Brust mit seiner rechten Hand und begann, das weiche Fleisch behutsam, aber entschlossen zu massieren. Marketta winselte leise im Schlaf und räkelte sich wach.

»Kuckuuuck! Guten Morgen«, murmelte Vares. Er hatte einen seltsamen Geschmack im Mund.

»Mmmhhh, hab ich ’n trockenen Mund ...«

»Ich werde bestimmt nicht in die Küche gehen, um etwas zu trinken zu holen. Soweit ich mich erinnere, hat deine wachhabende Bulldogge im Wohnzimmer in der Nacht überhaupt keinen Unterschied zwischen mir und einer Hundewurst gemacht.« Vares setzte mit dem Streicheln der Brüste fort.

»Torsten, etwa? Das ist doch ein ganz ungefährlicher kleiner Schnuckelduckel, Schatzi, du ...«

»Na klar.« Vares beugte sich herunter, um an einer Brustwarze der Frau zu saugen.

»Ooooh, das fühlt sich himmlisch an. Weißt du, weshalb ich manchmal Kühe beneide ...«

»Erzähl.«

»Die haben vier Zitzen. Nicht wahr?«

»In Mathematik und Biologie scheint das Fräulein ja top zu sein, und das schon so früh am Morgen ...«

»Hey, hör nicht auf, mach weiter, pliis!«

Vares setzte sich im Bett auf und klatschte der Frau leicht auf die Hüfte.

»Auf die Knie, Frau!«

»Was ist jetzt?«

»Hast du nicht verstanden oder willst du es nicht? Dreh dich um. Auf alle Viere!« befahl Vares.

»Was hat der Herr denn da im Sinn?« kicherte Marketta mit heiserer und erwartungsvoller Stimme.

»Dreh dich jetzt um.«

»Du bist verrückt ...«

Mimmi Ansio drehte sich zögerlich und bewusst langsam um. Schon bald jedoch hockte sie kniend auf dem unordentlichen Bett, das sich vor dem großen Fenster ausbreitete. Auf dem Fensterbrett standen zwei Rotweinflaschen, die in der Nacht ausgeleert worden waren.

Die Vorhänge waren offen geblieben. Vares schätzte ab, dass das Apartment der Frau im dritten Stock lag. Es war schon so spät, dass in den Räumen des gegenüberliegenden Bürokolosses rege Geschäftigkeit herrschte. Die Jalousien wurden hochgezogen. Computerterminals, elektrische Schreibmaschinen und Tischrechner wurden eingeschaltet. Ein Sakkotyp öffnete, die Beine auf der Tischecke ausgestreckt, die Post. Einige führten am Telefon schon ihre ersten superwichtigen Kundengespräche. In einem Kaffeeraum brachte ein Krawattenmann im weißen Hemd einige Damen zum Lachen. In einem schäbigen Büro begann ein betagter Glatzkopf den Tag mit einem Schluck direkt aus einer flachen, hinter einem Ordnerregal hervorgeholten Flasche.

Vares hielt sich mit beiden Händen an den üppigen Hüften der Frau fest. Er bewegte sich in gleichmäßigem Takt vor und zurück und beobachtete gleichzeitig den zu morgendlichem Leben erwachenden Zementhaufen, in dem sich die Arbeiterameisen der Gesellschaft wieder einmal der täglichen, nicht enden wollenden Routine hingaben – vor sich, als einzigen Lichtblick, einige wenige Ferienwochen. Oder der in absehbarer Zeit bevorstehende Eintritt ins Rentenalter.

Das Groteske an der Situation rief ein prickelndes Gefühl in Vares' restalkoholisiertem Gehirn hervor. Er war kurz vor einem Lachanfall.

Marketta hockte auf allen Vieren auf der Matratze, den Kopf auf ein Kissen gebettet, und beantwortete Vares' Stöße mit einem leisen Stöhnen.

»Weiter Jussi ... mehr, ja, ja, ja ... wenn du aufhörst, bringe ich dich um«, murmelte die Frau aus dem Kissen heraus.

Vares setzte wie befohlen die Arbeit fort und beschleunigte sein Tempo. Er gab sein Bestes, stieß immer härter zu, als es sich schon beinahe unerlaubt gut anfühlte, und zögerte es noch weiter hinaus, indem er konzentriert an Ester Rannikko dachte, die übergewichtige, an Atembeschwerden leidende Köchin der Volksschule in Merikarvia. Das half, wie immer.

Markettas Bewegungen beschleunigten sich und wurden immer heftiger. Dann kam sie, winselnd, fast weinend. Vares gab auf und ließ es kommen. Die Knie bebten und im linken Bein machte sich plötzlich ein Krampf bemerkbar.

Jussi Vares sank schweißgebadet und nach Luft schöpfend neben der schlaff daliegenden Frau nieder und fragte:

»Hättest du mich wirklich umgebracht?«

»Ohne jegliche Gnade«, keuchte Marketta.

»Und wer hat dann Mikko umgebracht?«

»Das weiß i c h doch nicht, gottverdammt. Lass uns noch ein wenig schlafen, Schnuddel.«

28

Tiikerpuu saß in Gesellschaft eines muskulösen, blonden Mannes an einem Tisch des Dachterrassenrestaurants des Hotels *Marina Palace*. Sie waren bereits beim Nachtisch angelangt und es begann sich ein dumpfes Völlegefühl einzustellen. Das Mahl war ausgezeichnet gewesen und die Luft fühlte sich sanft und mild an.

Der blonde Mann hatte versucht, höflich zu sein, aber gleichzeitig auch den harten Burschen herausgekehrt. Seine Muskeln hatte er dabei nicht gerade verborgen. Der warme Vorsommerabend hatte dem Typen die Gelegenheit gegeben, gleich beim Händeschütteln sein Jackett auszuziehen und seine solariumgebräunten Bizeps zu präsentieren.

Für Tiikerpuu war der Mann ein einfach gestrickter und gockelhafter Mensch. Ein typisch finnischer Kerl – ein Rentier – wie man bei ihm zu Hause in Estland sagte.

Tiikerpuu hatte schweigend dagesessen und mit gutem Appetit das Pfeffersteak verzehrt, das ihm der Fremde ausgegeben hatte, während sein Tischgenosse seine Portion so in sich hineinschlang, dass sich das Blut über sein Kinn ergoss.

Tiikerpuu war diesem durchtrainierten Blonden nur einmal vorher begegnet. Sie hatten sich ganz kurz getroffen, auf der Fahrt eines Mannes namens Mikko Berg in den Tod.

Der Fleischberg hatte am Abend zuvor im Hotel angerufen und ihm das vorher vereinbarte Kennwort mitgeteilt. Das hatte gereicht. Gleichzeitig hatten sie auch das Treffen ausgemacht. Der Mann hatte einen gemeinsamen Lunch vorgeschlagen.

Schon beim ersten kurzen Treffen hatte Tiikerpuu erkannt, dass dieser Mann nicht der ursprüngliche Auftraggeber seines ersten Auftrags sein konnte. Hinter der ganzen Sache musste ein Mann stecken, der von einem ganz anderem Kaliber war. Dieser Muskelprotz war lediglich ein Mittelsmann.

Beim Nachtisch kam der blonde Schrank endlich zur Sache. Man würde noch einmal ein Special Consulting benötigen und habe deshalb beschlossen, Tiikerpuu das Projekt anzubieten. Wo dieser doch immer noch in der Stadt weile und leicht verfügbar sei.

Solche überraschenden, von den ursprünglichen Plänen abweichenden Arrangements widersprachen eigentlich Tiikerpuus Prinzipien. Für ihn war der Sommerjob bereits erledigt. Vor ihm lagen die verdienten Ferien.

Der Blonde bemerkte, dass Tiikerpuu zögerte. Er blickte schnell zur Seite, schob seine Hand in die Brusttasche und reichte einen dicken, weißen Briefumschlag über den Tisch. Auf dem Umschlag stand mit rotem Filzstift geschrieben: 3000 US-Dollar.

»Das ist die Vorauszahlung«, sagte der Mann. »Du bekommst zehntausend dazu, wenn deine Konsultation abgeschlossen ist …«

»Also dreizehntausend?« Tiikerpuu zog die Augenbrauen hoch. »Weshalb so viel?«

»Bei uns in Finnland ist es Sitte, für Überstunden extra zu zahlen.«

Tiikerpuu dachte ein paar Sekunden nach. Dann nahm er den Briefumschlag, steckte ihn in seine Brusttasche, hob kaum merklich die Augenbrauen und blickte mit ruhiger und fragender Miene über den Tisch.

Der blonde Mann schaute auf seine dicke Golduhr, strich über sein bürstenartiges Haar, das im Nacken lang belassen war, blickte kurz nach links und rechts und begann zu erzählen.

Dem Auftraggeber habe sich da ein kleines, aber ärgerliches Problem in den Weg gestellt – in Form eines Erpresserbriefes. Die Angelegenheit schien mit dem frühen Dahinscheiden des ehemaligen Betriebswirts und Geschäftsführers zusammenzuhängen.

Der blonde Mann gab weiterhin zu verstehen, dass Tiikerpuu über die Hintergründe nicht mehr zu wissen brauche. Es reiche, wenn er dem vermeintlichen Erpresser einen professionellen Besuch abstatten würde. Und danach würden beide Seiten vergessen, dass man sich je getroffen hatte. Tiikerpuu könne dann mit seinem Geld verschwinden, wohin er wolle. Und eigentlich sei das sogar erwünscht.

»Du sprichst von einem vermeintlichen Erpresser. Weshalb diese Unsicherheit?« wunderte sich Tiikerpuu.

»Nun ja …« Der fremde, große Blonde hob die Schultern. »Das ist nur so eine Redensart. Der verstorbene Berg versuchte uns mit einem Schluchzen in der Kehle zu versichern, dass diese gewisse Person alles weiß – also auch solche Dinge, die dich an sich gar nichts angehen. Wir dagegen waren sicher, dass der Typ nur im letzten Moment zu bluffen versuchte, um sein Leben zu retten. Aber wir scheinen uns geirrt zu haben. Jetzt haben wir nämlich einen ganz unangenehmen Brief bekommen, der von keinem anderen stammen kann als von demjenigen, den Berg erwähnte. Ganz übel. Also für den Absender des Briefes. Du sollst jetzt nur dafür sorgen, dass die Sache von der Tagesordnung verschwindet.«

Der blonde Mann reichte Tiikerpuu einen braunen Umschlag. Er bemerkte dazu, dass der Umschlag die Angaben zur Person, ein paar Adressen und drei Fotos enthalte. Mit diesen Unterlagen ausgestattet, müsste er ganz gut zurechtkommen.

Tiikerpuu sah den Umschlag schnell durch. Nicht ohne zu erschrecken. Besonders die Fotos stimmten ihn nachdenklich.

»Alles okay?« Der blonde Mann warf einen fragenden Blick

über den Tisch und fingerte eine Mentholzigarette aus der Schachtel.

»Keine Sorge«, versicherte Tiikerpuu, die Augenbrauen noch immer gerunzelt. »Wann?«

»Sobald wie möglich. Aber man sollte nichts überstürzen.« Der Blonde zündete sich die Zigarette an. Der erste Zug war lang.

»Ich überstürze nie etwas.«

»Dann ist die Sache ja klar.«

Der blonde Mann reichte ihm die Hand, wischte sich danach über den Mund, stand vom Tisch auf und entschuldigte sich dafür, dass er in Eile sei. Tiikerpuu blieb noch eine Weile auf der vom sanften Wind umspielten Dachterrasse sitzen.

Der Ober erschien mit lautlosen Schritten. Tiikerpuu schüttelte den Kopf. Er sah ein großes, den Fluss stromaufwärts pflügendes weißes Motorboot, die herumschwärmende Jugend auf den am gegenüberliegenden Ufer liegenden Restaurantbooten, die vor dem Theater geparkten Autos, die auf einem grünen Hügel liegende einsame Windmühle, das hinter einer Brücke liegende stolze Segelschiff *Suomen Joutsen*, die so klein wie Mäuse wirkenden Radler auf der Uferstraße ...

Immer wieder ließ er seinen Blick über all das schweifen. Und er wusste nicht, wie ihm war, denn aus irgendeinem Grunde tauchten die drei Schwarzweißfotos, die in seiner Brusttasche verborgen waren, immer wieder vor seinem inneren Auge auf.

Tiikerpuu blieb auf dem Marktplatz an einem Obststand stehen und kaufte dem jungen Mädchen einen einzigen Apfel ab. Im Gedränge zwischen den Obstständen schritt in einer Entfernung von etwa sieben Metern, ohne besondere Eile zu zeigen, das Opfer umher und vertrieb sich die Zeit damit, die Preise zu vergleichen. Der Himmel war halb bewölkt, es war trocken und angenehm mild. Es hatte bereits sieben geschlagen, und an den Ständen des Abendmarktes wimmelte es nur so von Menschen.

Das Opfer drehte eine Runde zu der an der Aurakatu gelegenen Seite des Marktplatzes und begutachtete beiläufig den für die Verkäufer nutzlos gewordenen Ramsch; Gegenstände, die in einem scheinbar unendlichen Kreislauf wiederverwertet wurden, Sommer für Sommer.

Auf dem Markt konnte man wirklich die seltsamsten Dinge finden.

Das Fernglas eines russischen U-Boot-Offiziers. Den Pisspott, auf dem Großmutter als kleines Mädchen geübt hatte. Samthosen aus den siebziger Jahren. Eine Viererserie verschieden großer Aufbewahrungsgläser mit Luchsmotiv aus der Glasfabrik Riihimäki – das kleinste etwas gesprungen. Alle Platteneinspielungen von Helga Hynninen als vollständige Tankstellenshop-Serie. Ein großer Stapel zerfledderter *Angelica*-Romane. Kalbslederstiefel mit rotem Schaft – Größe 46 – mit Metallverstärkung. Die Reproduktion eines Gemäldes Marschall Mannerheims im verschnörkelten Goldrahmen ...

Tiikerpuu schüttelte ungläubig den Kopf. Egal wo auf der Welt, überall war der Mensch derselbe Trödelsammler. Dieser Flohmarkt unterschied sich kaum von den müllplatzartigen Warenmärkten in den heruntergekommenen Vororten von Tallinn. Hier, auf dem Turkuer Marktplatz, schienen die Verkäufer den Handel jedoch etwas gelassener zu betreiben, eher wie zum Spaß. Seltsam auch das.

Das Opfer wanderte nicht sehr lange zwischen den Ramschhaufen umher, sondern ging zur Kaffeebude und stellte sich in der Schlange an.

Tiikerpuu dachte eine Weile nach und entschied sich für eine Flasche Cola. Die Tische waren ziemlich voll. Schließlich fand Tiikerpuu den einzigen freien Hocker, ganz auf Tuchfühlung mit dem Opfer, das zum Glück jedoch am Nachbartisch saß.

Die Sonne glühte zwischen den weiß umrandeten Wolken hervor und das Opfer wandte sein Gesicht den Sonnenstrahlen zu. Gleichzeitig streifte sein Ellenbogen Tiikerpuus Arm. Tiikerpuu durchfuhr ein unangenehmer elektrischer Schlag. Er stürzte das kalte Getränk hinunter und rückte auffällig seinen Stuhl zur Seite.

Der Schweiß begann wie ein Rinnsal von seiner linken Achsel an ihm hinabzufließen.

Tiikerpuu hätte fluchen können. Er wunderte sich über seine Gefühle. Noch nie schien ihm die Vorbereitung auf eine Aufgabe so schwierig gewesen zu sein. Jetzt bereute er es fast schon, den Auftrag angenommen zu haben.

Das Opfer ließ sich mit seinem Kaffee Zeit und gab sich der müßigen Stimmung hin. Tiikerpuu konnte den Geruch des Opfers in seiner Nase spüren, dessen Stimme hören, als jemand nach einem freien Hocker fragte. Er glaubte fast, seinen gleichmäßig ruhigen Herzschlag zu fühlen, das Rauschen seines dickflüssigen Blutes. Und während er so über die Sache nachdachte, fühlte er sich plötzlich schwach. Er schluckte und fluchte leise in sich hinein.

Als sich das Opfer wieder auf den Weg machte, blieb Tiikerpuu kraftlos auf seinem Platz sitzen. Er hätte den neuen Auftrag dieses blonden Gockels nie akzeptieren sollen. Es war ein Fehler gewesen.

Aber jetzt war es zu spät. Versprochen ist versprochen. Der angenommene Auftrag musste erledigt werden.

Tiikerpuu stand von seinem Hocker auf, schob die Sonnenbrille hoch und machte sich auf, um dem Opfer im Menschengewühl zu folgen.

29

Jussi Vares überquerte bei Rot die Eerikinkatu. Er kam gerade vom Marktplatz, der voll von Menschen war, die den schönen Frühlingsabend genossen und den Flohmarktkrempel begutachteten.

An einem der Straßentische vor dem Café des *Hamburger Börs* saß Pastor Alanen mit einem Long-Drink-Glas vor sich und dem *Abendblatt* in der Hand. Vares holte sich eine Flasche Bier und setzte sich ihm gegenüber.

Der Pastor erwähnte, dass er kurz zuvor mit Redakteur Ruuhio und Jari Kolvi, dem Probemitglied in der Bühnengenossenschaft, an demselben Tisch gesessen hatte. Alanen erzählte, dass sie heimlich mitgehört hätten, wie zwei mit 1000-Mark-Tuniken bekleidete Damen mittleren Alters am Nachbartisch bei einem Glas Weißwein richtig zur Sache gekommen waren.

»Also, was war denn das Thema der beiden Damen?« fragte Vares, während er versuchte, eine üppige Schaumkrone auf seinem Bierglas zu bilden.

»Etymologie.«

»Ein weites Themenfeld. Im Wörterbuch der finnischen Gegenwartssprache finden sich wohl über zweihunderttausend Wörter.«

»Die Damen hatten sich nur zwei herausgesucht – ›kyrpä‹ und ›kulli‹ – und diese ausgiebig analysiert. Und beide waren der Meinung – so als stünden sie vor der Fleischtheke bei *Wiklund* –, dass das eine das Innenfilet und das andere die Schwarte sei«, sagte der Pastor mit Nachdruck.

»Und welches ist nun was?«

»›Kyrpä‹ soll ein schmutziges Wort sein. Es bezeichnet das Teil, das von einer harten Hand – dreckige Fingernägel und eine versaute Tätowierung am Handrücken – auf dem Klo der Busbahnhofspinte über der gesprungenen WC-Schale bearbeitet wird.« Der Pastor rümpfte die Nase.

»Ein ›kulli‹ dagegen findet sich im linken Bein der Segelhose eines gebräunten, stattlichen Burschen, der mit einem Siegelring am Finger hinter dem Ruder eines größeren Bootes steht und am Horizont des Airisto-Archipels Ausschau hält ...«

»Genau, so ist es immer gewesen«, seufzte Vares schwer. »Hatten die werten Damen noch mehr zum Thema auf Lager, als sie da beim *vino* zusammensaßen?«

»Nein. Dann kam ein BMW der 700er-Serie vorgefahren und es wurden ihnen die Türen geöffnet. Von so einer aufgeplusterten Markttaube mit Nackenmatte, bunten Gym-Hosen, Golfschuhen und weißem Polo-Shirt.«

Hinter der Straßenecke erhob sich ein fröhliches Gerassel und Geklingel. Schon bald sah man eine zehnköpfige Gruppe mit orangefarbenen Umhängen bekleideter, kahlrasierter Tänzer, von denen die meisten einen gelben Fleck auf der Nasenspitze hatten.

»Ich hab dieselbe Truppe auch gestern gesehen. Da hatten sie einen Wagen dabei, der von einem weißen Stier gezogen wurde. Ob du's glaubst oder nicht!« Vares starrte in Richtung des Umzugs.

»Für mich gibt's dabei eigentlich kaum etwas, was mich wundern würde. Geschweige denn, was ich missbilligen würde«, sagte der Pastor gelassen. »Die alten Azteken haben ihre Jungfrauen geopfert. In deutschen Landen haben sich Protestanten und Katholiken dreißig Jahre lang ohne Waffenstillstand gegenseitig umgebracht. Die minderjährigen Muslimkids gelangen ins Paradies, wenn sie mit einem Plastikschlüssel um den Hals auf ein Minenfeld spazieren. Die dort drüben lachen doch nur und verteilen Honigkuchen. Gar kein so schlechter Glaube – im Grunde genommen.«

»Hast Recht. Hab's ja nicht so gemeint«, gestand Jussi Vares bereitwillig ein. »Ich kannte mal einen Typen namens Keijo. Er kam aus unserer Gegend – aus Pomarkku, einer benachbarten Ortschaft. Das war so'n richtig Suchender. Zuerst hat er sich den Krishnas angeschlossen und ist mit ihnen ein, zwei Jahre in der Weltgeschichte herumgegeistert. Dann ist er ausgestiegen, hat alle möglichen Therapien mitgemacht und schließlich eine Geschlechtsumwandlung an sich vornehmen lassen. Heute heißt er wohl Kaija oder so. Das Leben ist ein Suchen …«

»Ach, dazu fällt mir der ein: Sehen sich zwei alte Freunde nach vielen Jahren wieder. Der eine hatte eine Geschlechtsumwandlung hinter sich. ›Gibt es denn nichts, dem du nachtrauerst?‹ erkundigt sich sein Freund. ›Ja, schon‹, bekommt dieser zur Antwort. ›Ich wünschte, ich könnte mich daran erinnern, wie man rückwärts einparkt.‹«

»Jaha.« Das Glas war leer. Jussi Vares hüstelte und ging zur Theke, um sich ein neues zu holen.

Der Pastor blickte auf seine Uhr und kündigte an, dass er jetzt die Kaskenkatu, also die *Neue Apotheke,* ansteuern würde. Das Mantra der Krishnas verhallte allmählich in Richtung Linnankatu: HARE RAMA HARE RAMA HARE KRISHNA ...

Vares ging aufs Klo. Als er an den Straßentisch zurückkam, vertiefte er sich in das *Abendblatt*, das Pastor Alanen zurückgelassen hatte. Plötzlich hob er seinen Blick, als eine hochgewachsene Gestalt an seinem Tisch stehen blieb.

Einen Meter von ihm entfernt stand auf dem Gehsteig ein stämmiger blonder Kerl mit einer dunklen Sonnenbrille. Über Mauno Elokankares Lippen huschte ein dünnes Lächeln, das weit entfernt von Freundschaft, Zusammenarbeit und gegenseitigem Beistand war.

Vares richtete sich auf und blickte mit gestrecktem Hals an den Schultern des Mannes vorbei. In einer Entfernung von fünf Metern war ein großer, schwarzer Mercedes geparkt. Neben der Motorhaube standen zwei auffällig stilvoll gekleidete jüngere Männer.

Der eine von ihnen, der einen Pferdeschwanz trug, war Karl-Erik »Kare« Kaerla. Der andere, der sein kurz geschnittenes Haar mit Gel nach hinten gekämmt hatte, war sein fünf Minuten älterer Zwillingsbruder, Per-Olof »Pero« Kaerla.

Hinter den verdunkelten Scheiben des Mercedes konnte man das helle Oval eines Gesichts und eine hoch gesteckte Frisur erkennen. Netta Vaarala hatte die Angewohnheit, ihre Haare danach zu frisieren, inwieweit es ihr die jeweilige Gesellschaft wert war. Für Vares hatte sie sich nach dem ersten Treffen gar nicht mehr die Mühe gemacht.

Kare Kaerla erklärte seinem Bruder etwas mit tiefer Stimme. Sie blickten zu Vares und Elokankare hinüber. Mauno Elokankares auch sonst schon Ehrfurcht gebietender Brustkorb war aufgeblasen wie bei einem Kampffisch im Golf von Biskaya.

»Fehlen dir 'n paar Mark für 'ne Tasse Costa Rica, Mauno? Oder gibt's andere Probleme? Sag's nur frei heraus. Das werd' ich doch gerade noch locker machen können …« Vares legte die Zeitung nieder und brachte seine Beine langsam in eine bessere Absprungposition.

»Ich hab dich gesehen, als wir vorbeigefahren sind, und drum gebeten, für eine Minute anzuhalten«, zischte Mauno Elokankare, ohne mit der Wimper zu zucken, zwischen den Zähnen hindurch.

»Die Menschen haben's heutzutage immer so eilig. Nur wenige kommen auf die Idee, mal für einen Augenblick stehen zu bleiben. Take it easy, Mauno, nimm dir doch einfach 'n Stuhl und setz dich für eine Weile an einen Tisch. Aber bitte nicht an diesen, nicht jetzt. Freie Plätze gibt's auch sicher in anderen Cafés.« Vares blätterte mit übertriebener Ruhe die Zeitung um und tat so, als würde er sich in den Artikel vertiefen.

»Ich bin nur gekommen, verdammt, um dir mitzuteilen, dass ich dich jederzeit umnieten kann. Ganz ohne Gewissensbisse.«

»Noch einen Schritt, lieber Mauno, und ich schnapp mir diesen metallenen Terrassenstuhl und hau ihn dir um die Ohren.« Vares war auf der Hut, sah aber nicht von der Zeitung auf.

»Und du wagst es auch noch, mir dumm zu kommen, du Scheißhaufen!«

Vares fischte aus seiner Tasche ein Zweimarkstück hervor und warf es Mauno Elokankare, der nun endgültig in Verwirrung geriet, vor die Füße. Ein vorbeispazierendes Pärchen verfolgte den Ausbruch des großen Mannes. Vares wandte sich dem Pärchen mit einem entschuldigenden Lächeln zu und erklärte:

»Denken Sie sich nichts dabei. Mauno ist ein prima Kumpel, wirklich. Aber es geht ihm gerade nicht so gut – ist pleite wie ein Lumpensammler. Sie wissen ja, das Leben ist heutzutage nicht leicht, auch die Cleveren können mal die Nerven verlieren. Und dieser arme Mann hier hat gerade seinen Arbeitsplatz verloren. Die öffentliche Toilette auf dem Marktplatz wird renoviert. Und dann ist ihm auch noch seine Frau durchgebrannt, auf und davon mit so 'nem Lada-Dealer aus Petrosawodsk …«

Elokankare schloss die Augen. Die rechte Faust ballte sich zusammen und öffnete sich langsam wieder. Das Pärchen beschleunigte die Schritte, ohne noch einmal zurückzuschauen.

»Mauno, komm schon. Lass den Clown da in Ruhe, scheiß auf ihn«, rief Per-Olof Kaerla Elokankare mit ruhiger Stimme vom Auto zu.

»Du hast aber einen tollen Wagen, Mauno. Wer von den beiden Burschen ist denn dein Fahrer?« rief Vares dem sich entfernenden breiten Rücken hinterher.

Die Türen des großen schwarzen Benz schlugen zu und der Wagen setzte sich würdevoll in Bewegung. Vares faltete die Zeitung vor sich zusammen und blickte den Rücklichtern des Gefährts hinterher.

Eine halbe Stunde später schaute Jussi Vares in der *Neuen Apotheke* vorbei. Untsu vermeldete, dass der Pastor nach nur einem Bier wieder verschwunden sei. Untsu hatte beim Trabrennen sechshundert Mark gewonnen und gab Vares ein hausgebrautes dunkles Ale aus, das Otto, während er seinen Schnurrbart zwirbelte, mit Vergnügen ins Glas laufen ließ.

Hatsa war gerade dabei, die Post auszuteilen. Er übergab Mikko Koukki, Dahlström und ein paar etwas selteneren Gesichtern die hinterm Tresen hinterlegten Sendungen. Auch Kolvi, das Probemitglied in der Bühnengenossenschaft, war anwesend. Er behauptete felsenfest, dass auch auf ihn eine Sendung warte. Ein Typ namens Virtanen habe ihm versprochen, eine Plastiktüte mit allem möglichen Krempel hinterm Tresen der *Apotheke* zu hinterlassen. Hatsa bemerkte dazu, dass sich der Absender vielleicht geirrt haben könnte – Virtanen sei ein so häufiger Name.

Vares trank schnell sein Bier aus, klopfte Untsu als Dankeschön auf die Schultern, schlüpfte nach draußen und ging die Kaskenkatu hinab bis zur Kreuzung, an der er nach rechts abbog. Auf der Höhe des *Olkku* verlangsamte er das Tempo, um einen Blick durch das Fenster zu werfen.

Wiborgs letzter Gigolo saß an einem vorderen Tisch, hatte einen Fernet-Mint vor sich stehen und schien irgendeine langatmige

Story zu erzählen. Der Lange Juuso, der am Kartentisch Zeitungen las, und Taxi-Jussi sahen so aus, als ob sie ihr Gehirn mit der Geschichte nicht überflüssig belasten wollten.

Vares bog rechts in die Vartiokuja ab und stieg langsam zum Eingang seines am Hang gelegenen Apartmenthauses hinauf. Plötzlich hörte er hinter sich, wie aus dem Nichts kommend, weiche Schritte. Sie näherten sich auf dem verlassenen, schattigen Gassenabschnitt so leicht wie ein Lufthauch. Vares war schon dort, wo die Gasse in die den Vartiovuori-Hügel hinaufführende Treppe überging. Er kam bis zur dritten Stufe und trat schnell zur Seite. Jemand holte tief Luft.

Vares blieb stehen und drehte sich zur Seite.

Die mit einem Trainingsdress bekleidete Frau, die joggend an ihm vorüberzog, war etwa dreißig Jahre alt. Sie hatte blonde Haare und vom Laufen ganz niedlich gerötete Wangen. Die Frau lief, ohne ihre Laufgeschwindigkeit zu verringern, tief keuchend und gleichmäßigen Schrittes weiter die Treppe hinauf. Vares verfolgte die Frau noch mit seinem Blick, als er schon den Schlüssel ins Schloss der Treppenhaustür steckte.

Im Apartment roch es muffig. Vares öffnete das Lüftungsfenster. Auf dem Klo tropfte der Wasserhahn. Vares eilte hin und drehte ihn zu. Als er zurückkam, wäre er beinahe über den Staubsaugerschlauch gestolpert, der sich in einer Ecke des Korridors schlängelte. Eine kleine Windböe erweckte die Fenstervorhänge zum Leben. Aus dem Dunkel der Küche starrte unverwandt ein rotes Auge in Richtung Wohnzimmer. Vares erinnerte sich nicht daran, dass er die Kaffeemaschine angelassen hatte. Aber es wäre nicht das erste Mal gewesen.

Den Poststapel legte Vares auf eine Ecke des Tisches. Nichts Interessantes. Als oberstes der dicke Werbeumschlag von *Das Beste,* der Rubbel- und Klebeaufgaben für Kinder im Vorschulalter enthielt. Außerdem irgendein Druckerzeugnis der Kirchengemeinde, das sich vermutlich versehentlich in eine solch heidnische Stätte verirrt hatte. Und die Werbeprospekte der nahe gelegenen Lebensmittelgeschäfte.

Vares richtete seine Aufmerksamkeit auf das blinkende Signallicht des Anrufbeantworters. Kriminalkommissar Kerkko Pielinens trockene Stimme teilte kurz mit, dass sich Vares in der nächsten Zeit mal melden solle. Ein Gesprächsthema könne zum Beispiel die schrittweise Wiederkehr des Gedächtnisses sein.

Vares ging ins Badezimmer, um sich die Zähne zu putzen, und beschloss, dass der Anrufbeantworter nicht in Ordnung sei. Die Nachricht des Kommissars war also leider nicht angekommen.

Während er sich vor dem Spiegel Auge in Auge gegenüber stand, sah er plötzlich einen Mann, der sich fürchtete. Pielinens Stimme hatte ihm aus irgendeinem Grund eine Gänsehaut über den Rücken laufen lassen.

Verflucht! Wann würde dieser Albtraum zu Ende sein?

Im Fernsehen gab es nichts Interessantes. Vares wollte schlafen gehen. Das Bettzeug im Schlafraum sah wie nach einem Hurrikan aus, wie immer. Die Laken und Kissenbezüge hätten schon längst in die Wäsche geworfen werden müssen – als Alternative hätte man natürlich die Vorhänge geschlossen halten und im Wirrwar der Lakenfalten Champignons züchten können.

Vares öffnete das Lüftungsfenster. Von dem sich um den Hang des Vartiovuori-Hügels windenden Pfad drangen einsame, schnelle Schritte herauf. In den alten Linden begannen die Singvögel in gewohnter Weise ihre Stimmbänder zu traktieren. Im Durchzug raschelten die Vorhänge des Wohnzimmerfensters wie Espenlaub im Sommerwind.

Das Telefon klingelte wieder. Vares schaffte es nicht, aufzustehen und dranzugehen. Er hörte, während er auf dem Rücken im Bett lag, drei Pfeiftöne und danach die von ihm selbst aufgesprochene Mitteilung: »Hier ist der automatische Anrufbefrager von Jussi Vares. Die Frage lautet: Worum geht's? Raus mit der Sprache, gleich nach dem Piepton!«

Nach dem Piepton hörte man nichts mehr außer einem gleichmäßigen Tuten. Vares holte tief Luft, drehte sich auf die Seite und schloss die Augen. Die Ereignisse und Menschen des Tages vermischten sich in seinem Geiste zu einem zähen Kleister. Irgendein einzelner Gedanke versuchte sich aus der Grütze herauszukämpfen, dann aber verschwand er wieder, verflüchtigte sich im Nichts …

Jussi Vares wusste nicht, wie lange er geschlafen hatte. Er schreckte auf und war sofort wach, die Sinne gespannt. In seinem Kopf hämmerte die mit Triumph vermischte Gewissheit darüber, dass er in den Tiefen seines Traums eine Lösung gefunden hatte. Eine Gewissheit, die wie ein zufälliger Schlag aus dem Dunkel gekommen war. Im Schlaf hatte sich ihm die Antwort offenbart. Er hatte mitten im Dunkel, kurz aufleuchtend, die sich hinter dem Mord an Mikko Berg verborgenen Gesichter gesehen.

Vares strich sich über die Stirn. Sie war glitschig vom Schweiß. Sein Herz galoppierte. Zugleich spitzte er die Ohren, hielt den Atem an. Er meinte ein Geräusch zu hören. Plötzlich war er sich sicher, dass jemand ganz in der Nähe war – in seiner Wohnung.

Vares hörte das Rascheln der Vorhänge im Wohnzimmer. Er hörte das Seufzen der Bäume, die draußen am Hang standen.

Vares schluckte. Die Kehle war trocken und zugeschnürt. Er nahm die Gaspistole aus der Schublade des Nachtschranks heraus, schob die Sicherung zur Seite und wälzte sich vom Bett auf den Boden.

Sein Herz pochte bis zur Kehle. Er war kurz davor, aus vollem Halse zu schreien. Der linke Fuß war direkt auf etwas Kaltes getreten, hatte etwas berührt, was sich wie leblose Haut anfühlte.

Vares hockte so eine ganze Zeit lang, erstarrt wie eine vergessene Kleiderpuppe im Schaufenster einer in Konkurs gegangenen Modeboutique. Das lähmende Gefühl legte sich erst, als er sich daran erinnerte, dass er am Abend die braunen Mokassins neben dem Bett auf dem Hirtenteppich abgestellt hatte.

Jussi Vares holte tief Luft und machte drei Schritte zur Schlafzimmertür, um zu lauschen. Seine rechte Hand umschloss krampfhaft die Gaspistole.

Aus dem Wohnzimmer war nichts anderes zu hören als das Säuseln der durch das Fenster hereinströmenden Zugluft.

Von etwas weiter entfernt, aus Richtung Toilette, hörte man wieder das vertraute Geräusch: plitsch ... plitsch ... plitsch. Vares fluchte in Gedanken. Der Wartungsdienst durfte gleich am Morgen kommen und diesen verfluchten Hahn gegen einen neuen austauschen.

Vares wartete noch zehn Sekunden. Vorsichtig wie ein Beutejäger trat er ins Wohnzimmer und machte das Licht an. Alles in Ordnung. Vares ging mit der Pistole in der Hand in sein Arbeitszimmer, in die Toilette und in die Küche. Er schaute sogar in die Kleiderkammer. Nirgendwo war etwas Ungewöhnliches zu bemerken.

Vares verfluchte seine schwachen Nerven, schloss das Lüftungsfenster im Wohnzimmer und kehrte ins Schlafzimmer zurück. Er fühlte sich lächerlich.

Erst als er seinen Kopf wieder ins Kissen drückte, erinnerte er sich, dass ihm erst kurz zuvor, in den seltsamen Welten des Traums, die Lösung des Schicksals von Mikko Berg wie ein Blitz durch den Kopf geschossen war. Das Bild war klar und verständlich gewesen, irgendwie selbstverständlich.

Vares musste lange gähnen. Er konnte sich beim besten Willen nicht mehr daran erinnern, wer oder was auf diesem Bild zu sehen gewesen war ...

30

D'Artagnan Tiikerpuu saß auf einer moderfleckigen Holzbank am Rande eines kleinen Sportplatzes, der von einem schmalen Parkstreifen umgeben war und zu dessen beiden Seiten sich ein älteres Eigenheimgebiet ausbreitete.

Die meisten der Häuser hatten ein Satteldach und waren den Bedürfnissen der Nachkriegszeit entsprechend erbaut worden: solch typische Heimstätten, in denen Busfahrer, Schweißer, Kfz-Mechaniker und Kleinunternehmer wohnten – gewöhnliche, anständige Menschen, die harte Arbeit verrichteten. Also bodenständiges Volk, das ohne zu mucksen das Getriebe der Gesellschaft in Gang hält.

Diese Häuser mit ihren gleichmäßig geschnittenen Weißdornhecken, ihren mit Teerpappe bedeckten kleinen Garagen, ihren selbst gemauerten Gartengrills und ihren Kunststoff-Gartenstühlen interessierten Tiikerpuu jedoch überhaupt nicht. Das Ziel seines Interesses lag vielmehr ein wenig weiter entfernt, am anderen Ende der nächsten Querstraße.

Dort, am Rande einer kleinen, gepflegten Parkfläche, lag ein großes, nach Wohlstand aussehendes Ziegelhaus.

Tiikerpuu hielt seine Nase in eine Windböe, sog die frische Luft ein, in die sich nach Sonnenuntergang zu Beginn der hellen Sommernacht all die Gerüche der erblühenden Natur zu mischen begannen, die er tagsüber im Zentrum der Stadt nicht hatte spüren können.

Von den mit Platten verschalten, eineinhalbstöckigen Behausungen in der Umgebung hob sich das helle Ziegelhaus wie ein Zehn-Finnmark-Stück von einem Haufen Penni-Münzen ab. Man konnte leicht erkennen, dass der Bauherr nicht gerade jemand war, der mit einem Stundenlohn auskommen musste und sein Brot ausschließlich mit der eigenen Hände Arbeit verdiente. Es war völlig klar, dass der Besitzer dieses Hauses sowohl über Geld als auch über Beziehungen verfügte.

Das Haus war ein einstöckiger Flachdachbungalow mit einer Wohnfläche von sicher 300 Quadratmetern. Das große Grundstück war von einer eineinhalb Meter hohen, aus denselben rauflächigen Ziegeln errichteten Mauer umgeben. Hinter der Mauer sah man die Kronen sorgfältig geschnittener Zierbüsche und Bergkiefern.

Tiikerpuu blickte auf die Uhr, streifte in Gedanken seine Jacke über und spürte die harte Ausbuchtung. Dort zeichnete sich sein mit einem Nussbaumholzschaft versehenes Werkzeug ab – ein Revolver: Taurus, Modell 66.

Er holte tief Luft. Sein Zustand hatte sich während der letzten zwei Stunden normalisiert. Und das war gut so. Die innere Unruhe, die ihn im Marktgewimmel geplagt hatte, war verschwunden. Dennoch war es ihm eine gute Lehre gewesen. In Zukunft würde es wohl angebracht sein, etwas mehr Distanz zu den Zielpersonen zu halten.

Also. In Zukunft.

Tiikerpuu lächelte freudlos. Er sollte sich vielleicht besser nach einem anderen Sommerjob umschauen. Egal was, nur etwas anderes. Wie von selbst war dieser Entschluss allmählich und unbewusst in ihm herangereift.

Tiikerpuu verfolgte mit seinem Blick einen unsicher mit seinem Fahrrad balancierenden Betrunkenen, der die andere Seite des Sportplatzes entlang radelte. Er beschloss, noch zwanzig Minuten zu warten. Danach würde er noch eine vorsichtige Erkundungsrunde um das Haus machen. Und dann, wenn in allen Fenstern das Licht schon erloschen war, musste er hineingehen.

Und den Job erledigen.

Tiikerpuu schwang sich über die Ziegelmauer und landete im Garten in einer Ecke des Grundstücks, wo ihm einige dicht benadelte Bergkiefern als Sichtschutz dienten. Er blieb eine Weile in der Hocke sitzen und lauschte. Irgendwo in der Nähe roch es stark nach frischer Erde.

Der Geruch löste in ihm jedoch nicht die Erinnerung an ein frisch angelegtes Blumenbeet oder einen Küchengarten aus, sondern an etwas ganz anderes. An ein offenes Grab. Er schob den Gedanken entschlossen beiseite.

Von vorne links hörte er das Geräusch von hastigen kleinen Schritten und das Rascheln von Gras. Ein Igel, der in dem Garten hauste, trippelte vor dem Eindringling davon.

Tiikerpuu nahm, sich auf die Ballen stellend, eine aufrechtere Haltung ein und lauschte eine Weile regungslos. Dann setzte er sich wieder in Bewegung.

Die Gartenmöbel auf der Veranda waren nicht aus Presskunststoff, sondern aus massivem Birkenholz. Waren garantiert teuer.

Vorn am Haus befand sich eine stabile schmiedeeiserne Haustür. Die großen Fenster waren aus verdunkeltem Glas.

Tiikerpuu holte aus der Tasche einen Diamant-Glasschneider hervor und ritzte schnell einen sauberen Kreis in die schmale Glasöffnung der Verandatür. Er steckte seine Hand in das Loch und öffnete die Tür von innen. Alles geschah lautlos. In dem geräumigen Wohnzimmer wurde der ungebetene Gast von dem gemächlichen Ticken der großen Wanduhr empfangen und von einer Dunkelheit, in der man gerade einmal die Umrisse der Sessel und Tische ausmachen konnte.

Der weiche Flor des großen Teppichs schluckte Tiikerpuus Schritte. Er blieb mitten im Zimmer an einer Ecke der Sofasitzgruppe stehen und nahm einen länglichen Gegenstand aus der Tasche.

Der schwache, rötliche Schein der Stiftlampe huschte über die Möbel, über die großformatigen Grafikblätter, die an der Wand hingen, und über die in hellen Tönen gehaltenen Aquarelle und erstarb sogleich wie ein Leuchtkäfer, der von einem Nachtvogel geschnappt wird.

Tiikerpuu ließ seine Hand über den Schaft seiner Taurus gleiten, zog die Waffe aber noch nicht hervor. Er ging auf die breite Tür zu, die zur Diele des Hauses führte, trat in die Türöffnung und blickte tief einatmend nach rechts und links. Sein Herz schlug immer heftiger. Die Feuchtigkeit in den Handflächen fühlte sich unangenehm glitschig an.

Er redete sich ein, dass es auch früher immer so ein Gefühl gewesen war. Es war nichts Besonderes dabei. Tiikerpuu hielt an dieser Tatsache wie an einem Dogma fest. In seinem Innersten wusste er jedoch, dass es nicht wahr war. So ein brennendes, widerstrebendes Gefühl hatte d'Artagnan Tiikerpuu während seiner ganzen Laufbahn noch nicht verspürt.

Er fluchte lautlos über seine seltsame, vorher nie erlebte Schwäche. Schließlich bedeckte er mit der Handfläche die dünne Stiftlampe und schaltete für ein paar Sekunden das Licht ein. Es gelang ihm, während des rötlichen Aufleuchtens am Ende der Diele eine dunkle Türöffnung zu lokalisieren, die vermutlich ins Schlafzimmer führte.

Tiikerpuus Hand strich wieder über den Schaft der Waffe, aber irgendetwas hinderte ihn, sie in die Hand zu nehmen. Er ging mit lautlosen, vorsichtigen Schritten auf das schwarze Rechteck der Tür zu. Unmittelbar auf der Schwelle blieb er stehen und sog die Luft in seine Nase ein. Er konnte ihn spüren, diesen prickelnden Duft, bei dem es ihm eisig den Rücken heruntergelaufen war, als er vor der Kaffeebude auf dem Marktplatz gesessen hatte, auf Tuchfühlung mit dem Opfer.

Aus dem dunklen Raum strömte der Duft einer Frau – der Geruch der warmen Haut einer Frau mit rötlichem Haar, vermischt mit dem Odeur eines aufregenden Parfüms.

Tiikerpuu zögerte. Dann aber biss er die Zähne zusammen und beschloss, nicht weiter darüber nachzudenken. Er tat den nächsten Schritt, einen langen, langsamen Schritt ins Dunkel des Schlafzimmers.

D'Artagnan Tiikerpuu vernahm noch ein leises Rascheln, doch das Geräusch des zersplitternden Keramikgegenstandes nahm er schon nicht mehr wahr. Wie bei einem Kurzschluss wurde es plötzlich dunkel um ihn.

31

Der Mund war trocken und der Kopf schien geschwollen zu sein. Die Gedanken bewegten sich schmerzhaft zäh wie eine Schnecke auf heißem Asphalt. Die Glieder fühlten sich schwer und taub an. Der tiefe, alles auslöschende Schlafzustand war außerordentlich verlockend. Man hätte darin versinken können, wie in der Tiefe eines warmen Meeres, ohne den Wunsch zu verspüren, noch einmal zurück an die Oberfläche zu steigen.

D'Artagnan öffnete vorsichtig sein rechtes Auge. Obwohl das Zimmer im Halbdunkel lag, stach ihm sofort, wie ein hitziger Moskito, eine Lichtlanze entgegen. Er blinzelte mit dem Auge, bis das Sehvermögen wieder zurückkehrte, obwohl noch alles verschwommen und verzerrt war wie das Bild eines den Geist aufgebenden Fernsehers. Tiikerpuu lag in einem breiten Bett. Einige splitterhafte Bilder von früheren Momenten des Erwachens stiegen in ihm auf.

Das musste das weiche Bett der Frau sein. Tiikerpuus Geruchssinn schien von allen Sinnen im Moment am besten zu funktionieren. Der zarte Duft der Frau, der über den Laken schwebte, rief ihm überraschenderweise die Zeit seiner Kindheit und die sommerlichen Ausflüge in Wald und Flur ins Gedächtnis zurück.

Tiikerpuu öffnete vorsichtig sein anderes Auge. Er starrte zunächst eine Weile an die helle Zimmerdecke und wandte dann seinen Blick zu der Tür, die in die Diele führte.

Dort, in der Türöffnung, hatte ihn die Frau im nächtlichen Dunkel mit einem Tonkrug in der Hand erwartet. In der letzten Nacht. Oder in der vorletzten? Tiikerpuu hatte keine Vorstellung, wieviel Zeit vergangen war, es kümmerte ihn nicht einmal. Trotz des Schmerzes und seines seltsamen Zustands hatte er ein gutes Gefühl. Er wusste, dass ihm keine Gefahr drohte. Die Frau hatte es versprochen und Tiikerpuu stellte fest, dass er dem Wort der Frau vorbehaltlos traute.

Tiikerpuu schloss die Augen und versuchte sich an ähnliche, bereits früher erlebte schwebende Wachzustände zu erinnern.

Er hatte unbewegt dagelegen, den klangvollen Worten der Frau gelauscht und ein dumpfes Knarren wahrgenommen, als sich diese an der Bettkante aufsetzte. Tiikerpuu erinnerte sich auch, dass er mit der Frau einige Worte gewechselt hatte – immer so lange, wie es die Kräfte zuließen. Sie hatte ihn gefüttert wie ein kleines Kind, und einige Male war er dadurch erwacht, dass weiche, behutsame Hände die kalten Wickel auf seiner erhitzten und verschwitzten Stirn wechselten.

Der Markt. Der Markt. Der Markt. Ja – die Frau hatte Tiikerpuu erzählt, dass sie schon am Tage auf dem Markt auf ihn aufmerksam geworden sei. Sie hätte bemerkt, dass er ihr gefolgt war, und darauf gewartet, dass er zu ihr käme. Und sie sei enttäuscht gewesen, dass er es nicht getan hatte.

Der Einbrecher. Ich bin ein Einbrecher. Ich bin ein Einbrecher. Das hatte er immer wieder behauptet. Und die Frau hatte erwidert, dass es ihr nichts ausmachen würde. Dass es auf der Welt tausend unehrenhaftere Berufe gäbe. Und keine Polizei. Nein. Nein und nein. Die Frau hatte es mehrere Male wiederholt, als ob sie fürchtete, dass Tiikerpuu flüchten könnte. Und während die Hand so sorgsam die Wickel auf seiner Stirn wechselte, dachte Tiikerpuu, dass er eigentlich nirgendwo anders mehr sein wollte.

Das Schicksal. Über das Schicksal hatte die Frau lange mit Tiikerpuu gesprochen, sie hatte ihn gefragt, ob er an die Kraft und die Macht des Schicksals glaube. Tiikerpuu hatte genickt, und da hatte die Frau kurz mit den Augen gezwinkert, ihn lange angeschaut und schließlich schnell das Zimmer verlassen.

Die Aura. Dieses Wort hatte Tiikerpuu anfangs nicht richtig verstanden. Die Frau hatte es ihm mit sanfter und geduldiger Stimme erklärt und mit ihrer kleinen Hand seine langen Finger umschlossen. Tiikerpuu glaubte jetzt zu wissen, was die Frau meinte. Sie hatte ihm erzählt, dass ihre Auren einander umschlungen gehalten hätten, als sie so nah beieinander an den engen Tischen vor der Kaffeebude saßen. Sie sagte, sie hätte es ganz stark gespürt.

Tiikerpuu hatte sich die Situation ins Gedächtnis zurückgerufen. Er erinnerte sich an die kribbelnden, warmen Wellen, die inmitten des geschäftigen Markttreibens auf dem Hocker der Kaffeebude durch seinen Körper geströmt waren. An dieses seltsame Gefühl. Die Frau hatte noch erzählt, dass es ziemlich ungewöhnlich und selten sei, dass die Auren zweier Menschen so intensiv aufeinander reagierten.

Tiikerpuu erinnerte sich auch, wie die Stimme der Frau dunkler geworden war und wie diese ihren Blick gesenkt hatte, als sie ihm ganz leise sagte, dass eine solche Sache eine tiefere und wichtigere Bedeutung haben konnte.

Die Gehirnerschütterung. Die Frau hatte gesagt, dass er eine Gehirnerschütterung habe. Dann hatte sie über seine Wangen gestrichen und geseufzt, dass sie so froh darüber sei, ihn nicht getötet zu haben. Tiikerpuu erinnerte sich, dass er ihr im gleichen Atemzug, ganz unvorsichtig und ohne weiter darüber nachzudenken, geantwortet hatte, dass auch er froh darüber sei, sie nicht getötet zu haben. Die Worte hatten irgendeinen Damm in ihm gebrochen. Wie er sich erinnerte, hatte er so bitterlich zu weinen begonnen, dass es kein Ende nehmen wollte. Dann war er wohl wieder zurück in die Dunkelheit hinabgesunken.

Der Name. Sein Vorname. Die Frau, Anneliisa, hatte sich den Namen auf der Zunge zergehen lassen und gesagt, dass es der schönste Name auf Erden sei. D'Artagnan, d'Artagnan, d'Artagnan. Sie hatte gefragt, woher der Name stamme. Tiikerpuu hatte von seinem Vater erzählen wollen, von dem strengen und unnahbaren Lehrer, der einzig und allein seine französischen Bücher liebte, aber er war nicht dazu in der Lage gewesen.

Es war ganz dunkel gewesen. Vielleicht hatte die Frau die Rollos heruntergezogen. Tiikerpuu konnte sich erinnern, dass sie sich zu ihm gelegt hatte, um zu schlafen. Nicht ganz dicht an ihn heran, vielleicht eine Handbreit entfernt. Tiikerpuu erinnerte sich, dass es ein prickelndes und angenehmes Gefühl gewesen war, ganz so, als hätten ihre Auren wieder ein langsames Stück miteinander getanzt …

Die Liebe. Die Liebe. The One and Only Love. Die Frau hatte dieses Wort ausgesprochen. Und dann hatten sie abwechselnd über die Schwierigkeit, Unmöglichkeit, Schönheit, Verrücktheit der Liebe gesprochen. Tiikerpuu hatte der Frau von seiner Unerfahrenheit erzählt.

Er wurde durch Schritte aufgeweckt. Anneliisa brachte ein Glas. Tiikerpuu rührte sich und versuchte sich aufzusetzen.

»Schhhh, ganz ruhig. Keine abrupten Bewegungen. Du bist noch nicht ganz bei Kräften«, sagte die Frau beschwichtigend.

»Welcher … welcher Tag ist heute?«

»Es ist Mittwoch. Du hast bald zwei Tage im Bett gelegen …«

Zwei Tage. Zwei Tage. Der Gedanke hämmerte in Tiikerpuus Kopf. Das war eine viel zu lange Zeit. Was mögen sie wohl in dieser Zeit geplant haben, die Männer, die ihn engagiert hatten? Es bestand große Gefahr. Eine so dunkle Möglichkeit, dass er nicht einmal daran zu denken wagte. Tiikerpuu stemmte sich wieder auf seine Ellenbogen, aber die zärtlichen, entschlossenen Hände der Frau drückten ihn auf das Kopfkissen zurück.

»So viel Anstrengung kann gefährlich sein, mein lieber Freund.«

»Dir droht eine viel schlimmere Gefahr. Verstehst du!« Tiikerpuus Stimme war schwach. Er versuchte jedoch, seinen Worten Nachdruck zu verleihen.

»Was meinst du damit?«

»Ich ... ich ... ich muss dir etwas Wichtiges sagen ...«

»Sprich ruhig. Ich höre.«

»Aber dann wirst du mich rauswerfen. Und mich bestimmt nie wieder mehr sehen wollen. Du wirst mich fürchten und hassen. Es ist so schrecklich, so schrecklich ...«

»Meine Gefühle zu dir werden sich nicht ändern, was auch immer du in deinem früheren Leben getan haben magst. Dies ist eine Fügung des Schicksals, und mich interessiert und leitet im Augenblick nur das, was die Zukunft zu bieten hat. Ich möchte mich nicht mit dem Ballast meiner Vergangenheit herumschleppen und noch weniger mit dem deiner Vergangenheit.«

»Versprichst du mir, dass du mich nicht hassen wirst, wenn ich es dir erzähle? Versprichst du es mir, Anneliisa?«

»Ich schwöre es, mein lieber ... Freund.«

»Ich habe deinen Mann umgebracht und ich bin vorletzte Nacht hierher gekommen, um dich zu töten.«

32

Kurz vor halb zwei holte Jussi Vares Elina Siikarla mit seinem Mazda von ihrem Arbeitsplatz ab. Er fuhr durch die Innenstadt und parkte den Wagen am Rande des Marktplatzes. Elina hatte den Wunsch geäußert, nur etwas Leichtes essen zu wollen, vielleicht einen Salat, und so nahmen sie auf der Straßenterrasse des *Café Opera* Platz. Dort war es schon nicht mehr ganz so voll, nachdem die Sonne hinter den Dachfirst des *Schwedischen Theaters* gesunken war.

Elina bestellte einen griechischen Salat und ein Mineralwasser. Vares begnügte sich mit einem Kaffee und einem Glas Eiswasser. Sie saßen seltsam befangen am Tisch und beobachteten gegenseitig ihre Gesten wie zwei Teenys beim ersten Rendezvous. Das Gespräch kreiste um Elinas berufliche Angelegenheiten. Sie erzählte, dass der Verkauf der frei finanzierten Wohnungen, die hinter der alten Seilfabrik gebaut werden sollten, ganz gut in Gang gekommen sei.

Vares war den größten Teil der Zeit in Gedanken versunken, was das Gespräch nicht gerade zwangloser machte. Das Einkaufsvolk strömte in unaufhörlicher Bewegung am Café vorüber, vom Markt ins *Hansa-Viertel* und umgekehrt. Vares grüßte einige Bekannte.

Für eine Weile herrschte Stille am Tisch. Vares und Elina verfolgten hinter ihren Sonnenbrillen die vorüberziehenden Menschen.

Die Situation wurde gerade im passenden Augenblick unterbrochen, als der Redakteur Jari Sampo vorbeikam und mit Vares ein paar Worte wechselte. Vares bekam von ihm eine druckfrische Ausgabe des *City-Magazins* in die Hand gedrückt. Nachdem Sampo seinen Weg fortgesetzt hatte, schlug Vares die Zeitschrift auf und ging die Schlagzeilen durch.

»Äh, Jussi …« Elina hob ihren Blick.

»Ja?« Vares schaute fragend über die Zeitung hinweg.

»Ich war total überrascht, dass du angerufen hast.«

»Wieso?«

»Ich hab mich wirklich darüber gewundert, dass du dich bei mir gemeldet hast, nach allem, was ich dir über mich erzählt habe. Du bist wirklich ein außergewöhnlicher Mann …«

»Ich betrachte das als eine Geste der Höflichkeit.«

»Noch einmal vielen Dank, Jussi.« Elina reichte ihre Hand

über den Tisch, strich über Jussi Vares' Handrücken und zog ihre Finger wieder zurück.

»Es ist nicht leicht, dich zu vergessen, Elina. Vielleicht bin ich da ein wenig komisch«, lachte Jussi Vares.

»Danke nochmals. Genau das brauche ich jetzt.« Ein Anflug von Lächeln huschte über Elinas Gesicht. Sie griff erneut zur Gabel und spießte eine Olive und ein Stückchen Feta auf.

Sie saßen einige Minuten lang schweigend da. Vares blätterte langsam das Magazin durch. Plötzlich streckte er den Rücken gerade und zog die vor ihm aufgeschlagene Seite nach oben glatt.

»Du, hier ist die Kolumne von einem meiner Bekannten!«

»Ach, von wem?«

»Er ist Schriftsteller – gehört zur Stammmannschaft der *Apotheke*. Sein Name ist Luusalmi. Er hat mir schon im Voraus davon erzählt. Das *City-Magazin* hatte bei ihm vor ein paar Wochen eine aktuelle, frühlingsgerechte Kolumne in Auftrag gegeben ...«

»Zu welchem Thema?«

»Die zehn besten Bumsklos der Turkuer Kneipenszene, samt Begründung in Rangordnung aufgelistet ...« lachte Vares.

»Schreibt er unter seinem eigenen Namen?«

»Nein. Er hat hier ein Pseudonym.«

»Na, immerhin. Ganz schon idiotisch, das Thema ...«

»Urteile nicht, bevor du es nicht selbst gelesen hast«, erwiderte Vares.

»Darf ich mir den Artikel kurz mal anschauen?« Elina Siikarla reichte ihre Hand über den Tisch.

»Da, bitte.«

Elina nahm die Zeitschrift, faltete sie einmal zusammen und vertiefte sich in den Artikel. Plötzlich hob sie die Brauen.

»Das *Teini* ist auch dabei!«

Vares nickte.

»Und das *Wanha Portti.*«

»An besagtem Ort bin ich in meiner wilden Studentenzeit wohl selbst einmal in so eine Sache hineingeschlittert. Wenn ich mich recht erinnere ...«

»Wo ist denn das hier, das *Runostuoppi*?«

»Irgendwo in den Vororten. Hat man nicht gerade beim *Runostuoppi* so eine treffende Begründung dafür abgegeben, weshalb es in die Liste aufgenommen wurde?«

»Der Boden auf der Toilette ist mitunter so glitschig ...«, las Elina laut vor, »... dass man sich mit geschlossenen Augen vorstellen kann, es mit Katharina Witt zu tun.«

»Was ist noch dabei?« sann Vares nach. »Das *Hamburger Börs* bestimmt?«

»Ja, so ist es«, bestätigte Elina Siikarla und schluckte langsam. »Und dann ist hier auch noch das *Café Opera*!« Elinas Augen weiteten sich. Sie hob ihre Brauen. »Als Begründung steht hier, dass es massive Steinwände gibt und die Intimsphäre gewahrt bleibt.«

»Das mag stimmen. Obwohl ich es noch nicht ausprobiert habe«, lachte Jussi Vares.

»Eine ziemlich miese Story.« Elina faltete die Zeitschrift zusammen, holte aus ihrer Handtasche eine Schachtel Zigaretten hervor und zündete mit einer hastigen Bewegung eine *Belmont* an. Sie blies eine große Rauchwolke in die Luft und schlug die Beine so übereinander, dass sich der kurze Rock ein Stück nach oben schob. Vares glaubte zu erkennen, dass ihr die Röte in die Wangen stieg.

Vares setzte das Glas Wasser an die Lippen. Er schob seine Gedanken entschlossen beiseite, nahm das Magazin wieder an sich und versuchte, sich auf die Plattenkritiken zu konzentrieren.

»Jussi ...« Elinas Stimme versagte.

»Ja ...« Vares reichte instinktiv seine Hand über den Tisch und klopfte ihr leicht aufs Handgelenk.

Elinas Hand drehte sich, ihre rot lackierten Fingernägel krallten sich so fest um Vares' Hand, dass es fast schmerzte. Die Blicke der beiden trafen sich.

Vares kniff die Augen zusammen, aber es gelang ihm nicht, seinen Blick von den grünlichen Augen und den großen Pupillen abzuwenden. Das nackte, glatte Bein der Frau rührte sich unter dem Tisch und streifte seine Knöchel.

»Was hast du vor?« hörte sich Vares mit belegter Stimme fragen.

»Was hast du vor?«

»Die Parkuhr wird bald abgelaufen sein«, versuchte Vares auszuweichen.

»Na gut.« Elinas Griff schloss sich noch ein wenig fester um Vares' Hand. »Aber ich mache noch kurz einen Abstecher auf die Damentoilette.«

Elina Siikarla stand vom Tisch auf, nahm ihre Handtasche und stakste, ohne sich noch einmal umzuschauen, mit aufrechtem Gang und klackenden Stöckelschritten ins Innere des Cafés.

Vares räusperte sich, blickte sich verstohlen um und stand unauffällig vom Tisch auf. Er steckte die Hand in seine linke Hosentasche und folgte der Frau.

Elina Siikarla erwartete Jussi Vares am oberen Ende der breiten Treppe, die zu den im ersten Stock gelegenen Toiletten hinaufführte. Vares packte sie, und ihre Lippen vereinten sich zu einem Kuss, der eher wild und gewalttätig als zärtlich war. Elinas Hand strich wie verloren über Vares' Taille. Jussis Hand strebte schamlos unter den kurzen, schwarzen Rock. Die Finger glitten in den Slip und pressten sich um das dralle, kreisende Gesäß. Vares schloss die Augen, sein Blut rauschte, gelbe Punkte schlugen wilde Saltos vor seiner Netzhaut.

Sie ließen voneinander ab und sahen sich kurz um. Im oberen Foyer befanden sich zwei Türen: die linke für GENTS, die rechte für LADIES.

»Dort hinein.« Elina Siikarla nickte flüchtig in die Richtung der linken Tür.

Vares deutete ihr an zu warten und öffnete vorsichtig die Tür zum Männerklo. Es war leer. Er nahm Elina an der Hand und zog sie in den Raum hinein. Weiter hinten sah man zwei stabile Massivholztüren. Luusalmi hatte sich also doch nicht alles aus den Fingern gesogen.

Sie entschieden sich für das rechte Kabäuschen. Es war eng, aber sauber. Auf dem Boden lag kein einziger Zigarettenstummel, auch hatte man keine bedeutenden Mitteilungen an die Menschheit auf den Wandkacheln hinterlassen.

Vares verschloss die Tür und klammerte sich wie ausgehungert an die Frau. Elina strampelte sich bereits von ihrem Slip frei. Ihre langen roten Fingernägel kämpften mit Vares' Gürtel und Reißverschluss.

Sie waren gerade richtig in Schwung gekommen, als die Tür der Toilette klapperte. Man hörte, wie sich schwere Schritte auf das Urinierbecken zubewegten. Vares drückte seinen Zeigefinger auf die Lippen der auf seinem Schoß sitzenden Frau. Diese verstummte, verlangsamte das Tempo und begann sich vorsichtig in Längsrichtung vor und zurück zu bewegen, vor – zurück, vor – zurück, vor – zurück …

»Da ist jemand. Jemand, der überhaupt nichts von dem hier weiß. Das ist so absurd, das ist so wahnsinnig, dass ich es bald nicht mehr aushalte«, zischelte Elina mit kaum hörbarer Stimme in Vares' Ohr.

Jussi Vares biss sich auf die Unterlippe, schloss die Augen und lauschte dem langen, unterbrochenen Strahl des Mannes. Tausende verrückte und wirre Gedanken machten sich in seinem Kopf breit.

Elina Siikarla zog das Tempo an, ganz allmählich und gleichmäßig: vor – zurück, vor – zurück, vor – zurück …

Ihre Bewegungen wurden immer impulsiver. Die Frau drückte ihre Lippen ganz dicht auf Vares' Ohrläppchen. Jussi glaubte ein schluchzendes Geräusch zu vernehmen, das von irgendwoher aus den Tiefen der Kehle hervorquoll.

Man hörte, wie sich der Mann auf der anderen Seite der Massivholztür die Hände wusch und in unreinen Tönen eine Melodie vor sich hinpfiff. Vares presste die Augen zusammen, als er spürte, wie sich die Frau immer fordernder an seinen Leisten rieb.

Elina war nach dem ersten Höhepunkt nicht zur Ruhe gekommen, sie begann sich mehr und mehr in Schwung zu bringen. Ihre Bewegungen wurde immer rasender, aggressiver: VOR – ZURÜCK, VOR – ZURÜCK, VOR – ZURÜCK!

Der elektrische Händetrockner begann zu sausen. Dieser Typ hatte es wirklich nicht eilig.

Endlich schlug die Toilettentür zu. Vares legte seine Hand fest um Elinas Gesäß, verharrte in Sitzposition wie ein goldenes Buddha-Abbild und schöpfte nach Luft. Die Frau begann wie ein Streitwagen schon zum zweiten Mal zu kommen.

Vares stöhnte heftig, sog den Duft ihrer Haare ein und wunderte sich insgeheim über das Groteske an der ganzen Situation.

Das menschliche Gehirn ist doch ein sonderbares Gebilde. Bereits untergegangene Gedankenverbindungen können in den seltsamsten Situationen wieder zur Oberfläche aufsteigen. Jetzt sah er mit den Augen seiner Seele das bereits verschwundene Traumbild – genau diese eine Erinnerung, die der entscheidende Schritt dahin sein konnte, dass einer unendlich erscheinenden Pein ein Ende bereitet würde.

Vierter Teil

33

Die Reifen quietschten, als Jussi Vares mit seinem nachtblauen Mazda auf den Schrägparkplatz des *Olkku* kurvte und direkt neben Taxi-Jussis Mercedes zum Stehen kam.

Vares hatte bei *REPO Office Oy* vorbeigeschaut, voller Spannung, von einer unbändigen, prickelnden Neugier geleitet. Er hatte sich mit neuem Eifer über Mikko Bergs umfangreiches Archiv hergemacht und systematisch nach etwas gesucht, was mit seinen jüngsten Erkenntnissen in Zusammenhang hätte stehen können.

Tatsächlich hatte Vares im Archivschrank von *REPO Office Oy* eine unauffällige blaue Aktenmappe gefunden, der er bei seinen vorhergehenden Durchsuchungen nicht die geringste Aufmerksamkeit geschenkt hatte.

Aus der EDV-Kundenkartei ging hervor, dass ein Unternehmen namens *Tallapohjaan Ltd.* in keinerlei Geschäftsbeziehung zu *REPO Office Oy* stand. Trotzdem hatte sich Mikko Berg aus irgendeinem Grund die Mühe gemacht, über diese Firma eine umfassende Aktenmappe anzulegen, in der er Handelsregisterauszüge und Kreditauskünfte und sogar Artikel über das Unternehmen gesammelt hatte, die hauptsächlich aus der *Handelszeitung* und dem *Wirtschaftsleben* ausgeschnitten waren. Das alles war für Vares nur eine Bestätigung dafür, dass er die richtige Gedankenrichtung eingeschlagen hatte.

Vares betrat, die blaue Mappe fest unterm Arm, das *Olkku*. Der Lange Juuso stand mit umgebundener Schürze hinterm Tresen und füllte stirnrunzelnd Wettscheine aus, Kombi-Wette natürlich.

»Was gibt's zu Mittag?« fragte Vares.

»Schimmelreiter-Sandwich. Also Weißbrot, dicke Scheiben Pferdewurst und ein paar Pilze drauf. Vielleicht noch mit Blauschimmelkäse überbacken. Und natürlich Salzgurken. Wenn noch was im Kühlschrank ist.«

»Mach 'ne Portion fertig. Und einen großen Pott Bier.«

Vares ging in den Hinterraum. Am Kartentisch saßen Taxi-Jussi, heute im Alltagsdress, und Macce, der Rundfunkredakteur.

Vares ließ die beiden an ihrem Tisch allein und setzte sich selbst an einen Fenstertisch. Er öffnete die blaue Aktenmappe, nahm einen langen Schluck aus seinem Glas und vertiefte sich in seine Papiere.

Fünf Minuten später atmete Jussi Vares tief durch. Er richtete seinen Rücken gerade. Die Frage, die ihn bereits im Büro beschäftigt hatte, stieg wieder in ihm auf, und jetzt noch drängender.

Warum um Himmels willen hatte Mikko Berg den aus einer Märzausgabe der *Turkuer Nachrichten* ausgeschnittenen Artikel in die Mappe von *Tallapohjaan Ltd.* gesteckt? Einen Artikel über das Verschwinden des betrügerischen Consulters Timo Niiles, der mehrerer Vergehen verdächtigt war und sich sogar mit dem dubiosen Titel des bevollmächtigten Ehrenkonsuls von Kap Verde schmückte?

Im Frühjahr war in der Stadt ziemlich viel über den Fall geredet worden, und er war Vares noch gut im Gedächtnis geblieben.

Laut Zeitungsartikel hatte Niiles an einem Montag im März seiner Frau mitgeteilt, dass er für ein paar Tage auf Geschäftsreise gehen würde. Und nach seinem Aufbruch war keine Spur mehr von ihm gesehen worden. Er hatte sich einfach in Nichts aufgelöst.

Nach einiger Zeit hatten die regionalen Ermittler des Zentralkriminalamts ein verworrenes Knäuel von Betrügereien und Wirtschaftsverbrechen aufgedeckt, die alle auf die eine oder andere Weise mit der Person des verschwundenen Mannes zusammenhingen.

Aber aus welchen logischen Beweggründen hatte Mikko Berg zwei so völlig verschiedene Angelegenheiten in ein und derselben Aktenmappe untergebracht – in der Mappe von *Tallapohjaan Ltd.*?

An den Zeitungsausschnitt war auch ein Stück von einem EDV-Endlosformular angeheftet. Aus diesem ging hervor, dass *REPO Office Oy* aus den Räumen der *Timo Niiles KG* eine größere Menge verschiedener Büroartikel abtransportiert hatte, weil der Herr Ehrenkonsul den vertraglich vereinbarten Ratenzahlungen nicht nachgekommen war.

Vares erinnerte sich noch gut an diesen Fall. Der Auftrag war auf Rechnung einer kleineren, auf Büroelektronik spezialisierten Importfirma ausgeführt worden. Die betreffende Firma war schon seit langem ein Sorgenkind gewesen. Das Unternehmen hatte die ausstehende Provision für *REPO Office Oy* in Höhe von zehntausend Finnmark nicht beglichen. Am Rand des EDV-Formulars war mit rotem Filzstift der Vermerk hinzugefügt worden, dass das beschlagnahmte Gut nicht eher an den Auftraggeber zurückgeführt werden sollte, bis die ausstehenden Zahlungen beglichen waren.

Die von der *Timo Niiles KG* abgeholten Waren lagerten also mit hoher Wahrscheinlichkeit immer noch in den Räumen von *REPO Office Oy* und warteten auf bessere Tage. Spielte diese Tatsache bei der ganzen Angelegenheit irgendeine wichtige Rolle? Was hatte den Geschäftsführer Mikko Berg dazu bewogen, sich in diesem Umfang für den Fall zu interessieren?

Kopfschüttelnd ging Vares die Liste der beschlagnahmten Waren der *Timo Niiles KG* durch.

Ein Faxgerät. Zwei Handys – sowohl NMT als auch GSM. Eine Videokamera. Ein Tischtelefon mit Anrufbeantworter. Ein kleiner Farbkopierer. Ein ThinkPad Notebook.

Der Lange Juuso erschien mit dem Sandwich.

»Sandwich à la Schimmelreiter, biddeschön. Es scheint übrigens ein Warmblüter zu sein. Brauchte nicht länger als eine Minute in der Mikrowelle liegen.«

»Danke ...« Jussi Vares nahm Messer und Gabel zur Hand und begutachtete das sich unter einer hellen, blasigen Schicht verbergende Stück Wurst.

Juuso zog aus der Seitentasche seiner Schürze eine Postkarte hervor und warf sie vor Vares auf den Tisch.

»Die ist von Koiranen. Er lebt also noch. Die Karte ist vor ein paar Tagen angekommen.«

Die Bildseite der Postkarte war schwarz wie ein versehentlich belichtetes Negativ. Auf der Textseite wurde erläutert, dass das Bild »Lissabon by night« darstellte. Niilo Koiranen teilte mit seiner krakeligen Handschrift mit, dass er seinen Urlaub noch um eine Woche verlängert hatte. Von seinem Glück bei den Frauen erwähnte er auf der Karte nur so viel, dass er noch nicht so weit sei, eine Hochzeit ankündigen zu können, einige Tauffeiern würden jedoch – nach der erforderlichen Zeit – keine große Überraschung sein.

»Koiranen schickt Grüße aus dem Süden an alle Bekannten. Er versucht hier anzudeuten, dass er 'ne Menge Frauen abgeschleppt hat«, gab Vares Taxi-Jussi und Macce bekannt.

»Die Ausbeute dieses Holzauges dürfte sich wohl eher auf einen Sonnenstich, Touristendurchfall und die Flüche der Ortsansässigen beschränken«, sagte Taxi-Jussi unbeeindruckt.

Vares steckte die Postkarte in die blaue Mappe und griff zur Gabel.

Die Portion war vom Geschmack her nicht gerade umwerfend, aber mit einem Bier zum Runterspülen und großem Hunger verputzte Vares den Teller in nur wenigen Minuten. Er rief Juuso zu, dass er noch ein Bier wolle, ein kleines, und vertiefte sich wieder in den Inhalt der blauen Mappe.

Ein Gedanke schoss Vares durch den Kopf. Er holte seinen Taschenkalender und einen Kugelschreiber hervor und machte sich mit gerunzelter Stirn einige Notizen. Das Ergebnis war in der Tat interessant. Doch gab es immer noch auf keine einzige der Fragen eine direkte Antwort.

Eine unbestreitbare Tatsache war jedoch, dass Timo Niiles

laut Zeitungsartikel an einem Montag in der zweiten Märzhälfte auf Geschäftsreise gegangen und bisher noch nicht zurückgekehrt war. Aus dem Computerausdruck ging wiederum hervor, dass ein Vertreter von *REPO Office Oy*, vermutlich Koiranen, unter Berufung auf rechtskräftige Papiere und mit freundlicher Hilfe des Hausmeisters des Bürogebäudes am Dienstag derselben Woche um die Mittagszeit das vollstreckbare Eigentum abgeholt hatte.

Der Artikel wusste weiterhin zu berichten, dass Frau Niiles in der gleichen Woche, am Donnerstagnachmittag, die erste Vermisstenanzeige aufgegeben hatte.

Vares biss auf den Schaft seines Kugelschreibers. Es musste etwas dahinter stecken. Dessen wurde er sich immer sicherer. Doch noch lag die ganze Geschichte nur in der Welt der geistigen Vorstellung.

Vares wischte sich über den Mund und begann seine Papiere einzusammeln. Dann stand er vom Tisch auf, wünschte seinen Kumpanen alles Gute und trat aus dem *Olkku* hinaus auf die Straße.

MB-500. MB-500. Vares ließ es sich immer wieder und wieder durch den Kopf gehen, während er in Richtung seiner Wohnung schritt. War er auf der richtigen Spur? Verbarg sich dahinter etwa die Lösung? MB-500?

In der Kabine auf der Toilette des *Café Opera* war ihm plötzlich wieder eingefallen, wo er diese Buchstaben-Zahlenkombination schon einmal gesehen hatte. MB-500 war das Kennzeichen von Per-Olof Kaerlas großem Mercedes.

Und welche Rolle spielte die Firma *Tallanpohjaan Ltd.*?

Wie aus den Angaben im Handelsregister hervorging, war der ältere Kaerla zufälligerweise als Vorstandsvorsitzender dieses Unternehmens tätig, der jüngere wiederum nahm die Aufgaben des Geschäftsführers wahr.

Warum also hatte Mikko Berg eigens eine Mappe mit Informationen über dieses Unternehmen angelegt? Und die anschließende Frage: Warum hatte Mikko Berg eine eindeutig als Drohung zu verstehende Mitteilung ins *City-Magazin* gesetzt, die unverhohlen, ja sogar bewusst herausfordernd in Richtung Per-Olof Kaerla wies? Und dann noch die abschließende und wichtigste Frage: Hatten diese Fragen etwas damit zu tun, dass Mikko Berg jetzt tief unter der Erde im Eichensarg lag?

So viele Fragen.

So viele zufällige Überschneidungen, dass es Jussi Vares kalt den Rücken hinaufkroch – ganz so, als hätte ihn ein metallener Gegenstand gestreift.

34

»Ich habe deinen Mann umgebracht und ich bin vorgestern Nacht hierher gekommen, um dich umzubringen ...«

Nach diesem Geständnis hatten sie die Nacht bis zum Morgen durchwacht, ohne den Platz zu wechseln, Tiikerpuu gegen das Kopfkissen lehnend, die Frau auf der Bettkante sitzend. Sie hatten gesprochen und gesprochen. Abwechselnd und manchmal gleichzeitig.

Anneliisa hatte zwei Mal geweint. Tiikerpuus Augen waren einmal feucht geworden, aber er hatte es verbergen können, indem er die Frau gebeten hatte, Wasser zu holen.

Anneliisa war zuerst eingenickt. Sie hatte sich an seinen Arm gelehnt und war, ehe er sich versah, eingeschlafen. Tiikerpuu hatte eine Weile gewartet und schließlich vorsichtig die Schublade des Nachtschrankes geöffnet. Der Revolver war dort gewesen, ganz so, wie die Frau es gesagt hatte. Alle sechs Patronen hatten in der Trommel gesteckt. Er hatte die Waffe unter das Kissen geschoben und war selbst innerhalb weniger Minuten eingeschlafen.

»Was ist los, mein Lieber?«

Anneliisa erschien hinter Tiikerpuu mit so lautlosen Schritten, dass er zusammenzuckte.

Tiikerpuu stand in dem ihm viel zu großen Bademantel von Mikko Berg am Wohnzimmerfenster und hielt den Revolver in der Hand. Als Anneliisa ins Zimmer kam, schaute er gerade vorsichtig, wie auf der Stelle erstarrt, durch die Öffnung zwischen den Vorhängen auf den Vorgarten hinaus.

»Ich bin wach geworden, weil ich so seltsame Geräusche gehört habe ...« Tiikerpuu wandte seinen Blick zurück nach draußen.

»Wie kannst du nur hier herumlaufen?«

»Es geht mir schon besser. Mir ist zwar noch ein wenig schwindelig, aber die Kräfte kehren zurück.«

»Schön. Dann besteht ja kein Grund mehr zur Sorge. Aber was für Geräusche hast du gehört?«

»So ein seltsames Rasseln. Kein normales Stadtgeräusch.«

»Keine Gefahr, mein Lieber«, lachte die Frau. »Eine Gruppe von Krishnas hat sich hier vorübergehend bei einem ihrer Seelenverwandten in dem alten Holzhaus gegenüber eingenistet. Sie gehen um diese Zeit am Morgen immer los, um ihren Umzug durch die Stadt zu machen. Dieses Geräusch stammt von den Metallschellen, die an ihrem Wagen befestigt sind.«

»So ein Wagen, der von einem weißen Stier gezogen wird? In den Farben des Regenbogens?«

»Ganz genau. Du hast anscheinend dasselbe Gefährt gesehen.«

»Gut. Dann hast du nichts Schlimmes zu befürchten. Noch nicht.« Tiikerpuu steckte die Waffe in die Tasche des Morgenmantels. Er wandte sich der Frau zu und schlang seine Arme irgendwie scheu und ungeschickt um ihre Schultern.

»Noch nicht. Und du auch nicht. Vergiss nicht, dass wir jetzt etwas gemeinsam haben. Es droht uns beiden dieselbe Gefahr.«

»Ich habe nicht nur mit diesen Männern zu rechnen, sondern auch mit der Polizei, mit dem Gefängnis, mit allem, was es gibt auf der Welt.«

»Das ist genau das, über was wir heute sprechen wollten. Wir haben es doch in der Nacht so abgemacht.« Anneliisa stellte sich auf die Zehen und strich mit der Nasenspitze über Tiikerpuus Kinnspitze. »Wir haben abgemacht, dass wir einen Weg finden, dass wir die Zukunft planen, einen gemeinsamen Fluchtweg suchen in ein verändertes, ein neues Leben. Alles, was gewesen ist, wird ausgelöscht sein. Wir werden wieder vom Nullpunkt anfangen, mit einem reinem Tisch, unschuldig wie Neugeborene ...«

»Ja, das haben wir beschlossen ... Anneliisa. Natürlich.«

»Bist du immer noch dazu bereit? Jetzt, am Tage, und wo du wieder auf den Beinen stehen kannst?«

»Das bin ich.« Tiikerpuu schluckte angestrengt. »Ich will vom Leben nur noch diese beiden Dinge: eine völlige Veränderung und ... dich ...«

»Und ich habe genau dasselbe Gefühl. Es gibt nichts, was mich in dieser Stadt hält. Überhaupt nichts. Schon seit Jahren nicht mehr. Ich habe hier nicht mehr das Geringste zu verlieren.«

Anneliisa stellte sich erneut auf ihre Zehen und drückte Tiikerpuu einen leichten Kuss auf seine trockenen, halb offenen Lippen. Im selben Augenblick klingelte es einmal scharf an der Tür.

Schneller als ein Gedanke war der Revolver in Tiikerpuus Hand.

»Geh zur Tür und schau durch den Spion. Wenn dort Männer stehen, die du nicht kennst, so öffne nicht. Wenn dort Bekannte von dir stehen, versuch sie wieder loszuwerden«, flüsterte Tiikerpuu Anneliisa ins Ohr.

Sie wechselten in die Diele über. Tiikerpuu begab sich in den Sichtschutz der Kleiderkammer, deren Tür er offen ließ. Anneliisa band sich ihren Morgenmantel fester um und schritt zur Tür.

Sie schaute durch den Türspion, stieß einen tiefen Seufzer aus und sperrte das Schloss auf.

»Mein Schatz! Wir scheinen ein paar Besucher zu haben!«

Tiikerpuu rieb sich ungläubig die Augen, steckte seine Hand mit dem Revolver in die Seitentasche des Morgenmantels und trat vorsichtig aus dem Raum heraus.

Neben Anneliisa standen zwei Ausländer in der Tür, ein Mann und eine Frau. Beide waren mit einem orangefarbenen Umhang bekleidet, ihre Schädel waren fast kahl geschoren. Die Frau trug einen Korb am Arm, in dem sich braune Pfefferkuchen befanden. Der Mann hielt ein Bündel gelber Handzettel in der Hand.

»D'Artagnan. Hier sind zwei von fern gereiste Nachbarn. Sie möchten uns Pfefferkuchen anbieten und uns Informationsmaterial über ihre Pilgerfahrt durch Europa geben.« Anneliisa bat die beiden Besucher einzutreten.

»Good morning!« sagte der junge Mann und verbeugte sich.

»Nice to meet you both«, sagte das Mädchen mit dem Korb.

»Tere, Tere«, begrüßte Tiikerpuu die beiden auf Estnisch und machte große Augen.

»Ich denke, dass die Pfefferkuchen besser schmecken, wenn ich uns einen Tee koche.« Anneliisa tat ein paar Schritte und schob mit einem Lächeln ihre Hand in Tiikerpuus Achselhöhle.

35

Lepakko saß mit geneigtem Kopf in seinem ausgeleierten Sessel und schaute sich sicher schon zum zehnten Mal das Video an, auf dem der beleibte Typ mit der kahlen Stirn in seinem Büro von zwei nervös und gefährlich aussehenden Herren Besuch hatte.

Lepakko hätte in der Butze des auf dem Video die Rolle des bösen Jungen mimenden Karl-Erik Kaerla nur allzu gerne Mäuschen gespielt und zugesehen, wie dieser sich fühlte. Ach, wie prickelnd es doch wäre, zuzusehen, wie dieser Bursche in seinem teuren Luxusapartment mit Schweißperlen auf der Stirn und verzweifelt die Hände ringend von einer Ecke zur anderen stiefelte. Ganz so wie Lepakkos Vater es in den letzten Wochen vor seinem Gnadenschuss getan hatte.

Die Aufnahme ließ allerdings viele Fragen offen. Wer war der dicke Glatzkopf? Was war mit dem Kerl am Ende geschehen? Wie war die Videokassette im Pornoregal des Antiquariats gelandet? Auf eine seiner Fragen hatte Lepakko allerdings schon eine Antwort bekommen. Der Große Hausatlas vom *Otava-Verlag*, der sich im Regal von Ukko fand, wusste zu berichten, dass die an der

Schreibtischecke des unglückseligen Glatzkopfs stehende Fahne die Staatsflagge von Kap Verde war.

Kap Verde wiederum war irgend so ein vor der Küste Afrikas gelegener Flecken im Atlantik, der gerade mal die Fläche einer größeren Schäreninsel hatte. Aber warum hing dieser Lappen auf dem Tisch des Burschen? Das Dickerchen sah wirklich nicht wie ein Gebietsverantwortlicher für den Welthungertag der *Unicef* aus und wirkte auch sonst nicht wie ein Seelenverwandter von Mutter Theresa. Lepakko blickte auf die an der Giebelwand des Dachbodens hängende Werbeuhr von *Goodyear*. Vor lauter Spannung verspürte er ein kleines Kneifen im Bauch. Der Countdown lief. Heute Abend, so hoffte Lepakko, würde er auf einige Fragen eine Antwort bekommen.

Seit dem Kassettenfund hatte ihn am meisten die Frage beschäftigt, ob die auf dem Video dargestellte Episode nur mit Pferdeschwanz-Kaerlas persönlichen Machenschaften zusammenhing. Oder war der immer so gelassen und beherrscht wirkende große Bruder, Haargel-Kaerla, auch mit von der Partie? Lepakko hoffte inständig, dass die letztere Alternative wahr wäre. Er wollte sie beide schnappen. Er wollte sie beide bis zum Nackenwirbel in Scheiße und Pisse eintauchen. Er wollte beide wimmern und sich winden sehen.

Der Pferdeschwanz war natürlich der widerlichere von den beiden. Er zeigte sich mit erhobener Brust auf Empfängen und in Kneipen. Er lächelte auf den Seiten der Zeitungen mit perlweißem Gebiss und einer gut aussehenden Lady im Arm. Derselbe Typ raste mit seinem Camaro die Busspur entlang und bespritzte die Beine des gewöhnlichen Volkes mit Matsch. Und dann wagte er es auch noch, vor dem *Hansa-Viertel* Knaben zu ködern. Er glaubte wohl, dass er tun könne, was er wolle. Karl-Erik Kaerla hatte wirklich wie kein anderer alles Schlechte in der Welt verdient. Und das sollte er bekommen!

Aber, aber ...

Haargel-Kaerla. Der ältere Bruder, dieses Arschloch, dieser wandelnde Scheißhaufen. Herr Haargel mit seinem zurückhaltenden Wesen, seinem höflichen Lächeln, seinem Gentleman-Gehabe, seinem Banker-Outfit, seiner verdammten Kunstliebhaberei und seinen selbstgefälligen Wohltätigkeitsfeiern. Lepakkos Hand ballte sich zu einer Faust zusammen. Schon beim Gedanken an diesen Kerl schlug sein Herz schneller.

An diesem Abend würde die zweite Phase seines Plans starten. Es war Zeit, zu den Absicherungsmaßnahmen überzugehen.

Die Vorbereitung dieser Phase hatte Lepakko begonnen, als der erste Erpresserbrief abgeschickt worden war, und Pantse hatte sich mit Begeisterung bereit erklärt, die praktische Umsetzung zu übernehmen. Pantse hatte sogar darauf bestanden, in den Felddienst zu gehen. Er berief sich darauf, dass er die bessere Ausrüstung hätte. Mit seiner Karre käme er auf fast hundert (bei guten Verhältnissen), wohingegen Lepakko mit seinem Opamoped nicht einmal bergab die Geschwindigkeitsbegrenzung übertreten würde.

Die Sache war abgemacht, und tags zuvor hatte Lepakko den zweiten Erpresserbrief abgeschickt. Per Express.

Dieses Mal war der Brief bewusst an Per-Olof Kaerla adressiert worden. In dem Brief verwies Lepakko auf die Videokassette, die er dem anderen Kaerla geschickt hatte, und teilte mit, dass er eine Vorauszahlung von fünfzigtausend Mark in Hunderter-Scheinen verlange, und zwar noch am selben Abend. Als Übergabeort hatte Lepakko eine Straßenkreuzung in einem Gewerbegebiet im Norden der Stadt genannt.

Das Geld sollte um Punkt neun Uhr abends in einer Plastiktüte unter einem direkt an der Kreuzung stehenden Verkehrsschild abgelegt werden. In dem Brief wurde ausdrücklich betont, dass es sich um eine Vorauszahlung handele und man zur eigentlichen Übergabe des Materials und zur Entgegennahme größerer Scheine zu einem späteren Zeitpunkt kommen würde. Und zwar dann, wenn sich eine passendere Gelegenheit böte. Lepakko hatte den Brief mit einer deutlichen Warnung beschlossen. Wenn es Schwierigkeiten gäbe, würde die Polizei Post erhalten.

Es war eine von Lepakko ausgeheckte Falle, eine vergiftete

Karotte – der entscheidende Test. Sollte es glücken, dann wäre das die Bestätigung dafür, dass der ältere Kaerla das traurige Schicksal mit dem rundlichen Glatzkopf teilte. Gleichzeitig würde es zeigen, dass sich die Brüder vor Angst schon in die Hosen machten. Und dann würde Lepakko ihnen im Genick sitzen.

Die Roulettkugel war seit dem frühen Abend auf die Stunde der Wahrheit zugelaufen. Rien ne va plus. Pantse war, sprühend vor Eifer, schon gegen sechs mit seinem Motorrad vom Hof geknattert. Er hatte groß angekündigt, dass er der Sicherheit halber noch einmal die geplante Fluchtroute auf den kleinen Straßen und Seitenpfaden des Vororts Kuninkoja abfahren würde. Pantse hatte sich an die Brust geklopft und gesagt, dass Profis immer so vorgingen. Sie würden nichts dem Zufall überlassen.

Lepakko blickte auf seine Armbanduhr. Sie zeigte halb neun. Wenn alles gut ging, würde Pantse in einer Stunde anrufen, vielleicht schon früher. Dann wäre es besser, unten im Erdgeschoss am Telefon bereit zu stehen. Wenn Ukko dranginge, würde er mit Pantse mindestens eine Viertelstunde quatschen und über seine eigenen Geschichten plaudern. So war er immer. Lepakko schaltete das Videogerät und den Fernseher aus und polterte die schmale Treppe hinunter.

Ukko saß in seinem Lehnstuhl, in diesem knarrenden Möbelstück, das sicher genauso alt war wie der Kerl selbst. Er sah gerade die Nachrichten im Fernsehen. Sein Mund bewegte sich synchron zu den Mundbewegungen des Nachrichtensprechers, aber er gab keinen Ton von sich. Manchmal grummelte er etwas halblaut vor sich hin, manchmal spitzte er die Lippen – als ob er mit einem verbitterten Lachen zu einem Kommentar Stellung nehmen wollte.

Lepakko ging zum Kühlschrank, der so alt war, dass er wohl schon zu Kriegszeiten in einem Unterstand seinen Dienst getan hatte. Lepakko lud sich Salzgurken, Teewurst und eine Scheibe Käse auf sein Knäckebrot.

Sie wechselten kein Wort. Lepakko setzte sich auf einen Strebenstuhl, der am Ende des Tisches stand. Ukko brachte wieder einmal mit einem verächtlichen Prusten seinen Unwillen gegenüber der Meteorologin zum Ausdruck. Auch der Redakteur der Sportnachrichten, der einen goldenen Ring im Ohr trug, bekam keine bessere Beurteilung ab.

Kurz nach neun Uhr begann das *A-Studio*. Lepakko interessierte es im Moment nicht, welchen Einfluss die EU auf den Alltag der Pelztierfarmer in irgendeiner mittelfinnischen Gemeinde hatte. Er verfolgte die ganze Zeit über mit einem Auge, wie die Zeiger der Wanduhr auf halb zehn zugingen. Die Spannung nahm von Minute zu Minute zu, obwohl er sich bemühte, sie im Hintergrund zu halten.

Im Anschluss an das *A-Studio* begann eine Sonderreportage über den fünfzig Jahre zurückliegenden Kriegssommer, der für Finnland so entscheidend gewesen war. Der Durchbruch der Russen, die Tage des Schreckens auf der Karelischen Landenge.

Lepakko bemerkte, wie Ukko zusammenfuhr und in seinem Sessel eine stramme Haltung einnahm. Das Knarren der Sesselbeine verstummte. Auch Lepakko erstarrte. Er bereute seine Unachtsamkeit, und plötzlich überkam ihn ein schlechtes Gefühl. Hätte er doch im Voraus ins Fernsehprogramm der Zeitung geschaut, dann wäre es noch möglich gewesen, vor Beginn der Sendung unter irgendeinem Vorwand den Kanal zu wechseln.

Ukkos Atem beschleunigte sich und wurde immer schwerer. Lepakko sah, dass die dünnen, geäderten Finger sich wie im Krampf an die Armlehnen des Sessels klammerten …

Es war schon nach halb elf. Lepakko war es schließlich gelungen, Ukko ins Bett zu bekommen. Er hatte ihm ein großes Glas billigen finnischen Cognac und eine Beruhigungstablette gegeben. Die Zeit war so ausgefüllt gewesen, als er mit Ukko beschäftigt war, dass Lepakko Pantse schon fast vergessen hatte.

Jetzt begann sich Ukko endlich zu beruhigen.

Er lag unter der Decke, die Hände auf der Brust, das Kinn erhoben, und er sah im fahlen Licht der Deckenlampe so gelblich blass aus wie ein Toter. Nur das unruhige Heben und Senken der Brust deutete darauf hin, dass in dem dürren Körper immer noch der Atem strömte.

»Der Junge wird's mir nie verzeihen. Ich weiß es ...« begann Ukko erneut zu sprechen. Die Worte kamen kaum hörbar über seine Lippen.

Lepakko saß neben dem Bett auf einem Hocker und streichelte die runzlige Stirn des alten Mannes. Ukko seufzte einige Male schwer. Und dann begann die Platte wieder von vorn. Aber daran war Lepakko gewöhnt. So viele Male schon hatte er sich die gleiche Leier anhören müssen.

»Damals, in Juustila, da waren wir gerade auf dem Posten, als sie aus Richtung Wiborg angelaufen kamen. Nichts auf dem Kopf, keine Gewehre. Männer mit bloßen Händen. Einige ohne Jacke. Einige in Unterhosen. Die Augen aufgerissen und Schaum vorm Mund. Sie schrien nur, dass da die Felder und Raine voller Voroshilov-Panzer waren und die Stalinorgel einen Hektar auf einmal umpflügt. Und dass dort keiner mit dem Leben davonkommt ...« Ukko schluchzte, versuchte sich über die Wangen zu wischen und ließ seine Hand wieder auf die Decke gleiten.

»Dann sprang der Major herbei. Ein großer Mann mit schwarzen Brauen. Er hielt eine Mauser in der Hand und fluchte wie am Spieß, dass sie Wiborg den Russen halb umsonst gegeben hätten, verdammt. Dass das Tingeltangel jetzt vorbei sei und 'ne richtig fetzige Polka beginnen würde. Dann rief er uns Armeepolizisten zusammen, zog irgendeinen Wisch hervor, wedelte mit ihm in der Luft herum und brüllte, dass er die Bevollmächtigung der Division hätte. Dass er diesen Skiwettkämpfen wohl oder übel ein Ende bereiten würde. Und genau da kam dieser arme Junge mit dem Fahrrad angestrampelt, ohne Jacke, ohne Hemd, nur mit einem Stiefel ...«

Ukkos unregelmäßiger Atem erfüllte den Raum, als er versuchte, einige Atemzüge lang seine Gedanken zu sammeln.

»Ich werde mich immer daran erinnern, an das nackte Bein, das linke Bein des Jungen. Und der Major sprang vor den Jungen hin und fragte, was für ein Soldat das denn sei, der einfach einen Stiefel der finnischen Armee versaubeutelt ... «

Ukko drehte seine Wangen ins Kissen, und Lepakko sah, wie dicke Tränen aus den Augenwinkeln über die gegerbte, zerklüftete Haut liefen. Es dauerte etwa zehn Sekunden, bevor er fortsetzen konnte.

»Ganz durcheinander war der Arme. Wusste gar nicht, was los ist. Als der Major mit dem Lauf seiner Mauser gen Wiborg zeigte, versuchte er nur, wieder auf seinen Fahrradsattel zu steigen, um in Richtung Finnland zu radeln. Einige Zeit verging. Doch bald hockte der Junge schon auf den Knien am Rand des Straßengrabens; lange, rötliche Weidenröschen wuchsen dort – ich erinnere ich mich daran, als ob es gestern gewesen wäre – und wir standen dort auf der Straße, drei Armeepolizisten mit gefälltem Gewehr. Der Major las mitten auf der Straße das Urteil herunter und wich nicht einmal ins Gehölz aus, als einige Jagdflugzeuge der Russen über uns hinweg schwirrten. Und dann sagte er nur: Das Urteil wird vollstreckt! ...«

Ein zitternder, wie ein Schluchzen klingender Atemzug entwich Ukkos Brust.

»Als wir Schießstellung einnahmen, begann der Verstand des Jungen zurückzukehren. Den Kopf hat er geschüttelt, hat direkt in unsere Augen geschaut und versucht zu lächeln. Er sagte, dass die Mutter ihn zur Heuernte erwartete. Dass die Mutter Sehnsucht nach ihm hätte. Dass sie allein zu Hause sei, in Keuruu, weil der Vater schon Zweiundvierzig bei Medweshjegorsk in eine Mine getreten war. Und mehr hat er dann nicht sagen können, der Arme ...«

Ukko hob kraftlos die Hand und ließ sie wieder auf die Decke fallen.

Lepakko wischte mit einem großen karierten Taschentuch die Augen des Alten trocken und klopfte ihm beruhigend auf die Stirn.

»Schlaf jetzt, Opilein. Du kannst doch nichts dafür ...«

»Aber weil ihm doch der eine Stiefel fehlte, und er uns direkt in die Augen schaute und lächelte. Der junge Spund. Er hat nicht geglaubt, dass wir …«

Lepakko zog die Decke hoch und verfolgte mit müdem Blick, wie sich die Augen des alten Mannes schlossen und sich der Atem zu beruhigen begann. Lepakko blieb noch fünf Minuten sitzen und wartete, dass der Schlaf sich vertiefte. Der Gesichtsausdruck des alten Mannes begann sich allmählich zu entspannen …

Es war schon elf Uhr, als Lepakko sich endlich vom Rand des schmalen Bettes erhob und leise zurück in die Stube schritt. Er war von Verwunderung und quälender Sorge ergriffen. Warum, um Himmels willen, rief Pantse nicht an? Hatte der Kerl etwa Mist gebaut?

Mit unruhigem Herzklopfen wählte Lepakko Pantses Nummer. Der Hörer wurde nicht von Pantse und auch nicht von Kerttu, seiner alleinerziehenden Mutter, abgenommen, sondern von einer unbekannten Frau mittleren Alters, die erklärte, dass sie die Nachbarin sei.

»Ich helf hier grad 'n bisschen aus, weil Kerttu ganz mit den Nerven durch ist. Wo doch so was Schreckliches …«

»Wie, was? Was ist los?« Lepakko spürte, wie sich sein Magen zu einem Klumpen zusammenzog. Der unwiderstehliche Wunsch stieg in ihm auf, den Hörer gleich wieder auf die Gabel zu knallen.

»Nun, wo so was passiert ist. Wo so etwas Schlimmes mit dem armen Pantse geschehen ist. Ich kann's einfach nicht glauben. Es war sicher 'n Betrunkener oder so'n Raser. Hat den armen Jungen einfach auf der Umgehungsstraße überfahren. Bei der Abzweigung nach Kuninkoja. Ist schlimm ausgegangen. Und diese Elendsgestalt hat nicht einmal angehalten und geholfen. Hat einfach Gas gegeben und ist abgehauen …«

36

Auf dem Boden des Korridors erwarteten Vares einige Werbebroschüren und eine Postkarte, auf der eine riesige, aus Beton gegossene Jesusstatue abgebildet war. Koiranen sandte Grüße und teilte mit, dass Lissabon gerade richtig für ihn – also eine unglaublich freizügige Stadt – sei. Wie aus dem Kartentext hervorging, zog er ernsthaft in Erwägung, in eine einheimische Familie einzuheiraten. Die Alternative würde ein Job als Türsteher in einem örtlichen Bordell sein.

Vares ließ Badewasser einlaufen und warf ein Dutzend Paar Socken und drei Boxershorts in die Waschmaschine. Dann ging er zum Kühlschrank, öffnete eine Flasche *Sandels* und trank sie gemächlich in zwei, drei Zügen aus.

Vares steckte die Flasche in den Kasten, der neben dem Spültisch stand, glotzte eine Zeit lang unentschlossen auf den Berg von schmutzigem Geschirr, das sich im Becken angesammelt hatte, zuckte mit den Schultern und öffnete ein zweites *Sandels*.

Schließlich ließ er sich genüsslich stöhnend mit dem dritten *Sandels* in der Hand ins warme, schäumende Badewasser gleiten. Das schnurlose Telefon hatte er in Reichweite auf die beruhigend vor sich hin surrende Waschmaschine gestellt. Mit halb geschlossenen Augen machte er es sich in der Wanne bequem und trank in kurzen Schlucken das Bier. Nach langer Zeit hatte er endlich wieder mal ein herrlich entspanntes und irgendwie hoffnungsvolles Gefühl. Die Gedanken schwirrten ihm frei assoziierend durch den Kopf. Die Bilder folgten einander wie in einem Kaleidoskop.

Mikko Bergs mysteriöse Anzeige im *City-Magazin*. Ein dubioser, glatzköpfiger Consulter namens Timo Niiles. Per-Olof Kaerla und ein großer, mit allem Drum und Dran ausgestatteter Mercedes: MB 500. Ein Unternehmen namens *Tallapohjaan Ltd*. Pero und Kare Kaerla – die beiden lächelnden Brüder nebeneinander stehend auf der mittleren Doppelseite der *Handelszeitung Option*. Das Pornoregal im Antiquariat des Pastors. Ein nervöser

Mikko Berg, der etwas in dem Regal versteckt. Aber was? Und schließlich noch der ungläubige Blick des Kommissars.

Vares rüttelte sich aus seinen Gedanken wach und setzte sich im Badewasser auf. Er schüttete den letzten Schluck *Sandels* in sich hinein und griff zum Telefon. Im Antiquariat nahm niemand ab. Der Pastor hatte für heute wohl schon den Laden dicht gemacht. Vares dachte zwei Sekunden nach und wählte die Nummer der *Neuen Apotheke*. Tapsa nahm ab. Im Hintergrund hörte man Gläserklirren und gackerndes Gelächter.

»Hier ist Vares. Ist der Pastor zu sehen?«

»Zu sehen und zu hören. Er misst sich gerade mit Iiro und Jorma, dem Magister, in der hehren Kunst des Kalauerns.«

»Schmeiß ihm mal den Hörer rüber.«

Der Hörer wechselte zum Pastor. Dieser räusperte sich und meldete, dass Johannes am Apparat sei.

»Dem alten Vares sein Sohnemann hier, grüß dich.«

»Hallo, Jussi.«

»Wie geht's, wie steht's?

»Zunehmende Trunkenheit. Im fortgeschrittenen Stadium.«

»Na, das gehört zur Sache. Aber ich hab da 'ne wichtige Frage. Ich muss noch mal auf das traurige Wochenende zurückkommen, an dem Mikko deinen Laden besucht hat ...«

»Bin ganz Ohr.«

»Du kennst doch vom Sehen her die Kaerla-Brüder? Die Strahlemänner?«

»Klar, Scheiße erkennt man doch immer. Und wenn Scheiße irgendeinen Wert hätte, dann würden die Armen ohne Arschloch geboren werden.«

»Garantiert. Hat vielleicht einer der beiden Haufen nach Mikkos Tod in deinen Laden geschaut? Oder in der folgenden Woche? Oder auch später.«

»Nein. Nein, um Gottes willen. Sie haben noch nie auch nur einen Fuß in meine Klitsche gesetzt. Dafür kann ich bürgen. Immerhin hab ich einen ganz gut beleumdeten Recycling-Shop.«

»Ach so«, seufzte Vares enttäuscht.

»Was ist mit ihnen?«

»Vergiss das Ganze. Wenn mir doch nur diese eine Sache wieder einfiele.«

»Okay. Kommste eben vorbei?«

»Nicht heute. Grüß Iiro und den Magister von mir.«

Nachdem er den Hörer aufgelegt hatte, wusch sich Vares die Haare. Dann rief er die Auskunft an und fragte nach der Nummer der Firma, bei der Elina beschäftigt war.

Elina arbeitete noch und antwortete bereits beim ersten Tuten.

»Danke für den letzten Abend, Schätzchen«, begann Vares. »Ich hab mich wohl noch nicht ganz davon erholt ...«

»Jussi, von wo aus rufst du an?« Elinas Stimme klang hastig und überrascht.

»Aus dem Wasser.«

»Red keinen Unsinn.«

»Doch, natürlich. Es stimmt. Ich lass mich gerade von einem heißen Bad einlullen – und wärme mein geschundenes Etwas.«

»Jussi, it was wonderful ...« Die Stimme der Frau wurde tiefer. »I was completely mixed up ...«

»Nein, ich war es. Du warst der Mixer!«

»Ich bin natürlich auch in Zukunft dazu bereit. Wann du willst, mein Schatz ...«

»In mir findet man immer einen Partner.« Vares richtete sich in der Wanne auf. »Nun, Elina, ich rufe eigentlich wegen etwas anderem an ...«

»Möchtest du vielleicht die Wohnung wechseln? Oder ist der Herr an günstigen Geschäftsräumen interessiert? Oder wie wär's mit einem Sommersitz. Wir haben da 'ne nette Villa in den Schären, in Kustavi«, lachte sie.

»Eigentlich bräuchte ich von dir eher ein paar vertrauliche Informationen, die mit deinem Spezialgebiet zu tun haben. Ihr Immobilienleute hört und seht doch immer so allerhand.«

»Nichts ist umsonst, Jussi-Boy ...« Elinas Stimme wurde neckischer.

»Und wie wär's, wenn ich dich mit einer Einladung zum Essen besteche? Bei passender Gelegenheit.«

»Das klingt schon besser.«

»Na also. Eine Firma namens *Tallapohjaan Ltd.* Sagt dir das etwas?«

»Die Strahlemänner!«

»Richtig. Genau die Strolche. Du bist also über ihre Projekte informiert.«

»*Tallapohjaan Ltd.* Ja ja, darüber weiß ich eine ganze Menge. Sie haben mindestens zwei Tochtergesellschaften, und zwar die Firmen *Pikataival Ltd.* und *Kaasujalka Ltd.* Sind ja bekannte Namen. Wir erledigen gelegentlich Aufträge für sie.«

»Ganz illustre Gesellschaften.«

»Der fünf Minuten jüngere der beiden Kaerlas ist vor einigen Jahren noch Rallye gefahren. Hat dann aufgehört, weil er sich bei einem Rennen in Mittelfinnland ganz böse überschlagen hatte.«

»Leider wohl nicht böse genug.«

»Du scheinst nicht gerade ein Fan von ihnen zu sein?«

»Nein, nicht unbedingt. Haben die Jungs gerade irgendwelche bedeutenden Projekte laufen?« brachte Vares das Gespräch voran.

»Irgendetwas wird immer gemunkelt. Ich kann mich aber mal umhören. Im Moment haben wir meines Wissens nur einen einzigen Auftrag von ihnen. Es geht um die Immobilie *Briggmast,* die sich im Besitz von *Kaasujalka Ltd.* befindet. Wir versuchen schon seit Monaten, sie weiterzuverkaufen, aber das Objekt ist ziemlich groß und in diesen Zeiten schwierig abzuwickeln. Die Leute sind in den letzten Jahren einfach vorsichtiger geworden.«

»*Briggmast?* Worum handelt es sich?«

»Um eine der beiden Stadtvillen der Brüder. Sie liegt am Strand von Hirvensalo, direkt gegenüber ihrer eleganten Holzvilla auf Ruissalo. Zu dem Objekt gehört ein großes Grundstück, weitgehend Strandlinie, drei einzelne Gebäude und ein schöner Steg, an dem auch größere Boote anlegen können. Sie wollen dafür dreieinhalb Millionen haben. Und sind nicht bereit, auch nur um eine müde Mark zu feilschen. Sie gaben zu verstehen, dass sie Zeit und Geld hätten zu warten.«

»Klingt interessant.« Vares wechselte erneut seine Sitzposition in der Wanne. Er schaute mit zusammengekniffenen Augen auf die Albatrosse, die über die Wandfliesen des Badezimmers schwebten.

»Du kannst also die dreieinhalb Millionen lockermachen, oder was?«

»Nicht ganz, zu meiner Schande muss ich gestehen, dass ich noch nicht ganz so viel zusammen habe ...«

In Vares entwickelte sich der Gedanke, zu einem Direktangriff überzugehen. Ein Angriff, mit dem er den Fuchs aus seinem Bau herauslocken könnte. Oder die Füchse.

»Elina, ich hab da so 'ne Idee ...«

»Hoffentlich etwas Unanständiges.«

»Etwas in die Richtung. Könntest du versuchen, zum Beispiel für morgen, dort an der Villa ein Treffen mit Per-Olof Kaerla zu vereinbaren? Sag ihm nur, dass ein Mann aus Helsinki zu dir Kontakt aufgenommen hätte, der ganz interessiert an dem Objekt zu sein scheint. Und dass dieser Mann einen solchen Gesprächspartner vor Ort haben wolle, der bei Bedarf auch den letzten Preis nennen kann. Also Herrn Per-Olof persönlich.«

»Jussi, du meinst doch nicht ...«

»Für dich wird es dabei keine Probleme geben. Du handelst die ganze Zeit über im guten Glauben – versuchst also für diese schäbige Saunahütte endlich einen Käufer zu finden.«

Man hörte, wie Elina Siikarla widerwillig stöhnte.

»Das ist natürlich etwas ...«

»Elina, please ...«

»Hmm. Na, also gut, Jussi. Wen darf ich melden?«

»Sag, dass mein Name Ollonberg sei. Projektleiter Dick Ollonberg. Du weißt nur so viel über mich, dass ich die letzten vier Jahre als eigenverantwortlicher Leiter eines Bauprojekts in Katar und Saudi-Arabien verbracht habe. Es ging dabei um Mobiltelefon-Netzwerke – in diesem Geschäft fließt nur so das Geld. Und jetzt sei ich zurück im Heimatland und würde versuchen, mich hier zu etablieren. Deiner Meinung nach hätte ich wie ein Mann gewirkt, der es ernst meint und auch die Finanzierung im Griff hat.«

»Aha. Ist gut, Ollonberg. Dann werde ich jetzt versuchen, Kaerla zu erreichen. Ich ruf dich spätestens am Vormittag an.«

»Die Belohnung wird dich überraschen.«

»Ich bin schon mit dem Alten und Vertrauten zufrieden. Aber die Wahl des Ortes darf natürlich eine kleine Überraschung sein, wenn der Wunsch angemessen ist ...«

37

Ein brauner Nissan Patrol rollte langsam den Rand des Parks entlang. Ein eingedellter, viel zu weicher Fußball eierte über die Straße. Der Wagen bremste und der Mann, der allein hinterm Steuer saß, wünschte die auf einem nahe gelegenen Sandplatz spielenden Blagen mit giftiger Miene in die Hölle. Ein paar hellhaarige Rotznasen schwärmten mit schlenkernden, schmutzigen Beinen und lautem Gegröle dem Ball hinterher – ohne dem Wagen weiter Beachtung zu schenken.

Mauno Elokankare stieß einen derben Fluch aus, zündete sich eine Menthol-Zigarette an und legte den ersten Gang ein. Er zog nervös an der Zigarette und hielt nach der gesuchten Adresse Ausschau.

Elokankare hatte die Nachforschungen dieses Tages vor dem Laden der Frau begonnen. Der auf Kräuterprodukte und esoterische Literatur spezialisierte kleine Shop war mitten an einem geschäftigen Alltag geschlossen gewesen. Das hatte in Elokankare einen Funken Hoffnung entfacht. Vielleicht hatte der Este ja doch wie verabredet seine Arbeit getan. Vielleicht hatte er es einfach nur vergessen, darüber Bericht zu erstatten und war gerade dabei, sich zu amüsieren und zu Ehren eines erfolgreich erledigten Jobs zu feiern. Waren diese Esten nicht ganz schöne Schluckspechte, waren sie nicht genau so ein luschiges Pack wie die Russen?

Aber jetzt konnte er es sich nicht leisten, sich auf Annahmen und Vermutungen zu stützen.

Elokankare war damit beauftragt worden, in der Wohnung der Frau die Lage vor Ort zu checken. Und dorthin, wohin Mauno befohlen wurde, hatte er sich zu begeben, ohne zu mucksen. So war es immer gewesen, verflixt. Dieser Gedanke machte ihn heute noch viel wütender als sonst. Er stieß einen langen Fluch aus. Und im Radio kam nur Scheiße. Mit zusammengepressten Lippen drehte er am Kanalwahlknopf. Und dann war es auch noch so verdammt heiß im Auto!

Das Treiben des Mannes wurde unterbrochen, als sein Blick eine durch die Pforte des weißen Hauses schreitende Frauengestalt traf. Oh, Mann! War das wirklich wahr? Okay! Sie lebte und war in guter Verfassung. Teufelsdonnerwetter noch mal!

Mauno Elokankare verfolgte, wie die ängstlich um sich schauende, mit Trainingsdress, Windjacke und schwarzer Sonnenbrille ausgestattete Frau in einer Entfernung von hundert Metern die Straße überquerte und auf den Lebensmittelkiosk zusteuerte.

Trübsinnig beobachtete Elokankare, wie die Frau mit drei Tüten Milch, einem Weißbrot und einer großen Packung Käse im Arm zu ihrem Wohnhaus zurückkehrte. Enttäuscht wie er war, konnte er sich nur wundern. Wie schaffte es eine so zierliche Frau, so viel von diesem Gesöff in sich hineinzuschütten?

Die schlechten Nachrichten musste er sofort weiterleiten. Das durfte nicht hinausgeschoben werden.

Elokankare startete seinen am Rande des Parks abgestellten Nissan. Dieser Tag war nun wohl endgültig verdorben. Es brachte ihn völlig in Rage, dass er von dem Esten so peinlich gelinkt worden war. Man hätte es doch ahnen können, dass kein Verlass auf sie ist. Auf diese verfluchten Kolchosenkasper!

An der Kupittaankatu fand Elokankare die erste freie Telefonzelle. Er hatte zwar ein Handy in der Brusttasche, aber solche Angelegenheiten wurden einfach nicht am Mobiltelefon erledigt. Das hatte man ihm oft genug eingebläut.

Im Büro ging Anne-Louise ans Telefon, die raffinierte, knackarschige, finnlandschwedische Tippse der Jungs. Sie sagte, dass der jüngere der beiden Brüder wohl im Hause sei. Elokankare wartete und pfiff nervös vor sich hin. Nach ein paar Minuten war Kare am Hörer.

Am anderen Ende der Leitung war man nicht gerade erfreut über die Nachricht.

»Was zum Teufel hat der Bursche da nur verbockt?«

»Keine Ahnung. Bin ganz perplex«, erwiderte Elokankare mit entschuldigendem Unterton.

»Hör mal, Mauno. Die Lage ist wirklich ernst. Uns ist noch nicht klar, welche Verbindung besteht zwischen diesem Hundertfünfundzwanziger-Boy, der gestern Abend verunglückt ist, und dieser Fotze, von der wir gerade gesprochen haben. Aber falls sie wirklich unter einer Decke stecken, dann bedeutet es, dass die Alte die traurigen Neuigkeiten schon erfahren hat und mit den Nerven bald am Ende ist. Sie könnte in ihrer Beschränktheit etwas Unüberlegtes tun. Und das können wir uns wirklich nicht leisten.«

»Natürlich nicht. Ist klar.«

»Also, wir gehen jetzt so vor, dass du schnell mal die Lage unseres stammverwandten Kumpanen abcheckst und nachprüfst, ob er von seiner Tour ins Hotel zurückgekehrt ist, um seinen Kater auszukurieren. Aber es kann natürlich immer noch sein, dass er die Kohle eingesackt hat und mit dem ersten Schiff von Helsinki aus nach Tallinn verschwunden ist. In diesem Fall musst du selbst zur Tat schreiten.«

»Du meinst ...«

»Scheiße, ich meine nichts. Ich setze voraus. Diese Sache muss endlich eine klare Linie bekommen. Die Lage muss unter allen Umständen beruhigt werden. Das geht mir allmählich auf den Geist. Ich für meinen Teil weiß immerhin die Nachtruhe zu schätzen. Und man könnte doch annehmen, dass dasselbe auch für dich gilt. Wir stecken doch alle gleich tief drin.« In Kare Kaerlas Stimme lag ein mahnender Unterton.

»Hmm, Kare, hör mal ... das läuft doch ein wenig auf Überstunden hinaus – also, ich meine, dass so ein Job eigentlich gar nicht mein Ding ist.« Elokankare hüstelte in seine große Faust. Bei Aufgaben wie diesen standen ihm seine Nackenhaare immer zu Berge wie die Stachel eines Igels, der eine Steckdose vögelt.

»Du bekommst eine hundertprozentige Lohnangleichung, Urlaubsvergütung und meinetwegen noch eine Erhöhung der Sozialabgaben. Den ganzen Pott ohne Abzüge in die eigene Tasche. Ist das okay? Na, gut! Hauen wir noch ein paar freie Tage drauf! Du bekommst alles, was du dir nur wünschst, außer einem Arbeitszeugnis! Reicht das? Bist du etwa irgendeiner Gewerkschaft beigetreten, verdammt?« Kare Kaerlas Stimme dröhnte wie eine Posaune.

»Hey, lass mal gut sein ... Die Sache ist klar, war nicht so gemeint.« Mauno Elokankare richtete in der engen Telefonzelle seinen stattlichen Körper auf. »Aber ich check zunächst mal ab, wo sich dieser Este herumtreibt ...«

»Mach das. Aber beeil dich. Und solltest du dieses Arschloch nicht finden, dann statte der Alten heut Abend noch einen Besuch ab. Ist das fürs Erste klar?«

»Ist klar. Natürlich.«

Das Gespräch schien nicht gerade die Gemütsverfassung des hoch gewachsenen Mannes zu verbessern. Er kehrte zu seinem großen Geländewagen zurück und ordnete sich, fuchsteufelswild wie ein aufgebrachtes Nashorn, in den Verkehr ein.

Glücklicherweise fand sich in der Nähe des Hotels *Aura* ein freier Parkplatz. Elokankare warf einen Fünfer in die Parkuhr und eine Minute später stand er schon, etwas nervös, an der Rezeption des Hotels.

»Ich wollte mich nach einem Gast erkundigen. Wir hatten uns für heute verabredet, aber er ist nicht aufgetaucht. Sein Name ist Tiikerpuu. Aus Estland.«

»Der ist hier schon seit ein paar Tagen nicht mehr gesehen worden. Bedaure.« Der dünne, bebrillte junge Mann schüttelte den Kopf.

»Und er hat auch keine Mitteilung hinterlassen?« Elokankares Nacken begann rot zu werden.

»Nein. Aber das Zimmer ist noch für eine Woche bezahlt.«

»Scheint mit dem Boot unterwegs zu sein. Er ist nämlich Fischer. Ich danke Ihnen.« Mauno Elokankare hob gleichgültig die Hand und zog mit trüben Gedanken davon. Allmählich wurde die Sache klar wie dicke Tinte. Dieses aalglatte Estenschwein hatte ihn tatsächlich gelinkt und ließ sich bestimmt gerade in irgendeiner Tallinner Bordellbar volllaufen. Leise vor sich hin fluchend ging Mauno durch die automatischen Türen auf die Straße hinaus.

Neben Elokankares großem Nissan war ein grün lackierter Käfer-Cabrio erschienen. Eine Frau mit einer löwenmähnenartigen dunklen Lockenfrisur stand, Elokankare den Rücken zugewandt, vor der Parkuhr und warf Geld ein. Eine andere Kanone desselben Kalibers saß auf dem Fahrersitz und malte sich die Lippen an.

Elokankare steckte den Schlüssel gerade in die Autotür, als er hörte, wie jemand seinen Namen rief. Er drehte sich verwundert um. Es war die dunkle Mieze gewesen.

Mauno Elokankare musste mit den Augen blinzeln. Da stand ja eine alte Bekannte!

»Ja aber. Bella, du bist's! Was machst du denn hier im Lande …«

Mauno Elokankare erinnerte sich, dass er das Mädel im letzten Jahr bei der Weihnachtsfeier im Body-Gym auf der Sonnenbank flachgelegt hatte. Er konnte sich auch daran erinnern, dass er ganze Arbeit geleistet hatte. Damals war die Pillenschlucksaison gerade auf dem Höhepunkt gewesen und die eingenommenen Mittel hatten ihn in Zusammenwirkung mit der vorweihnachtlichen Hammerbowle standhaft gemacht wie ein Betonschwein.

»Wir konnten uns nicht treffen, Mauno. Ich war fast den ganzen Winter über in Helsinki und hab studiert. Du scheinst in guter Form zu sein.« Bella schätzte ihn mit ungeniertem Blick ab.

»Na ja … eigentlich hab ich gerade eine etwas lockerere Trainingsphase eingelegt …«

»Ich fahr gleich mit Minni auf die Insel zum Saunen. Kimi holt uns in einer Stunde mit dem Boot ab. Komm doch einfach mit«, schlug Bella vor.

»Ja, das wär total klasse. Aber ich hab da noch 'ne Sache zu erledigen.« Mauno Elokankare konnte die Lage nur bedauern.

Dieser Scheißtag war wirklich die böse Mutter aller Unglückstage. Und jetzt auch das noch. Bellas ausgeblichene Jeansshorts reichten nur bis zur Hälfte über ihre runden, gebräunten Hinterbacken. Unter dem hellen T-Shirt war sicher nur bestes, echtes und ursprünglichstes Nappaleder. Zum Teufel noch mal!

»Die Geschäfte drücken, was? Du solltest es zwischendurch mal ein wenig relaxter angehen. Man muss sich doch schon genug abplacken in dieser Welt …«, sagte Bella mit großen Augen.

»Was machst du denn so, Mauno?« Auch Minni hatte beschlossen, aus dem Auto zu steigen. Ihre Beine glänzten wie Alabaster.

»Mein wichtigster Kunde ist ein ziemlich großes Unternehmenskonglomerat. Ich bin bei der Sache als selbstständiger Unternehmer tätig und verkaufe Consultingdienste an ein paar Typen.« Mauno Elokankare wechselte etwas unsicher das Standbein. »Ich habe leider heute Abend noch 'ne total wichtige Besprechung. Ausländische Gäste und so …«

»Klar, ich verstehe«, nickte Bella. »Dann vielleicht ein anderes Mal, oder was, Mauno …«

»Ohne weiteres. Amüsiert euch gut, Mädels! Und Grüße an Kimi und die anderen Strategen.«

Mauno Elokankare stieg mit finsteren Gedanken in seinen Nissan Patrol ein. Verfluchte Scheiße! Welch Ironie des Schicksals. Wenn dieser Tiikerpuu seinen Job wie vereinbart erledigt hätte, dann hätte sich Mauno jetzt frei machen können. Dann würde er mit Bella mit ziemlicher Sicherheit in wenigen Stunden im Hinterzimmer einer besseren Schärenvilla eine Nummer schieben – den Kopf voll mit dem edelsten Whisky, den man für Geld bekommen kann.

Elokankare bog mit solcher Kraft und Wut in die Straße ein, dass er beinahe vor ein Taxi gefahren wäre. Beide Beteiligten hupten. Elokankare zeigte den Mittelfinger und fluchte laut. Bald würde er mit den Nerven am Ende sein. Das alles war doch einzig und allein dieser Fotze zu verdanken, die den Erpresserbrief geschrieben hatte. In dieser Nacht würde sie das bekommen, was sie verdiente.

Um Viertel vor eins in der Nacht stand Mauno Elokankare vor der Glastür auf Anneliisa Elorantas Terrasse. Es schien einige Zeit in Anspruch zu nehmen, das Schloss mit einem Dietrich zu öffnen. Er schluckte, wie eine übelschmeckende Arznei, bittere Flüche herunter, strich sich die Haare von der Stirn und fuhr mit seiner Präzision erfordernden Tätigkeit fort.

Den ganzen Abend hatte ihn im Bodenschlamm seines Unterbewusstseins das allzu lebendige Bild von Bella und ihren engen Shorts gequält. Irgendwo dort in den Schären war jetzt der Saunaabend in vollem Gange. Und Bella war sicher nicht der Typ Frau, der sich damit zufrieden gibt, allein an der Spitze des Anlegestegs zu sitzen und von irgendwelchen nicht anwesenden Mannsbildern zu träumen. Irgendein Bursche hatte garantiert schon den Hauptpreis des Abends gewonnen. Verflixt und zugenäht!

Und nicht einmal der Dietrich wollte heute gehorchen! An manchen Tagen schien auch wirklich alles schief zu gehen …

Drei Minuten später gab die Terrassentür endlich nach. Das Schloss schnappte auf und die Tür bewegte sich lautlos wie auf frisch geölten Scharnieren. Elokankare steckte den Dietrich in die Seitentasche und zog mit der rechten Hand einen kurzläufigen Revolver hervor.

Er holte tief Luft und trat in das große, fast dunkle Wohnzimmer. Ganz in der Nähe hörte man irgendein Rascheln. Mochte es der nächtliche Luftstrom sein, der durch die offene Tür hereinzog, die …

Ein lähmender Schlag schoss wie ein Schwertstreich aus der Dunkelheit hervor. Er traf das rechte Handgelenk und zerschmetterte es wie einen vertrockneten Ast. Die Waffe fiel polternd auf den Parkettboden. Ein anderer Schlag traf Elokankares rechte Kniekehle. Er wurde von einem gleißenden Schmerz erfüllt, fiel der Länge nach zu Boden und stieß schlaff mit der Stirn gegen ein Tischbein.

»Herzlich willkommen …« Eine Stimme, die ihm bekannt vorkam, sprach zu ihm mit fremdem Klang aus der rötlichen Dunkelheit heraus.

In Mauno Elokankare stieg der Gedanke auf, dass schon der Tag beschissen gewesen war, aber auch die Nacht dem in nichts nachzustehen schien. Das war sein letzter Gedanke. Genau in diesem Augenblick liebkoste das kalte Metall seine Nackengrube. Es streifte die Haut so sanft wie der Flügel eines Nachtfalters.

38

Lepakko saß an seinem Lieblingsplatz im Giebelfenster des Dachbodens und schaute auf den Hof hinunter. Ukko zuckelte mit kurzen Schritten den Schotterweg entlang. Er hatte eine graue Schirmmütze auf und seine eingefallenen Schultern wurden von einem viel zu großen, blaukarierten Windblouson bedeckt. Er war auf dem Weg zur Straße, um die Zeitung aus dem Briefkasten zu holen. Bald würde er ihn zum Frühstück herunterrufen.

Lepakko begriff, dass er sich unter Kontrolle bekommen musste, bevor er ins Erdgeschoss hinunterging. Er konnte Ukko nicht zeigen, dass er die ganze Nacht durchwacht hatte – dass er zuerst zwei Stunden lang pausenlos geheult und dann, sich in den verschwitzten Laken wälzend, nur noch wach gelegen hatte. Seine Gedanken waren schwärzer als schwarz gewesen und er hatte lautlose Flüche und böse Drohungen ausgestoßen.

Er hasste sie, er hasste sie. ER HASSTE SIE SO SEHR, DASS ES SCHMERZTE!

Ukko kam mit der Zeitung unterm Arm vom Briefkasten zurück. Lepakko trat vom Fenster weg. Er wollte nicht, dass Ukko ihn schon bemerkte. Lepakko zog sich vom Vorderboden in die Dachkammer zurück. Auf dem Herdofen stand Pantses Foto. Vor dem Foto befand sich eine bis auf knapp einen Zoll heruntergebrannte weiße Grabkerze. Lepakko hatte die ganze Nacht im Dunkeln gelegen, und die flackernde Flamme der Kerze hatte Pantses lachende Augen beleuchtet, die auf dem Bild so unglaublich lebendig unter dem widerspenstig abstehenden blonden Stirnhaar wirkten.

Lepakko ließ sich rücklings auf seine Metallpritsche fallen. Entschlossen kämpfte er gegen die Tränen an und starrte mit zusammengebissenen Zähnen in die Augen, die hinter den flackernden Flammen hervorschauten.

Pantse! Pantse! PANTSE!

Pantse war von der Größe her fast ein ausgewachsener Mann gewesen, aber vom Geiste her noch ein Kind. Pantse, der sich für alles begeistern konnte, immer bereit gewesen war, sich aufzuopfern und zu helfen. Treu und fair. Der beste Freund, den man sich wünschen konnte.

Und diese Scheißkerle hatten ihn kaltblütig getötet, ohne jegliches Erbarmen. Sie hatten ihn platt gewälzt wie eine die Straße überquerende Eidechse. Ohne auch nur einen Gedanken daran zu verschwenden, welch ein einzigartiges Wesen sie dort zermalmten.

Tränen des Hasses traten aus Lepakkos Augenwinkeln. Er fluchte leise und redete sich ein, dass es keine Tränen der Trauer mehr waren. Die hatte er in den finsteren Stunden der Nacht schon herausgeweint. Wenn er jetzt noch weinte, dann tat er es aus Hass. Dann tat er es so lange, bis er mit diesen Dreckskerlen abgerechnet hatte.

Und dass er das tun würde, das hatte er sich geschworen. Das war ein heiliger und unumstößlicher Entschluss.

Die frühen Morgenstunden hatte Lepakko für die Planung verwendet. Er hatte überlegt und überlegt. Er war immer wieder die verschiedenen Möglichkeiten durchgegangen. So lange, bis der Kopf unter dem Druck der hässlichen Gedanken, die in ihm herumschwirrten, zu zerplatzen drohte.

Zuerst hatte Lepakko erwogen, die Videokassette an die Polizei zu schicken. Diese Alternative hatte er aber sogleich wieder fallen lassen. Seine Rache musste von ganz anderer Art sein – sie würde persönlicher Natur sein. Außerdem sah man auf dem Band letztendlich so gut wie gar nichts. Nur, dass eine Waffe gezogen wurde. Die Arschgesichter waren von ihren teuren Rechtsanwälten bereits zuvor aus den verschiedensten Schwierigkeiten herausgeholt worden. Warum also nicht auch dieses Mal. Die Leiche war sicher nirgendwo mehr aufzufinden.

Schließlich, in den grauesten Stunden des frühen Morgens, hatte Lepakko sich für die härteste und bedingungsloseste Alternative entschieden. Die Typen, die seinen Vater in den Ruin getrieben und seinen besten Freund umgebracht hatten, verdienten alles, was sich auf der Liste fand, die härteste Strafe – und noch ein wenig mehr, wenn es nur möglich war. Von dieser Forderung musste ausgegangen werden. Alle anderen Alternativen waren nur heuchlerische Frömmelei.

Das Urteil war gesprochen und es konnte keine Berufung dagegen eingelegt werden. So hatte Lepakko es beschlossen. Als Nächstes mußte er einen neuen Überlegungsprozess beginnen – die Planung für die Vollstreckung des Urteils.

Der Kerzenstummel vor dem Bild des Jungen mit den lächelnden Augen hatte schon bedrohlich zu flackern begonnen, als sich klammheimlich eine Idee in Lepakkos Gedanken schlich.

Nach mehreren Stunden zäher Gedankenarbeit war Lepakko zu der endgültigen Überzeugung gekommen, dass gerade dieser eine Plan der einzige und richtige war. Dass dieser Plan teuflisch genug war.

Jedem die Strafe, die ihm gebührte.

Lepakko suchte unter seiner Matratze einen Schlüssel hervor und öffnete das Vorhängeschloss an der Klappe des Herdofens. Er nahm aus seiner Sicherheitsverwahrung eine rote Mappe heraus und ging schnell den ungeordneten Stapel von Papieren, Kopien und Zeitungsartikeln durch.

Die gesuchte Doppelseite fand sich schnell.

Es war eine mittlere Doppelseite der *Handelszeitung Option* vom Juni des letzten Jahres. Karl-Erik und Per-Olof Kaerla standen in legeren Karohosen und hellfarbenen Slip-Overs am Green. Sie waren von leicht schräg unten aufgenommen worden, gegen den strahlend blauen Sonnenhimmel. Auf den Lippen der Brüder lag das breite, schon zum Markenzeichen gewordene unbekümmerte Lächeln.

Der eine von ihnen stützte sich lässig auf seinen Schläger. Der andere trug den Schläger über der Schulter und war gerade dabei, den Sitz seiner *Ray Ban* zu korrigieren. Die Überschrift des Artikels lautete: SONNE ÜBER DEM KAERLA-IMPERIUM – JUNGES TURKUER BRÜDERPAAR MIT ERFOLG IN JOB UND SPIEL.

Lepakko hielt die Doppelseite über die Kerzenflamme, direkt vor Pantses lachende Augen. Es dauerte einen Augenblick, bevor das Papier in der Mitte braun zu werden begann. Dann kräuselte es sich und ging in Flammen auf. Lepakkos Hand zitterte, aber er ließ nicht los.

Er hielt die lodernde Doppelseite möglichst lange an einer Ecke fest, ohne seinen Blick von den Augen abzuwenden, die hinter den Flammen hervorschauten.

Das sich kräuselnde, dunkle Papier fiel erst dann auf die Ofenplatte, als die Hitze der Flammen – oder etwas anderes – Tränen des Schmerzes in seine Augen trieb.

39

Nachdem Vares am Morgen erwacht war, bemerkte er als Erstes, dass in seiner Bude nicht mehr als ein Fingerhut Kaffee war. Es gab keine andere Alternative, als nach unten zu gehen und für eine Tasse im *Olkku* vorbeizuschauen.

Als Vares durch die Kneipentür trat, war es erst halb elf. Er hatte also noch reichlich Zeit. Elina Siikarla hatte am frühen Abend mitgeteilt, dass für Projektleiter Dick Ollonberg zur Mitte des Tages ein Treffen mit Per-Olof Kaerla in dessen Villa auf Hirvensalo abgemacht sei.

Der Lange Juuso war noch nicht erschienen, aber Seija goss Vares den Kaffee ein und bemerkte ganz nebenbei, dass im Hinterraum eine kleine Überraschung warte.

Jussi Vares hob argwöhnisch die Augenbrauen. Er wollte nicht glauben, dass der Hinterraum des *Olkku* einem langjährigen Stammgast überhaupt noch irgendeinen Grund zur Verwunderung bieten konnte.

Vares stellte jedoch fest, dass er sich irrte. Er blieb regelrecht auf der Schwelle stehen und musste Luft holen.

Am Fenstertisch hingen die drei jüngeren Doktoranden der Wirtschaftsuniversität herum. Die Männer waren mit leicht zerknitterten Fräcken bekleidet. Zwei von ihnen fehlte die Fliege, und die weißen Festhemden berichteten in ungeschminkter Sprache von einem nächtlichen Mahl an irgendeiner Wurstbude, bei dem man an Gewürzen nicht gerade gespart hatte.

Alle drei Herren waren so besoffen, wie es das Gesetz gerade noch erlaubte.

»Herrreiiinspazierrrt«, gestikulierte der am Nächsten sitzende Doktorand herum, als er Vares in der Türöffnung erblickte.

Vares tat, wie ihm befohlen. Er hielt sich jedoch vorsichtshalber in angemessener Entfernung. Die Situation erfüllte nicht ganz die Kriterien, die er für sein ruhiges morgendliches Kaffeestündchen angesetzt hatte.

»Na Jungs. Ihr seid ziemlich früh unterwegs …« räusperte sich Vares, um etwas zu sagen.

»Nein, spääääät …«

»Ist hier ’n kleines Fest im Gange?«

»Und ob. Da fragsu auch noch! Hörmal, mein Junge. Dieser Mann hier iss jetz’n ehemalliger Doktorand vonner Wischafsuni.« Der kleinste der Doktoranden klopfte demjenigen von den dreien, dem der Schnaps zuerst in die Beine zu gehen schien, mit der Hand auf die Schulter. »Er iss nu'n Dokter.«

»Ssstimmt übrijens.« Der Held des Tages versuchte etwas unter dem Tisch hervorzusuchen. Er schaufelte verzweifelt mit den Händen und fluchte in sich hinein. Es stellte sich heraus, dass es sich bei dem vermissten Gegenstand um einen Doktorhut handelte. Dieser gehörte allerdings nicht dem frischgebackenen Doktor selbst, sondern war auf der Promotionsfeier aus Versehen mitgenommen worden.

»Verdammte Ssscheiße! Hab ich 'n etwa anner Wurstbude oder im Taxi liegenjelassen, hä? Oder hab ich 'n inner Polyklinik verjessen, als wir den juten Latomäki dort hinjebracht ham ...«

Einer der beiden Kameraden des Tageshelden fand den Hut glücklicherweise auf der Fensterbank und stülpte ihn ohne viel Federlesens dem Herrn Doktor auf den Kopf. Der Hut rutschte sofort bis zur Nasenwurzel.

»Iss mein Kopp einjelaufen oder issas hier die *Versteckte Kamera*?« hörte man es unter dem Hut sagen.

Man lachte und wunderte sich eine Zeit lang über den Hut. Plötzlich glaubte sich einer der Burschen zu erinnern, dass der Eigentümer des Hutes der Promotionsvorsitzende selbst sein musste. Der Kollege hatte sich in wissenschaftlichen Kreisen ganz Europas zwar nicht durch seine Veröffentlichungen, aber doch durch seinen großen Kopf einen gewissen Ruf erworben.

»Mensch. Wer sonst könnte sonne Mülltonne tragen? Da passt ja 'n Motorradhelm drunter, ganz ohne zu rrrucken!«

Die werten Herren Wirtschaftswissenschaftler riefen sich noch einmal die Höhepunkte des Abends ins Gedächtnis zurück und lachten zwischendurch immer wieder aus vollem Halse.

»Teure Stiche, teure Stiche, verdammt. Der Kerl hat Scheiße in den falschen Saum bekommen. So eine Frackhose wird man wohl nicht bei *H & M* im Angebot bekommen.«

Als man schließlich so weit war, den Neuankömmling als viertes Rad am Wagen für das Trinkgelage anzuwerben, lehnte Vares dankend ab, schlürfte schnell den letzten Schluck Kaffee herunter und hob zum Abschied die Hand. Mit dem akademischen Frohsinn durfte es, wenn es nach ihm ging, auch ohne ungeladene Gäste weitergehen.

Vares wollte schon über die Schwelle nach draußen treten, als er mit einem Seitenblick eine einsame Gestalt bemerkte, die auf einem Hocker in der hinteren Ecke des Thekentisches saß. Es war Netta Vaarala, die dort eingesunken über dem Tresen hing. Sie hatte ein großes Bier vor sich stehen und daneben ein flaches Glas, in dem sich irgendein braunes Getränk befand. Netta nahm konzentriert ein paar hastige Züge von ihrer Zigarette.

»Hallo, Netta. Auf dem Weg zur Bibliothek, um für die Aufnahmeprüfung an der Wirtschaftsuni zu büffeln, oder was?«

»Scher dich zum Teufel, Vares!«

»Nichts für ungut. Hey! Was ist denn mit deinem Auge passiert?«

Das Mädchen strich mit einer trotzigen Handbewegung das Haar zur Seite und wandte Vares ihr Gesicht zu. Das linke Auge war fast zugeschwollen und unter dem Auge hing ein pflaumenartiger, bläulicher Sack.

»Ist irgend ein kleines Insekt reingeflogen. So etwas passiert, wenn man in teuren Cabrios fährt. Bist du jetzt zufrieden, Vares?« Nettas Stimme klang verbittert und herausfordernd.

»Nein. Bin ich nicht.« Mehr konnte Jussi Vares im Moment nicht sagen.

»Na, dann mach's gut und 'n schönen Tag noch, Jussi Vares.« Netta drehte sich demonstrativ zur Theke um, griff zu ihrem flachen Glas und kippte sich dessen Inhalt mit einer einzigen Handbewegung hinter die Binde.

»Dir auch, Netta«, sagte Vares mit leiser Stimme. Er war eine Weile unentschlossen, drehte sich aber dann um und ging hinaus.

Vares öffnete die Autotür, setzte sich auf den Fahrersitz, steckte den Schlüssel in das Zündschloss des Mazdas, streckte sich gerade und verharrte eine Weile, um seine Gefühle und Gedanken zu analysieren. Noch vor einigen Wochen hätte diese Situation ein tiefes Gefühl von Zufriedenheit in ihm ausgelöst. Jetzt musste er jedoch feststellen, dass es ihn nur traurig machte.

Und noch ein wenig ärgerlicher als zuvor.

40

Die ganz in Zentrumsnähe gelegene, ziemlich ausgedehnte Insel Hirvensalo wird von der Insel Ruissalo nur durch die schmale Meerenge Pukinsalmi getrennt, auf der die Frachtschiffe und die Fährschiffe aus Schweden in den Hafen von Turku einfahren.

Vares hatte relativ wenig Probleme, den von Elina Siikarla am Telefon beschriebenen Weg zur Villa zu finden. Der mit dem Werbeaufkleber der Immobilienvermittlungsfirma versehene Golf stand direkt am Torpfosten.

Vares parkte seinen Wagen etwas weiter entfernt unter einer knorrigen alten Eiche und blickte auf seine Uhr. Es war Viertel vor zwölf. Er war etwas zu früh angekommen, gerade richtig also, um vor Kaerlas Ankunft noch ein paar Worte mit Elina zu wechseln.

Der Villa sah man schon von außen an, dass sie wirklich über drei Millionen Mark wert war. Sie war später erbaut worden als die berühmten Holzvillen von Ruissalo. Vom Gebäude aus konnte man den zur Wassergrenze abfallenden gepflegten Rasenabhang, die Strandsauna, einen prächtigen Anlegesteg und einen riesigen Bootsschuppen sehen.

Vares ging um das Haus herum zur Meerseite. Elina Siikarla saß auf der Verandabrüstung, das Gesicht der Sonne zugewandt, die Augen geschlossen. Vares bemerkte, wie sie die Lider einen Spalt weit öffnete, sonst aber in keiner Weise auf die sich nähernden Schritte reagierte. Vares stieg auf die Veranda, schlich sich von hinten an die Frau heran, schlang seine Arme um sie und küsste ihren Nacken.

Elina schmiegte ihren Rücken und ihr Hinterteil an ihn und fragte mit gedehnter, matter Stimme:

»Wer ist denn da?«

»Der Lehrjunge des Gärtners.«

»Dacht ich mir's doch. In dieser Freilandgurke kann man sich nicht irren.«

»Glaubst du, dass Herr Kaerla pünktlich ist?« Vares nahm die Frau in den Arm.

»In der Regel ist er es. Ich glaube, dass er in fünf Minuten dort rüberkommt.«

»Rüberkommt? Mit dem Boot etwa?«

»Na klar. Diese weiß gestrichene Prachtlaube dort am gegenüberliegenden Ufer, auf Ruissalo, ist die Villa *Zur Lustbarkeit* – die stolze Wohnvilla der beiden Kaerlas –, eine der teuersten in Turku übrigens. Wenn man mit dem Auto hierher kommt und einen Bogen durch die Stadt macht, kann eine halbe Stunde dabei draufgehen. Mit dem Boot schafft man dic kurze Bootsüberfahrt in wenigen Minuten.«

»Na gut. Warten wir …«

»Das ist eine ziemlich zweifelhafte Angelegenheit, Jussi. Ich habe gestern Abend noch einmal darüber nachgedacht.« Elina Siikarla tippte mit ihrem Zeigefinger auf Vares' Nasenspitze. »Aber ich tue es um deinetwillen. Das heißt nicht ganz. Auch für mich hat die Sache was Spannendes. Doch hätte ich da noch eine Frage …«

»Wenn du wissen willst, was zwischen mir und Kaerla ist, bekommst du keine Antwort.«

»Das hab ich mir schon gedacht. Hey, sieh mal, der Schaumkamm dort drüben. Da kommt dein Geschäftspartner schon.«

»Das ist gut. Bleib du hier auf der Terrasse, um den Kunden in Empfang zu nehmen. Projektleiter Ollonberg ist gerade in den Innenräumen und nimmt eine Besichtigung vor.« Vares tätschelte Elina leicht das Hinterteil und trat durch die Tür in die Villa hinein.

Vares ging durch den im Untergeschoss liegenden großen Salon ins Kaminzimmer. Es war geräumig und der Parkettboden war erstklassig verarbeitet und gepflegt. Er trat in die Küche, die sicher nicht für die Frau des Hauses, sondern eher für die Dienerschaft gedacht gewesen war. Vares war sich sicher, dass er ein solches Anwesen auch dann nicht kaufen würde, wenn er zufällig die dreieinhalb Millionen flüssig gehabt hätte.

Irgendwo draußen hörte man das Geräusch eines starken Bootsmotors, das allmählich in ein ruhigeres Tuckern überging. Vares verzog abwartend seinen Mund. Bald war der Augenblick gekommen, in dem er Per-Olof Kaerla den ersten Schlag versetzen würde, ohne Vorwarnung. Die Indizien, die Vares bisher für den Verdacht einer Verbindung zwischen den Brüdern und Mikko in der Hand hatte, stützten sich lediglich auf eine obskure Kleinanzeige im *City-Magazin* und äußerst vage Vermutungen. Ein Überraschungsangriff schien ihm das beste Mittel zu sein, um eine klarere Beweislage zu bekommen.

Es vergingen ein paar Minuten. Auf der Veranda hörte man eine tiefe Stimme. Die Schritte schienen auf den Salon zuzukommen. Vares korrigierte den Sitz seiner Hose, zog die Ärmel seiner Jacke zurecht und ging dem Hausbesitzer entgegen.

Per-Olof Kaerla stand in legerer Sommerkleidung im großen Salon im Erdgeschoss: grüne Samthose, ein *Paul-&-Shark*-Hemd im selben Ton und an den Füßen Segelschuhe für über tausend Finnmark. Der Mann drehte sich mit einem höflichen Lächeln dem Hereinkommenden zu. Per-Olof Kaerla kapierte schnell. Das Lächeln in seinem Gesicht erstarrte in einer halben Sekunde. Er wandte sich hastig ab und warf Elina Siikarla, die an der Tür zur Veranda lehnte, einen stechenden Blick zu.

»Was soll dieses alberne Spiel!«

»Äh, ich weiß nicht, was Sie meinen ... Das ist Dick Ollon...« Elina sah überrascht aus und richtete sich gerade.

»Ich muss die Frau Vermittlerin um Verzeihung bitten«, griff Vares schnell in die Situation ein. »Ich habe bei unserem Telefongespräch wohl ein wenig die Wahrheit verdreht ...«

»Dann richte ich dieselbe Frage an Sie. Was hat dieser verdammte Zirkus zu bedeuten?« Kaerla drehte sich nur halb zurück in Vares' Richtung.

»Da man hier schon so einen groben Ton anschlägt, bitte ich

die Dame, dort auf der Veranda ein wenig frische Luft zu schnappen.« Vares warf Elina ein höfliches Lächeln zu.

Elina Siikarla nickte überrascht und schloss leise die Tür hinter sich. Vares fand, dass sie ihre Rolle gut beherrschte.

»Jaha. Sind die Herren Brüder in finanziellen Schwierigkeiten? Weshalb die Eile, eine solche Immobilie feilzubieten, die in so einer prächtigen Umgebung liegt?« Vares ließ seinen Blick durch den hohen Raum schweifen.

Per-Olof Kaerla strich mit der Hand durch sein dunkles Haar, das mit Gel zurückgekämmt war. Er überlegte eine Sekunde, entrang sich ein tiefes Lachen und blickte Vares mit einem kleinen Lächeln auf den Lippen an. Er hatte sich von dem Schrecken erstaunlich schnell erholt. Jetzt wollte er zeigen, dass er die Lage voll im Griff hatte.

»Guter Mann. Wir haben keine größere emotionale Bindung an diesen Ort. Noch vor einigen Jahren gehörte dieses Anwesen einem Lebensmittelkaufmann, der dem Irrtum erlegen war, dass er außer dem Verkauf von Gehacktem auch noch das Immobilienanlagegeschäft beherrsche. Der Bursche wohnt jetzt zur Miete in einer Zweizimmerwohnung im Vorort Harittu und ist dabei, noch einmal ganz von vorn anzufangen. Er soll angeblich an den Markttagen im südlichen Finnland Morgenpantoffeln und Mokassins mit Kreppsohlen verkaufen.« Kaerla schritt zum Fenster und schaute nach draußen.

»Für uns ist diese Immobilie nur ein Anlagevermögen. Sie wirft als solches nicht genug ab. An der Börse bekommen wir für das gleiche Geld eine wesentlich höhere Rendite.«

»Danke für die kleine Unterrichtsstunde zum Thema Geschäftsleben«, sprach Vares zu dem Rücken des Mannes. »Das kann nur lehrreich für unsereins sein, der nie die Gelegenheit gehabt hat, diese Anlagetricks zu lernen. Aber kommen wir doch zur Sache.«

»Ist mir recht.« Kaerla warf einen scharfen Blick über seine Schulter. »Rücken Sie endlich damit heraus! Was zum Teufel soll dieses alberne Spiel?«

»Mikko Berg«, sagte Vares mit leiser und nachdrücklicher Stimme, ohne seinen Blick von den Augen seines Gegenspielers abzuwenden.

Nicht eine einzige Geste, nicht ein einziger Zug in Per-Olofs Gesicht deutete darauf hin, dass der Einwurf auch nur annähernd das Ziel getroffen hatte. Der Mann war bemerkenswert kaltblütig. Ein harter Knochen.

Oder Jussi Vares war auf einer völlig falschen Spur.

»Na und?« Kaerla hob langsam und fragend die Brauen und wartete darauf, wie es weiterging.

»Er war zufällig mein Kompagnon. Sie wissen doch sicher, dass er ermordet wurde?«

»Es ist mir aus der Zeitung bekannt. Berg war im selben Rotary-Club wie ich. Ich kannte ihn von daher. Aber was wollen Sie damit sagen?«

»Und wie ist es mit Timo Niiles? Ist doch ein ziemlich bekannter Consulter für den Bereich Geschäftsführung. Er hat sich zufälligerweise verflüchtigt wie die Asche im Wind. Nicht wahr?«

»Ich lese jeden Morgen die *Turkuer Nachrichten*. Also kenne ich auch diesen Fall.«

»Haben vielleicht Sie und Ihr reizender Bruder mit einem dieser beiden Herren näher zu tun gehabt?«

»Wo Sie die Sache schon einmal angesprochen haben ... Also, Niiles kennen wir beide, wie wohl auch jeder andere hier in der Stadt, der im Businessbereich tätig ist, aber wir kennen ihn nur flüchtig. Mikko Berg kannte eher ich, und zwar – wie ich schon erwähnte – durch die Rotarier. Haben Sie noch weitere Fragen? Oder lassen Sie mich jetzt gehen, damit ich wichtigere Dinge erledigen kann?« Ein leichtes, selbstsicheres Lächeln – ein Strahlemannlächeln.

»Sie können natürlich gehen, wann immer Sie wollen.«

»Kann ich das? Sie geben mir also die Erlaubnis dazu?« In Per-Olof Kaerlas Stimme schwang ein spöttischer Unterton mit. »Hier, im Salon meiner eigenen Villa, unter meinem eigenen

Dach? *Sie* wollen mir die Erlaubnis dazu geben? Wirklich, vielen Dank!«

»Ich gebe Ihnen die Erlaubnis. Sie dürfen dieses Papier mitnehmen. Das können Sie zusammen mit Ihrem attraktiven Herrn Bruder studieren, wenn Sie heute Abend Würstchen grillen und sich über Ihre kleinen Tageserlebnisse austauschen.« Vares zog ein zusammengefaltetes weißes Blatt aus der Tasche, eine Kopie der Anzeige, die Mikko Berg im *City-Magazin* aufgegeben hatte.

Per-Olof Kaerla wirkte unentschlossen. Dann machte er ein paar kurze Schritte, schnappte sich das Papier aus Vares' Hand, drehte sich um und verschwand, ohne ein Wort zu sagen, durch die Verandatür nach draußen.

Jussi Vares blieb an seinem Platz stehen. Er hörte, wie das Motorboot startete und wie verrückt beschleunigte. Erst jetzt betrat Elina den Salon.

»Wie lief es, Darling?«

»Ausgezeichnet, hoffe ich jedenfalls. Vielleicht wurde das Nachmittagsprogramm des jungen, erfolgreichen Geschäftsführers jetzt ein wenig umgeworfen«, grinste Vares.

»Der Kerl ist ein widerliches Arschloch. Ich hoffe wirklich, dass ich in Zukunft mit den Geschäften dieses Typen nichts mehr zu tun habe.«

»Du verlierst dabei die Provision, Kleines.« Vares schob der Frau seine Zunge zwischen die Zähne.

Elina drückte ihn sachte zurück und murmelte: »Ich scheiß auf das Geld, böser Junge. Vielleicht interessiert mich jetzt eine ganz andere Art von Vergütung ...«

41

Anneliisa Eloranta fuhr den Wagen. Sie hatte den Sicherheitsgurt angelegt. Tiikerpuu saß ohne Gurt neben ihr. Er trug ein rotschwarzes Baseball-Käppi – die Frau einen breitkrempigen, geflochtenen Sonnenhut. Ein Luftstrom zog durch die halboffenen

Fenster. Der graue Volvo-Kombi war aus dem stockenden Verkehr in der Turkuer Innenstadt herausgekommen und erhöhte rasch die Geschwindigkeit, als er sich auf die nach Raisio führende, mehrspurige Ausfallstraße einordnete. An der nächsten Kreuzung setzte Anneliisa den Blinker nach links und der große Volvo brauste auf die neue, nach Naantali führende Schnellstraße.

Auf der neuen, breiten Straße kam der Wagen mit guter Geschwindigkeit voran. Bald sah man schon die Wegweiser, die nach rechts zum Zentrum des Küstenstädtchens Naantali zeigten. Der Wagen fuhr jedoch geradeaus weiter, in Richtung der Insel Luonnonmaa und der Schärengemeinden Merimasku und Rymättylä.

Direkt hinter der Abzweigung nach Naantali erhob sich ein steiler, mit Kiefern bewaldeter Felsenhügel. Durch den Hügel war ein Tunnel gegraben, auf dessen bogenförmige Öffnung sich die Straße zubewegte. Nach dem hellen Tageslicht wirkte es in der künstlich beleuchteten Röhre zuerst fast dunkel. Anneliisa ließ ihre rechte Hand vom Steuer los und fasste Tiikerpuu am Handgelenk. Sie blickte schnell zur Seite.

»D'Artagnan. Morgen um diese Zeit sind wir schon auf dem Schiff …« Die Stimme der Frau klang leise, kaum lauter als das gleichmäßige Surren der Reifen.

»Das ist gut so«, erwiderte Tiikerpuu ruhig. Anneliisa schob ihre Hand weiter und fühlte an ihrem Zeigefinger, wie kräftig und gleichmäßig der Puls des Mannes schlug. Ein strahlendes Gefühl erfüllte ihre Brust: ein mit Furcht gemischtes, sich zaghaft einstellendes Glücksgefühl.

Im selben Augenblick sausten sie mit dem Wagen aus dem Inneren des Felsens ins Freie, auf die über einen fahlblauen Sund führende Brücke zu, an deren Seiten sich eine schroffe Felslandschaft erhob. Über ihren Köpfen strahlte die Sonne in all ihrer göttlichen Kraft. Anneliisa umfasste noch einmal die Hand des Mannes und ließ sie schließlich unwillig wieder los. Sie musste die Augen zusammenkneifen und schlucken. Sie fühlte sich so wohl, dass sie lange kein Wort herausbekam.

Nach einigen Kilometern fuhr der graue Volvo-Kombi über die nächste Brücke, die viel höher und länger war als die erste. Auf dem höchsten Punkt der Brücke bot sich auf beiden Seiten eine atemberaubende Sicht auf das glitzernde Wasser des Sunds, auf die mit blühendstem Frühlingsgrün bedeckten Felsstrände und auf den tiefblauen, sich ins Unendliche fortsetzenden Himmel.

»Die Welt sieht heute selten schön aus«, sagte Tiikerpuu.

»Das Leben ist schön – immer mal wieder. Liebster ...« Anneliisa Eloranta schluckte.

Auf der kurzen Geraden hinter der Brücke sahen sie plötzlich einen blauweißen Polizeiwagen am Straßenrand stehen. Mitten auf der Fahrbahn stand ein Polizist im dunkelblauen Overall und schwenkte eine Stop-Kelle.

»Was will der? Was soll das?« Tiikerpuus Körper erstarrte auf dem Sitz.

»Wir haben sicher nichts zu befürchten.« Anneliisa fuhr unruhig mit der Zunge über ihre Lippen, es gelang ihr aber, ihre Stimme ruhig zu halten. Sie setzte den Blinker nach rechts, schaltete in den Leerlauf und begann mit der Geschwindigkeit herunterzugehen.

Der Polizist war von hohem Wuchs und hatte ein hochrotes Gesicht. Der blaue Overall war nicht unbedingt die passendste Bekleidung bei dieser Hitze.

»Guten Tag. Führerschein und Fahrzeugschein, bitte!«

Anneliisa holte die Papiere hervor. Der Polizist blickte sie schnell durch.

»Sie haben die Geschwindigkeitsbegrenzung dort auf der Brücke um fast zehn Stundenkilometer überschritten.«

»Aus Versehen ... hab's ganz übersehen, bei der schönen Landschaft.«

»Na, dann woll'n wir für dieses Mal ein Auge zudrücken. In Zukunft bitte etwas aufmerksamer sein. Und noch eine Sache. Der Herr sollte besser den Sicherheitsgurt anlegen, dort auf dem Vordersitz.«

»Er ist … zu Besuch aus Estland. Ist noch nicht an die finnischen Regelungen gewöhnt …« Elina schloss sofort den Mund.

»Andere Länder, andere Sitten. Schnallen Sie sich an … und gute Weiterfahrt.« Der Polizist hob die Hand an den Mützenschirm und zeigte mit seiner Kelle in Fahrtrichtung.

Der Volvo-Kombi gab Gas und fuhr weiter. Sie blickten einander schweigend an; Anneliisa ein wenig unsicher, d'Artagnan schmunzelnd. Tiikerpuu legte mit einem lauten Klick den Sicherheitsgurt an. Seine langgliedrige Hand strich leicht über Anneliisas Oberschenkel. Sie lachte, wenn auch ein wenig nervös.

Kurz hinter der Kirche von Merimasku kam der Fähranleger. Eine kleinere gelbe Fähre nahm gerade auf der anderen Seite des schmalen Sunds die Fahrzeuge auf. Der Volvo reihte sich als dritter Wagen in die Warteschlange ein. Durch das offene Seitenfenster schwebten einige Fliegen in den Innenraum. Anneliisa und Tiikerpuu stiegen aus, um sich die Beine zu vertreten.

»Die Polizei können wir uns wirklich nicht leisten«, sagte Anneliisa mit ruhiger Stimme.

»Ja, das ist wahr. Und uns droht auch noch eine weitere Gefahr. Diese Männer.« Tiikerpuu kniff im Schatten des langen Mützenschirms seine Augen zusammen.

Anneliisa betrachtete von der Seite d'Artagnans ernstes Profil, die sensiblen Lippen, die nachdenklichen Augen, und sie dachte, dass genau er es war – der Mann, den ihr das Schicksal zuwies –, der richtige Mann für sie, auf den sie ihr ganzes Leben lang gewartet hatte.

Die Autofähre polterte gegen den Anleger. Vier Personenwagen und der Ford Transit eines Fischgeschäfts fuhren an Land. Die in die entgegengesetzte Richtung fahrenden Wagen juckelten auf die frei gewordenen Plätze. Anneliisa suchte im Radio die Kanäle durch. Bald hörte man eine raue Männerstimme, die von einer unendlichen Nacht sang.

Tiikerpuu gelang es, zwei daumengroße Fliegen aus dem Seitenfenster zu scheuchen. Die Fähre setzte sich schaukelnd in Bewegung. Ein sich von links nähernedes großes Motorboot ging mit der Geschwindigkeit herunter und bereitete sich darauf vor, achtern an der Fähre vorbeizufahren. Der betagte, starr in seiner Kabine hockende Fährmann schien halb vor sich hinzuschlummern. Die Seeschwalben spielten in der Luft wie an unsichtbaren Schnüren befestigte weiße Modellflugzeuge. Kurz darauf war man schon am anderen Ufer. Die Autos fuhren an Land und die Straße nahm den Fahrzeugschlauch entgegen.

Kurz hinter dem Fähraufer bog der Volvo nach links ab: Ein Schild zeigte an, dass die Straße zur Insel Velkua führte. Die Fahrbahn wurde jetzt schmaler und kurvenreicher. Die Landschaft begann karger zu werden. Felsgestein, Heidekraut, rotstämmige Kiefern. Die Bäume standen weit auseinander, es war viel Himmel zu sehen.

Eine kleine Brücke kam ihnen entgegen. Auf einem Verkehrsschild wurde davor gewarnt, dass sie besonders schmal sei. Kurz vor der Brücke lag eine Parkbucht, ein etwas breiterer Schotterplatz. Anneliisa und d'Artagnan stiegen aus dem Wagen. Anneliisa trug einen braunen Bastkorb am Arm. Sie schritten zu einem einige Dutzend Meter entfernten glatten Felsstein und setzten sich. In dem Korb befanden sich eine Thermosflasche, zwei Becher und eine Papiertüte, die zwei kurz zuvor in der Stadt gekaufte, noch warme Krapfen enthielt.

Sie saßen Seite an Seite in der Sonne und verzehrten in aller Ruhe ihren Proviant. Das Wasser strömte müßig durch den sich unter der Brücke entlangziehenden schmalen Sund, die Vögel trugen in den Ufererlen einen Gesangswettstreit aus. Dann und wann sauste ein Auto in die eine oder andere Richtung. Die ersten weißen Wölkchen zogen wie vom Wind herangewehte Pusteblumen am ansonsten klaren Himmel von Westen auf. Der immer stärker aufkommende Wind ließ die breite Krempe des Hutes der Frau aufflattern.

Nach einer Viertelstunde waren die Kaffeebecher geleert und von den Krapfen nur noch die Zuckerkrümel übrig.

Vom Meer her näherte sich das Geräusch von Motoren, und

bald überquerten acht Personenwagen im Konvoi die schmale Brücke. Sie verschwanden mit brummenden Motoren in Richtung der Gemeinden Merimasku und Askainen.

»Diese Autos kamen von der Fähre, die von Velkua herüberkommt.« Anneliisa blickte Tiikerpuu vielsagend an. »Jetzt dürfte es auf der Straße für eine Weile etwas ruhiger sein.«

Sie standen von ihrem Sitzplatz auf und wischten die Krümel von ihren Kleidern. Anneliisa setzte sich hinters Steuer, ließ den Volvo an und fuhr langsam zur Brücke. Dann stellte sie den Motor aus.

Tiikerpuu ging zu Fuß zur Brücke, dem Wagen hinterher. Er blieb für einen Augenblick stehen, hielt prüfend in beide Richtungen der Straße Ausschau und spitzte für einige Sekunden die Ohren. Es war nur das Plätschern des Wassers, das sanfte Rauschen des Windes in den Hainen und der Gesang der Vögel zu hören.

»Ist alles in Ordnung?« fragte die Frau.

»Die Luft ist rein.«

Die Heckklappe des Volvo-Kombis schnappte auf. Tiikerpuu brachte die Klappe in die obere Stellung. Ein paar hartnäckige bläuliche Fliegen stiegen verärgert in die Lüfte. Die Frau sprang vom Fahrersitz auf und eilte ihm zu Hilfe.

Im Gepäckraum des Wagens lag ein länglicher, in schwarze Müllsäcke eingepackter Körper. Tiikerpuu griff am einen Ende zu und zog. Die Last bewegte sich schwerfällig. Ein dumpfes metallenes Klirren war zu hören.

»Wiegt ganz schön«, stöhnte er.

»Zusammen mit den Metallgewichten sind es immerhin 150 Kilo«, bestätigte Anneliisa.

Es war keine Zeit zu verlieren. Sie strengten ihre Kräfte bis zum Äußersten an und schafften es mit Mühe und Not, die schlaffe und schwere Last halb aufs Geländer der Brücke zu heben.

D'Artagnan wischte sich mit dem Handrücken einige Schweißperlen aus der Stirn und setzte mit einem Ächzen zur letzten Anstrengung an.

Die schwere Last begann langsam über das Geländer zu gleiten. Dann segelte sie wie in Zeitlupe in das grünlich-braune Wasser hinab, das die Beute gierig in sich aufnahm. Einige Luftblasen stiegen noch zur Wasseroberfläche auf, aber bald beruhigte sich die Strömung wieder.

D'Artagnan und Anneliisa sahen sich lange an.

Tiikerpuu schob seine Hand unter den Pullover zum Hosenbund und zog einen Revolver hervor. Die Hand schnellte nach vorne, das Eisen flog weit fort und platschte ins Wasser.

»Jetzt ist es vorbei, meine Anneliisa«, sagte er mit kaum hörbarer Stimme.

»Ich liebe dich«, sagte die Frau.

»Du bist meine Liebste«, bekräftigte Tiikerpuu ihre Worte.

Sie küssten sich schnell. Plötzlich griff Anneliisa mit einem Lächeln zu der Schirmmütze des Mannes, schnappte sie sich und begann mit der anderen Hand über seinen weiß schimmernden, kahl rasierten Schädel zu streicheln.

»Hare Krishna, d'Artagnan …«

Der Mann lachte, nahm wiederum Anneliisas Sonnenhut und küsste ihren auf zwei Millimeter geschorenen Kopf.

»Hare rama, Anneliisa …«

Fünfter Teil

42

Riitta Niiles farbloses und verschrecktes Wesen rief in Jussi Vares die Vorstellung von einer auf dem Erntefeld hockenden, sich über ein herannahendes Dröhnen wundernden Maus hervor. Ein gefühlloser Mähdrescher war in der letzten Märzwoche über ihr Leben hinweggefahren. Ihr Ehemann, Timo Niiles, hatte zu dieser Zeit angekündigt, dass er für ein paar Tage auf Dienstreise ginge. Danach hatte die Frau keine einzige Spur mehr von ihm gesehen.

Riitta Niiles hatte dem ihr vorgeschlagenen Treffen zunächst sehr ablehnend gegenübergestanden. Sie hatte sich erst dann bereitwilliger gezeigt, als Vares ihr seinen Verdacht mitteilte, dass das Verschwinden ihres Mannes auf irgendeine Weise mit dem kürzlich geschehenen skandalösen und bisher ungeklärten Mord zusammenhing. Schließlich hatte die Frau eingewilligt, den Gast gegen Mittag bei sich zu empfangen.

Vares war pünktlich vor dem Reihenhaus in der Neubausiedlung Hurttivuori erschienen.

Das Gespräch mit Riitta Niiles war für Vares eine harte und traurige Erfahrung. Die Frau saß ihm mit ihrem knapp zwei Jahre alten, sich völlig still verhaltenden Petri im Arm auf dem Sofa gegenüber und redete mit matter Stimme – von dem Schmerz und der Ungewissheit eines schon wochenlang andauernden Wartens gezeichnet.

Riitta Niiles war sich ganz sicher, dass ihr Mann das Opfer eines Verbrechens geworden war. Sie wies sofort die in der Stadt kursierenden Gerüchte zurück, dass sich Timo auf Grund finanzieller Unregelmäßigkeiten entschlossen hätte, den Staub Finnlands von den Füßen zu schütteln und alles Gewesene einfach hinter sich zu lassen.

»All die fürchterlichen Dinge, die mir im Nachhinein über Timos Geschäfte zu Ohren gekommen sind, haben mich zutiefst erschüttert. Aber das ist im Grunde eine andere Welt. Ich kannte ihn als Mensch, als Ehemann und als den Vater von Petri. Timo hat uns geliebt. Er ist kein Feigling. Das hätte er uns beiden nie angetan.«

Riitta Niiles erzählte von dem Montag, an dem sie ihren Mann zum letzten Mal gesehen hatte. Timo Niiles hatte sich auf eine Geschäftsreise nach Lahti und Helsinki vorbereitet. Er hatte erwähnt, dass er vor seiner Abfahrt noch einmal in seinem Büro vorbeischauen würde, das in einem im Vorort Piispanristi gelegenen Bürokomplex untergebracht war.

Riitta Niiles erinnerte sich, dass ihr Mann schon gleich am Morgen irgendwie nervös und zerstreut gewirkt hatte. Andererseits war das in dieser Zeit nicht besonders außergewöhnlich gewesen. Timo war das ganze Frühjahr über geschäftlich extrem eingespannt gewesen.

Sie erinnerte sich weiter, dass ihr ihr Ehemann in der Diele noch einen Kuss auf die Wange gedrückt hatte. Timo hatte auch versprochen, sich in Helsinki nach einem Plastikbagger für Petri umzuschauen. Dann hatte er die Tür hinter sich geschlossen.

»Doch die Polizisten breiten nur entschuldigend die Hände aus. Sie sagen, dass man keine groß angelegten Untersuchungen einleiten könne, weil es keine konkreten Anhaltspunkte gäbe. Sie meinen damit doch nur, dass sie Timos Leiche nicht in ihren Kellern haben, im Kühlraum zum Sezieren. Und dann sind sie noch so dreist und erzählen mir etwas von Amtshilfe durch Interpol und so. Ganz so, als sei er ein Schuft, der seine Familie verlassen und sich irgendwohin an den Äquator verdrückt hat. Diese gefühllosen Schweine!«

»Am schwersten zu ertragen ist wohl diese Ungewissheit«, bemerkte Vares leise.

»Sie ist tödlich.« In Riitta Niiles grauen Augen schimmerten Tränen.

»Ich bin Stationsschwester von Beruf, aber ich bin seit Anfang April einfach nicht in der Lage gewesen, auch nur für einen einzigen Tag ins Stadtkrankenhaus zu gehen. Ich bin ein menschliches Wrack.«

»Hmm, man soll nie die Hoffnung verlieren …«

»Hoffnung!« Die Frau lachte verbittert. »Meine einzige Hoffnung und mein Bestreben sind es, diese Typen verurteilt zu sehen, die Timo das angetan haben – und mir und Petri.«

»Kannten Sie Timos Geschäftspartner?«

»Klar, er sprach mit mir hin und wieder über seine Angelegenheiten. Und er hat auch Namen genannt …«

»Ist dabei jemals der Name Mikko Berg gefallen?«

Die Frau schüttelte den Kopf. Sie streichelte mechanisch durch die Haare des in ihrem Schoß sitzenden Jungen.

»Und die Gebrüder Kaerla? Karl-Erik und Per-Olof?« Vares hielt den Atem an.

»Einer von den beiden saß irgendwann im Februar dort auf unserem Vorhof in Timos Wagen. Sie haben sich mindestens zehn Minuten unterhalten. Timo sagte, als er wieder ins Haus kam, dass der Herr es eilig gehabt habe und deshalb nicht hereingekommen sei. Der Mann fuhr dann mit einem großen, roten Wagen wieder fort. Sah wie ein amerikanisches Modell aus.«

»Dann war es also Kare …« murmelte Vares, mehr zu sich selbst. Er hatte genau die Antwort bekommen, die er sich erhofft hatte. »Kommt Ihnen der Name Kimmo Jansson irgendwie bekannt vor?«

»Ist das nicht so ein Arzt? Ich glaube den Namen zu kennen, aus dem Krankenhaus, er stand auf irgendeinem Überweisungsschein …« Die Frau zog gleichgültig ihre Schultern hoch.

»Nun. Mehr wollte ich gar nicht wissen.« Vares stand vom Stuhl auf. Er wusste nicht, was er noch sagen sollte. »Ich werde meine eigenen Nachforschungen jetzt in erster Linie natürlich zu dem Mord an Mikko Berg anstellen. Ich verspreche Ihnen aber,

Sie sofort zu informieren, wenn ich etwas über das Schicksal Ihres Mannes herausbekomme.«

»Das braucht mir niemand mehr zu erzählen.« Riitta Niiles lächelte mit feuchten Augen. »Darüber bin ich schon informiert ...«

»Verzeihung, können Sie ...«

»Timo ist in mindestens zehn Nächten zu mir gekommen. Er ist kalt und nass gewesen und er kam von tief unten, von tief unten aus der Versenkung. Er kam, um mich zu bitten, dass ich ihn von dort weghole.«

43

Jussi Vares parkte seinen blauen Mazda an der abschüssigen Fahrbahn der Sirkkalankatu, direkt vor der Eingangstür des *REPO Office Oy*. Als er aus dem Wagen stieg, registrierte er mit einem Seitenblick einen roten Saab, der mit quietschenden Bremsen einige Meter von ihm entfernt zum Stehen kam. Ohne der Sache größere Beachtung zu schenken, ging er mit dem Schlüssel in der Hand zur Tür.

Vares hatte die Tür schon einen Spalt weit geöffnet, als er plötzlich auffuhr. Die Schritte zweier Männer stoppten direkt hinter seinem Rücken.

Unbehaglich wandte sich Vares langsam um.

»Jussi Vares?«

»Ja.« Jussi ließ den Blick von einem Gesicht zum anderen schweifen.

»Kriminalpolizei. Können Sie mit uns kommen?« sagte einer der Männer.

»War das eine Frage?«

»Nein.«

»Dann kann ich's natürlich tun.«

Vares schloss die gerade geöffnete Außentür des Büros und folgte den Männern zu dem roten Saab. Er fühlte sich, als ob er am Eingang eines Warenhauses mit unbezahlten, puderfarbenen Seidenhöschen der Größe XL in der Brusttasche erwischt worden wäre.

»Worum geht's?« fragte Vares, als sich der Wagen in Bewegung setzte.

»Das wird sich klären.« Keiner der beiden Polizisten sah ihn an.

Vares versuchte ein nervöses Schlucken zu verdecken, indem er in seine Faust hustete. Da saß er nun. Auf der Hinterbank eines Polizeiwagens, an der Seite eines hoch gewachsenen, grimmig dreinblickenden Polizeibeamten. Hatte Kriminalkommissar Pielinen – seiner auf der Stelle tretenden Ermittlungen überdrüssig – beschlossen, eine radikale Wende zu vollziehen und die Ärmel hochzukrempeln?

Auf dem Polizeipräsidium in der Eerikinkatu wurde Vares über schmale, hellgraue Gänge in den ersten Stock geführt. Einige gestresst wirkende uniformierte Polizisten liefen zwischen den Zimmern hin und her. Kriminalkommissar Kerkko Pielinen empfing Vares an einer der Türen mit einem Plastikkaffeebecher in der Hand.

»Danke. Für mich bitte keinen Kaffee.« Vares schüttelte den Kopf. »Ich hab's mit dem Magen …«

»Das ist hier nicht das Café *Aschan*. Außerdem möchten Sie doch wohl so bald wie möglich wieder gehen. Also kommen wir lieber gleich zur Sache.« Pielinen schaute Vares an wie ein Automatenaufsteller, der unter einem Haufen von Markstücken eine Fünf-Zloty-Münze entdeckt.

»Übrigens, worum geht es eigentlich?«

»Das wird sich schon zeigen.«

Es erschien eine etwa vierzigjährige, blonde Polizistin. Sie bat Vares, ihr zu folgen. Pielinen blieb, am Türpfosten lehnend, zurück. Der Blick des Kriminalkommissars kitzelte in Vares' Nacken wie eine Horde Ameisen.

Vares folgte der Frau schweigsam durch immer wieder neue Gänge. Schließlich blieben sie an einer hellen Tür stehen, in die in der oberen Hälfte eine Milchglasscheibe eingelassen war.

»Worum geht es denn?« versuchte Vares jetzt schon das dritte Mal zu fragen.

»Wird sich schon zeigen«, war die Antwort.

Hinter der Tür wartete ein weißbekittelter Mann mit eingefallenen Wangen und einem großen, braunen Muttermal auf der Stirn.

»Doktor Watsonen, guten Tag.«

»Also Watsonen? Da fehlt ja nur noch Sherlock Holmes!« versuchte Vares die Situation ein wenig aufzulockern. Er konnte seinen Blick nicht von dem langen, schwarzen Haar losreißen, das aus der Mitte des Stirnmals des Doktors herauswuchs.

»Setzen Sie sich bitte dort auf den Stuhl. Ich werde Ihnen dann einige Röhrchen Blut entnehmen.«

»Wofür?« Spätestens jetzt fühlte Vares, dass er ein Recht auf eine Antwort hatte.

»Für eine DNA-Probe.«

»DNA?« fuhr Vares auf.

»Nun, Sie scheinen schon einmal davon gehört zu haben?« Der Doktor verzog gelangweilt den Mund.

»Doch doch, natürlich ...« Vares lief es jetzt noch unangenehmer den Rücken herunter.

»Es handelt sich um eine Untersuchung, die Kriminalkommissar Pielinen angeordnet hat. Wir werden Ihnen eine DNA-Probe entnehmen und diese mit einer Tatortprobe vergleichen. Das ist zweifellos ein noch recht neuer Teilbereich der Verbrechensuntersuchung, aber er setzt sich immer stärker durch«, referierte der Doktor mit trockener, müder Stimme, als er die durchsichtigen, dünnen Glasröhrchen auf ein Gestell legte, das auf dem Tisch stand.

»Aha. So so.«

Vares kam nicht gegen das unangenehme Gefühl an, das in ihm aufstieg. Er hatte noch nie auf diese weißbekittelten Medizinmänner vertraut. Er hatte nicht die geringste Ahnung von ihren an Alchemie erinnernden Gauklereien. Und gerade in solchen Situationen geschah es, dass eine an Phobie grenzende Unruhe in ihm zu ganz neuen Ausmaßen heranzuwachsen begann. War es wirklich so, dass dieser Kerl mit dem Beerdigungsunternehmerblick und dem mistkäfergroßen Muttermal auf der Stirn auf Grundlage seiner Testergebnisse darüber entscheiden würde, ob ein gewisser Jussi Valtteri Vares die kommenden zwölf Jahre auf dem Kakola-Hügel hinter Gittern verbringen musste? Unschuldig – aber gemäß der Verordnungen, Paragraphen und Testergebnisse verurteilt!

Dieser Gedanke verursachte ein widerliches Gefühl in Vares' Unterleib.

»Wie zuverlässig sind solche Tests?« Vares fuhr mit der Zunge über seine ausgetrockneten Lippen.

»Heutzutage äußerst zuverlässig. Die Technik ist in den letzten Jahren mit großen Schritten vorangegangen.«

Die Technik.

Die Raumfahrttechnik der *Nasa* wird als die beste der Welt bezeichnet. Dennoch brennt jedes zweite Raumschiff am Himmel ab wie eine riesige Wunderkerze. Und dann diese Atomkraftwerke. Ihre Technik war ja erst recht idiotensicher.

Das also zu den Ingenieuren, Chemikern, Ärzten und zur Verlässlichkeit der Technik.

»Versuchen Sie, sich dieser Situation gegenüber etwas unverkrampfter zu verhalten.« Doktor Watsonen warf Vares einen scharfen Seitenblick zu.

»Hör'n Sie, das ist für mich doch so unverkrampft, als würde ich im nüchternen Zustand ein Tänzchen aufs Parkett legen«, lachte Vares.

Der Doktor öffnete eine antiseptische Vakuumverpackung. Dann spülte er sich unter dem Wasserhahn die Hände ab.

»Wann werden die Ergebnisse des Tests vorliegen?« Vares korrigierte seine Sitzhaltung. Er konnte seine Augen nicht von der unheilverkündenden Reihe von Proberöhrchen losreißen. Die seltsamen Düfte in dem Labor bissen stechend in seiner Nase.

»Ich kann's für nächste Woche versprechen. Kriminalkommissar Pielinen hat diese Untersuchung in der Dringlichkeitsordnung an oberste Stelle gesetzt.« Doktor Watsonen hatte eine lange Spritze hervorgeholt. Die dünne Kanüle schimmerte im Licht der Neonröhren alles andere als besänftigend.

»Wird es wehtun?« Vares fühlte, wie ihm ein schmaler Schweißbach den Rücken hinunterlief.

Auf seine Frage bekam Jussi Vares schon in fünf Sekunden eine Antwort. Die Proberöhrchen begannen sich allmählich mit dickflüssigem, dunklem Blut einzufärben.

Zwanzig Minuten später trat Jussi Vares durch den Haupteingang des Polizeipräsidiums auf die von einer milden Sonne beschienene Eerikinkatu. Die sommerliche Pracht, die sich um ihn herum ausbreitete, nahm er jedoch nicht wahr. Er bemerkte nicht einmal den in einer Entfernung von einigen Dutzend Metern die Straße überquerenden, ausrufezeichenknappen Minirock.

Jussi Vares linke Ellenbogenbeuge schmerzte. Er hielt einen weißen Baumwollbausch fest gegen die Einstichstelle der Spritze gedrückt.

Vares versuchte gegen den Verfolgungswahn anzukämpfen, der aus dem schmutzigen Bilgewasser hervorstieg, das sich im Maschinenraum seines Gehirns angesammelt hatte. Aber vergebens. Dort flüsterte eine beharrliche, Unruhe schürende Stimme, die nicht locker ließ. Jussi Vares musste sich am Kragen packen, damit er nicht von Panik überwältigt wurde.

44

Der erste Schluck Goldi brannte anregend und erwärmend in Vares' Kehle. Und König Alkohol blinzelte ihm ermunternd zu. Der alte Lump versicherte, dass es eigentlich gar keinen Grund zur Beunruhigung gäbe. Das *Wanha Portti* lebte und es vermittelte ein Gefühl von Vertrautheit und Sicherheit. Die bedrückenden und erbärmlichen Stunden des Tages waren schon Erinnerung. Riitta Niiles' müdes und leidendes Gesicht. Der Terpentingeruch im Labor des Polizeipräsidiums ...

An Vares' Tisch hatten sich im Laufe des Abends neue Gesichter gesellt. Roope, Bataillonsadjutant in Reserve, teilte frei heraus mit, dass es zu den obersten Tätigkeiten eines Adjutanten gehöre, auf dem vom Bataillon besetzten Gebiet geeignete Hinrichtungsplätze zu finden. Je nach Situation müsse er dann den Entschluss treffen, ob man auf dem jeweiligen Platz die Eigenen oder die Feindlichen hinrichten sollte. Edu wagte die Sache anzuzweifeln. Roope erwiderte, dass es dem Rang eines Adjutanten nicht angemessen sei, sich mit irgendwelchen Kellenschwingern aus der Verpflegungstruppe über taktische Fragen zu unterhalten.

Etwa um elf Uhr schob sich der Gynäkologe Kimmo Jansson zum Tresen durch. Vares gesellte sich zu ihm, obwohl die Miene des Mannes eher ablehnend war. Jansson war jetzt nüchterner als beim letzten Mal und kündigte an, dass er nur ein schnelles Bier trinken und danach wieder gehen wolle.

Vares kam sofort zur Sache. Er fragte geradeheraus, ob Jansson von den gemeinsamen Geschichten zwischen Mikko Berg und den Kaerla-Brüdern gewusst habe.

Jansson nahm mit abwesendem Blick einen Schluck Bier und erzählte schließlich, dass Mikko Anfang April bei irgendeinem Beratungsgespräch den Gedanken aufgeworfen hätte, man könne doch versuchen, die Schärengrundstücke, die ihnen wie ein Klotz am Bein hingen, an die Kaerlas zu verlieren.

»Zu verlieren?« vergewisserte sich Vares.

»Genau das Wort hat Mikko verwendet.«

»Wie ging die Geschichte weiter?«

»Sie ging überhaupt nicht weiter.« Jansson hob die Schultern. »Mikko hat nichts mehr zu verlieren. Gute Nacht ...«

Als Vares an seinen Tisch zurückkehrte, war er sich mit der Bedingungslosigkeit eines Betrunkenen noch viel sicherer als zuvor oder eigentlich völlig sicher, dass niemand anderes als die Kaerlas die Lösung des Rätsels sein konnten. Morgen, wenn er sich von diesem Abend erholt haben würde, musste er der Sache auf den Grund gehen.

Jemand bemerkte den rötlichen Kratzer unter Edus linkem Auge. Edu war sich nicht sicher, aber er vermutete, dass er sich die Wunde in der vergangenen Nacht, etwa gegen vier, an der Tür zum Nightclub des *Hamburger Börs* zugezogen hatte. Irgendein Typ aus Pori oder Tampere oder so hatte allzu begeistert mit dem Häkelhaken geschwungen. Dabei war dann wohl sein Haar ein wenig aus der Façon geraten.

Zur Mitte der Nacht war die ganze Truppe bereit, die etwa zwanzig Stufen nach unten zu steigen, in den Keller des *Wanha Portti*. Es herrschte beträchtlicher Lärm, man stand dicht an dicht für den Karaoke-Auftritt an. Eine dicke Lady sang gerade mit schneidender Stimme den *Mombasa*-Song von Taiska.

Die Gruppe bestellte ihr Bier und ließ sich an einem Ecktisch nieder. Irgendwann nach ein Uhr kam der musikalische Höhepunkt. Der einzige an diesem Abend. Untsu stand vom Tisch auf, griff zum Mikrofon und zog seine unsterbliche Glanznummer ab. Seine Interpretation von »My way« hatte mehr Power als ein ganzes Marinemusikcorps.

Vares hatte in diesem Stadium des Abends bereits einen Zustand erreicht, in dem ihn das Lied in eine rührselige Stimmung versetzte. Er versuchte noch mehr Bier in sich hineinzukippen, aber es blieb ihm in der Kehle stecken. Vares erhob sich etwas unsicher und drängte sich zur Toilette durch.

Auf dem Treppenaufgang kam ihm Mikko Berg entgegen.

Vares rieb sich ungläubig die Augen.

Bei genauerer Betrachtung hatte der Mann jedoch eine viel zu kleine Nase und der Scheitel war auf der falschen Seite, was für Vares eine ziemliche Erleichterung war.

»Grüß dich, Vares!« Ein kleiner, stoppelgesichtiger Bursche klopfte Vares an der Tür zur Toilette auf die Schulter.

»Ach, grüß dich.« Jussi Vares hatte den Mann noch nie in seinem Leben gesehen.

»Wie war's denn neulich noch, hä?«

»Ganz nett so, aber Anja war ein wenig verärgert wegen der Yucca-Palme«, antwortete Vares schnell.

»Was? Wegen der Palme? Aha! Ja ja ...« Der Mann folgte Vares aufs Klo, stellte sich vor das benachbarte Becken und strullte drauflos.

Vares ließ sich nicht stören.

»Ich wollt nur mal fragen, ob du sie schon gefüllt hast ...« Der hartnäckige Aufdringling öffnete erst in der Abschüttelphase wieder seinen Mund.

»Doch, hab ich. Es sind fast 40 Liter gewesen. Stell dir vor. Das hätte ich nie gedacht!« Vares unterstrich seine Antwort, indem er mit der linken Hand einen großen Bogen beschrieb.

»Nee, hör mal. Jetzt bringste da wohl irgendwas durcheinander ...« Der kleine Typ kratzte ein wenig unsicher sein Stoppelkinn. »Ich meinte diesen Vogel ...«

»Den Vogel?«

»Genau. Diese Krähe oder so, die du neulich nachts mit nach Hause genommen hast. Muss wohl schon 'ne Woche her sein. Du hattest dir fest vorgenommen, sie irgendwo hinzubringen, irgendwo ... ins Konservatorium, um sie ausstopfen zu lassen. Damit hast du wenigstens rumgetönt ...«

»Ach, den Vogel meinst du!«

»Ja, der steht doch sicher schon mit ausgebreiteten Flügeln auf deinem Bücherregal, nicht wahr?« setzte der Typ beharrlich fort.

»Nein.«

»Was heißt das?«

»Tja, es war dann doch keine Krähe. Ich hab ihn im Klo runtergespült ...« Vares drehte dem neugierigen Typen den Rücken zu und verließ die Toilette.

Er kämpfte sich durch das Gedränge zum Ecktisch durch. Auf der Karaoke-Bühne sang gerade ein Damen-Duo, unsauber und mit schrillen und harten Stimmen, einen banalen finnischen Schlager.

45

Der Rotary-Club »Die Frühaufsteher« hielt seine wöchentliche Morgenversammlung im Restaurant des Hotels *Marina Palace* ab.

Gleich zu Anfang war der Präsident des Clubs die laufenden praktischen Angelegenheiten durchgegangen. Einige Beschlüsse waren bereits von den Anwesenden akzeptiert worden. Zum Beispiel war zum verantwortlichen Organisator des geistlichen Konzerts, das am ersten Advent für die Rotarier und ihre Familien in der Domkirche veranstaltet werden sollte, der Geschäftsführer Per-Olof Kaerla ernannt worden.

Der Referent an diesem Morgen, Assessor Taito Lemmetyinen, hatte seinen ausführlichen Vortrag über die Entwicklung der Takelage von Segelschiffen zwischen 1500–1900 bereits beendet, als Karl-Erik Kaerla erschien. Sein Eintreffen brachte die Köpfe der Rotarier zum Rotieren.

Frühaufsteher war nicht gerade das richtige Wort, um die äußere Erscheinung des jüngeren Kaerla zu beschreiben.

Sein normalerweise immer so aalglatter dunkler Pferdeschwanz stand diesmal unordentlich auseinander. Seine Augen waren zusammengekniffen und rot unterlaufen; die bläulichen Ränder zeugten von einer übel verbrachten Nacht. Kaerlas Kinn war unrasiert, was ihm nicht gerade gut zu Gesicht stand. Auch die Bekleidung des Mannes war nicht unbedingt der Situation ganz angemessen – obwohl es sich zweifellos um teure Ware handelte.

Ein karierter Baumwollblazer von *Strellson*. Eine grelle Krawatte von *Kenzo*. Eine locker sitzende rötliche Hose. Und last but not least ganz gewagte, weinrote *Carnaby Street Shoes*.

Karl-Erik Kaerla hielt einen Moment an der Treppe Ausschau und entdeckte schließlich seinen Bruder, der mit seiner Herrengesellschaft an einem Fenstertisch saß. Er erhob schlaff die Hand, ging zum Buffettisch, schaufelte sich einen Teller mit Essbarem voll und steuerte auf den Tisch des Bruders zu.

Einige längere Blicke verfolgten den Mann.

Per-Olof Kaerla trug einen dunkelgrauen Zweireiher von *Oscar Jacobson*, ein weißes *Boss*-Hemd und eine bläuliche Krawatte desselben Herstellers. Die anderen Herren der Tischgesellschaft, der Gebietsleiter der *KOP-Bank*, Kari Kuunvalo, der Stadtplaner Nils Blomstedt und der Geschäftsführer Eero Erävainio, waren ungefähr im selben Stil gekleidet. Karl-Erik Kaerla begrüßte die Anwesenden nachlässig, setzte sich auf einen freien Stuhl und begann die Portion mit morgenkaterlicher Gier in sich hineinzuschlingen.

Per-Olof Kaerla schob seinen Teller von sich weg, wischte sich mit der Serviette über die Mundwinkel und lehnte sich zurück. Seine Miene wirkte abweisend und gelangweilt.

Die Uhrzeiger gingen bereits auf neun zu. Der Morgentreff der »Frühaufsteher« neigte sich seinem Ende entgegen. Die Herren standen polternd von ihren Tischen auf, wünschten ihren Rotary-Brüdern für den Rest der Woche alles Gute und verschwanden schließlich einer nach dem anderen, um zu den Geschäften des Tages überzugehen.

Auch Kuunvalo, Blomstedt und Erävainio schlürften ihre Kaffeetassen leer, nickten und gingen in Richtung Garderobenständer. Per-Olof Kaerla blieb an seinem Platz sitzen. Er starrte mit verschlossenem Blick aus dem Fenster auf den gemächlich dahinfließenden Aurajoki.

Einige Male blickte Kaerla mit scharfem Auge den konzentriert seinen Teller verputzenden kleinen Bruder an. Mehrmals gelang es ihm, sich mit einer auf der Zunge liegenden Bemerkung zurückzuhalten. Dann aber musste er seiner schlechten Laune freien Lauf lassen.

»Du hättest dein Frühstück heute Morgen genauso gut an irgendeiner Wurstbude einnehmen können.« Die Stimme des älteren Kaerla war genauso abweisend wie seine Miene.

»Vielleicht. Aber dort hätte ich nicht die Gelegenheit gehabt, mit meinem Bruderherz zu sprechen. So ganz vertieft – von Mann zu Mann.« Karl-Erik rülpste und wischte mit einer Serviette das Rührei von seinem dunklen Stoppelbart ab.

»Was jetzt?«

»Was jetzt! Himmelarsch!« Karl-Erik schleuderte die zusammengeknüllte Serviette auf den Tisch. »Nach all den Geschichten in den letzten Tagen hebst du nur gelassen die Schultern. Und was jetzt!«

»Ich habe schon seit längerem bemerkt, dass du dich allmählich kaputt machst, mein Brüderlein«, sagte Per-Olof langsam. »Das macht keinen guten Eindruck.«

»Du hast gut reden.« Karl-Erik blickte zu den sich bereits leerenden Nachbartischen und dämpfte seine Stimme. »Ich bin es doch, der hier alles erledigt hat. Ich bin in vorderster Linie gewesen. Ich habe mich die ganze Zeit um die unangenehmsten Aufgaben gekümmert. Du hast dich nur zufrieden zurückgelehnt und das Ganze aus dem Hintergrund beobachtet. Wenn die Sache jetzt eine schlechte Wende nimmt – die Zeichen dafür liegen ja schon in der Luft –, dann stellt sich die Frage, wie denn der Kuchen verteilt werden soll.«

Per-Olof gab keine Antwort auf die Frage.

»Ist jetzt nicht überraschend der Fall eingetreten, dass der kleine Bruder für beide in die Mangel genommen wird? Hast du vielleicht schon einmal in deinen Mußestunden über diese ziemlich wahrscheinliche Möglichkeit nachgedacht? Du hast doch immer davon gesprochen, dass man sich schon im Voraus auf alles einstellen sollte. Was?«

»Du bist ja hysterisch«, entgegnete Per-Olof mit einem ungläubigen Lachen. »Ein böses Zeichen. Was um Himmels willen willst du eigentlich? Sprich, guter Mann!«

»In erster Linie nur, dass wir uns mal zusammensetzen und ernsthaft über die ganze Angelegenheit reden. Das will ich. Miteinander reden, so von Mann zu Mann. Ich habe das jetzt wirklich nötig, verstehst du?« Der jüngere Bruder tätschelte dem älteren mit einer versöhnlich gemeinten Geste auf die Schulter.

»Hmm, nun ja.« Per-Olof blickte auf seine goldene *Patek Philippe*. »Ich hab in einer Stunde eine Verabredung zum Brunch im *Suomalainen Pohja* …«

»Dann ist ja Zeit genug. Gehen wir dort drüben an den Ecktisch. Dort kann man uns nicht so leicht hören.«

Nachdem sie sich an den Tisch gesetzt hatten, schob Kare Kaerla die Hand in seine Jacke, wie um sich zu vergewissern, dass er die Brieftasche noch bei sich hatte. Sein Zeigefinger berührte eine empfindliche Sensortaste. Die Hand kam sofort wieder zum Vorschein.

»Nun, frei heraus, mein Bruder.« Per-Olof breitete auffordernd die Hände aus.

»Also, erst einmal. Ich habe mich heute Morgen im *Hotel Aura* erkundigt. Der Este ist verschwunden, ohne jedoch das Zimmer freigegeben zu haben.« Kare rückte mit dem Stuhl einen halben Meter näher an seinen Bruder heran.

»Und weitere gute Nachrichten. Mauno ist immer noch nicht aufgetaucht. Er ist wie vom Erdboden verschwunden.«

»Es wird sich sicher auch dafür eine plausible Erklärung finden …«

»Deine ewige Gelassenheit kotzt mich an. Gib doch zu, dass wir mit viel zu hoher Geschwindigkeit in einer siebenunddreißig Grad warmen gelben Plörre die Wasserrutschbahn hinuntergleiten.«

»Diese ständige Trinkerei tut deiner Psyche nicht gut. Zuerst geht der Schnaps an die Nerven. Das ist eine erwiesene Tatsache.«

»Du gehst mir an die Nerven!« Kare Kaerla brauste mit erhobener Stimme auf und blickte dabei verstohlen um sich.

»Wer war es denn, der die verfluchte Idee hatte, einen Consulter namens Timo Niiles mit in das Liittoinen-Projekt hineinzunehmen? Du, mein Bruder! Es geht auf deine Kappe, dass der Mann mit ins Spiel kam und ein wenig zugesehen und geschnüffelt hat. Und dann, als er zufällig selbst in finanzielle Bedrängnis kam, hat er natürlich versucht, aus seinem Wissen Kapital zu schlagen.«

»Ja, verdammt noch mal!« zischte Per-Olof zwischen den Zähnen hindurch. »Wenn du nur so viel Verstand gehabt hättest, den Burschen auf andere Weise aus dem Weg zu räumen. Aber nein!

Du bist selbst, in eigener Person, in das Büro dieses Kerls marschiert und hast die ganze Operation auch noch von einer versteckten Kamera aufnehmen lassen. Und schon hatten wir wieder einen neuen Blutegel am Arsch. Hol's der Teufel! Und dann noch einer von unseren Rotary-Brüdern.«

»Nun, Mauno hat einen schweren Fehler begangen, als er sich Berg vorknöpfte. Berg hätte die Kassette dabei haben sollen, so war es abgemacht. Mauno sollte ihm zunächst das Video abnehmen, und dann sollte der Este nach einer angemessenen Zeit die Sache zu Ende bringen, wenn das mit unseren Alibis geregelt war ...« Karl-Erik rückte erneut ein paar Handbreit näher. »Aber dann kam es zu dieser beschissenen Verzögerung, und wir mussten den Kerl viel länger als geplant bei uns behalten. Aber auch da hat er nicht preisgegeben, wo sich die Kassette befand. Klar, als Kaufmann hat er ja verstanden, dass das Band sein einziges noch gültiges Zahlungsmittel war. Scheiße, dass Mauno ihn damals am Samstagnachmittag für einen Moment aus den Augen verloren hat, bevor wir ihn in unsere Obhut nahmen. Irgendwo hat er zwischendurch die Kassette verstecken können ...«

»Warum spulst du eigentlich wie einen verdammten Vortrag diese alten Geschichten ab?« Auf Per-Olofs Gesicht zeigte sich ein Ausdruck von Verwunderung. »Willst du hier irgendwann vor den ›Frühaufstehern‹ ein Referat darüber halten, oder was?«

Kare zupfte mit nervöser Miene sein Jackett zurecht und sagte: »Nein, und ich möchte über das Thema auch nicht vor einer gewissen blauuniformierten Bruderschaft referieren. Das versuche ich gerade bis zum allerletzten Augenblick hinauszuzögern.«

»Du malst schon die ganze Zeit den Teufel an die Wand ...« Per-Olof lächelte müde.

»Tu ich das? Lass jetzt mal für einen Augenblick deine unschuldige und selbstsichere Maske fallen. Du hast hier viele schwere Entscheidungen getroffen. Und die meisten sind total falsch gewesen. Ich bin sogar der Meinung, dass es sich gelohnt hätte, mit Berg zu verhandeln.«

»Was du nicht sagst«, erwiderte Per-Olof mit einem teuflischen Schmunzeln. »Hätten wir uns etwa von diesem Ekelpaket wie die Hunde an der Leine führen lassen sollen? Hätten wir ihm diese von Möwenschiet bespritzten Strandfelsen zum dreifach überhöhten Preis abkaufen sollen? Und danach? Was wäre die nächste Forderung gewesen?«

»Na gut, gehen wir die Sache mal etwas ruhiger an ...« Kare Kaerla strich mit der Hand über seinen Pferdeschwanz. »Vergessen wir alles Gewesene. Denken wir nur mal über die gegenwärtige Situation nach. Also – eine gewisse Anneliisa scheint immer noch am Leben zu sein. Der Este ist jedenfalls über alle Berge. Mauno ist verschwunden wie ein Frosch im Brunnen. Und so ein Wichser namens Jussi Vares sitzt uns die ganze Zeit im Nacken. Hat dir kürzlich sogar eine Kopie von Bergs Drohbotschaft zukommen lassen. Dieser Bursche weiß eindeutig zu viel. Scheint Wind davon gekriegt zu haben. Wie sieht die Lage aus, was meinst du?«

»Vares kann nichts Ernsthaftes in der Hand haben. Keine stichhaltigen Beweise jedenfalls. Nur wage Vermutungen und einen Zeitungsausschnitt, der nichts Besonderes hergibt. Aber man muss sagen, dass der Kerl auch sonst ein nerviges Arschloch ist. Er hätte 'n paar Schläge mit dem Stock verdient. Wie geht's übrigens der ehemaligen Freundin dieses Herrn Vares? Dieser Tittenkellnerin aus dem *Surutoin*?«

»Hab ihr den Laufpass gegeben.«

»Hast du dich dieses Mal wenigstens etwas cleverer angestellt? No hard feelings?«

»Na sicher, klar doch. Als Freunde auseinander gegangen, wie man so sagt.« Kare Kaerla fuchtelte verärgert mit der Hand. »Aber kommen wir zur Sache zurück ..., also zu unserem verdammt großen Problem. Die Kassette ist immer noch verschollen. Das ist das, was uns im Moment die größten Kopfschmerzen bereitet. Aber könnte es vielleicht doch sein, verflixt, dass dieser Vares sie hat?«

»Bestimmt nicht. In diesem Fall hätte der Kerl seine Informationen schon weiterverbreitet – bis hin zur Polizei. Ich tippe immer noch auf diese Witwenfotze, Anneliisa Eloranta. Berg hat also doch die Wahrheit gesagt, als er auf die Kugel wartete.«

»Was machen wir als Nächstes?«

»Lass uns darüber gleich Morgen früh reden. Heute ist die Zeit ein bisschen knapp. Henkka und Kervinen sind gute Jungs. Betrauen wir sie mit der Sache. Sie sollen die Frau ausfindig machen, mit ihr in irgendeine entlegene Gegend fahren und sie zum Reden bringen.«

»Die Jungs haben vielleicht nicht ganz das richtige Format für so eine Sache ...«

»Noch nicht. Aller Anfang ist schwer. Aber es ist höchste Zeit für sie zu lernen. Die Jungs verstehen immerhin etwas von Geld. Und in dieser Situation haben wir keinen Grund mehr zu knausern. Einige Hunderttausend hier und dort sind im Verhältnis zur Gesamtheit nur Peanuts.« Per-Olof Kaerla schaute auf die Uhr, die an seinem Handgelenk funkelte.

»Okay. Mehr hab ich eigentlich nicht auf dem Herzen – für dieses Mal. Was steht bei dir auf dem Tagesprogramm?« seufzte Karl-Erik.

»Nun, zuerst hab ich natürlich dieses Vormittagstreffen im *Suomalainen Pohja*. Dann esse ich um zwölf Uhr mit Saarnilahti zu Mittag. Und um zwei gehe ich zu einer Ausstellungseröffnung in die Galerie *Titanik* ...«

»Hey, was willst denn du dort? Bist du nicht eher einer von diesen Schickimickigalerieleuten?«

»Ich will damit nur ein wenig Weitblick beweisen. Wir haben mit den Jungs ein wenig über den Platz im Kulturausschuss gesprochen, der nach den nächsten Wahlen zu besetzen ist.«

»Du meine Güte, wie du das alles schaffst«, lachte Kare Kaerla auf. »Da hab ich's ja mit'm richtigen Konjunkturritter zu tun. Wie kannst du eigentlich all die Zeit locker machen? Hast du überhaupt noch Zeit zum Poppen?«

»Aha, es wird wohl allmählich Zeit, sich in bessere Gesellschaft zu begeben.« Per-Olof Kaerla blickte erneut auf seine Armbanduhr.

»Tu dir keinen Zwang an. Ich werde dich nicht länger aufhalten.«

»Nur ein kleiner brüderlicher Rat.« Per-Olof stand auf und strich sich die Hose glatt. »Halt dich mal ein wenig mit dem Schnaps zurück. Es kommt nichts Gutes dabei raus. Und gerade jetzt, wo wir so harte Zeiten durchmachen. Ein Schluckspecht kann mitunter sein Urteilsvermögen verlieren.«

»Danke für den Rat, mein guter Bruder. Hoffentlich war er wenigstens kostenlos.«

»Ach ja, noch eine andere Sache.« Per-Olof kratzte sich nachdenklich an der Stirn. »Ich habe heute in der ›Lustbarkeit‹ die Sektion für internationale Beziehungen der Junior-Handelskammer zu Besuch. Geselliges Beisammensein mit Programm. Es kann ziemlich spät werden. Ich dachte nur, dass es angenehmer wäre, wenn …«

»Wenn ich mich nicht blicken lasse?«

»Genau. Nimm dir einfach ein Zimmer im *Hamburger Börs,* wenn dir danach ist …«

»Verdammt! Der Besitzer der Villa ›Zur Lustbarkeit‹ ist die Firma *Nastalautaan Ltd.,* wenn ich mich recht erinnere. Und ich wiederum besitze die Hälfte der Aktien dieser Firma.« Kare Kaerla kniff die Augen zusammen.

»Natürlich. Aber wenn du in der Nacht mit irgendwelchen Leuten auftauchst, so geht von mir aus in den Strandpavillon. Dort ist es warm, es gibt genug Platz und Schnaps und bei Bedarf steht euch auch die Sauna zur Verfügung …«

»Abgemacht. Ich werde meinen großen Bruder vor seinen wichtigen Gästen nicht blamieren. Du kannst dich auf mich verlassen.« Kare hob zum Abschied die Hand an die Stirn.

»Ich geh jetzt.«

»Geh nur, guter Mann.«

Per-Olof Kaerla entfernte sich mit großen, elastischen Schritten in Richtung Garderobe. Kare blickte ihm mit einem süffisanten Lächeln hinterher. Dann traf sein Blick auf eine Serviererin, die etwas weiter von ihm entfernt die Tische abräumte.

»Fräulein. Ein *Aura*. Am liebsten total kalt.«

Kare Kaerla nahm auf dem Stuhl eine bequemere Haltung ein und schob eine Hand in die Brusttasche seines 2950 Mark teuren hellkarierten Jacketts. Der Zeigefinger fand die Sensortaste ohne Probleme. Das Band in dem Apparat stoppte.

Kare Kaerla seufzte tief auf. So musste man dieses Spiel spielen. Eine kleine Lebensversicherung tat jedem gut. War doch diese Welt von Grund auf ein so gemeiner Ort.

46

Ein langsamer Laster näherte sich aus Richtung Hafen. Vares überquerte mit einigen längeren Sätzen die Hämeenkatu. Sein Herz schlug ungleichmäßig, und in sein katerbelastetes Gehirn schlich sich der unangenehme Gedanke an die eigene Sterblichkeit, als das schwere Gespann hinter seinem Rücken an ihm vorbeidonnerte.

Die Galerie *Titanik* lag an der Uferstraße des Aura-Flusses, nur einen Steinwurf von Vares' Wohnung entfernt. Vares schnalzte zufrieden mit seiner trockenen Zunge, als er auf dem am nächsten zur Galerie gelegenen Parkplatz an einer abschüssigen Seitenstraße einen schwarzen Mercedes mit dem Autokennzeichen MB-500 entdeckte.

Per-Olof Kaerlas Sekretärin hatte am Telefon dem eigens aus Helsinki angereisten alten Studienfreund ihres Chefs, Olle Ollenberg, den richtigen Hinweis gegeben. Pero hatte sich, trotz des vollen Programms, doch noch so viel Zeit abknapsen können, dass er an der Eröffnung der neuen Ausstellung in der Galerie *Titanik* teilnehmen konnte.

Der besondere Clou der Ausstellung war diesmal, dass alle gezeigten Arbeiten aus essbarem Material bestanden. Wirklich grandiose Ideen waren lediglich aus solchen Rohstoffen verwirklicht worden, die sich in den Süßigkeitenregalen der Eckkioske fanden. Auf einem an der Tür befestigten Plakat war zu lesen, dass die Ausstellung eine Woche dauerte und dass die Werke am letzten Abend verzehrt werden durften.

Als Erstes stieß Vares in dem Gedränge auf den Bildhauer Järvilampi, den er vom Tresen der *Apotheke* her kannte.

»Hallo. Das *Titanik* scheint auch die Gunst des Geldadels gefunden zu haben.« Vares klopfte dem Mann auf die Schultern.

»Wieso?«

»Ich meine gesehen zu haben, dass Per-Olof Kaerla durch die Tür hereinspaziert ist …«

»Scheiße auch. Dieser verfluchte Immobilienanleger will hier anscheinend in unseren Räumen herumschnüffeln. Hat bestimmt wieder so eine Businessidee. Will hier 'ne Wechselstube einrichten oder so!«

»Oder der Mann ist einfach nur ein echter Schöngeist«, entgegnete Vares mit einem zweifelnden Lächeln. »Wo ist übrigens deine Arbeit?«

»Dort im hinteren Raum. Eine aus Lakritz gefertigte schwarze Jungfrau Maria – als Topless-Version. Schade, dass ich sie nicht selbst essen kann, wenn die Ausstellung vorbei ist. Lakritz und zu hoher Blutdruck, das verträgt sich nicht.«

Vares schlängelte sich durch die Menge.

An der hinteren Wand der Galerie entdeckte er vor einem aus Fruchtbonbons gefertigten Fresko Per-Olof Kaerla. Dieser unterhielt sich gerade mit einem Mann, der Vares nur allzu bekannt vorkam. Es war einer der jungen Doktoranden von der Wirtschaftsuniversität, derjenige, der gerade seinen Doktor gemacht hatte.

Das Gespräch schien dem Ende zuzugehen. Die Männer reichten sich zum Abschied die Hände, und der Herr Doktor drängte sich mit erröteten Wangen zur Außentür.

»Grüß dich, Mann!« Vares stieß den Doktor leicht an die Schulter.

»Ach … grüß dich.«

»Hast du Zeit, ein paar Worte zu wechseln?«

»Klar, aber nicht hier im Gedränge. Der Sauerstoff geht aus. Lass uns rausgehen.«

Vares empfand Mitgefühl. Die schmerzliche Miene des Mannes, das bleiche Gesicht, der glasige Blick und die Schweißperlen auf der Stirn sprachen für sich. Der Bursche hatte einen königlichen Kater.

Als Mann vom Fach hatte Vares wirklich Mitleid mit dem Jungen.

»Und die Promotionsfeier ist endlich zu Ende, oder?« Jussi Vares atmete tief durch, als er wieder draußen war. Zweifellos tat auch ihm die frische Luft ganz gut.

»Sicher. Könnte man so sagen.« Der frischgebackene Doktor wischte sich mit dem Handrücken über die Stirn. Seine Haut sah wie ein ausgetrocknetes *Wettex*-Tuch aus.

»Du scheinst diesen Per-Olof Kaerla auch zu kennen?« brachte Vares das Gespräch voran.

»Ja, du auch?«

»Klar. Allerdings habe ich eher geschäftlich mit ihm zu tun.«

»Ähnlich ist es auch bei mir. Weißt du, ich muss heute bei einer von Kaerla veranstalteten Abendgesellschaft der Junior-Handelskammer ein Referat halten. Man wünscht, dass ich dem Vortrag meine frische Diss zu Grunde lege ...« Der Doktor der Wirtschaftswissenschaften zog wie ein Kugelfisch Luft in seine Lungen ein. Seine blutunterlaufenen Augen quollen leidend unter seinen dunklen Lidern hervor.

»Klingt interessant.«

»Der Job ist ansonsten ganz okay, ich bekomme dafür auch ein großzügiges Honorar, aber ... aber ...« Er stieß einen tiefen, herzzerreißenden Seufzer aus. »Mein Zustand ist nicht gerade der bestmögliche. Wenn du verstehst?«

»Klar doch, ich verstehe. Nur allzu gut«, versicherte Vares.

»Ich habe Kaerla gerade irgendwie zu erklären versucht, dass es besser wäre, die Sache auf die nächste Woche zu verschieben, quasi aufgrund höherer Gewalt, aber er wollte nichts davon wissen. Der Vortrag wird so gehalten, wie es vorher abgemacht war. Da hilft nichts.«

»Na, dort wird immerhin ordentlich was aufgetischt«, versuchte Vares zu trösten.

»Mit Sicherheit. Aber wenn die Kondition nicht mehr mitmacht.« Das reumütige Geständnis des Wirtschaftswissenschaftlers klang herzerweichend.

»Wo findet diese Veranstaltung statt?«

»In Kaerlas Villa auf Ruissalo. Der Name des Anwesens soll ›Zur Lustbarkeit‹ sein.«

»Und dann noch in so schöner Umgebung.«

»Du, hör mal. Wenn du wirklich an der Sache interessiert bist, dann komm doch heute Abend dort vorbei. Das wird sicher gehen, wo du Kaerla doch schon kennst. Er hat mir fünf Einladungskarten mitgegeben, die ich sozusagen im engsten Kreis, unter Forscherkollegen und entsprechenden Personen, verteilen kann. Aber ich hab jetzt ein wenig Probleme, überhaupt noch jemanden dafür anzuheuern. Aus verständlichen Gründen liegen sie alle im Moment auf den Matratzen und lassen den lieben Herrgott einen frommen Mann sein.«

»Ja. Ich hätte da schon eine Verwendung für eine solche Einladungskarte. Danke auch«, antwortete Vares schnell.

Der frischgebackene Doktor zog mit zitternder Hand eine mit silbernen Buchstaben auf hochwertigem Papier gedruckte Einladungskarte aus seiner Brusttasche hervor.

»Ich muss mich jetzt auf die Socken machen. Mein Nachbar, ein bekannter Arzt, kommt jeden Augenblick von der Bereitschaft zurück. Er soll mir etwas zur Beruhigung geben. Mein Herz schlägt wie ein Presslufthammer.« Der Doktor der Wirtschaftswissenschaften zuckte entschuldigend die Achseln.

»Alles klar. Bis heute Abend.«

»Bis heute Abend, wenn wir dann noch unter den Sterblichen weilen …« fügte der Mann mit einem freudlosen Lachen hinzu.

Der Wirtschaftswissenschaftler ging mit wackeligen Schritten das Ufer entlang in Richtung Domkirche. Vares beschloss, noch für einige Minuten draußen vor der Galerie zu verweilen.

Nach fünf Minuten erschien Per-Olof Kaerla auf der Straße.

In seiner Gesellschaft befand sich eine zur Society gehörende, schon über fünfzig Jahre alte Geschäftsführerin. Vares glaubte sich zu erinnern, dass die Frau irgendein bedeutendes Ehrenamt in der Organisation der Stadt ausübte – war es nicht sogar im Kulturausschuss?

Per-Olof Kaerla erheiterte die Dame mit irgendeiner amüsanten Anekdote.

Jussi Vares fand es an der Zeit, sich zu nähern. Die Glut blieb nicht heiß, wenn man nicht gelegentlich mit dem Schürhaken darin stocherte. Auch Kaerla sollte in passenden Abständen einen Hauch von Verdacht im Nacken spüren. So etwas ging auch dem härtesten Mann an die Substanz.

Jussi Vares wusste dies wie kein anderer.

Vares näherte sich dem Paar von schräg hinten, neigte sich wie im Vorübergehen Kaerla zu und sagte mit gekünstelt fröhlicher Stimme:

»Richtig schmackhaft, diese Ausstellung. Nicht wahr, Pero?«

Kaerla zuckte nicht einmal zusammen. Er hatte die Situation wieder einmal voll im Griff, nickte Vares wie einem flüchtigen Bekannten höflich zu und wandte sich gleich wieder ab, um sein Gespräch mit der Frau fortzusetzen, ganz so, als ob Vares nur Kohlenmonoxyd sei: geruchlos, geschmacklos, farblos.

»Hmm, ich verstehe ja, dass jetzt nicht der richtige Augenblick ist, um über Geschäfte zu reden, Pero. Aber ich dachte, dass ich dich an diese Schärengrundstücke erinnern sollte – Mikkos Grundstücke. Also, das Angebot steht immer noch.« Vares blinzelte.

»Da haben Sie sich geirrt. Ich besitze schon genug Inseln. Sie entschuldigen.« Per-Olof Kaerla griff seiner Gesprächspartnerin leicht ans Handgelenk und geleitete sie fort.

Nach ein paar Metern wandte er sich noch einmal um, als sei ihm plötzlich etwas in den Sinn gekommen. Er blickte Vares gerade in die Augen und sagte mit ruhiger Stimme:

»Übrigens, ein kleiner Tipp – nur als Warnung. In dieser Marktsituation kann die Investition in eine Insel sehr, sehr riskant sein.«

47

»Mika, bitte eine Bloody Mary für den Herrn dort gegenüber«, sagte Jussi Vares.

Vares saß an der Hufeisentheke der Lobbybar des *Hamburger Börs* und hatte nur ein Selters mit Eis vor sich stehen. Das Selters nagte eifrig an seinem Inneren.

Der Abend war bereits so weit fortgeschritten, dass um die Theke herum etliche Sülzköpfe schwirrten, die schon richtig in Fahrt gekommen waren. Ihr Gelalle klang alles andere als angenehm in Vares' Ohren, besonders, weil er so nüchtern war.

Ein großes, kaltes Bier. Dann noch vier Zentiliter von einem guten schottischen Hochländer. Das wäre jetzt das Richtige. Aber dieser Abend ließ ihm keine Möglichkeit dazu. Der Kohlenheizer musste nüchtern bleiben. Und vielleicht musste er heute Abend auch noch Auto fahren.

»Für Kaerla, oder?« Mika hinterm Tresen hob die Brauen und senkte die Stimme zu einem Flüstern.

»Genau für den. Er ist doch der Einzige in der ganzen Bar hier, der das Herrenformat erfüllt«, schmunzelte Vares.

Mika blickte Vares noch einmal etwas zögernd an. Dann ging er fort, um den Drink zu mixen.

Vares ließ seinen Blick zurück über die Theke schweifen, bis er Kare Kaerlas wässrige, von zunehmender Trunkenheit zeugende Augen traf. Kaerla starrte Vares unverwandt an.

Vares erhob sein Glas zum Gruß.

Die Miene auf Kaerlas errötetem Gesicht blieb unverändert.

Mika stellte die Bloody Mary vor dem Mann ab, direkt neben ein halbvolles Kognakglas. Kaerla hob fragend die Augenbrauen.

»Kommt von der anderen Seite der Theke«, räusperte sich Mika und verschwand geschwind, um eine mit gelblichen Sakkos bekleidete schwedische Herrengesellschaft zu bedienen.

Vares hob mit übertrieben freundlicher Miene sein Selters-glas.

»Auf Timo Niiles, unseren gemeinsamen Freund!«

Kare Kaerla zog die Stirn in Falten, zeigte aber sonst keine Reaktion.

»Na gut! Dann eben auf den guten alten Mikko Berg. Das willst du mir doch nicht abschlagen …« sagte Vares mit etwas deutlicherer Stimme.

Kare Kaerla schaute Vares einige Sekunden lang an und drehte dann sein Gesicht nach links. Auf dem benachbarten Barhocker saß ein kleines, muskulöses Männchen, das Kaerla im Laufe des Abends, wie es zu Vares herübergedrungen war, mit dem Namen Henkka angeredet hatte.

Henkka beantwortete den Blick, indem er die Augenbrauen hob.

Kare Kaerla schielte über seine rechte Schulter. Ganz in der Nähe stand ein längerer, durchtrainierter Bursche, der einen Schnurrbart trug, wie man ihn aus Dreißiger-Jahre-Filmen kannte. Vares wusste von dem Typen so viel, dass er Esa Kervinen hieß und aufgrund übermäßiger Gewaltanwendung aus mehreren Karate-Klubs rausgeflogen war.

Kaerlas Komplizen waren schweigsam. Sie hatten den ganzen Abend lang Cola getrunken und nur dann gesprochen, wenn sie von Kare etwas gefragt worden waren.

Karl-Erik Kaerla gab mit seiner tiefen Stimme nur einen einsilbigen Kommentar ab und schon stand Henkka auf, nahm die Bloody Mary in die Hand, ging mit dem Getränk um die Theke herum, stellte es, ohne eine Miene zu verziehen, Vares vor die Nase und kehrte wortlos zu seinem Hocker zurück.

»Was ist jetzt das Problem, Kaerla?« Vares erhob die Stimme, dass sie über die Theke hinweg zu hören war. »Dieses blutrote Getränk wird dir doch nicht auf den Magen schlagen. Einem so großen und harten Mann …«

»Du lebst ein gefährliches Leben.« Kaerlas wies mit dem Zeigefinger über den Tresen.

Der Finger schwenkte wie ein Flintenlauf, der auf eine ausweichende Wildente zielte.

»Du musst es wissen, Kaerla. Bist ja schließlich vom Fach, oder was?«

Vares spürte ein kitzliges Gefühl in der Magengegend. Herumzupöbeln und dem Feind Auge in Auge gegenüber zu stehen. Das prickelte in den Adern und Nervenbahnen wie eine Serie schneller Kurzer. Vares hatte Verständnis für all die Schwätzer und Pöbler, die auf diese Weise ein wenig Schwung in ihren grauen Alltag brachten.

Kaerla begann der Sache sichtlich überdrüssig zu werden, was immerhin zu der Hoffnung Anlass gab oder zumindest die Möglichkeit bot, das Feld von hinten aufzurollen. Ein nervöser und verärgerter Mann war immer verwundbar. Im Vergleich zu seinem dickhäutigeren, jede Situation beherrschenden Bruder war Kare Kaerla ein dankbareres Angriffsziel.

Kare Kaerla winkte verächtlich mit der Hand ab. Er beugte sich erneut zur Seite, um Henkka, dem Kleinen und Untersetzten, etwas zuzuflüstern. Dieser nickte ausdruckslos, schüttete die Cola hinunter und verließ das Lokal. Der Längere, also Esa Kervinen, setzte sich an seiner Stelle auf den frei gewordenen Hocker.

»Hey, Kaerla! Traust du dich selbst, deine Girlfriends durchzupeitschen oder stellst du sie Herrn Kervinen als Sandsack zur Verfügung?« fragte Vares neugierig.

»Pauli!« Kaerla winkte den anderen Barkeeper herbei, der ganz in der Nähe von ihm stand. »Hier ist ein kleiner Beitrag für die Freizeitkasse des Personals …«

Kaerla fischte aus seinem hellkarierten *Strellson*-Blazer einen 500-Finnmark-Schein hervor. Er reichte ihn im lässigen Daumen-Zeigerfinger-Griff über den Thekentisch.

»Teilt das unter euch auf, Hälfte, Hälfte, Jungs. Aber beseitigt zuerst den Kotzhaufen, der dort vor der Theke liegen geblieben ist. Das ist doch immerhin ein Lokal mit Qualität, oder was …?« Kaerla nickte in Vares' Richtung.

»Hör mal, Kare. Auf diese Weise können wir die Streitigkeiten zwischen unseren Stammgästen nicht klären. Tut mir Leid.« Pauli steckte den Schein in Kaerlas Brusttasche zurück.

»Da hörst du's, Kaerla. Alles kann man wohl doch nicht für Geld bekommen.« Vares blickte mit einem breiten Lächeln zur gegenüberliegenden Seite der Theke.

»Man sieht, dass der Mann ein totaler Dummkopf ist. Der weiß gar nicht, wovon er redet ...« lachte Kaerla auf. »Es hängt nur vom Preis ab, von nichts anderem.«

»Ach ja. Dann versuch doch einfach mal, dir einen ruhigen und sorgenfreien Nachtschlaf zu erkaufen. Das wird teuer, was meinst du? Und ob es überhaupt gelingt ...«

Jussi Vares stand vom Hocker auf, verabschiedete sich mit einem Handgruß vom Personal und verschwand in der hellen Düsternis der Sommernacht.

Vares' Mazda war in der Aurakatu geparkt, an dem Straßenabschnitt, der den Hügel zum Kunstmuseum hinaufführte. Vares selbst lehnte an der Wand des nagelneuen, am Rande des Marktplatzes errichteten Grillimbisses. Er hielt einen Wurstburger »mit allem« in der Hand und beobachtete die auf dem Gehsteig vorm *Hansa-Viertel* wogende Menge von Jugendlichen.

Die Autos krochen langsam um das Viertel herum. Die Paarungszeremonien des Abends waren bereits voll im Gange. Einige der Jungen standen, durch den Genuss von Bier gestärkt, wichtigtuerisch auf dem Straßenpflaster herum, rempelten sich gegenseitig an, plusterten sich auf, ließen großkotzige Sprüche ab und machten sich an die Mädchen ran. Andere saßen bei offenem Fenster in ihren Wagen, hatten die Anlagen voll aufgedreht, und der Beifahrer musste auffällig aus der Flasche trinken.

In der Mitte des Marktplatzes fluchten lauthals zwei Streithähne herum und machten in sicherem Abstand voneinander Schattenboxen, sodass keiner von ihnen in Gefahr war.

Ein junger Lulatsch mit Mopedhelm drängte sich neben Vares an die Verkaufstheke, um eine Dampfwurst zu verspeisen. Der Junge nahm nicht einmal während der Mahlzeit den Helm ab, sondern schob nur das Visier hoch.

Ein betrunkenes Pärchen stellte sich mit seinen Hamburgern

an einer Ecke der Bude auf. Alles deutete darauf hin, dass der größte Teil der Portion für die Möwen abfallen würde, die auf dem Dachrand des Grillimbisses in Bereitschaft standen. In weiser Voraussicht verzog sich Vares an den Straßenrand, um den nötigen Sicherheitsabstand zu wahren.

Der schwarze Saab 900 kam zum fünften Mal aus Richtung Yliopistonkatu herangefahren. Die Geschwindigkeit des Wagens entsprach gerade einmal einem schnellen Schritttempo. Da die Scheiben verdunkelt waren, konnte Vares nur undeutlich sehen, dass zwei Männer in dem Auto saßen, der eine hinterm Steuer, der andere auf der Rückbank.

Aus der Menge auf dem Gehsteig löste sich ein mit Jeans und heller Kapuzenjacke bekleideter Jüngling.

Er tat ein paar unsichere Schritte zur Fahrbahn und blieb stehen. Der schwarze Saab ging mit der Geschwindigkeit herunter und hielt schließlich an. Der Junge strich seine Kapuze aus dem Gesicht und bückte sich, um durch das hintere Seitenfenster zu sprechen, das sich automatisch geöffnet hatte.

Als der junge Helmträger seine Wurst verzehrt hatte, warf er die Serviette in den Papierkorb und trat sein Opamoped in Gang. Der Knabe drehte seinen Motor so sehr auf, dass der Geruch des Zweitakters in Vares' Nase kitzelte. Dann fuhr das Gefährt in zackigem Tempo in Richtung Yliopistokatu.

Ein großer, hellblauer Amischlitten, ein Sechzigerjahre-Cabrio, hielt auf der anderen Straßenseite fast direkt hinter dem schwarzen Saab. Die drei Gelfrisuren, die in dem Amerikaner saßen, konnten sofort eine Gruppe von fünf Girlies um sich scharen.

Vares richtete seinen Blick wieder auf den schwarzen Saab. Der Junge war nicht mehr zu sehen, die rechte Hintertür schlug gerade zu. Dann ruckte der Saab an und rollte langsam von dannen. Der Motor des Wagens schnurrte zufrieden wie eine satte Wildkatze.

48

Vares suchte im Autoradio den Lokalsender.

Ressu Redford sang gerade »*Und wieder einmal geht die Sonne auf* …«.

Vares neigte den Kopf und schaute aus dem Seitenfenster zum dunklen Himmel empor. Die Frühsommernacht war gerade an ihrem dunkelsten Punkt angelangt. Erst in etwa drei Stunden würde im Osten der erste rötliche Schein des Morgengrauens zu sehen sein.

Der Nachtwind pfiff durch die Ritzen der Wagenfenster. Die Lichtkegel der Scheinwerfer huschten über die auf beiden Seiten der Straße gelegenen grauen Magazinreihen. Der Metallzaun des Freihafens wollte kein Ende nehmen. Hinter dem Zaun standen in sauberen, unendlich erscheinenden Reihen funkelnagelneue rote und graue PKWs.

Schließlich tauchte in der Ferne der schmale, flache Sund und die zur Insel Ruissalo führende Brücke auf.

Vares überholte einen einsamen, in Richtung Insel fahrenden Mopedfahrer. Auf der Mitte der Brücke kam ihm ein Wagen entgegen, der nicht abgeblendet hatte. Vares fluchte und musste abbremsen. Als er in den Rückspiegel blickte, sah er, dass der Mopedfahrer mit seinem Opamoped am Rande der Fahrbahn stehen blieb, weil er von den Lichtkegeln geblendet wurde.

Die Straße führte in einen großen, alten Eichenwald hinein. Die schmale, schwarze Asphaltbahn zog sich schlängelnd über die Insel hin und führte zwischen Felsgestein und über Niederungen zu dem vor dem Airisto-Archipel gelegenen Badestrand.

Plötzlich schien es Vares, als ob sich die Dunkelheit um einige Grade vertieft hätte. Ganz so, als ob die Schatten, die die Straße säumten, immer schwärzer würden. Dieser Eindruck rührte möglicherweise von den großen, uralten Eichen her, deren Kronen einen großen Teil des Himmels bedeckten. Es konnte aber auch sein, dass seine Nerven empfindlicher als gewöhnlich auf den bevorstehenden Besuch reagierten. Überhaupt hatte er in der letzten Zeit die von seinem Gehirnkasten ausgesandten Signale ernst zu nehmen begonnen. Die Überanstrengung und Nervosität äußerten sich deutlich in physischen Symptomen wie Gliederschmerzen und Muskelverspannungen.

Der Discjockey des Radiosenders legte für die Nachteulen einen flotten finnischen Tanzschlager auf. Vares wechselte schnell den Kanal. Eine Männerstimme sang: »… *ganz schwarz vor Schlangen ist das Land …*«.

In dem großen Kamin des Strandpavillons der Villa »Zur Lustbarkeit« brannte ein heimeliges und wärmendes Holzfeuer.

Karl-Erik Kaerla wuselte, vor sich hin pfeifend, vor dem Barschrank herum. Sein junger blonder Gast saß auf dem Sofa und ließ seine großen, verwunderten Augen durch das geräumige Zimmer schweifen, das mit weichen und tiefen Designer-Ledermöbeln ausgestattet war.

Draußen auf der Veranda sah man die Gestalt von Kervinen, der den Saab gefahren hatte. Er lehnte ganz allein an der Brüstung, rauchte eine Zigarette und schaute über die dunkle Meerenge.

»Was darf's für dich sein?« fragte Kaerla hinter der mit echtem Marmor verkleideten Bartheke.

»Was … ähh, ich bin Jaakko, oder auch Jakke …« Der Junge auf dem Sofa schreckte hoch.

»Nun ja, nenn mich einfach nur Kare, hey. Aber ich hab dich gefragt, was du trinken willst?«

»Hast du 'n Bier, ein starkes?« Der unruhig umherschweifende Blick des Knaben verriet, wie angespannt er war.

Kaerla verstand, dass das Bürschchen zum ersten Mal mit einem Onkel mitgegangen war. Er war zwar angekommen und hatte nach Schnaps gefragt und sich dann erkundigt, ob man privat noch ein wenig weiterfeiern würde, aber ein Professioneller war er nicht. Andererseits war es natürlich viel besser so …

»Klar, hab alles Mögliche da. Und noch bessere Sachen als diese Bierscheiße«, versicherte Kaerla.

»Schütt mir ruhig dasselbe ein wie dir.«

»Ich werd mal meine Spezialmischung machen. Die ist total gut. So'n richtiger Strammer für 'n echten Mann. Wir haben ihn den ›Kracher von Airisto‹ genannt. Den trinken wir oft im Boot mit 'n paar Freunden. Magst du eigentlich Bootsport, Jakke? Ich hab dort am Steg so 'ne neuere 35-Fuß-Sea-Ray. Wir sind mit der schon 'n paarmal vor Schweden gewesen. Da dauert die Überfahrt nicht so lange wie mit diesen roten oder weißen Etagendampfern, wenn man mal richtig auf die Tube drückt ...«

Im selben Moment ging die Außentür auf. Kervinen stand auf der Schwelle. Er deutete in Richtung Veranda.

»Sorry, 'ne kleine Störung. Aber probier mal davon«, sagte Kaerla. Er setzte dem Jungen ein großes Glas vor, das Eis und Ananassaft enthielt, Zuckerlösung – um den Alkoholgeschmack zu überdecken – und mindestens acht Zentiliter sechzigprozentigen russischen Wodka.

Kaerla hob den Daumen, zwinkerte ermutigend und folgte Karvinen nach draußen.

»Rönnblom ruft gerade an. Henkka ist Vares den ganzen Abend auf den Fersen geblieben und stell dir vor, was los ist? Ein dunkelblauer Mazda sechs-zwo-sechs neueren Baujahrs ist gerade eben an der Kreuzung beim Golfplatz hierher abgebogen«, erklärte Esa Kervinen und fuchtelte aufgeregt mit seinem Mobiltelefon herum.

»Kommt der Kerl einfach hierher!« Kare Kaerla glaubte seinen Ohren nicht zu trauen. »Da ist dieser Scheißhaufen auch noch so dreist und ...«

»Ja, es hörte sich ganz so an, als ob dieser Schwanz hierher unterwegs ist.«

»Sag Henkka, dass er an ihm dranbleiben soll, und geh du los und nimm ihn in Empfang. Bring den Burschen direkt zum Strand. Aber macht keinen unnötigen Lärm, damit mein Bruder und seine scheißwichtigen Gäste nicht gestört werden. Erledigt die Sache ohne viel Aufhebens.« Kare Kaerla zeigte mit dem Daumen in Richtung der festlich beleuchteten, stattlichen Holzvilla, die in einer Entfernung von hundert Metern zu sehen war.

»Und wenn er sich widersetzt?« In Kervinens Stimme lag ein kaum merklicher Ausdruck von Vorfreude.

»Das würde dem Mann übel bekommen, nicht wahr?« Kare Kaerla gab Kervinen einen Klaps auf die Schulter, packte den Türgriff und ging ins Haus hinein.

Vares musste wegen der weichen Oberschicht der Schotterstraße und der verschlungenen Kurven immer wieder mit der Geschwindigkeit heruntergehen. Einmal musste er für eine Minute stehen bleiben, um auf einem der Kartenausschnitte in dem aus dem Handschuhfach hervorgeholten Telefonbuch nach dem Weg zu suchen. Schließlich fand er jedoch den mehrere hundert Meter langen, von Laubbäumen gesäumten Straßenabschnitt, der direkt zu dem hell erleuchteten, zweistöckigen Haus führte.

An einer Kreuzung stand ein aus Bronze gefertigtes Schild, auf dem in großen, verschnörkelten Buchstaben geschrieben stand: VILLA »ZUR LUSTBARKEIT«.

Unmittelbar dahinter kam ein weiteres, etwas anspruchsloseres Schild: PRIVATGRUNDSTÜCK, BETRETEN STRENGSTENS VERBOTEN.

Vares straffte das Kinn und schaltete in den Zweiten. Es gab keinen Grund umzukehren, hatte er doch eine offizielle Einladung in der Brusttasche.

Auf dem Parkplatz der Villa standen an die zwanzig Wagen der oberen Preisklasse. Auf beiden Seiten der stattlichen Veranda brannten Partyfackeln, die im nächtlichen Dunkel eine feierliche und würdevolle Stimmung verbreiteten. Vares parkte seinen Mazda neben einem neu aussehenden Pontiac und stieg aus. Im selben Moment wurde er auf einen anderen Wagen aufmerksam, der mit etwas übertriebener Geschwindigkeit die Allee entlang in Richtung Villa fuhr – die Lichtkegel bewegten sich hin und her im Dunkel der Nacht.

Der ankommende Wagen bog auf knirschendem Kies zum Parkplatz ab.

Vom Fahrersitz erhob sich ein kurzer, breiter Männerschatten. Und im selben Augenblick hörte man hinter dem Pontiac das Rascheln schneller Schritte. Vares blickte instinktiv über seine Schulter. Er konnte noch einen schmalen Schnurrbart und eine schwingende Handbewegung wahrnehmen. Wie auf Knopfdruck erlosch vor Schmerz das Licht in seinen Augen.

49

Jussi Vares stand auf der Veranda des Strandpavillons. Oder eigentlich lehnte er an der Brüstung und hielt sich mit der linken Hand an der Schmucksäule fest, die das Verandadach stützte.

Rönnblom hatte Vares rechte Hand fest im Griff. Kervinen stand wachsam einige Meter entfernt von ihnen. Der Abstand war gerade ausreichend, um Schwung für einen heftigen Karatekick zu holen.

Vares hatte schon häufig diesen Vergleich gehört: Die Knie so weich wie Gelee. Jetzt wusste er, wie es sich in Wirklichkeit anfühlte.

Vares wagte nicht, sich auch nur einen einzigen Augenblick von der Säule zu lösen, weil die Beine sonst sicher sofort nachgegeben hätten. Er war – von einer Faust, einem Fuß, was spielte das für eine Rolle – schmerzhaft an der linken Seite des Kopfes getroffen worden. Die ganze Kopfhälfte war gefühllos wie ein Fußball. Das Blickfeld des linken Auges war irgendwie merkwürdig verzerrt, splitterhaft.

Hoffentlich lag es nur daran, dass das Auge zuschwoll.

Mit dem besseren Auge konnte er durch ein großes Panoramafenster in das Gebäude hineinsehen. Kare Kaerla sprach über die Schulter hinweg zu einer Person, die sich gerade aus dem stattlichen Kaminzimmer entfernte und in einem der weiter hinten gelegenen Räume verschwand. Plötzlich stand Kaerla vom Sofa auf und ging auf die Außentür zu.

»Na, Vares. Schöner Tag heute, was?« flüsterte Henkka Rönnblom Vares leise ins Ohr. Henkkas Atem roch nach mit Zwiebeln angebratenem Hackfleisch.

Kaerla trat auf die Veranda.

»Während unserer kurzen Bekanntschaft habe ich bereits feststellen dürfen, dass du ein richtiges Arschloch bist, Vares, im wahrsten Sinne des Wortes«, Kare Kaerla schob sein Gesicht bis auf zehn Zentimeter an das von Vares heran.

»Aber ich hätte wirklich nicht gedacht, dass ich es mit so einem Dummkopf zu tun habe. Sich mitten in der Nacht auf ein Privatgelände zu begeben. Ts, ts, ts! Wirklich ungezogen ...«

»Die Einladung steckt in der Brusttasche ...« Vares bemerkte, dass er die Worte nur mit Mühe herausbekam. Er hatte ein Gefühl im Mund wie nach einer Betäubungsspritze beim Zahnarzt.

Henkka Rönnbloms Hand schob sich in Vares' Brusttasche. Dort fand sich die in schönen Lettern auf hochwertigem Kartenpapier gedruckte Einladungskarte. Kaerla überflog sie schnell.

»Mit welchen Tricks hast du dir die denn erschlichen«, murmelte er, riss die Karte in winzige Stücke und ließ die Schnipsel vom Wind auf die schwarzen Wellen tragen.

»Sorry. Du scheinst gar keine Einladung gehabt zu haben. Die Sache ist vielmehr so, dass dich diese Jungs hier mitten in der Nacht auf Privatgelände angetroffen haben, als du dich bei den Booten herumgetrieben hast. Gemäß ihres Arbeitsauftrages haben sie dich dingfest gemacht, und dann bist du in deiner Dummheit aus der Fassung geraten und hast dabei ein wenig abbekommen. Die Bilder von diesem Fest kannst du dir dann beim Röntgen abholen ...«

»Deine Handlanger werden nicht ungeschoren davonkommen ...« Vares konnte seine Augen nicht von Esa Kervinens sich unruhig bewegenden Gliedmaßen abwenden, die schon ungeduldig auf den Befehl zum Angriff zu warten schienen. »Wo der Kerl schon so einen Kung-Fu-Schnurrbart und Hausverbot in mehreren Budo-Vereinen hat, wird es der Polizei sicher nicht gefallen, wenn …«

»Ich hab mit Herrn Kervinen eine Abmachung, dass ich für alle Kosten aufkomme, falls er bei seinen Bemühungen, den Besitz seines Arbeitgebers zu verteidigen, mal ein wenig über die Stränge schlägt.« Kare Kaerla steckte sich langsam ein Zigarillo an.

»Wenn Esa zum Beispiel wegen eines kleinen Ungeschicks Bewährung bekommt, dann bezahle ich ihm dafür fünfundzwanzig Riesen im Monat. Steuerfrei. Ziemlich gut für eine Bewährungsstrafe. Ein richtig faires Angebot, finde ich. Aber natürlich unwahrscheinlich. Meine Anwälte sind nämlich nicht gerade von gestern …«

»Du bist krank …«

»Nach Kervinens Behandlung wirst du derjenige sein, der krank ist. Total krank. Wenn du im Voraus auf deinen Krankenbericht neugierig bist, dann erzähl ich es dir gern. Zuerst werden dir bei diesem Walzer beide Menisken reißen. Und dann wird wohl der rechte Arm noch brechen. Vielleicht wird gleichzeitig auch dein Schlüsselbein dabei draufgehen, das soll ja ziemlich schwach gebaut sein. Da ich ein großzügiger Mensch bin, habe ich nicht vor, die Rippen einzeln zu zählen. Die Jungs jedoch dürfen ohne weiteres ein paar Bonusse dafür einheimsen.«

Auf der Veranda wurde es plötzlich still. Hinter Vares' Rücken seufzte das Meer, als ob es an seinem Schicksal Anteil nehmen wolle.

»Solche Verletzungen sind ziemlich schmerzhaft und nehmen sicher Zeit in Anspruch. Dabei kann man schon mal einen ganzen schönen Sommer in Gips gewickelt im Bett verbringen. Und danach wird man noch lange im herbstlichen Matschwetter auf Krücken herumlaufen«, plauderte Kaerla mit softer Stimme und schmunzelte in sich hinein.

»Und wenn den Mann das Glück ganz verlässt, dann wird er nie wieder zu gebrauchen sein – wird den Rest seines Lebens humpeln. Und dir scheint dein Glück ja nicht gerade hold zu sein, oder was, Vares?«

Im selben Moment hörte man in Richtung der Villa das Schlagen einer Außentür. Ein schwacher Luftzug trug tiefe Männerstimmen mit sich. Man hörte, wie sich jemand redselig für die abendliche Bewirtung bedankte.

»Sie machen sich gerade auf den Weg«, stellte Rönnblom fest. »Die ganze Truppe strömt auf den Hof ...«

»Woll'n mit der Meute noch ins *Marina*, um einen Schlummertrunk zu nehmen. Auf Peros Kosten. Der Hof wird in fünf Minuten leer sein. Ist wohl besser, wenn wir reingehen und bis dahin warten.« Kare Kaerla blickte auf die Uhr.

Vares wurde ins Innere des Pavillons geführt. Er setzte sich ächzend auf das Sofa. Etwas entfernt, im anderen Zimmer, lief ein Fernseher. Dort hielt sich anscheinend die Person auf, zu der Kaerla gesprochen hatte. Jussi Vares machte den Versuch, den Kopf zu bewegen. Es war ein Gefühl, als ob das Gehirn in einer verlangsamten Bewegung – wie ein Eigelb in der Bratpfanne – von einem Rand des Schädels zum anderen schlingerte.

Irgendwo draußen hörte man die Geräusche der startenden Wagen.

»Während wir hier warten, könnten wir doch mal ein paar Worte über ein etwas angenehmeres Thema wechseln – zum Beispiel über Frauen?« feixte Karl-Erik Kaerla. »Das ist doch ein ganz nettes und vertrautes Gesprächsthema – so unter Männern. Und insoweit auch aktuell, als dass ich kürzlich die Miezekatze des Herrn in meine Obhut genommen habe. Also, wie wär's, wenn wir mal darüber sprechen, warum Kare Kaerla in diesem Wettstreit immer den Hauptgewinn einstreicht? Und warum wiederum du, Jussi Vares, schon in den Vorrunden ausscheidest. Was mag wohl der Grund dafür sein? Hast du mal darüber nachgedacht?« Kaerla steckte sich ein Zigarillo an.

Vares hielt es nicht für nötig zu antworten.

»Ich könnte dir einen kleinen Vortrag halten – for free.« Kaerla nahm eine entspanntere Haltung ein.

»Regel Nummer eins ist, dass Geld sexy macht. Jeder, der etwas anderes behauptet, redet Scheiße. Hat der Mann Geld, hat er Macht und natürlich Erfolg – und beides ist nun mal für Frauen besonders sexy. Die Artikel in den Weibermagazinen über all die inneren Werte kann man in den Abfluss werfen wie ein gebrauchtes Tampax. Hast du schon mal etwas von der Evolutionstheorie des Herrn Darwin gehört, Vares?« Karl-Erik Kaerla hob fragend die Augenbrauen.

Vares warf keinen einzigen Blick in die Richtung des Mannes.

»Seit jeher halten die Weibchen doch gerade solchen Männchen ihren Hintern hin, die ein größeres Revier, eine größere Rute, größere Hörner, ein größeres Feld, eine weitere Weide, einen höheren und volleren Speicher, mehr Vieh, eine dickere Brieftasche, ein schnelleres Boot, eine feinere Kreditkarte, einen teureren Anzug oder einen flotteren Wagen haben …« Kaerla deutete mit einer bedeutungsvollen Handbewegung über das große und teuer eingerichtete Kaminzimmer.

»Und das ist ja nur allzu verständlich. Gerade dadurch verwirklicht sich die natürliche Auslese. Die ganze Regel basiert auf den Grundgesetzen der Genetik. So hat sich die menschliche Rasse entwickelt und so wird sie fortbestehen. So ist aus uns Menschen das geworden, was wir heute sind. Die von den Weibchen getroffene Wahl ist die Grundlage aller Entwicklung. Dafür gebührt der Frau alle Ehre.« Kare Kaerla hob sein Glas auf die Frauen und stellte mit einem Lächeln das Getränk auf der Tischplatte ab.

»Seit jeher haben die Frauen die menschliche Art dadurch veredelt, dass sie immer den härtesten, aggressivsten und draufgängerischsten der Sippe gestatteten, sich fortzupflanzen. Und so hat sich unsere Spezies allmählich fortentwickelt und den ganzen kleinen Erdball unter ihre Kontrolle gebracht. Ziemlich natürlich und einleuchtend, nicht wahr? Da eine Frau nur eine begrenzte Anzahl von Nachkommen gebären kann, wird sie sich bei der Fortpflanzung doch nicht an irgendwelche Loser verschwenden, an genetische Nullen. Also zum Beispiel an solche Typen wie dich, Jussi Vares.«

»Hat ja zu einem stolzen Ergebnis geführt, diese Entwicklung«, ächzte Vares. »Ist voll in die Hose gegangen, das feine Projekt. Man braucht doch gar nicht weiter zu schauen, als bis dort über den Sofatisch.«

»Du bist verbittert, Jussi Vares«, bemerkte Kare Kaerla mit ruhiger Stimme.

»Dich wurmt es, dass du nach dieser Prüfung bis zu deinem Lebensende verkrüppelt sein wirst. Verkrüppelt und pleite. Sicher bist du auch bisher nicht mit besonderem Glück gesegnet gewesen. Aber glaube mir, wenn ich sage, dass es in Zukunft nicht gerade leichter sein wird. Hör auf einen Experten in dieser Sache, mein Guter. Ein Krüppel am Spielfeldrand. Shit happens. Ich werde deine Gefühle gut verstehen. Das muss eine bittere Pille sein, wenn nichts anderes Hartes mehr zu erwarten ist als die Zukunft.«

Irgendwo am anderen Ende der Diele schlug die Toilettentür zu. Ein blonder junger Knabe mit ausgeblichener Jeans und hellblauer Kapuzenjacke erschien in der offenen Tür im hinteren Teil des Kaminzimmers. Der Junge sah, wie es Vares vorkam, blass aus, fast krank. Vares hatte jedoch den Verdacht, dass er selbst noch elender aussah.

»Hmm, Jakke ...« Kare Kaerla räusperte sich ein wenig verlegen. »Der Strolch hier wird gleich fortgebracht. Die Polizei ist sicher gleich da. Er hat sich an den Booten zu schaffen gemacht. Kannst ruhig 'n Bier aus dem Kühlschrank nehmen und wieder zurückgehen. Guck dir doch 'n Video an oder spiel 'ne Weile *Super Mario*.«

Jussi Vares' Blick traf die Augen des Jungen. In sein taubes Gehirn schlich sich der Gedanke ein, dass die Situation irgendwie seltsam war. Vares verstand nicht, was die Unsicherheit des Jungen und der nackte Schrecken in den weit aufgerissenen Augen zu bedeuten hatten.

Plötzlich biss sich der Junge auf die Unterlippe, als ob er einen

Beschluss gefasst hätte. Vares hielt den Atem an und hob verwundert die Brauen. Irgendetwas stimmte da nicht ...

Der Junge zog aus der Tasche seiner Kapuzenjacke eine ältere, von der Zeit gezeichnete Pistole hervor.

Die große Uhr des Universums schien für eine unendlich lange Sekunde stehen geblieben zu sein.

Ein lauter Schuss fiel.

Die Kugel traf mit einem klatschenden Geräusch Kare Kaerlas linke Schläfe und riss von der rechten Ohrpartie ein kreditkartengroßes Stück mit, das von Blutspritzern begleitet über das Sofa flog. Es schien sich langsam in der Luft zu drehen, wie in Zeitlupe.

Kare Kaerla fiel wie ein Boxer nach einem K.O.-Schlag langsam auf die Seite. Er hatte es noch nicht einmal geschafft, sich das Lächeln aus seinem Gesicht zu wischen.

»Schönen Gruß von Batman, du Scheißtyp!« zischte der mit beiden Händen die Waffe umfassende Junge zwischen seinen Zähnen hervor ...

50

Karl-Erik Kaerla lag auf dem Rücken neben dem Sofa. Er hatte seine Arme ausgestreckt wie ein Fallschirmspringer, der sich in den freien Fall gestürzt hat. Der Kopf des Mannes befand sich in einer seltsamen Haltung, wie ein schlaff auf der Ringmatte liegender Boxer nach Entgegennahme eines harten Schlages. Hinter seinem Kopf zog sich auf dem Naturholzboden eine ein Meter lange Spur aus roten Spritzern entlang.

Vares saß wie erstarrt auf seinem Stuhl. Kervinen stand hinter ihm, ohne einen Finger zu rühren. Vares konnte den rasselnden, hektischen Atem des Mannes hören.

Rönnblom kotzte mit aller Wucht auf den Sofatisch. Er stützte sich mit zwei Händen an der Tischkante auf und reiherte röchelnd die letzten Brocken in den großen Aschenbecher.

»Nein nein nein, nicht schießen ... ich hab doch nichts ... ich ich ich ich ... Gnade, bitte ...« Das Jammern entwich Rönnbloms Kehle wie eine undeutlich gesprochene, angstvolle Litanei. Der kantige, große Körper des Mannes zitterte wie im Schüttelfieber.

»An dich verschwende ich keine einzige Kugel, du schwule Sau!« ächzte der blonde Junge. »Besorgt mir den Schlüssel von dem Saab!«

»Den hab ich«, sagte Kervinen mit gezwungen ruhiger Stimme.

»Halt du die Hände hoch, der andere Typ dort darf sie herausnehmen!«

Vor dem leicht zitternden Pistolenlauf und den ihn unverwandt anstarrenden Augen suchte Vares die Schlüssel des Saab 900 aus Kervinens Tasche hervor. Er legte die Schlüssel auf die Ecke des Tisches. Der Junge nahm sie sofort an sich.

»Jetzt raus. Auf die Veranda, alle drei!«

Der Pistolenlauf dirigierte Vares, Rönnblom und Kervinen auf die Terrasse.

»Und jetzt schwimmen! Allesamt!«

Der Befehl war klar. Die Männer mussten in das eiskalte Meer springen.

Das Letzte, was Jussi Vares von dem Schützen sah, war ein verschwommener, geisterhafter Schatten, der in dem vom Meer aufsteigenden dünnen Nebel in Richtung Parkplatz verschwand.

Kaerlas Saab wurde schon am folgenden Tag vor dem Zaun eines Vorortsportplatzes gefunden. Der Schütze hatte der Polizei keinen einzigen Hinweis auf seine Person hinterlassen.

Der »Pferdeschwanz-Batman« war nach den spektakulären Ereignissen auf der Insel Ruissalo zum allgemeinen Gesprächsstoff geworden. Die Neugier und Fantasie der Bewohner von Turku wurden durch die Vorstellung von einem scheu wirkenden, blonden Jungen genährt, der wie ein Geist aus dem Nichts erschien und entschlossen von seiner Waffe Gebrauch machte – offenbar von einem rasenden Hass geleitet. Und der nach vollbrachter Tat spurlos in der Nacht verschwand, als ob es ihn nie gegeben hätte.

Der Polizei blieb nicht anderes übrig, als ratlos die Hände zu heben. Es schien nicht den geringsten Anhaltspunkt für eine Verbindung zwischen dem mysteriösen Jungen und Karl-Erik Kaerlas Leben zu geben. Keiner der Dutzenden von Verhörten – Bekannte, Geschäftsfreunde oder andere Menschen, die zum engeren Kreis von Kaerla gehörten – konnte die Beschreibung des Schützen, die die drei Zeugen des Geschehens abgegeben hatten, mit irgendeiner lebenden Person in Verbindung bringen.

In der Öffentlichkeit kam die Vermutung auf, dass die Polizei dabei auch auf mögliche sexuelle Hintergründe hin ermittelte. Kaerlas vielseitige Neigungen wurden unter die Lupe genommen. Aber auch diese Ermittlungsrichtung schien im Sande zu verlaufen.

Die sich beim *Hansa-Viertel* herumtreibenden Jugendlichen waren nicht gerade eine große Hilfe. Einige erinnerten sich zwar, dass kurz bevor Kaerla mit dem Saab vorfuhr, ein Bursche mit Kapuzenjacke an der Straße aufgetaucht war. Aber das Gesicht des Jungen hatte niemand gesehen.

Der einzige konkrete Anhaltspunkt für die Ermittler war die Kugel, die Karl-Erik Kaerla getötet hatte.

Die Ballistikexperten stellten in ihrem Gutachten fest, dass die Kugel möglicherweise aus einer FN-Pistole älteren Modells stammte. In diesem Zusammenhang erwähnten die Ermittler noch, dass besagter Handfeuerwaffentyp unter anderem mehrere Jahrzehnte als Dienstwaffe der finnischen Polizeikräfte verwendet worden war. Dieser Hinweis schien jedoch die Beamten keinen Schritt weiter zu bringen.

Alles in allem regte der Fall des »Pferdeschwanz-Batman« die Fantasie der großen Öffentlichkeit zu den wildesten Spekulationen an. Hier handelte es sich um eine richtig moderne Schauergeschichte – ein in die heutige Zeit versetztes Landhausgespenst. Ein Geist, der aus dem Nichts auftauchte, etwas Erschütterndes tat und, ohne eine Spur zu hinterlassen, wieder ins Jenseitige entschwand.

51

Als Jussi Vares von den langen und zermürbenden Verhören im Polizeipräsidium zurückgekehrt war, fand er auf dem Boden im Korridor einen braunen Briefumschlag, in den ein Videoband gestopft war. In dem Umschlag befand sich keine Nachricht.

Vares setzte sich in seinen Ledersessel und schaute sich das Video an. Das, was er sah, brachte seine Nackenhaare zum Sträuben. Er spulte das Band an den Anfang zurück und schaute es sich noch einmal an. Dann fuhr er zurück in die Eerikinkatu zum Polizeipräsidium, begab sich direkt in das Zimmer von Kriminalkommissar Pielinen und knallte das Band auf den Tisch.

Als das Band zu Ende war, blieb Pielinen für eine Weile still. Die anderen Ermittler, die anwesend waren, begannen zu tuscheln, doch Pielinen gebot ihnen mit einer Handbewegung zu schweigen.

»Ohne Zweifel klärt das Band einiges, was bisher im Verborgenen lag. Jetzt scheinen sich bereits einige Hinweise auf die Motive zu finden. Aber was Sie mit der Sache zu tun haben, Vares, ist immer noch unklar. Sie behaupten, dass die Kassette durch Ihren Briefschlitz gefallen sei. Sie könnte aber doch auch schon die ganze Zeit über in Ihrem Besitz gewesen sein.«

Vares ächzte kraftlos. Pielinen blickte ihn kühl an.

»Nehmen wir doch mal an, Berg hat das Band ganz zufällig in die Finger gekriegt und versucht, Karl-Erik Kaerla zu erpressen. Kaerla, in eine unerträgliche Lage geraten, beschließt, Berg zum Schweigen zu bringen. Vielleicht hat Kaerla gerade Sie damit beauftragt, Berg von der Bildfläche verschwinden zu lassen.«

Vares glaubte seinen Ohren nicht zu trauen.

»Sie meinen, ich hätte Mikko im Auftrag dieses Herrn Karl-Erik umgebracht? Hey, das geht jetzt aber ein wenig zu weit!«

»Nach unseren jüngsten Ermittlungen haben die beiden Kaerlas, Elokankare, Rönnblom und Kervinen ein wasserdichtes Alibi für die Mordnacht. Der Einzige, der mit Berg zu tun hatte und kein Alibi vorweisen kann, sind Sie, Vares. Sieht schlecht für Sie aus.«

Am folgenden Tag lud Pielinen Vares vor, um ihm die von Per-Olof Kaerlas Rechtsberaterin, Anwaltsreferendarin Klaara-Rita Laskuoja, aufgesetzte und von Kaerla unterschriebene Aussage vorzulegen, die dem Ermittlungsprotokoll beigefügt worden war. Die Aussage schien Pielinens Theorien in den wesentlichsten Punkten zu unterstützen.

In seiner Aussage bestritt Kaerla, von einer Verbindung zwischen seinem Bruder und Timo Niiles gewusst zu haben. Kervinen, Rönnblom und Elokankare standen ausschließlich auf der Gehaltsliste seines Bruders, er selbst kannte die Männer lediglich vom Sehen her.

Kaerla nahm an, dass sich Elokankare, als ihm der Boden zu heiß geworden war, aus dem Staube gemacht hatte, um hinterm großen Teich sein Glück zu versuchen. Mauno hatte schon mehrere Male zuvor die amerikanische Westküste besucht, um Kontakte zur dortigen Kraftsportszene aufzubauen.

Kaerla gab zu, dass er sich schon seit längerem wegen des ausschweifenden Lebenswandels und der seltsamen Projekte seines Bruders Sorgen gemacht hatte. Dass so etwas Erschütterndes passieren würde, hätte er allerdings nicht ahnen können.

Was Mikko Berg betraf, so hatte Per-Olof Kaerla nichts Neues zur Sache beizusteuern. Er habe Berg einzig und allein dadurch gekannt, dass sie beide Mitglied im selben Rotary-Club waren.

Stattdessen erinnerte sich Per-Olof Kaerla, dass er seinen Bruder im Laufe des Frühlings bei Eishockeyspielen und in Kneipen des Öfteren in Begleitung von Jussi Vares gesehen hatte. Einmal hätte er sie auch am Anlegesteg der Villa »Zur Lustbarkeit« angetroffen, als sie mit Karl-Eriks Boot aufs Meer hinausfahren wollten.

»Na, Vares, was haben Sie zu diesen Informationen zu sagen?« Pielinen warf Vares einen stechenden Blick zu.

»Interessante neue Aspekte, Klaara-Rita.« Vares lächelte Kaerlas Vertreterin an, die an der anderen Seite des Verhandlungstisches saß. »Aber okay. Wenn ihr schon so viel herausbekommen habt, dann kann ich ja auch den Rest von dem preisgeben, was zwischen Kare und mir gelaufen ist. Die ganze Wahrheit …«

»Es wäre wohl wirklich das Klügste, endlich selbst Hand anzulegen«, pflichtete Pielinen mit ernster Miene bei. »Nur munter drauflos, dann können wir die Aussage zu Protokoll nehmen.«

»Die Sache ist die«, senkte Vares vertrauensvoll seine Stimme, »dass wir außer diesen gemeinsamen Eishockeyspielen, Kneipenabenden und Segeltörns auch noch ein wenig weiter gegangen sind. Kare und ich sind an Ostern sogar zusammen in Kopenhagen gewesen, um uns trauen zu lassen. Schade nur, dass Elokankare nicht mehr im Lande ist. Er, als Bräutigamsführer, könnte die ganze Sache bezeugen.«

Vares zeigte ein breites Lächeln. Frau Laskuoja schnaubte verdrießlich. Pielinen war sichtlich gereizt.

»Vares. Ich warne Sie. Sie haben morgen um Punkt vierzehn Uhr hier im Polizeipräsidium zum Verhör zu erscheinen. Auch Herr Kaerla sowie Anwaltsreferendarin Laskuoja werden anwesend sein.«

Die ganze folgende Nacht wälzte sich Jussi Vares in seinen Albträumen. Er saß in der Todeszelle und wartete auf den elektrischen Stuhl. Pastor Alanen kam im priesterlichen Festgewand, um die letzte Ölung vorzunehmen.

Vares wurde um halb zehn durch das Klappern des Briefschlitzes geweckt. Ob ihn der mysteriöse Bote wieder mit Post bedachte? Er schlurfte in den Korridor und hob den Brief vom Boden auf. In dem Umschlag befand sich eine winzige Tonkassette und eine mit Maschine geschriebene Nachricht.

SIE SIND DER KOMPAGNON VON MIKKO BERG?

ICH HABE DAS IM HANDSCHUHFACH VON KAERLAS SAAB GEFUNDEN.

VIELLEICHT WIRD ES AUCH SIE INTERESSIEREN.
GRUSS »BATMAN«

PS. VON NUN AN WERDEN SIE NICHTS MEHR VON MIR HÖREN.

Vares wog die kleine Kassette nachdenklich in der Hand. Plötzlich fiel ihm Anskus Tonstudio ein, das am Flussufer lag. Dort würden sich mit Sicherheit die zum Abhören einer solchen Minikassette erforderlichen Geräte finden.

Vares zog sich ein paar Sachen über und blickte schnell auf die Uhr. Wenn Ansku da wäre, würde er, ohne sich besonderes beeilen zu müssen, vor den Verhören am Nachmittag Klarheit über den Inhalt der Kassette bekommen.

52

Jussi Vares betrat den länglichen, fensterlosen Verhörraum des Turkuer Polizeipräsidiums mit fünfminütiger Verspätung. Ein stolzer Zweitagebart zierte seine Wangen. Seine rot unterlaufenen Augen blickten müde und verstohlen drein. Dennoch war in ihnen ein Schimmer von seltsamer Zufriedenheit und Belustigung zu erkennen.

Kriminalkommissar Kerkko Pielinen hatte sich in Hemdsärmeln und mit gelockerter Krawatte am Ende des Tisches niedergelassen. An der einen Seite des Tisches saßen, Schulter an Schulter, Per-Olf Kaerla und Anwaltsreferendarin Klaara-Rita Laskuoja.

Vares kannte Klaara-Rita schon aus den Zeiten an der Rechtswissenschaftlichen Fakultät. Sie hatte zwei Jahrgänge über ihm studiert und war unter den männlichen Studenten unter dem Spitznamen Chlamyrita bekannt. Sowohl Pylvänäinen als auch Himberg hatten mit zwei Fingern auf dem Gesetzbuch geschworen, dass sie sich bei ihr mit Chlamydien infiziert hatten – und das auch noch auf ein und der derselben Abendveranstaltung am

Faschingsdienstag, die von *Lex,* der Fachschaft für Rechtswissenschaften, veranstaltet worden war.

Jetzt sah Klaara-Rita mit ihrem kurzen Haar, ihrem grauen Blazer, ihrer weißen Bluse und ihrem violetten Halstuch eher wie eine Funktionärin des frauenlastigen, von Sozialdemokraten dominierten Zentralverbandes der Gewerkschaften aus.

Per-Olof Kaerla saß mit kühler und gelassener Miene neben ihr. Er trug einen dunkelblauen Zweireiher von der Sorte, die in Finnland in der Regel nur auf der Titelseite der Zeitschrift *Euro-Money* zu sehen war.

Vares ließ noch einmal seinen Blick von einem Gesicht zum anderen schweifen. Er konnte sich eines kleinen, verschmitzten Lächelns nicht erwehren.

»Ein Hallöchen allen Versammelten dieser sauertöpfischen Gemeinde!« sagte Vares fröhlich.

»Sie wagen es auch noch, in solch einem Zustand hier zu erscheinen«, grummelte Kriminalkommissar Kerkko Pielinen. Er zog naserümpfend die Luft ein und raschelte demonstrativ laut mit seinen Papieren.

»Ich geb ja zu, dass ich mich eben beim Lunch mit den Getränken nicht gerade zurückgehalten habe. Aber ich hatte meine Gründe. Es war zu Ehren der guten Nachrichten«, antwortete Vares.

»Gute Nachrichten insofern, dass die haltlosen Behauptungen, die Sie während der Ermittlungen gegenüber meinem Mandanten aufgestellt haben, dem Gericht vorgelegt werden! Zu dieser Lösung sind wir bereits gekommen«, mischte sich Klaara-Rita ein. »Ich gebe also bekannt, dass wir schon einen Zivilprozess eingeleitet haben. Aber wir hoffen natürlich, dass Kriminalkommissar Pielinen auch das notwendige Material zusammenbekommt, um eine Klage erheben zu können …«

»Kein Grund zur Sorge, Klaara-Rita, meine Kleine.« Jussi Vares lächelte noch sonniger als zuvor. »Genügend Material für eine Klageerhebung scheint meines Wissens schon zusammengekommen zu sein. Das ist doch das Thema dieser Feier hier …«

»Jetzt aber Schluss mit diesem albernen Geschwätz, Vares. Kommen wir gleich zur Sache. Je eher diese Sitzung vorbei ist, desto besser«, fuhr Kriminalkommissar Pielinen auf und klatschte seine Dokumentenmappe verärgert auf den Tisch.

In dem fensterlosen kleinen Verhörraum herrschte abwartende Stille. In Per-Olofs ruhiges Gesicht trat ein Ausdruck, den man nur noch als Überdruss deuten konnte.

Klaara-Rita Laskuoja rückte, die sorgfältig gezupften Augenbrauen verärgert angehoben, das um ihren Hals gewundene Seidentuch von *Marja Kurki* zurecht. Am Ringfinger trug sie zwei Ringe. Vares empfand für den ihm unbekannten Ehemann der Frau aufrichtiges Mitleid.

»Ist es Ihnen Recht, wenn ich einfach anfange?« durchbrach Jussi Vares die drückende Atmosphäre und holte aus der Tasche zwei Kassetten hervor. Die eine war die Minikassette, die andere eine im Studio seines Bekannten kopierte Compact-Kassette.

Die übrigen Anwesenden machten große Augen.

»Kerkko, hör mal! Kannste mal, wenn du sonst nichts zu tun hast, irgendwo einen Kassettenrecorder auftreiben ...« sagte Vares in kameradschaftlichem Ton.

»Was soll denn das schon wieder!«

»Ich hab Post bekommen, von ›Batman‹. Das wird wohl alle Beteiligten interessieren.« Vares stützte die Ellenbogen auf den Tisch und ließ seinen Blick von Gesicht zu Gesicht schweifen. Schließlich blieben die Augen an Per-Olof Kaerla hängen.

»So ist das Leben, Pero. In der heutigen Welt können sich nicht einmal Brüder aufeinander verlassen. Die Zeiten sind hart geworden. Aber Kare wollte bestimmt nur etwas in der Hand haben, mit dem er dich im Notfall an einer empfindlichen Stelle hätte treffen können.« Vares spielte mit der kleinen Kassette in der Hand wie mit einem Kasino-Chip.

»Und so hat er euer Gespräch einfach aufgenommen – ohne dein Wissen, lieber Pero. Ich kann den Vorhang schon jetzt einen Spaltbreit öffnen. Kare erwähnt am Ende des Bandes, dass die gleich zu hörende kleine Besprechung beim Rotarierfrühstück im

Marina stattfand, das mag etwas über eine Woche her sein. Erinnerst du dich noch daran, Pero? Du kannst dir ja, während die Kassette an den Anfang spult, noch einmal ins Gedächtnis zurückrufen, über was ihr beiden Brüder da so alles miteinander geplaudert habt ...« Vares zwinkerte mit gut gelaunter Miene über den Tisch.

Per-Olof Kaerla verzog seinen Mund zu einem ungläubigen Lächeln. Er sah Jussi Vares wie ein Geistesgestörter in die Augen. Dann blickte er Klaara-Rita an, als ob er von ihr einen entscheidenden Kommentar erwartete, der die Situation entspannen würde. In ihrem Gesicht stand jedoch nur ein großes Fragezeichen.

Kaerla wandte seinen verdutzten Blick dem am Ende des Tisches sitzenden Kriminalkommissar zu. Die Miene des Polizeibeamten gab zu verstehen, dass er nicht wusste, wie es weitergehen sollte.

Die drückende Stille in dem engen Verhörraum wurde immer unerträglicher.

»Zweierpaar, oder was, Pero?« Jussi Vares hob fragend die Brauen. »Und jeden Penni im Pott. Jetzt geht's um die Wurst. Bluffst du weiter?«

Per-Olof Kaerla brach in ein schallendes Gelächter aus. Ganz so, als ob er gerade den schärfsten Witz der Welt gehört hätte. Der Mann lachte, dass ihm die Tränen kamen.

Kommissar Kerkko Pielinen und Anwaltsreferendarin Klaara-Rita Laskuoja sahen einander erstaunt an. Vares beobachtete sie mit einem vergnügten Lächeln auf den Lippen von der Seite.

Dann geschah etwas Unerwartetes. Die Anwesenden wurden Zeuge davon, wie Kaerlas Gesicht immer grauer wurde – ganz so, als hätte er plötzlich Atembeschwerden bekommen. Kaerla hustete und versuchte noch einmal, die Situation unter Kontrolle zu bekommen, indem er erneut auflachte. Es war jedoch eine äußerst traurige Vorstellung. Das Lachen erstarb auf den Lippen.

Kaerlas Mundwinkel begannen verdächtig zu zucken, als ob

jemand im Hintergrund an unsichtbaren, mit Angelhaken an seinen Lippen befestigten Schnüren ruckte. Seine Augen wanderten unstet, wie um Hilfe suchend, umher.

Per-Olof Kaerlas endgültiger Zusammenbruch kam plötzlich und heftig.

Die Dämme, hinter denen sich der Druck der Ereignisse seit Wochen und Monaten in ihm angestaut hatte, brachen. Das beherrschte Äußere zersprang wie ein Glaspalast unter Steinhagel. Der Mann sank schluchzend über der Tischplatte zusammen. Sein Körper begann zu zittern wie im Wechselfieber.

Kriminalkommissar Pielinen und Anwaltsreferendarin Laskuoja sahen entsetzt zu ihm herüber. Vares dagegen verfolgte das Geschehen mit äußerst zufriedener Miene.

»So wird uns doch immer wieder eingeredet, dass der finnische Mann lernen sollte, mehr zu weinen. Das ist immerhin ein guter Anfang, Pero.« Jussi Vares lachte und zog eine flache Whiskyflasche aus seiner Jackentasche hervor. Er öffnete mit großer Geste den Verschluss und schnüffelte am Inhalt.

»Hey, Kerkko. Wenn du den Kassettenrecorder holst, dann sei so gut und bring doch auch gleich ein paar Gläser mit. Drei werden reichen, da es Pero jetzt wohl kaum schmecken wird – ach ja, und auch eine Flasche Mineralwasser, falls Klaara-Rita unbedingt einen so guten Tropfen verdünnen will.«

